COLLECTION FOLIO

Taiye Selasi

Le ravissement des innocents

Traduit de l'anglais
par Sylvie Schneiter

Gallimard

Titre original :
GHANA MUST GO

Taiye Selasi, née à Londres, a passé son enfance dans le Massachusetts et vit aujourd'hui à Rome. Elle est titulaire d'une licence de littérature américaine de Yale et d'un DEA de relations internationales d'Oxford. Elle fait son entrée en littérature en 2011 en publiant *The Sex Lives of African Girls* dans *Granta*. Cette nouvelle, qui a fait sensation, a été reprise dans le recueil *Best American Short Stories 2012*. *Le ravissement des innocents*, son premier roman, a été traduit dans dix-sept langues.

À Juliette Modupe Tuakli,
docteur en médecine

Ni tournesols ni roses
ne poussent ici, mais
des roches dans un sable
strié de motifs. Et fleurissent.

ROBERT HAYDEN
Approximations

De temps à autre
un mot oubliait
ce qu'il fallait oublier
et laissait échapper la vérité

RENEE C. NEBLETT
Snapshots (Instantanés)

LEXIQUE

	SIGNIFICATION	ORIGINE
ACCRA	Capitale du Ghana	Ghana
BABAFEMI	« Aimé de son père »	Nigeria
EKUA	Fille née un mercredi	Ghana
FEMI	Abréviation de Babafemi	Nigeria
FOLÁ	Abréviation de Folásadé	Nigeria
FOLÁSADÉ	« La richesse me couronne »	Nigeria
IDOWU	Né après des jumeaux	Nigeria
KEHINDE	Le dernier-né des jumeaux	Nigeria
KOKROBITÉ	Ville côtière proche d'Accra	Ghana
KWEKU	Garçon né un mercredi	Ghana
LAGOS	La plus grande ville du Nigeria	Nigeria
NIKÉ	Abréviation d'Adeniké	Nigeria
OLUKAYODÉ	« Dieu apporte le bonheur »	Nigeria

PHILAE	Île située à l'extrême sud de l'Égypte	Grèce
SADÉ	Abréviation de Folásadé	Nigeria
SAI	Nom de famille	Ghana
SENA	« Don de Dieu »	Ghana
SOMAYINA	« Que je ne voyage pas seule »	Nigeria
TAIWO	Le premier-né des jumeaux	Nigeria

ARBRE GÉNÉALOGIQUE

Maud Nwaneri
Écossaise
— John Nwaneri

Somayina Nwaneri — Olukayodé Savage — Olabimbo
(Maîtresse)

Kweku Sai
Fratrie : Naa Shormeh,
Ekua (défunte)
Frère sans nom (défunt)
— Folásadé Savage

Babafemi Savage — Niké Savage

Ling Wei
sœur : Lee-Ann
— Olukayodé Sai (Olu),
Taiwo Sai,
Kehinde Sai,
Folásadé Sai (Sadie)

PREMIÈRE PARTIE

Le retour

1

Kweku meurt pieds nus un dimanche matin avant le lever du jour, ses pantoufles tels des chiens devant la porte de la chambre. Alors qu'il se tient sur le seuil entre la véranda fermée et le jardin, il envisage de retourner les chercher. Non. Ama, sa seconde épouse, dort dans cette chambre, les lèvres entrouvertes, le front un peu plissé, sa joue chaude en quête d'un coin frais sur l'oreiller, il ne veut pas la réveiller. Quand bien même il le tenterait, il n'y parviendrait pas.

Elle dort comme un taro. Un tubercule privé de sensations. Elle dort comme la mère de Kweku, coupée du monde. Des Nigérians en sandalettes déboulant devant leur porte dans des chars russes rouillés pourraient dévaliser leur maison, sans la moindre discrétion, ainsi qu'ils y ont pris goût à Victoria Island (d'après ses amis en tout cas : grossiers rois du pétrole et cow-boys démobilisés dans la mégapole de Lagos, cette bizarre race africaine : intrépide et riche), elle continuerait à ronfler mélodieusement, on dirait une composition musicale, à rêver de bonbons et de Tchaïkovski.

Elle dort comme une enfant.

La pensée l'a malgré tout accompagné de la chambre à la véranda, risque fictif de perturbation, numéro qu'il se joue. Une habitude depuis son départ du village, petite représentation en plein air destinée à un public composé d'une seule personne. Une ou deux : lui et son cameraman invisible qui s'est enfui à son côté dans l'obscurité avant l'aube, en lisière de l'océan, et ne l'a plus quitté. Filmant silencieusement sa vie. Ou la vie de l'Homme Qu'il Souhaite Être et Qu'Il a Laissé Devenir.

Dans ce plan-séquence, une scène d'intérieur : le Mari Prévenant.

Qui ne fait aucun bruit tandis qu'il sort furtivement du lit, repousse les draps, pose ses pieds l'un après l'autre sur le sol, s'efforce de ne pas réveiller sa femme plongée dans un sommeil de plomb, de ne pas se lever trop vite afin d'éviter de déplacer le matelas, traverse la pièce à pas de loup, ferme la porte très doucement. Et marche dans le couloir de la même façon, franchit la porte menant à l'atrium où, bien qu'elle ne puisse sûrement pas l'entendre, il reste sur la pointe des pieds. Il emprunte le court passage équipé d'un radiateur électrique qui relie l'aile de la chambre principale à l'aile du séjour, s'arrête l'espace d'un instant pour admirer sa maison.

L'agencement de cette résidence de plain-pied est remarquable, en aucun cas original, mais fonctionnel et élégamment conçu : au milieu, un simple atrium flanqué à chaque coin d'une porte donnant sur les ailes du séjour, de la salle à manger, de la chambre principale et de la chambre d'amis. À trente et un ans, il l'avait croquée sur une serviette dans la cafétéria de l'hôpital pendant sa troisième année d'internat. À quarante-huit ans, il avait acheté le terrain à un patient napolitain, un riche spéculateur foncier lié à la mafia, atteint d'un diabète de type 2, qui s'était installé à Accra parce que, d'après lui, la ville lui rappelait Naples dans les années cinquante (le contraste entre la richesse et l'indigence, l'air pur de la mer et les cloaques, les pauvres immondes et les nantis encore plus immondes de la plage). À quarante-neuf ans, il avait déniché un charpentier prêt à la construire. Un septuagénaire affligé d'une cataracte, aux abdominaux en béton, qui la termina seul, en deux ans, travaillant admirablement.

À cinquante et un ans, il y emménagea mais la trouva trop calme.

À cinquante-trois ans, il prit une seconde épouse.

Une conception élégante.

Il s'arrête au seuil de l'atrium entre les portes, là où le plan est visible, où il distingue le canevas qu'il examine comme un peintre doit examiner sa toile ou une mère son nourrisson : un mélange de respect et de crainte, non exempt de perplexité, face à cette structure qui, née dans l'esprit ou le corps, était parvenue à émerger à l'extérieur, dotée d'une vie propre. Il est un peu déconcerté. Comment était-elle sortie de son imagination pour arriver devant lui ? (Bien sûr, il le sait : grâce à l'utilisation convenable des outils adéquats ; c'est pareil pour le peintre, la mère, l'architecte amateur — elle n'en est pas moins un enchantement pour les yeux.)

Sa maison.

Belle, fonctionnelle, élégante, sa maison lui semble être le comble de la perfection, l'ethos dans son intégralité en l'espace d'un instant, comme un zygote fertilisé fusant inexplicablement du néant en possession d'un code génétique complet. Un enchaînement logique parfait. Les quatre quadrants, une allusion à la symétrie, à ses études, au papier millimétré, au compas, aux perpétuels allers-retours, etc. Un atrium gris, non un jardin vert, pierre polie, ardoises, béton traité, une sorte d'antithèse des tropiques, du pays : une patrie réimaginée, aux lignes pures et droites, sans rien de luxuriant, de doux ni de verdoyant. En un instant. Conçue là-bas. Construite ici. Des années plus tard. Dans une rue du vieil Adabraka, un quartier résidentiel délabré, demeures coloniales, stuc blanc, chiens errants. Ma plus belle œuvre — hormis Taiwo, pense-t-il soudain, une idée saisissante. Sur quoi Taiwo — buissons noirs en guise de cils, roches ciselées en guise de pommettes, pierres précieuses en guise d'yeux, lèvres du même rose que l'intérieur d'une conque, une beauté improbable, une fille impossible — surgit devant lui, interrompant son numéro de Mari Prévenant avant de se dissiper en fumée. La plus belle œuvre que j'ai créée seul, se corrige-t-il.

Il continue d'avancer dans le passage, franchit la porte de l'aile du séjour, traverse la salle à manger, la véranda, arrive au seuil.

Où il s'immobilise.

2

Plus tard dans la matinée, lorsque la neige aura commencé à tomber, que l'homme aura fini par expirer et qu'un chien aura flairé la mort, Olu sortira sans vraiment se hâter de l'hôpital, posera son

BlackBerry, son café, fondra en larmes. Il n'aura aucun moyen de savoir comment le jour s'était levé au Ghana ; à des kilomètres, océans, fuseaux horaires (ainsi qu'à des distances d'un autre ordre plus difficiles à appréhender telles que douleur, colère, chagrin calcifié et ces questions laissées en suspens ou sans réponse depuis trop longtemps, silence et honte entre des générations de pères et de fils), il remuera le lait de soja de son café dans une cafétéria d'hôpital, les yeux hagards, privé de sommeil, ici, pas là-bas. Mais il se le représentera — son père mort là-bas, dans un jardin, un homme de cinquante-sept ans en bonne santé, en pleine forme, petits biceps ronds gonflant la peau de ses bras, petit ventre rond saillant sous son haut, un débardeur à fines rayures *Fruit of the Loom* d'un blanc immaculé tranchant sur le marron foncé, porté avec le jodhpur grotesque que Kweku adore et qu'il abomine — et, il a beau résister (en tant que médecin, il connaît la musique, il déteste que les malades lui demandent « et si vous vous trompiez ? »), la pensée s'incruste. Les médecins se sont trompés. Ce ne sont pas « des choses qui arrivent ».

Il s'est passé quelque chose là-bas.

Aucun médecin aussi expérimenté, a fortiori aussi exceptionnel — quoi qu'on en dise, l'homme était doué, même ses détracteurs le reconnaissaient, « un artiste du scalpel », un chirurgien-chef incomparable, un Carson[1] ghanéen, et ainsi de suite —, n'aurait omis de détecter tous les signes avant-coureurs d'une crise cardiaque. Un simple

1. Ben Carson, né en 1951 dans le Michigan. Neurochirurgien entré dans la légende après avoir réussi à séparer des frères siamois. *(Toutes les notes sont de la traductrice.)*

infarctus du myocarde. Un jeu d'enfant. Une réaction rapide. Et le temps n'aurait pas manqué, une demi-heure au bas mot comme dit maman, trente minutes, pour réagir, « revenir à sa formation », une expression du docteur Soto, le médecin préféré d'Olu, son saint patron mexicain : récapituler les symptômes, accoucher d'un diagnostic, se lever, rentrer, réveiller sa femme et, si celle-ci ne conduisait pas — une quasi-certitude, elle est analphabète —, prendre le volant et se mettre en sécurité. Enfiler ses pantoufles, bon sang !

Au lieu de quoi, il n'a rien fait. Ni récapitulation ni diagnostic. Il s'est contenté de traverser lentement une véranda, puis de tomber dans l'herbe où, sans raison apparente — ou d'obscures raisons qu'Olu ne peut deviner et, condamné à l'ignorance, ne peut pardonner —, son père, Kweku Sai, le Grand Espoir de l'ethnie ga, prodige prodigue, un gisant en pyjama, est demeuré prostré, jusqu'au lever d'un soleil féroce, moins un « lever » qu'une insurrection, épée d'or pour la mort blafarde, tandis que sa femme ouvrait les yeux à l'intérieur, découvrait les pantoufles devant la porte, trouvait cela étrange, partait à sa recherche et le trouvait mort.

Un chirurgien exceptionnel.

D'un banal infarctus.

Entre les prémices et la mort, il y a en moyenne quarante minutes, et même si ces choses arrivent effectivement, c'est-à-dire des cœurs humains sains qui claquent, par hasard, sans aucune raison, comme la survenue d'une crampe dans le mollet, la question de la durée reste entière. Toutes ces minutes dans l'intervalle. Entre la première contraction et le dernier soupir. Ces instants spécifiques fascinent Olu, l'ont obsédé toute sa vie, d'abord dans son enfance en tant qu'athlète, puis à l'âge adulte en tant que médecin.

Ces instants au cours desquels se joue le dénouement.

Sans bruit.

Ces miettes de silence entre le déclic et l'action, où l'esprit n'est concentré que sur le défi posé par la minute, où le monde entier ralentit, à l'affût de ce qui va se passer. Où l'un agit et l'autre pas. Ensuite, il est trop tard. Non pas la fin — ces quelques épouvantables secondes, cacophoniques, avant l'ultime coup de sifflet ou le long bip de la ligne horizontale — le silence qui les précède, la pause préalable à l'action. Olu sait qu'il y en a toujours une, sans aucune exception : au cours des secondes qui suivent le coup de feu alors que le sprinter reste baissé ou se redresse trop vite, ou que la victime d'un coup de feu, sentant la balle lui transpercer la peau, porte la main à sa plaie, ou pas, le monde s'arrête. En fin de compte, la victoire du sprinter ou la guérison du blessé dépendent moins de la façon dont il franchira la ligne que de ce qu'il a fait pendant ces instants antérieurs. Or Kweku n'a rien fait, et Olu ne sait pourquoi.

Comment son père ne s'est-il pas rendu compte de ce qui se passait et comment, s'il s'en est rendu compte, s'est-il laissé mourir ? Non. Il a dû se passer quelque chose qui l'a affaibli, désorienté, une émotion forte, une perturbation psychique, Olu n'en sait rien. En revanche, il sait ceci : un homme actif de moins de soixante ans, sans antécédents connus de maladies, nourri au poisson d'eau douce dans son enfance, courant huit kilomètres par jour, baisant une idiote de village nubile — quoi que vous disiez, la nouvelle épouse n'est pas une infirmière : les reproches ont beau être futiles, l'espoir aurait été permis grâce à des massages cardiaques si elle s'était réveillée — ne meurt pas d'un infarctus dans un jardin.

Quelque chose avait dû l'entraver.

3

Des gouttes de rosée sur l'herbe.

Des gouttes de rosée sur des brins d'herbe, pareilles à des diamants semés en abondance de sa besace par un farfadet qui passait par là, folâtrant d'un pas ailé dans le jardin de Kweku Sai juste avant l'arrivée de celui-ci. Le jardin chatoie, cille, glousse à la manière d'écolières qui se taisent en rougissant à l'approche de leurs bien-aimés : un manguier chatoyant, le monarque, un être foisonnant d'épaisses feuilles vert vif et d'œufs jaune vif ; une fontaine chatoyante désormais craquelée de fissures et remplie de mauvaises herbes à fleurs blanches, dont la statue est néanmoins toujours debout, la « mère de jumeaux » *iya-ibeji*, un cadeau à Folásadé, son ex-femme, à présent abandonnée dans la fontaine avec ses jumeaux en pierre sculptée ; des fleurs chatoyantes que Folásadé pouvait nommer à leur aspect, noms anglais, noms latins, une myriade de nuances de rose ; un ciel sans soleil où chatoie la douceur grise du Sud, gansé de nuages chatoyants.

Un jardin chatoyant.

Une moiteur chatoyante.

Kweku s'arrête sur le seuil, hors d'haleine, le contemple, une épaule contre la porte coulissante à moitié ouverte et, le cœur serré, pense que le monde est parfois d'une trop grande beauté. Il ne fait pas le poids, impossible de l'accepter — la rosée sur l'herbe, la lumière sur la rosée, la tonalité de la lumière — pour le médecin qu'il est, conscient que de tels miracles durent rarement l'espace d'une nuit ; ils se produisent mais sont éphémères dans le monde qu'il connaît, un lieu brutal, absurde, épuisant, où ils seront brisés à moins qu'ils ne disparaissent, laissant une béance dans leur sillage. L'unité des soins intensifs pour nouveau-nés était dans le vrai.

L'USIN préconise de ne pas donner de noms, il le découvrit en pédiatrie pendant sa troisième année de rotation, cet hiver douloureux où sa mère venait de mourir et son fils aîné de naître. Au cas où un malheureux nourrisson ne survivrait pas le week-end, on décourageait ses parents de choisir un prénom et on gribouillait « Bébé » devant le patronyme sur l'étiquette de la couveuse. (« Bébé A », « Bébé B », « Bébé C » et ainsi de suite.) Nombre de ses camarades trouvaient la pratique brutale, une sorte d'aveu d'impuissance prématuré. Des Américains en majorité, aux dents blanches, nourris au lait de vache, pour qui la mortalité infantile était inconcevable. Ou plutôt concevable dans l'ensemble, sous forme d'un chiffre, d'une statistique, par exemple : tel pourcentage d'enfants nés au Ghana ne survivront pas. Concevable au pluriel, inacceptable au singulier. *Le* bébé bleu-gris.

Feu le Bébé Patronyme.

Pour les Africains, en revanche (et les Indiens, les Antillais ainsi que le seul réfugié letton heureux à Baltimore), la mort d'un nouveau-né n'était pas seulement concevable mais anodine, d'autant plus si elle était inéluctable, par conséquent explicable. C'était la vie. À leurs yeux, il était cohérent, voire admirable, de ne pas leur donner de noms, une façon d'instaurer une distance par rapport à l'existence, donc à la mort. Exactement le genre de pensées qu'ils entretenaient en Amérique et qui ne les troublaient pas dans des villes comme Riga ou Accra. La stérilisation des émotions. La réduction de l'angoisse à une souffrance banale. Comme si une scrupuleuse infirmière du bloc éradiquait la laideur des multiples visages de la douleur.

Autant de visages que Kweku Sai connaissait.

Lui qui pouvait donner un nom à tous les visages de la douleur, en avait une longue habitude provenant d'un tiers-monde plus chaud où le garçon qui, à l'aube, suit jusqu'au bord de l'océan sa mère encore ensanglantée par l'accouchement (un accouchement sans fruit) — la voit déposer dans l'écume le petit cadavre, Moïse malchanceux emmailloté de palmes, puis s'éloigner, mais ne l'entend jamais en parler, pas une seule fois — apprend que « perte » est une idée. Rien de plus qu'une pensée. Que l'on forme ou pas. Avec des mots. De sorte qu'il est impossible de perdre, ni dire avoir perdu ce qui n'a pas droit de cité dans l'esprit.

Même à cette époque-là, à vingt-quatre ans, jeune père et toujours un enfant, un enfant tout récemment orphelin de mère, Kweku le savait.

Il contemple le chatoiement, fasciné par la beauté, conscient de ce qu'il avait compris alors : la ligne de conduite à adopter face à la fragilité et à la perfection dans un monde atroce, écrasant, cruel, c'est de ne pas la nommer. Feindre qu'elle n'existe pas.

Mais c'est inefficace.

Son cœur se serre une seconde fois devant l'existence de la perfection et de son obstination à exister dans le plus vulnérable, devant son propre refus — d'une cohérence remarquable — d'en être chaviré. Une cohérence désolante. La malédiction de la lucidité. Quelle que soit la corde qu'il tire de cet affreux nœud : (a) la futilité de la lucidité étant donné la fatalité de la beauté, une beauté infiniment moins présente au sein de la fragilité dans un pays où une mère encore ensanglantée doit enterrer son nourrisson, se laver au jet et rentrer chez elle pour piler l'igname ; (b) la *constance* de la beauté, même au sein de la fragilité ! une goutte de rosée avant l'aurore qui s'évaporera dans quelques instants, dans un jardin du Ghana, le Ghana luxuriant, le Ghana doux, le Ghana agréable, le Ghana verdoyant où périt tout ce qui est fragile.

Il le voit avec une telle lucidité qu'il ferme les yeux. Sa tête l'élance. Il ouvre les yeux. Malgré ses efforts, il ne peut bouger. L'accablement le cloue au sol.

La dernière fois qu'il a éprouvé cela, c'était avec Sadie.

4

L'hiver de nouveau, 1989.

La salle d'accouchement de Brigham.

Folá calée sur le lit d'hôpital, toujours couverte du sang de l'accouchement, lui agrippait le bras.

Les jumeaux de neuf ans profondément endormis dans la salle d'attente sur d'horribles chaises bleues au rembourrage jaune, imbriqués comme à leur habitude, telles les pièces de bois d'un drôle de casse-tête japonais. La tête de Taiwo sur l'épaule de Kehinde et la joue de Kehinde sur la tête de Taiwo, une fille et un garçon aux visages tendres hormis leurs yeux d'ambre identiques, traversés d'éclairs.

Olu mangeait des quartiers de pomme, respirant la santé à quatorze ans. Il lisait *Le monde s'effondre* [1], et le tressautement irrépressible de sa cuisse était le seul signe visible de sa détresse croissante.

Le nouveau-né, encore sans nom, luttait pour sa vie dans l'incubateur. Et perdait.

Bébé Sai.

Dans la salle d'accouchement où flottait une odeur aigre.

« Qu'est-ce qui ne va pas ? Où est-ce qu'ils emmènent Idowu ? »

Elle lui agrippait le bras. Il portait toujours son pyjama de bloc, rien en dessous, les bras nus. Il était en train de recoudre quand elle était entrée en travail (trop tôt). Un de ses amis travaillant à Brigham l'avait bipé, et il avait couru sous la neige depuis Beth Israel, la vue brouillée par le tourbillon des flocons, l'esprit obscurci par deux mots. *Trop tôt*.

« C'était trop tôt.

— NON ! »

1. Premier volet d'une trilogie de l'écrivain nigérian Chinua Achebe. Traduction française de Pierre Girard, Actes Sud, 2013.

Le son n'avait rien d'humain. Un rugissement de bête fusant du ventre qui venait d'expulser. Un cri de guerre. Mais qui était l'ennemi ? Lui. L'obstétricien. Le timing. Le ventre.

« Folásadé, murmura-t-il.

— Kweku, non », gronda Folá, dents serrées, ongles plantés dans sa peau aux poils hérissés. Du sang coula. « Kweku, non. » Et elle fondit en larmes.

« Ne pleure pas, je t'en prie », chuchota-t-il, accablé.

Elle continua à pleurer, à lui perforer le bras (et d'autres parties de son être que ni l'un ni l'autre ne percevaient). « Kweku, non. » Comme si elle changeait son prénom, de Kweku à Kweku-Non.

Il posa doucement les lèvres sur ses cheveux. Sa fierté, sa belle coiffure afro à moitié aplatie par la sueur. Un halo de minuscules spirales soudées qui sentaient le chanvre indien. « Nous avons trois enfants en pleine forme, souffla-t-il. Nous avons de la chance.

— Kweku-Non, Kweku-Non, Kweku-*Non*. »

Le dernier, strident, accusateur, frisait la rage. Il n'avait jamais vu Folá dévastée de la sorte. Ses deux autres grossesses s'étaient parfaitement déroulées d'un point de vue médical, les accouchements se passant comme sur des roulettes, conformes à la vidéo d'instruction : le premier à Baltimore alors qu'ils étaient encore des enfants, le second ici, à Boston, une césarienne, les jumeaux. Et le troisième à présent, dix ans plus tard, un accident (en un sens, ils avaient tous été le fruit d'accidents). Pour celui-ci, dès le début ou presque, elle avait eu une attitude différente. Elle avait voulu connaître le sexe d'emblée, puis insisté pour qu'il ne dise à personne, même aux petits (a) qu'elle attendait un bébé, (b) si c'était un garçon ou une fille. Les deux étaient devenus évidents le soir d'été où elle était rentrée chargée de quinze litres de peinture rose pastel. Elle avait choisi le prénom sans lui, il signifiait « l'enfant succédant aux jumeaux ». Cela ne l'avait pas étonné. Depuis qu'elle était mère de jumeaux, *iya-ibeji*, son hérédité *yoruba* comptait énormément. Il n'aimait pas la sonorité d'*Idowu*, encore moins sa signification évoquant conflit et souffrance. Vu son comportement, sa façon de dresser des autels, il avait été soulagé qu'elle n'en ait pas choisi un plus dramatique, par exemple *Yemanja*, la déesse mère de la fertilité.

À présent, celui-ci. En avance de dix semaines. Il n'y avait rien à faire.

« Tu dois faire *quelque chose*. »

Il lança un regard à l'infirmière.

Une ivrogne, à en juger par la bedaine et la couperose. Une Irlandaise, à en juger par l'inflexion du sud de Boston sur le a. Mais sans l'ombre de la bigoterie souvent inhérente à cette origine. Des yeux bleu-gris, pétillants. Elle réussit à froncer les sourcils et à sourire en même temps. Avec compassion. Cependant que Folá lui écorchait le bras. « Où l'avez-vous emmenée ? » demanda-t-il, même s'il le savait.

« À l'USIN », répondit l'infirmière, sourcils froncés, sourire aux lèvres.

Il se rendit dans la salle d'attente.

Olu leva les yeux.

Il s'assit à côté de son fils, posa une main sur son genou. Olu abandonna Achebe et observa son genou comme s'il venait seulement de se rendre compte qu'il tressautait. « Surveille ton frère et ta sœur. Je reviens tout de suite.

— Où vas-tu ?

— Voir le bébé.

— Je peux t'accompagner ? »

Kweku regarda les jumeaux.

Un drôle de casse-tête japonais. Ils dormaient comme sa mère. Olu les regarda lui aussi avant de fixer son père d'un air implorant.

« Bon, viens. »

Ils parcoururent le couloir de l'hôpital en silence. Son caméraman les précédait en marchant à reculons. Dans cette scène : Un Médecin Respecté avance à grands pas pour sauver sa fille condamnée. Un western. Il aurait aimé avoir une arme. Un petit six-coups en argent. Deux. Quelque chose de plus prestigieux qu'un diplôme de la fac de médecine de Hopkins. Un adversaire plus redoutable. Ou moins redoutable que les bases de la science médicale. Les probabilités.

Olu : « Qu'est-ce que c'est ? »

Coupez.

« Rien. Je suis fatigué, voilà tout », expliqua Kweku avec un petit rire. Il lui tapota la tête. Plus précisément son arcade sourcilière car la tête de son fils avait bougé. Il le détailla, surpris par sa taille (et par d'autres choses qu'il avait vues sans les assimiler : les grands dorsaux, le menton anguleux, le nez yoruba, celui de Folá, large et droit, la peau ferme de la même teinte que la sienne et aussi lisse que des fesses de bébé, malgré l'adolescence). Il n'était pas « mignon » comme Kehinde — qui ressemblait à une fille, une fille impossible, d'une beauté improbable —, mais il était devenu en l'espace d'un week-end, semblait-il, un jeune homme très séduisant. Il serra l'épaule d'Olu, le rassura : « Je vais très bien. »

Olu plissa le front, se raidit : « J'ai voulu dire le bébé. C'est quoi ? Son sexe ?

— Ah, d'accord. » Kweku sourit. « C'était une fille. C'est une fille », se reprit-il, trop tard. L'imparfait n'avait pas échappé à Olu, qui lui décocha un regard soupçonneux.

« Qu'est-ce qui cloche chez le bébé, papa ? demanda-t-il d'une voix tendue.

— La calamité de son sexe. L'impatience. » Kweku fit un clin d'œil. « Elle n'a pas pu attendre.

— Ils peuvent la sauver ?

— C'est peu probable.

— Et toi ? »

Kweku éclata d'un rire sonore qui déchira le silence. Il tapota la tête d'Olu, trouvant ses cheveux, cette fois. L'admiration de son fils aîné pour ses capacités de médecin n'en finissait pas de le sidérer ou de l'enchanter. De l'apaiser. Son autre fils, lui, se fichait pas mal de sa profession même si elle les faisait tous vivre. Il ne le prenait pas personnellement. Du moins ne le croyait-il pas. Du moins n'avait-il pas l'impression de le montrer en présence de son cameraman. Un Père Intelligent, trop rationnel pour avoir des préférés. Un Homme Viril au-dessus des incertitudes mesquines. Et un Médecin Respecté, l'un des meilleurs dans son domaine, *nom de Dieu*, quelle que soit l'opinion de Kehinde. De surcroît, rien n'impressionnait ce garçon. Détaché de tout. Ses professeurs le répétaient au fil des ans. Malgré son incroyable précocité, sa conduite exemplaire, il ne s'intéressait pas à ses études. Que faire ?

Rien n'intéresse Kehinde, leur expliquait Kweku. *Hormis Taiwo.* (Encore et toujours Taiwo.)

« Non », répondit-il, son rire se muant en sourire. Le regard d'Olu s'attarda sur son profil avant de se détourner. Ils continuèrent à avancer en silence dans le couloir. Olu leva soudain les yeux.

« Si, tu peux. »

Lorsque Kweku pense à ce moment, après toutes ces années, il revoit l'expression du garçon de quatorze ans qui — en l'espace d'un instant — était redevenu un bébé éperdu de confiance. Transfiguré. Le visage d'une candeur absolue, les yeux brillant d'une telle certitude que Kweku baissa les siens. L'admiration de son fils aîné pour ses capacités de médecin lui brisa le cœur (une deuxième fois, la première lui avait échappé). Il secoua légèrement la tête et fixa ses mains aux doigts encore glacés par sa course sous la neige. Il était sur le point de quoi ? il n'en savait trop rien. Une force étrange se rassemblait en lui et contre lui. « Elle n'en a pas le courage… » commença-t-il, laissant la phrase en suspens. Ils étaient arrivés devant la porte vitrée de la pouponnière.

Kweku regarda à l'intérieur.

Le voilà.

À gauche.

Un kilo sept cents grammes, à peine un souffle, à peine une vie.

Couvert de pansements, hérissé de tuyaux, on aurait dit E.T. prêt à rentrer chez lui.

Olu plaqua sa paume sur la vitre. « C'est lequel ? » demanda-t-il, les mains en visière au-dessus des yeux. Kweku rit tout bas. Olu n'avait pas dit *elle,* seulement *lequel, le bébé*. Petit chirurgien en herbe. Il désigna la couveuse : « Celui-là. Bébé Sai. »

Une vétille, une erreur infime (*Sai*) : il avait employé son patronyme en tapotant sur la vitre, mais il était déjà sur le point de prendre une décision lorsque cela se produisit, lorsqu'il prononça son nom en désignant la couveuse. L'association des deux, tels des éléments combustibles — son nom exhalé dans l'air et la vue du nourrisson cherchant sa respiration —, fit soudain du « Bébé Sai » le sien. Il était à lui.

Elle était à lui.

Parfaite.

Minuscule.

Elle se mourait. Et il le sentit, il sentit cette agonie en plein cœur, la force accumulée, une panique absolue envahirent ses poumons, et une crispation intense, corrosive, lui serra la poitrine. Il s'entendit murmurer : « La voilà », ou quelque chose de ce genre, sans reconnaître sa voix à cause de la contraction de son larynx.

Olu non plus, qui le dévisagea, inquiet.

« Papa, souffla-t-il, atterré. Ne pleure pas. »

Kweku ne pouvait s'en empêcher. Il s'en rendait à peine compte tant les larmes jaillissaient vite, coulaient doucement. Elle était à lui. Cet être précieux avec ses ongles de pied semblables à des gouttes de rosée, ses dix doigts microscopiques recroquevillés par l'espoir, ses petits poings résolus et sa peau aussi fine que le pétale d'une fleur que Folá aurait su nommer. Déjà la préférée de Folá, qui attendait, pleine d'espoir, toujours redressée dans le lit, en sueur, en sang. À lui, aussi.

Tu dois faire quelque chose.

Il le devait. Il s'essuya le visage du revers du bras. L'écorchure le brûla sous l'effet du sel. Il serra l'épaule d'Olu pour se rassurer.

« Bon, viens. »

Les quatre-vingt-seize heures suivantes, il resta dans la salle de repos du personnel, où il se lia d'amitié avec les internes hébétés qui venaient y piquer un somme, consulta des collègues, fit des recherches sur des traitements, lut d'une manière obsessionnelle, ferma à peine l'œil jusqu'à la défaite de son adversaire. Jusqu'à ce que le nourrisson ait un prénom. Sûrement pas *Idowu*, ce nom de carne auquel tenait Folá pour l'enfant durement éprouvée, née après des jumeaux. Quand ils la ramenèrent de l'hôpital, il choisit *Sadé* au motif que deux Folá créeraient la confusion. Il aurait préféré *Ekua*, comme sa sœur, « née un mercredi », mais Folá avait établi sa souveraineté sur l'attribution des noms depuis des lustres (le premier : nigérian ; le deuxième : ghanéen ; le troisième Savage, son patronyme ; le nom de famille : Sai). Au début du collège, Sadé opterait pour Sadie, la façon dont ses camarades prononçaient Sadé. Mais la dernière nuit à la maternité de Brigham, une infirmière avait inscrit *Folásadé*. Par inadvertance.

Un impondérable de plus.

À plus de minuit, seul dans la pouponnière avec le nourrisson, dans le pyjama de bloc enfilé pour l'appendicectomie effectuée à Beth Israel quelques jours plus tôt, il se rendait compte que des parents passant devant la vitre en Plexiglas risquaient de le prendre pour un sans-abri. Avec raison. Les yeux filetés de sang, les cheveux en bataille, l'air d'un type à moitié cinglé, dévoré par une obsession : il ressemblait à un fou, un fou en pyjama de bloc, ravagé par ses efforts pour triompher de l'adversité. (Il ne pouvait se douter qu'il le deviendrait un jour.) La pouponnière était plongée dans la pénombre hormis la lueur diffusée par les veilleuses des couveuses. Il était assis dans un rocking-chair, le bébé sur ses genoux. Celui-ci avait beau dormir depuis environ une heure, il continuait à se balancer, trop exténué pour se lever. Le fauteuil, trop petit, était un de ces rocking-chairs en plastique qu'on croirait destinés aux nouveau-nés et que les hôpitaux mettent à disposition dans les pouponnières.

L'infirmière irlandaise à bedaine et couperose se profila dans l'embrasure de la porte, munie de son écritoire à pince : « Encore vous. » Elle s'appuya au chambranle, sourcils froncés, sourire aux lèvres.

« Encore moi, oui.

— Non, non. Ne bougez pas, je vous en prie. »

Elle entra sans allumer les néons du plafond, soucieuse de leur épargner la lumière aveuglante. Elle fit sa tournée en silence, prenant des notes sur son écritoire. Une fois au niveau du rocking-chair, elle éclata de rire.

La main du bébé aux cinq doigts bruns microscopiques s'agrippait au pouce de Kweku comme si sa vie en dépendait.

« Vous devez vraiment l'aimer, commenta l'infirmière, avec l'accent de Boston. Ma parole, vous êtes plus souvent là que moi !

— Oui, dit simplement Kweku, riant tout bas pour ne pas réveiller le bébé. Oui. »

Le mot le ramena à Baltimore, au jour de son mariage, à la jeune Folá en robe de grossesse, resplendissante, dans la chapelle lambrissée au plafond bas et au tapis rouge, à leur nuit de noces, au soda au gingembre bu dans des flûtes en plastique. Sur quoi deux autres mots firent surface, telles des bulles, dans ses pensées. Et éclatèrent. *Trop tôt.* S'étaient-ils mariés trop tôt ? Étaient-ils devenus parents trop tôt ? Si c'était le cas, qu'est-ce que cela signifiait ? Qu'il ne s'agissait pas d'un véritable amour ?

À Boston, l'infirmière éteignit la veilleuse de la couveuse, tandis que Kweku, toujours à Baltimore, fermait les yeux et se balançait : « Mais j'aime vraiment ma femme. » L'infirmière ne l'entendit pas. Elle examina l'étiquette de la couveuse. Bébé Sai. Aucun prénom.

« Comment s'appelle le bébé ? demanda-t-elle, stylo en suspens au-dessus de l'écritoire.

— Folásadé, marmonna Kweku, trop épuisé pour comprendre de qui elle parlait.

— C'est joli. Comment ça s'épelle ? »

Sans la regarder : « F-o-l-a-s-a-d-e. »

Il ne comprit la question de l'infirmière que lors du cafouillage au bureau des entrées et sorties de l'hôpital. « Ce n'est pas Idowu Sai. » Une autre infirmière. Énervée, elle fit claquer son chewing-gum, posa brutalement le dossier sur le comptoir et montra le nom. Un ongle laqué de vernis acrylique. Kweku prit le dossier. *Prénom : Folásadé. Nom de famille : Sai.* L'infirmière le regarda, non sans suffisance, souffla une bulle, la laissa crever.

« Folá-say-dee Sai. C'est bien votre gamine ? Folá-say-dee ? »

5

Il n'a plus éprouvé cela depuis « Say-dee », l'impression d'une révélation, la découverte troublante de s'être fourvoyé, la beauté, la pérennité de la beauté de ce qu'il avait regardé un nombre incalculable de fois et trouvé banal, négligeable. Comment était-il passé à côté ? Le nouveau-né respirant à peine, les mains recroquevillées par l'espoir, n'était pas étrange, ne ressemblait pas à un extraterrestre, l'impression que lui faisaient les nourrissons jusque-là (même Olu, Taiwo et Kehinde), c'était un être sublime, qui méritait qu'on se batte pour lui. Et l'inéluctable consternation : une contraction dans sa poitrine, à gauche, où il sent sa mort ainsi que d'autres forces, moins : j'étais aveugle mais à présent je vois, chœur d'anges, alléluia ; plus : une conscience accrue de l'absurdité de tout, une frustration intense.

Ou ce qu'il considère comme de la frustration.

La frustration, a-t-il lu quelque part, est l'autre nom de l'apitoiement sur soi.

Quel que soit le nom qu'on lui donne.

Il n'a plus éprouvé cela depuis Sadie : frustration et pitié, le monde est à la fois trop beau et plus beau qu'il n'en a conscience, il ne s'en est pas aperçu, il est passé à côté et passera peut-être davantage encore à côté ; il est peut-être trop tard, c'est une possibilité, le temps lui manquera ; peut-être que ce qu'il a remarqué n'a au fond aucune importance, comment en aurait-ce puisque tout est voué à disparaître ?

Autant de pensées qui se déroulent en spirale jusqu'à cette ultime défense, comment peut-on lui reprocher d'être passé à côté de tout alors que rien n'a de sens, alors que tout meurt ? Il plaide l'innocence (*Je ne savais pas ce qui était beau ; l'eussé-je vu, l'eussé-je su que je me serais battu pour le garder !*) Devant qui plaide-t-il sa cause dans la véranda ou dans la pouponnière ? Cela reste mystérieux. Il y a quelque chose d'autre. D'inédit. Ce n'est pas de l'ordre de la justification, de l'aveuglement, de l'indignation, ni de la pitié.

Une acceptation.

De la mort.

Cependant que la spirale cale sur *tout meurt*, il pressent, d'une étrange façon, l'imminence de sa fin.

Kweku sait — debout en débardeur et jodhpur, l'épaule appuyée à la porte coulissante à moitié ouverte, de plus en plus abîmé dans la rêverie, les réminiscences et autres re... (regret, remords, ressentiment, réexamen) — qu'il se meurt.

Il le sait.

Mais il ne s'en rend pas compte.

Une abstraction, non une connaissance. Qui ne se distingue pas de ses autres pensées. Même pas une pensée. Un son qui se propage dans l'eau et se dirige vers lui, sans hâte. Une forme qui s'esquisse au loin dans le néant. Une bulle qui amorce son ascension, à quinze, vingt minutes de la conscience, en retard, les faits remis à leur place, les serviteurs préparant le lieu pour son arrivée. Une femme. La voix d'une femme. L'amour d'une femme. L'amour pour elle et venant d'elle, une femme, deux femmes. La mère et l'amante, le commencement et la fin, ce qui devait être, il s'en doutait depuis toujours. (Plus à ce sujet dans un moment.)

Pour l'heure il se tient sur le seuil, subjugué par le jardin.

Comment a-t-il pu passer à côté ?

6

Depuis presque six ans qu'il le contemple — chaque matin, de cette véranda fermée par ses vitres du sol au plafond et son toit de verre, s'arrêtant à mi-gorgée du mélange de café et de poudre chocolatée, le moka du pauvre, pour feuilleter son numéro de *Graphic*, distrait, se mordillant la lèvre, pensant qu'il aurait dû insister pour la piscine et les graviers car « l'herbe d'amour » a besoin d'eau, c'est l'ennui avec la verdure, et espérant que M. Lamptey, son satané charpentier, est à présent satisfait —, il ne l'a jamais vu.

Son jardin.

Il n'en a jamais été capable.

Il ne voulait pas d'un jardin. Il avait été parfaitement clair. Ni luxuriance, ni douceur, ni végétation ; des lignes épurées, etc. (En fait, il ne voulait rien de ce qu'il associait aux jardins, Folá ou les Anglais entre autres, dans sa propriété, dans son champ de vision.) Il voulait des graviers, un tapis de graviers blancs comparable à une couche de neige, une piscine rectangulaire. Le soleil éblouissant se réfléchissant sur la blancheur et l'eau, la chaleur maintenue à distance par un surplomb en béton. Voilà ce qu'il avait esquissé dans la cafétéria de Beth Israel en buvant un café tiède et insipide, puant le désinfectant et la mort. Un bassin de chlore bleuté sur une plage blanche. Stérile, carré, originel.

Un aménagement rigoureux.

Et la vie qui en découlait : se lever tôt le matin, s'installer dans sa petite véranda fermée avec le journal et des croissants en dégustant un excellent café servi par un majordome nommé Kofi à qui il s'adresserait avec un accent anglais (inexplicablement) : « Ce sera tout. » Ses enfants paisiblement endormis dans l'aile de la chambre (la chambre d'amis désormais), un cuisinier occupé à préparer le petit déjeuner dans l'aile de la salle à manger. Et Folá. Ce qui l'enchantait le plus dans sa vision : en maillot une pièce faisant ses dernières longueurs de la matinée, son afro incrustée de gouttelettes, sortant de l'eau ruisselante telle Aphrodite des vagues (invraisemblable, elle détestait se mouiller les cheveux) et agitant la main.

Personnages croqués sur une serviette.

Elle : souriante, ruisselante, lui faisant signe.

Lui : souriant, buvant du café, lui répondant.

Au lieu de quoi, il vient s'y asseoir tous les matins avec son journal, devant son petit déjeuner (le moka du pauvre, quatre épais triangles grillés de pain chocolaté), cerné par des fenêtres du sol au plafond et la vision d'un charpentier mystique.

Ce satané bonhomme !

M. Lamptey.

Le charpentier. Devenu jardinier. Toujours une énigme. Qui construisit la maison en deux ans. Il travaillait remarquablement bien et seul. Il fumait du hasch, roulait des joints à l'heure du déjeuner, fredonnait des prières de contrition pour le moindre tort causé aux arbres. Il venait dans une tenue de pandit (safran, nu-pieds, ceintures à outils autour des hanches) et ressemblait moins à un sage qu'à un strip-teaseur sur le retour avec son marteau, son burin et ses cuisses nues, modelées. Une vieille âme dans le corps d'un homme plus jeune, des yeux d'enfant dans un visage ridé, âgé d'environ soixante-dix ans, des abdos en béton, affligé d'une cataracte. Il avait saboté la véranda, refusant de se ranger à l'avis de Kweku mais avait compris la vision : une résidence de plain-pied. Le seul charpentier d'Accra qui avait accepté de la construire.

Les autres architectes-entrepreneurs, membres de l'élite, avaient leurs propres idées (une seule d'ailleurs, la même) de ce que devait être une maison ; aussi tape-à-l'œil et gigantesque que le permettaient les moyens financiers, sans référence à la moindre notion d'architecture africaine. Kweku avait fait le tour de bureaux trop climatisés, expliquant le plus poliment possible : (a) la maison qu'il concevait ne serait pas « déplacée » ainsi que le suggéraient les entrepreneurs (« Nous ne sommes pas aux États-Unis ») ; (b) Accra avait toujours apprécié l'audace et le modernisme en matière d'architecture, le génie futuriste de la place de l'Indépendance le prouvait ; (c) des corps de bâtiment autour d'une cour étaient une structure ghanéenne classique adaptée à l'environnement, contrairement à leurs maisons témoins ; celles-ci étaient des entrepôts — non des foyers — où s'empilaient les acquisitions : peintures criardes, divans tendus de velours épais, fleurs en plastique, monceaux de kitsch, tapis persans, rideaux en velours, lustres, descentes de lit en peau d'ours, le tout complètement déplacé sous les tropiques. Et bas de gamme. Si massives qu'elles soient, avec leurs vestibules sur deux étages, leurs colonnes, leurs piscines, leurs maisons faisaient toujours bas de gamme.

Là, les entrepreneurs répondaient le plus poliment possible qu'il était libre de quitter leur bureau et de ne jamais y remettre les pieds. Au bout du septième entretien, Kweku fourra son plan (la serviette de treize ans d'âge) dans sa poche de poitrine et sortit sans hâte, descendit l'escalier, franchit l'entrée et se retrouva dans High Street.

Sous un soleil éblouissant.

La moiteur l'accueillit à bras ouverts. Immobile l'espace d'un instant, il s'abandonna à l'étreinte. Puis il prit un taxi pour se rendre à Jamestown — le plus vieux quartier d'Accra, de loin le plus pestilentiel, un bidonville fétide de baraques en carton et tôle ondulée à l'ombre de l'ancien palais présidentiel — où, bravant la puanteur (sueur recuite, poisson pourri), il demanda où il pouvait trouver un charpentier.

*

« Un charpentier ? dit l'un avant de passer le mot à un autre.

— Un charpentier..., murmura un autre, désignant la venelle.

— Un charpentier ? » Celui qu'on montrait du doigt s'esclaffa et cria : « Le charpentier ? »

Une vieille femme apparut.

« Le vieux », fit-elle, claquant la langue sur ce qui lui restait de dents. Une vague de oui s'éleva et parcourut le bidonville. « Oui, le vieux qui dort au bord de l'océan. » « Oui, le vieux qui dort dans un arbre. » La femme claqua de nouveau la langue, irritée par les addenda. « Le vieux, répéta-t-elle. Qu'on aille chercher le gamin. »

Une fillette surgit.

Elle se tenait derrière la vieille femme, dont la corpulence la cachait complètement, de ses nattes emmêlées à ses genoux. La petite, docile, s'élança avant que Kweku puisse demander des précisions : si un « vieux » était la réponse, pourquoi dormait-il dans un arbre et quel rapport un gamin avait-il avec sa question ? Kweku le comprendrait en temps utile. Il s'adossa au taxi, s'épongea la figure, croisa les pieds. Il faisait trop chaud pour attendre dans la voiture sans air conditionné. Le chauffeur y resta assis, satisfait, mangeant du poisson fraîchement fumé, l'orgueil de Jamestown, enveloppé dans le journal de la veille, vitres baissées, la radio diffusant à plein tube *Death for Live* du rappeur Reggie Rockstone qui faisait fureur à Accra.

À peine soixante secondes plus tard, la fillette revint au pas de course, tenant le poignet décharné d'un enfant qui semblait être son frère. Un sourire radieux aux lèvres, le garçon était animé d'une gaieté indomptable, une qualité que Kweku n'avait remarquée que chez les enfants vivant dans la misère à proximité de l'équateur : la faculté instinctive de se moquer du monde tel qu'il est, d'y trouver matière à rire, un enthousiasme inextinguible devant tout et rien, inexplicable étant donné la situation.

La situation les amuse.

Kweku l'avait remarqué au village, chez ses frères et sœurs, chez l'une en tout cas : sa sœur cadette, morte à onze ans d'une tuberculose curable. Plus jeune, il avait pris cela pour de la sottise, le ravissement des innocents. Une sorte d'incapacité à voir les choses. À son sens, il fallait être aveugle ou idiot pour être si souvent heureux dans ce village, dans les années cinquante. Il se trompait. Sa sœur était aussi lucide que lui, il avait fini par le comprendre la nuit de sa mort, après la venue et le départ de l'unique guérisseur du village (un fabricant de cercueils) qui avait fait tout ce qu'il pouvait avant le dîner. Sa mère était allée apporter un chevreau (un échange équitable : un enfant pour une enfant) au féticheur, laissant ses quatre aînés dans leur coin habituel à l'extérieur de la case, les deux plus petits à l'intérieur. Sa sœur Ekua, en chien de fusil sur la natte en raphia — membres enchevêtrés saillants, telles les brindilles d'un bûcher — toussait et riait. « Qu'est-ce que tu fais ? »

Agenouillé près d'elle, il lui touchait le cou, se demandant comment tout ce sang pouvait jaillir et sécher en quelques instants, ce qu'on avait prédit, pour interrompre son flot brûlant. Cela semblait pire qu'invraisemblable. Une cruelle plaisanterie, un mensonge. « Tu ne vas pas mourir », avait-il affirmé, lui prenant le pouls avec ses doigts, son torse, une douleur lancinante dans ses poumons. Ekua, son alliée, n'avait que treize mois de moins que lui ; née un mercredi, comme lui, elle avait l'esprit aussi inquiet que lui. Une lueur dans le regard, une brèche entre les dents (Folá avait la même, ainsi qu'il le découvrirait cinq ans plus tard). « Tu ne vas pas mourir. » Fort de la conviction que le fabuleux mystère du pompage de sang l'emportait sur les prières vouées à l'échec des villageois, l'égorgement de chèvres ou les pronostics de charlatans, il lui avait caressé le visage et répété : « Tu ne vas pas mourir.

— Si », avait-elle murmuré en souriant, les yeux étincelants.

Et elle avait expiré, un sourire gravé sur son visage émacié, sa main dans celle de son frère, qui avait posé la sienne sur son cou, grands yeux rieurs, qui s'écarquillaient et se vitrifiaient tandis qu'il les regardait, percevant qu'elle avait vu au-delà. S'était moquée de la mort. (Il les reverrait plus tard en Amérique, surtout dans la salle des urgences où meurent des gosses de onze ans : les yeux calmes d'un enfant qui a vécu et est mort dans l'indigence, qui accepte et défie cette réalité. Non grâce à l'éducation, l'arme préférée de Kweku. Non avec l'aveuglement qu'il avait attribué à sa sœur, mais avec l'indifférence dont le monde avait fait preuve envers elle, lui et tous les enfants misérables. Le même dédain.) Ekua avait des yeux rieurs. En dépit de tout : tuberculose, indigence, charlatans, mort prématurée. Elle jetait sur le monde qui ne lui avait accordé aucune importance un regard exprimant qu'elle ne lui en accordait pas plus. Elle avait vu tout ce que Kweku avait vu — la déchéance de leur pauvreté, l'insignifiance de leur présence au monde ; la médiocrité désespérante d'une existence ne dépassant pas une plage qu'ils parcouraient en une demi-journée — sans s'estimer déchue, insignifiante ou méprisable pour autant.

La qualité de cette gaieté.

Brisa le cœur de Kweku.

C'était la troisième douleur de cet ordre, la plus intense, encore qu'il ne puisse le savoir. La fillette s'approcha, serrant le poignet de son frère qui avait un sourire dans les yeux, une brèche entre les dents. Pourquoi le tenait-elle comme s'il ne songeait qu'à s'échapper alors qu'il avait l'air ravi, tout à fait disposé à l'accompagner ? C'était incompréhensible. À peine les eut-il aperçus que Kweku pensa à sa sœur trempée de sueur. Un nœud dans sa poitrine. Aucun chagrin, en revanche, telle la victime d'une minuscule brûlure au troisième degré qui ne sent pas l'infection. Pour la même raison : grave lésion nerveuse. Perte de sensation. La greffe de peau cimentait ce pan de son passé.

Les images défilaient dans sa tête — guérisseur du village, frères et sœurs plus âgés, bêlements du chevreau, yeux rieurs — comme les scènes d'un film avec en vedette une enfant morte depuis longtemps, prise en noir et blanc, avant l'apparition de son cameraman. Sans susciter d'émotions en lui. D'identifiables à tout le moins. Hormis la crise d'éternuements qu'il imputa à la chaleur. Non à la souffrance. Se rappeler son enfance ne le rendait pas malheureux ; c'était rare, même à quarante-neuf ans, après son retour au pays. Il la cernait de plus en plus, s'approchait du centre, du point de départ, des lieux — Jamestown à une heure de chez lui. Mais il n'en avait pas conscience. Dans son esprit, il continuait à avancer, à aller plus loin, sa vie entière pareille à une ligne droite s'étirant depuis le début.

De sorte que si un souvenir lui revenait, le rattrapait en tourbillonnant à la manière d'une amarante poussée par le vent, il ne percevrait que la distance, infranchissable, réconfortante, et la sérénité s'emparait de lui. Une compréhension sereine du deuil, de ce qui arrivait et à qui, du nombre de pertes subies. Aucune souffrance. Il ne faisait pas le compte — perte de sa sœur, de sa mère ; absence du père, fléau du colonialisme, naissance dans la misère —, ne se plaignait pas d'avoir eu une vie triste, injuste, ne brandissait pas les poings en demandant pourquoi. Ne fulminait pas. Il réfléchissait simplement à ses origines, à son parcours, à son identité, et concluait que rien n'était mémorable. Il n'éprouvait pas le besoin de se souvenir comme si les détails importaient et sombreraient dans l'oubli s'il les oubliait. Les pertes absurdes, les souffrances sans larmes arriveraient à un autre, à une myriade d'autres gens. C'était l'un des atouts d'une enfance misérable sous les tropiques.

Les détails n'intéressaient personne.

Il y avait le scénario élémentaire que tout le monde connaissait, et le choix entre plusieurs dénouements. Le scénario : grand-mères qui fredonnent, danses polycentriques, vin de palme et patriarcat. Les dénouements : le garçon s'enfuit, est doué pour les sciences ou le foot, meurt jeune, devient prêtre, enfant-soldat ou autre chose. Rien d'extraordinaire et, par conséquent, rien à garder en mémoire.

Rien à garder en mémoire et, par conséquent, rien à pleurer.

Le nœud dans la poitrine malgré tout, dont il tenta de se moquer lorsqu'il découvrit les yeux du garçon. Celui se mit à rire, gentiment, avec ravissement, sans se rendre compte qu'un tel rire pouvait briser un adulte.

« M'sieu, ça va ? » lança-t-il. Sa sœur le tira par la main. Il s'efforça de ne plus sourire. En vain. Il renonça.

« Très bien. » Kweku sourit, se redressa, s'éclaircit la voix. Il jeta un coup d'œil à la vieille femme qui le foudroyait du regard, assommée d'ennui.

Il regarda tour à tour la fillette qui s'épongeait le front et le garçon qui lui adressa un sourire plein d'espoir. Il soupira, comprenant la finalité de tout cela. « Comment t'appelles-tu ? » lui demanda-t-il, bien qu'il le sût déjà.

Kofi, le boy qu'il avait croqué sur la serviette.

« Kofi, m'sieu », répondit le garçon, levant sa main libre.

La vieille femme claqua de nouveau la langue, excédée par l'échange de civilités. « Emmène-le chez le charpentier », lâcha-t-elle avant de partir en se dandinant.

M. Lamptey.

Le yogi.

Qui dormait au bord de l'océan, ainsi qu'on l'avait présenté. Une cabane perchée dans un arbre, à environ quatre mètres de hauteur. Là, il servit du thé, un breuvage amer de feuilles de moringa cueillies, d'après lui, pendant la saison de l'harmattan. Alluma un joint. « C'est très vieux ! » protesta Kweku, tendant un bras pour protéger la serviette en papier que M. Lamptey examinait à quelques centimètres du pétard. « Moi aussi, plaisanta M. Lamptey sans la baisser. Ce n'est pas pour autant que je vais me dissiper en fumée », ajouta-t-il. En ga.

Kofi éclata de rire. Pas Kweku. M. Lamptey se remit à scruter le plan. Une brise chargée de sel souffla à l'intérieur. Ils étaient assis à même le sol sur les nattes en raphia, les seuls sièges de la cabane spacieuse. Extraordinairement bien aménagée malgré l'absence de décor : persiennes en guise de murs, lattes poncées à l'aspect satiné. Kweku but son thé en silence, admirant l'ouvrage. L'instant d'après, il effleura le plancher de sa paume. Lisse. Voilà pourquoi il tenait à ce qu'un Ghanéen construise la maison de ses rêves. Il n'y avait pas de meilleurs menuisiers au monde (pour peu qu'ils s'en donnent la peine).

Lorsqu'il leva les yeux, M. Lamptey l'observait, un sourire aux lèvres. « Quand avez-vous construit ça ?

— Elle n'est pas construite. »

M. Lamptey gloussa : « Bien sûr que si. » Kweku attendit qu'il poursuive. Peine perdue, il tirait sur son joint.

« Que voulez-vous dire ? Vous avez vu une maison comme celle-ci au Ghana ?

— Non. Mais vous si, n'est-ce pas ?

— Où ça ? » Kweku eut petit rire, sans comprendre le raisonnement. Puis la réponse lui parvint : *dans son intégralité en l'espace d'un instant*. M. Lamptey se tapa le front deux fois, montra Kweku du doigt. Mal à l'aise, celui-ci se déplaça sur la natte. « Si vous voulez dire où je l'ai dessinée, je l'ai dessinée à faculté de médecine.

— Ah bon ?

— Oui. Pendant mes études.

— Pourquoi vouloir faire ça ?

— Quoi, dessiner une maison ?

— Des études de médecine.

— Pour devenir médecin », répondit Kweku en riant.

M. Lamptey s'esclaffa : « Mais pourquoi vouloir faire ça ?

— Quoi donc ? demanda Kweku.

— Devenir un médecin. Vous êtes un artiste.

— Vous êtes très gentil.

— Je suis très vieux. » M. Lamptey fit un clin d'œil et agita la serviette de Kweku. « Toutes ces pièces, elles sont pour vos enfants ?

— Non.
— Des malades ?
— Seulement moi.
— Hmm. » Il retourna la serviette comme s'il cherchait une réponse plus satisfaisante.

« Il n'y a rien d'autre, enchaîna Kweku, sur la défensive.

— Seulement vous. » Après avoir tiré une nouvelle bouffée de son pétard, M. Lamptey désigna Kofi. « Et lui. » Brandit la serviette. « Et ça. Rien d'autre. »

Kweku se leva. « Je ne suis pas sûr de vous comprendre. »

Exhalant une mince volute de fumée, M. Lamptey ne répondit pas.

« De toute façon, je cherche un entrepreneur, pas un bouddha.

— Vous en avez trouvé un ? »

Kweku perdit contenance. Aucun.

C'était la huitième entrevue de ce genre. Le terrain était libre depuis plus d'un an. Il regarda le charpentier, le vieil homme, ce M. Lamptey, assis là en tailleur, vêtu de coton, les abdos contractés, les cataractes brillant d'une lueur bleutée semblable au cœur d'une flamme de bougie. On aurait dit un bizarre Gandhi africain. Avec un joint. Non violent. Déconcertant. Triomphant. Kweku s'essuya le visage, prit sa respiration comme pour parler. Mais il entendit le chuchotement des vagues pour la première fois depuis son arrivée. Alors, il garda le silence. Et resta debout, se sentant idiot de l'être, sa tête à quelques centimètres du toit de chaume.

Il en examina le motif vaguement familier (mais impossible à retrouver car il était associé à des souvenirs trop pénibles : une case ronde à Kokrobité à moins d'une heure de cette cabane, un toit de chaume infiniment plus haut que celui-ci, conçu par un original non sans points communs avec M. Lamptey, père absent, sœur au souffle laborieux : souvenirs pénibles, trop lointains).

Une deuxième brise, chargée d'une odeur de feu de bois.

On faisait brûler quelque chose quelque part.

Kweku fut soudain fatigué : « Si vous pouvez la construire, le projet est à vous.

— Je le peux et je le ferai », se contenta de répondre M. Lamptey.

Ce fut le cas. Il arriva tous les matins à quatre heures, pas une seconde avant ou après, le ciel était encore enténébré, pour exécuter les salutations au soleil sur le terrain encore désert, pendant environ soixante minutes, jusqu'au lever du soleil.

Kweku — de crainte que ses matériaux ne soient volés à cause de tuyaux fournis par le gardien s'il en recrutait un, par des arpètes s'il ne le faisait pas (des matériaux coûteux, du marbre importé, des ardoises ; il ne s'agissait pas d'une construction à la va-vite dans de l'herbe folle) — couchait sous une tente, celle qu'Olu avait oubliée, tandis que le maigre Kofi montait la garde avec le chien errant qu'ils avaient adopté. Un vacarme les réveillait à cinq heures quinze : coups de marteau sur des clous, égoïne sciant le bois avec une rapidité surprenante pour un septuagénaire, et une élégance que Kweku n'avait jamais eue lorsqu'il maniait un scalpel. Six mois d'affilée, il suivit Lamptey : une heure une fois par semaine, sirotant du café, restant en arrière. Si M. Lamptey, qui chantonnait mais ne parlait jamais en travaillant, acceptait qu'on le regarde, il refusait le moindre coup de main. Aussi Kweku s'attardait-il, attentif, avec sa thermos, ses lunettes, sans l'aider, se contentant de l'observer avec une envie et un respect croissants, s'efforçant d'apprendre le plus possible de l'homme aux yeux mi-clos qui faisait des incisions avec tant de calme. « Tu aurais dû être chirurgien », lui disait-il.

M. Lamptey claquait la langue, crachait, donnait une réponse sibylline en tirant sur son joint sans s'arrêter de scier : « J'aurais dû être celui que j'étais destiné à être. J'aurais dû être celui que je suis. » Il construisit la maison parfaitement, conformément aux instructions, fait sans précédent pour Kweku au Ghana. Tous les Ghanéens qu'il avait engagés pour un travail quelconque (ou quoi que ce soit d'esthétique) réinterprétaient ses consignes. « S'il te plaît, pas d'amidon sur mes chemises », et le lavandier de les empeser, insistant sans le moindre remords : « C'est mieux comme ça. » Ou : « Peins les portes en blanc », et Kofi de les peindre en bleu, s'exclamant avec le sempiternel sourire : « C'est joli, m'sieu, oh tellement joli ! » M. Lamptey ne changea rien, n'éleva aucune objection, ne fit aucune suggestion, ne prit aucune liberté.

Jusqu'à sa dernière semaine de travaux.

Le problème, c'était le jardin ; en l'état, il y avait moins de mille mètres carrés à aménager. La plus grande partie du terrain avait été dégagée pour la maison, il ne restait qu'une parcelle de jungle en face de la véranda fermée.

M. Lamptey examina les formes sur la serviette en papier. « De quelle espèce d'arbres s'agit-il ?

— Peu importe », marmonna Kweku, évaluant la taille de la parcelle. Il faudrait que la piscine soit plus petite que celle qu'il avait dessinée à l'hôpital, mais ça irait puisqu'il aurait quatre nageurs de moins. Il suffisait d'abattre ou de déraciner le manguier dont les frondaisons verdoyantes obstruaient la vue.

M. Lamptey rit aux éclats. Il n'en était pas question. Le manguier leur avait-il fait du mal ou nui d'une façon ou d'une autre ? Le tuer serait comparable à trancher la gorge de sa grand-mère.

« Un peu excessif, commenta Kweku.

— Je ne toucherai pas à cet arbre.

— Nom de Dieu, tu es charpentier ! Tu travailles avec des arbres abîmés…

— Jésus était charpentier…

— Cela n'a rien à voir.

— C'est toi qui as parlé de Dieu…

— Bordel de merde, mon vieux, assez ! Assez ! »

Stupéfait par l'explosion, M. Lamptey dévisagea Kweku, qui le regarda, stupéfait par lui-même. Résolu néanmoins à affirmer une manière d'autorité. Malgré son impression que la vision lui échappait peu à peu. Il n'y aurait pas d'enfants paisiblement endormis, pas de Folá ruisselante en train de nager et, si le manguier restait en place, pas de plage blanche. L'arbre devrait disparaître.

« Eh bien, je vais embaucher quelqu'un d'autre.

— Sûrement pas », décréta M. Lamptey, qui s'assit et n'ajouta rien.

Il resta ainsi, jambes croisées et vêtu de coton, au pied du manguier, trois jours et deux nuits, à fumer du hasch, à monter la garde, levé aux aurores pour son yoga, sinon d'une immobilité marmoréenne, tandis que Kofi lui passait en douce des noix de coco pour l'hydratation. Il n'avala rien pendant son sit-in, hormis les mangues mûres tombant à côté de lui et la chair tendre, blanche, gélatineuse des noix de coco vertes.

Dont il se délectait.

« Tu ne peux pas rester ici jusqu'à la saint glinglin », siffla Kweku entre ses dents. Il s'était planté devant Lamptey le deuxième jour de sa protestation. M. Lamptey tira sur son joint, ferma les yeux, n'ouvrit pas la bouche. Kweku claqua la langue et s'éloigna, furieux. Le troisième jour, il menaça d'appeler la police pour faire déguerpir le charpentier au motif qu'il s'était introduit sans permission dans la propriété. Il lui suffit de jeter un regard à l'homme — soixante-douze ans désormais, à moitié nu, une cordelette rouge munie d'une clochette autour du cou — pour en être dissuadé. Il imagina son cameraman filmant la scène : Un Sâdhu Ghanéen alpagué par des flics armés, engraissés grâce aux pots-de-vin, sous les yeux du Propriétaire Inflexible posté à l'entrée de sa tente. « C'est ridicule », reconnut-il en fin de compte. Il ouvrit la fermeture Éclair, regrettant soudain les coups de marteau et la scie. L'aile principale était achevée depuis des mois, mais il préférait la tente d'Olu, la lucarne en plastique. « Tu as presque fini, mon vieux. Terminons ce qu'on a commencé.

— Avec l'arbre, dit M. Lamptey.

— Allez, viens. »

M. Lamptey ramassa un bout de bois et se mit à dessiner dans la poussière.

Sa conception de la vue de la véranda.

Un jardin.

Un excès de luxuriance, de douceur, de végéta-

tion, ni ordre ni aridité, touffes d'herbe d'amour en dents de scie, rôniers de la taille d'un enfant, bananiers semblables à des palmiers sans troncs, massifs d'hibiscus, gloriosa flamboyantes et cette profusion de fleurs fuchsia (dont le nom échappe toujours à Kweku) envahissant le portail. Une débauche de couleurs. Une insurrection de verts.
« Et là, une fontaine, conclut M. Lamptey.

— À quoi bon ? »

Une réponse longue et embrouillée sur la disposition d'un emplacement sacré, la nécessité de l'eau, les bonnes proportions, le bleu, le vert. Kweku n'écouta rien. Il se frotta le front et soupira : « Je ne peux pas m'occuper de ça.

— Je le peux et je le ferai.

— Tu es charpentier, pas jardinier.

— Je suis un artiste. Comme toi…

— Pas de problème. Plante ton jardin…

— Le tien.

— Peu importe. »

M. Lamptey attendit que Kweku poursuive. Celui-ci détourna les yeux. Donna un coup de pied dans un caillou, un galet blanc. Quand il les leva, M. Lamptey se dirigeait, non sans un brin de morgue, vers la véranda à moitié terminée. Kweku pensa qu'ils devraient renoncer aux grandes fenêtres (moins de frais de climatisation, ça ne rimait à rien sans piscine). Il sortit le plan qu'il regarda avec regret.

Personnages sur une serviette.

L'un : agite la main, ruisselle.

Et l'autre : qui vient s'asseoir tous les lundis dans sa petite véranda fermée, parcourt le *Graphic* jusqu'à satiété et, jetant par hasard un coup d'œil, est toujours sidéré de trouver un être humain dans son jardin, oublie toujours que c'est lundi, le jour du paillis, et renverse du café. Puis leur danse : les yeux de l'homme qui le fixent, attendent un signe de lui tandis qu'il tapote la jambe de son pantalon, le temps de manifester sa mauvaise humeur, jusqu'à ce qu'il capitule et le regarde, un sourire contraint aux lèvres. Il agite la serviette en guise de salut et de défaite.

En tenue de swami, les mains dans des gants de jardinier : M. Lamptey.

Qui sourit, taille des haies, lui répond par un signe de la main.

7

Lorsqu'il regarde le manguier à présent, au milieu du jardin, gravide, en fleurs, sa cime touffue dressée, altière, Kweku ne peut imaginer sa disparition — de même qu'il n'aurait pu concevoir la sienne des années auparavant. Le jour où il avait tenu Sadie dans la coupe formée par ses doigts, le bébé qui tremblait de tout son être dans son effort pour exister, il s'était cru inamovible, un pilier du tableau. Structurel. Son centre en quelque sorte. L'idée de sa disparition lui aurait paru inconcevable alors qu'il luttait pour sauver une vie. Le tableau sans lui. Une alternative. Déraciné et remplacé par un trou.

Il y pense malgré tout et en est aussi stupéfait que lorsque Taiwo s'était dissipée en fumée devant la porte de l'aile du séjour : une douleur plus vive le transperce, si bien qu'il se penche en avant, s'agrippe au montant de la porte. Il secoue un peu la tête pour extirper la pensée qui, malgré des vacillements, s'incruste. Aussi en cherche-t-il une autre susceptible de la supplanter, plus banale, chargée de plus de poids que sa disparition :

bon sang, qu'est-ce qui te prend de contempler le jardin ?

Ça marche. Le charme est rompu. La douleur reflue. Il récupère. Hors d'haleine. « Ressaisis-toi », marmotte-t-il tout haut. Saisi d'une quinte de toux, il prend soin de glousser pour que son cameraman sache qu'il est conscient de l'absurdité de ces divagations, qu'il ne perd pas la tête, qu'il était perdu dans ses pensées ; les êtres humains passent leur temps à s'y égarer. De l'oxygène, voilà ce qu'il lui faut, un petit tour parmi les fleurs, faire la paix avec le manguier, humer les roses. Il pousse à fond la porte coulissante.

Il s'avance dans le jardin et s'arrête, le souffle coupé.

Des gouttes de rosée sur l'herbe.

Sous la plante de ses pieds :

inattendues, humides, surprenantes à en être désagréables.

Ce n'est qu'à ce moment-là qu'il s'aperçoit qu'il n'a pas enfilé ses pantoufles : la morsure de la fraîcheur sous ses pieds. Depuis combien de temps n'est-il pas sorti nu-pieds, n'est-il pas allé quelque part nu-pieds, n'a-t-il pas eu les pieds mouillés ? Il a oublié. (Cela remonte à des décennies, l'obscurité avant le point du jour, l'océan en lisière, la lune dans le ciel.) Il bondit en arrière comme pour sauter au-dessus de charbons ardents. Où sont mes pantoufles ? se demande-t-il.

8

Après, pendant de nombreuses années, chaque fois que Taiwo pensera à son père, elle se le représentera dans le jardin, les pieds couverts de rosée, dans l'herbe, et s'interrogera : *où étaient ses pantoufles ?* La question la moins essentielle jamais posée, restée sans réponse, ce qui cloche le moins dans le tableau — l'homme tombé, peut-être empoisonné par une analphabète (la conviction secrète d'Olu) ou simplement mort de mort naturelle (celle de maman) ou puni par Dieu pour ses péchés (celle de Sadie) ou épuisé par eux (celle de Kehinde) —, en revanche Taiwo s'interrogera. *Où étaient ses pantoufles ?* Quand elle laisse la pensée se former ou que celle-ci s'insinue, masquée, dans une fissure du mur que Kehinde et elle avaient érigé lors des premières nuits de solitude à Lagos.

Au début ce fut un jeu, comme tout le deviendrait, un jeu entre eux pour préserver leur santé mentale : l'interdiction de prononcer « père » ou « papa » et, si cela échappait à l'un, un gage choisi par l'autre (d'ordinaire se faufiler dans la cuisine pour faucher des biscuits au lait, trois paquets enveloppés de plastique, faciles à cacher pour plus tard).

Leur façon de se construire une base.

Puis ils réinventaient les histoires.

Ils y jouaient surtout le soir dans la deuxième petite chambre à l'atmosphère poisseuse, pourvue d'un ventilateur au plafond et de deux petits lits grinçants, la seule pièce de la maison à ne pas être équipée d'un climatiseur en état de marche. Taiwo commençait, racontant une histoire sur Boston, la fois où il les avait tous réveillés au cœur de la nuit, les avait obligés à enfiler leur combinaison de ski, les avait entassés dans la Volvo et emmenés au Lars Anderson Park.

Deux heures du matin. La neige tombait depuis peu, l'horizon était noyé de blancheur. Il avait sorti cinq luges en plastique du coffre tandis qu'ils le regardaient, bouche bée, les yeux écarquillés. « Non, Kweku », avait soufflé maman qui venait de comprendre, claquant les doigts. Dans des mitaines en laine. « On va se faire arrêter. »

Sadie n'était pas encore née.

Une neige fraîche, idéale.

Le parc désert, plongé dans l'obscurité.

Les étoiles clignotaient leur consentement.

On ne les avait pas arrêtés. Ils avaient fait de la luge jusqu'au lever du soleil, même maman, chuchotant, riant, fous de joie, ravis de l'espièglerie, le teint terreux, un tableau improbable : une famille africaine qui s'amusait seule dans la neige.

Taiwo la racontait sans évoquer leur père. La luge en pleine nuit était une idée de maman ; il y avait quatre luges, pas cinq. Puis Kehinde prenait le relais. Et ainsi de suite, des récits sur la neige, jusqu'à ce qu'ils s'endorment. Jusqu'à l'éradication de l'homme de leurs histoires, donc de leur enfance (qui n'existait que sous forme d'histoires, Taiwo le savait, le sait toujours). Pas mort. Jamais. Ils ne voulaient pas qu'il le soit, ne le prétendaient pas

— ils se contentaient de le supprimer, de dresser un mur devant lui, de nier son existence. Sa présence n'était qu'absence et silence. Il était réduit à un concept. Une idée, rien de plus. Une idée qui n'était qu'une suite de mots, qu'ils n'employaient pas — aussi ne prenait-elle pas forme dans leur esprit.

Au fil du temps, le mur s'éleva.

Au fil du temps, le mur s'effrita.

Jusqu'à ce que la question surgisse au débotté. *Où étaient ses pantoufles ?* Et de nouveau une semaine plus tard. La fissure dans le mur. La seule chose qu'ils avaient oublié d'éradiquer de leurs récits, le moustique vecteur de maladies dans l'avion d'évacuation : non pas un moment, ni un souvenir, ni le détail d'une anecdote, mais un détail de toutes les anecdotes, omniprésent, essentiel. Ils les avaient négligées, ne les avaient pas supprimées, les avaient laissées à leur place, où elles étaient restées, présentes, virtuelles, artisanes du passé.

Les pantoufles.

Des mules marron abîmées, usées jusqu'à la corde. Pareilles à des animaux de compagnie en cuir souffrant d'une angoisse de séparation, fidèles, ses chiens. Sa religion, ce en quoi il croyait, le fondement de sa morale : un ascétisme cosmopolite syncrétique, un rituel, des lignes épurées. *La pantoufle*. D'une grande simplicité, silencieuse sur le bois, apportant propreté, paix et sérénité aux croyants du monde entier, de toutes les classes sociales et de toutes les cultures, accessible à tous, une forme de protection inégalée contre les dangers du foyer, éclats, bactéries et dégâts causés au bois, aux lattes en chêne poncées à cinquante dollars le mètre carré. Quand il allait chez les autres, il remarquait en premier lieu l'usage ou non de pantoufles, un préalable d'où découlait son opinion. Et quiconque venait chez eux — à Dieu ne plaise, les « amies » de Taiwo, une horde de camarades de classe aux voix stridentes qui avaient le béguin pour son jumeau — tombait sur lui, en faction, sur le seuil. « Entrez, je vous en prie », les accueillait-il, désignant d'un geste majestueux la corbeille qu'il gardait près de la porte.

On eût dit un coffre rempli de patins à glace de location.

Toutes sortes de pantoufles. Celles en ouatine d'hôtels de luxe, d'une blancheur éclatante, aux semelles intérieures rembourrées et aux lanières en caoutchouc beige ; celles en polyester brillant achetées en gros à Chinatown, bleu électrique et rose bonbon, brodées de dragons sur les orteils ; des tongs aussi rigides que celles de l'époque du dessin animé les *Pierrafeu* qu'on trouvait à l'aéroport du Ghana (la même provenance que le grotesque jodhpur en batik imprimé du motif *gye nyame* [1]). Presque toutes les admiratrices rougissantes de Kehinde choisissaient les dragons, s'encourageant du regard tandis qu'elles se déchaussaient, s'engageant à être solidaires lorsqu'elles pénétraient vaillamment dans ce nouveau monde si étrange où flottaient des odeurs de gingembre et d'huile.

« Oh là là, Taiwo, qu'est-ce que ton père est *adorable* ! » gloussait l'une, poussant son registre au plus aigu.

« Oh là là, Taylor qu'est-ce que tu peux être *arti-*

1. Symbole adinkra de la toute-puissance de Dieu.

ficielle », se moquait-elle quand Kehinde apparaissait derrière elle. Il se matérialisait comme lui seul savait le faire, sans un bruit, entrant dans le vestibule en babouches marocaines.

« Bonjour », lançait-il d'une voix timide et calme. Non qu'il fût vraiment timide, Taiwo le savait bien. Pas vraiment intéressé, voilà tout.

Dans leurs bouches, salut était un mot à trois syllabes. Sa-lu-ut. À peine apercevaient-elles Kehinde qu'elles baissaient les yeux. Chaussée de pantoufles de l'hôtel Westin, Taiwo observait la scène. Quatre queues-de-cheval blondes inclinées pour rendre hommage aux babouches de son frère. La jalousie se mêlait à la stupéfaction, formant un nœud. Quand les filles levaient les yeux, Kehinde s'était volatilisé.

Des chaussons de ninja.

Une religion ou un fétichisme, une forme de podophilie — du moins fût-ce l'impression de Taiwo quand elle tomba sur le mot en quatrième, au cours de littérature classique. De l'*autopodophilie* plutôt. Elle l'écrivit soigneusement dans son cahier, noircissant les *o* avec son crayon, tandis qu'un élève demandait : « C'est quoi un pédophile ? »

Le rire nerveux du professeur parvint de loin à Taiwo, qui, pour l'heure, ne s'intéressait qu'à son dessin. Elle pensait à l'attention excessive que son père prêtait à ses pieds : gommage au sel exfoliant, application d'huile essentielle de menthe et prise de vitamine E avant d'aller se coucher. *L'amour des pieds.* Plus tard, toutefois, elle se souviendrait du rire nerveux du professeur, de son expression crispée, de l'atmosphère de la salle de classe, des ricanements, du moindre mouvement, bruit ou image, de chaque seconde : il s'agissait d'un de ces moments qu'on ne prend jamais pour ce qu'il est.

Une fin.

Un coup de semonce.

Une ligne de démarcation. Entre « les choses telles qu'elles étaient » et « le chambardement », un moment au cours duquel on ne remarque rien et qui se grave dans la mémoire. Et c'est précisément la question. La différence entre la vie de Taiwo à douze ans, avant le chambardement, et sa vie d'après se situe là : l'absence de prise de conscience. Rien ne l'avait alertée. Elle n'était pas sur ses gardes. Non qu'elle fût innocente — elle n'estimait pas avoir l'innocence de Kehinde, elle portait des jugements, se méfiait —, en revanche, elle était *insulaire*, comblée par son univers intérieur, ses rêves, ses idées.

Alors qu'elle pensait à l'amour que son père vouait aux pieds, à ses propres pieds, un élève posa la question sur les pédophiles et, à moitié distraite, elle nota le mot. Une personne qui aime les enfants. Qui aime ses enfants.

Pédophile.

Autopédophile.

Autopodophile.

Et l'instant d'après. Les picotements familiers au creux du ventre, l'appréhension qui l'assaillait quand elle était sûre d'avoir raison. Un mélange d'excitation, de réconfort et de satisfaction, assorti d'un soupçon de quelque chose de plus lourd, de plus sinistre : le soulagement. Le soulagement de savoir, d'avoir compris, teinté de la terreur de ce qui se produirait si elle se trompait un jour. Son souvenir le plus précis de ce jour-là, c'était sa fatuité : elle avait trouvé la bonne réponse, comme elle aurait pu le faire à un concours d'orthographe, à la question : qui était son père ?

Un homme qui aimait ses pieds et ses enfants.

Or elle avait mal compris la connotation de l'amour que recouvrait le mot grec *phile*. Et mal compris son père, qui abandonnerait ses enfants et exécrait ses pieds, ainsi qu'elle le découvrirait cette nuit-là.

Plutôt ce petit matin-là.

Quatre heures. La maison pétrifiée dans le silence. Taiwo fixait le plafond, les mains sur sa cage thoracique. Elle souffrait d'une insomnie de milieu de nuit pas encore diagnostiquée. Elle se leva et se rendit dans la cuisine.

Lorsque le sommeil la fuyait, elle se faufilait d'ordinaire dans la chambre de Kehinde par la petite trappe du fond de sa penderie. Là, debout, silencieuse, elle contemplait ses traits peints à l'aquarelle par la lune et s'émerveillait de son air grave ; il n'avait cette expression, ne fronçait les sourcils que profondément endormi. Éveillé, il était lui-même. Il lui ressemblait, mais il avait un secret, le sourire de ses lèvres n'éclairait pas ses yeux noisette pailletés d'or. Le froncement de sourcils la faisait sourire jusqu'à ce qu'il lui sourie, sans ouvrir les yeux, sans se réveiller. Un seul petit sourire de quinze secondes, pas davantage, ses paupières récalcitrantes à cause de rêves en Technicolor. Puis elle lui soufflait un baiser avant de retourner dans son lit, où elle s'endormait sur-le-champ.

Cette fois, elle descendit l'escalier de service menant à la cuisine, l'un des quelques passages secrets de la maison. C'était celle style XVIIIe qu'elle détestait, à Brookline, une banlieue de Boston, que l'homme avait été fier d'acheter après la naissance de Sadie (malgré la préférence de maman pour une maison de ville, dans le South End d'avant l'embourgeoisement ; un meilleur rapport qualité-prix disait-elle, à juste titre). Celle-ci était ravissante. Briques rouges et volets noirs, garnitures blanches, bardeaux, grand jardin à l'arrière. Toit à pignon. En comparaison des manoirs Tudor de leurs voisins, Taiwo la trouvait toutefois trop simple. Anémique en quelque sorte. (Le premier soir, au Nigeria, elle rirait sous cape dans la voiture qui passait devant des rues à côté desquelles celles de Brookline semblaient misérables.)

Une fois dans la cuisine, elle ouvrit un placard.

Un deuxième.

De nouveau le premier.

Olu, qui venait d'entrer à la Milton Academy, tenait à se nourrir comme les élèves d'un établissement privé. Les placards étaient désormais bourrés de produits aux noms mystérieux. Elle referma le placard. Se rabattit sur le frigo.

Derrière le jus de pomme, il restait un fond de jus Capri Sun. Elle enfonça la paille, le but d'un trait, balança le carton et, jetant un coup d'œil par la fenêtre, plaqua la main sur sa bouche pour étouffer un cri.

Dehors, la statue en pierre de la mère et des jumeaux la regardait, effrayante sous le clair de lune. On aurait dit un enfant se profilant entre les sapins, un petit extraterrestre d'un mètre vingt, luisant, gris clair. Elle la détestait. Ils la détestaient tous. Même maman, secrètement. Elle l'avait déballée à Noël et s'était exclamée : « Je l'adore, Kweku !

Merci infiniment », et l'avait sortie après le dîner, l'abandonnant dans la neige.

Taiwo rit doucement, son cœur battait à grands coups. Elle décida de vérifier toutes les serrures des portes. Au cas où un petit extraterrestre errerait dans Brookline en quête de sablés au citron. Celle de service était verrouillée. Sur la pointe des pieds, elle traversa la salle à manger, où personne ne prenait aucun repas, gagna le vestibule pour vérifier la porte d'entrée. Elle faillit ne pas remarquer la silhouette recroquevillée dans le salon, où personne ne s'asseyait (hormis d'importants invités en pantoufles), à gauche, en face du vestibule, derrière la grande voûte maure, là où il y avait deux canapés et un tapis rouge turkmène.

Taiwo se dirigeait vers la porte dans l'obscurité lorsqu'elle tourna imperceptiblement la tête et l'aperçut.

Vautré dans le canapé, les pieds sur un tabouret, la tête affaissée sur la poitrine, inerte, les lèvres flasques. Il portait toujours son pyjama de bloc bleu, éclaboussé de rouge, comme s'il était monté dans sa voiture aussitôt après avoir opéré. Sa blouse blanche formait une flaque sur le sol où il l'avait laissée tomber. Ses pantoufles avaient glissé de ses pieds sur le tapis. Par la fenêtre derrière lui, la lune éclairait la bouteille d'alcool qu'il serrait dans sa main.

Elle se figea. Son cœur se remit à battre la chamade. Elle jeta un coup d'œil à l'escalier et hésita : marcher ou courir ? S'il se réveillait et l'apercevait, elle serait dans le pétrin. Non parce qu'elle s'était approchée furtivement, ni parce qu'elle ne dormait pas, mais parce qu'elle l'avait surpris ainsi.

Effondré dans le canapé, la bouche ouverte, la tête affaissée sur la poitrine, sa blouse gisant sur le sol. Elle n'avait jamais vu son père *avachi* de la sorte. Sans tension. Lui qui était toujours droit, raide, crispé. Il ressemblait à une marionnette abandonnée par son montreur, un amas de membres désarticulés et de ficelles. Il serait furieux de découvrir qu'elle l'avait vu dans cet état. Elle allait devoir se précipiter à pas de loup dans l'escalier.

Elle n'y parvint pas. Ou ne le voulut pas. L'envie de le déranger la tenaillait. De le ranimer, de l'obliger à se réveiller, à se *redresser*. Alors elle alla se planter en face de lui comme s'il s'agissait de Kehinde, près du tabouret, devant ses pieds, puis elle eut un mouvement de recul, la main de nouveau sur la bouche pour s'empêcher de crier sous l'effet du choc causé par la plante de ses pieds, constellée de lésions.

Comment cela lui avait-il échappé, ça la dépassait, et la dépasse toujours, de n'avoir vu que le côté lisse de ses pieds. La plante formait un contraste saisissant, irritée, calleuse, à vif, noire par endroits et couverte de cloques autour des orteils. On eût dit qu'il avait littéralement traversé nu-pieds un désert de sables brûlants (en fait, il avait passé le plus clair de son enfance sans chaussures). Taiwo pinça les lèvres pour imposer silence à sa répugnance, mais ce qui l'envahit n'avait ni forme ni son :

une étrange béance, une sensation d'apesanteur, comme si elle flottait, comme si elle avait cessé d'exister l'espace d'un instant : une tristesse insolite, un mélange de chagrin et de compassion, une tristesse gonflée à l'hélium, trop lourde à supporter. Lorsqu'elle serait terrassée de la sorte à l'avenir, sentirait son être s'échapper d'elle comme un souffle, elle désirerait toucher et être touchée, établir un contact (et elle le ferait, ce qui ne serait pas sans conséquences). Un désir, innocent à l'origine comme la plupart, prit naissance au creux de ses mains, dans son cœur palpitant : l'envie folle de caresser les pieds de son père, de les embrasser et de les soigner. De remettre son père en état. Elle ne savait comment s'y prendre. Elle ne connaissait pas ce père. Elle n'avait pas de réponse. Elle s'agenouilla. Fondit en larmes.

Elle ne s'expliquait pas la peur qu'elle éprouvait, une sensation irrationnelle, néanmoins prégnante, qu'il allait arriver quelque chose d'abominable, à moins que ça n'ait déjà eu lieu : un chambardement. C'était surtout dicté par son intuition d'une acuité inexplicable (ainsi que par son insomnie de milieu de nuit, pas encore diagnostiquée). Aucune pensée ne l'accompagnait, une sensation sans mots. Une révélation.

Une brèche s'était ouverte quelque part.

L'avachissement de son père au clair de lune signifiait l'inconcevable : il était vulnérable. S'il l'était — leur père solide comme un roc — elle aussi, de même que les autres qui, pis que tout, ne le savaient peut-être pas. S'il cachait la plante de ses pieds depuis qu'elle était au monde, douze ans, il pouvait cacher n'importe quoi (comme tout un chacun). Enfin, ses efforts de dissimulation, le fait qu'il ait quelque chose à cacher, prouvait sa honte. Ce qui était intolérable.

Elle posa la tête sur le tabouret, à côté des pieds de son père. Murmura « papa », l'effleura. Il continua de ronfler. « Réveille-toi, s'obstina-t-elle.

Réveille-toi. » Peine perdue. Elle remarqua les pantoufles sur le tapis, près de ses genoux.

Le plus doucement et silencieusement possible, Taiwo en enfila une sur le pied de son père. Où elle pendilla à la manière d'une chaussure sur un embauchoir. Elle fit la même chose avec l'autre. Au moins les lésions se dérobaient-elles à la vue.

« Non », souffla-t-il.

Affolée, Taiwo se leva d'un bond, sauta en arrière, s'éloignant de la fenêtre et de la lune pour se fondre dans l'obscurité où elle ferma les yeux, guettant le cri. Qui ne vint pas. Il émit un autre bruit, le bruit de succion d'un être endormi, et répéta un « non » assourdi. Le silence retomba. Puis il ronfla. Taiwo ouvrit les yeux et s'avança, toujours effrayée. Il avait relevé la tête. Il parlait dans son sommeil.

« C'était trop tard », énonça-t-il aussi distinctement que s'il avait su qu'elle se tenait là, les yeux rivés sur lui. Il ne sourit pas dans son sommeil comme l'aurait fait Kehinde. Sa tête retomba.

Elle se rua vers l'escalier.

Depuis, chaque fois que Taiwo pense à son père, quand la pensée s'infiltre sournoisement dans la fissure du mur — accompagnée de l'image de Kweku mort dans le jardin, la plante de ses pieds nus violacée livrée à la vue de tous —, elle se demande désespérément « où étaient ses pantoufles », comme à douze ans, et fond en larmes, comme à douze ans.

9

Où sont mes pantoufles ?

Dans la chambre.

Il réfléchit.

Ama, sa seconde épouse, y dort. Lèvres couleur d'une prune bistre entrouvertes, révélant l'intérieur rose et charnu de la bouche. Il ne veut pas la réveiller. Un changement qui tient du miracle.

Outre les numéros qu'il joue à son intention et à celle de son cameraman, il souhaite sincèrement, c'est récent, ménager son épouse. Comme s'il était un autre homme (plus attentionné) dans ses rapports avec celle que June, l'Autre Femme, affirme être non sa deuxième mais sa troisième épouse. L'Autre Femme ment, ce qu'ils savent tous les deux : ils n'ont jamais été près de se marier (même si elle vivait chez lui. Il avait eu un besoin fou de la chaleur, du poids d'un corps, de l'effluve d'un parfum, fût-ce le vulgaire *Jean Naté*. La rupture s'était produite quand elle n'avait pas tenu sa promesse de quitter l'appartement un matin de mai afin de ne pas croiser Olu, qui était enfin venu pour son anniversaire et était parti dès qu'il avait aperçu June). Avec Ama, qu'il a épousée au cours d'une simple cérémonie de village sous les regards abasourdis de la famille élargie de la jeune femme, il est tendre, ce qui n'était pas le cas avec Folá. Non qu'il ait brutalisé Folá. Mais ce n'est vraiment pas la même chose.

Par exemple.

S'il hausse le ton et qu'Ama tressaille, il cesse de crier sur-le-champ. On dirait un interrupteur. Ama tressaille. Il s'arrête. Ou si elle passe devant la porte de son cabinet de travail et tousse, il lève les yeux ; quelle que soit son activité, quoi qu'il lise, Ama tousse, il s'interrompt. Ses enfants faisaient pareil, délibérément, pour le mettre à l'épreuve, pour évaluer son intérêt pour son métier à l'aune de son intérêt à leur égard. Il avait installé son sextuor dans l'énorme maison de Brookline, un véritable palais, sauf que la porte d'origine de son bureau ne fermait pas. Ils traînaient dans le vestibule, devant la porte entrebâillée, gloussaient, chuchotaient bruyamment afin d'attirer son attention, puis passaient une tête pour voir s'il levait les yeux des revues médicales, ce dont il se gardait bien, pour s'occuper d'eux. Il y avait un vice de forme. Il le leur aurait expliqué s'ils lui avaient posé la question. Il n'y avait pas de comparaison à établir, ni de compétition entre son métier et sa famille ; c'était une logique américaine spécieuse, « marié à son boulot ». Comment ? Les heures qu'il consacrait à son travail étaient l'*expression* de son affection, proportionnelles à son engagement d'assurer leur bien-être : leur instruction, leurs voyages, leur éducation, leur nourriture. Ce dont il rêvait dans son enfance et n'avait jamais eu.

Lorsque Ama s'attarde en faisant du bruit — elle aussi le met à l'épreuve —, Kweku marque la phrase, baisse son livre. Il lui fait signe d'entrer et lui demande si elle va bien. Oui, répond-elle systématiquement. Elle va toujours bien. Et si elle frissonne, ne serait-ce qu'un peu quand ils roulent dans la Land Cruiser, il donne l'ordre à Kofi, qui a appris à conduire, d'éteindre la clim (bien qu'il ne supporte pas l'humidité, ne l'a jamais supportée, même au village ; on s'y moquait de lui, le traitant d'*obroni*[1], mais pour d'autres raisons également). Et si elle arrive dans le séjour marchant à pas feutrés dans ses mules en satin rose, la tête hérissée de rouleaux en mousse rose, alors qu'il est en train de regarder BBC World, il change aussitôt pour la cacophonie abrutissante de Nollywood, la chaîne de fiction africaine qu'il exècre et qu'elle adore.

Et ainsi de suite : il se rend à l'église (bien qu'il ne supporte pas le charivari), achète du savon Fa parfumé (bien qu'il n'en supporte pas l'odeur), donne à Kofi la consigne de préparer le ragoût conformément au goût d'Ama (bien qu'il ne le supporte pas aussi épicé, ça le fait pleurer). Il veut qu'elle soit satisfaite. Il le veut parce qu'elle peut l'être. C'est une femme qui peut être satisfaite.

Elle ne ressemble à aucune femme qu'il a connue.

Ou à aucune femme qu'il a aimée.

Il n'est pas certain de les avoir connues, d'y être parvenu, ou qu'un homme soit capable de connaître une femme. Ainsi, celles qu'il a aimées ignoraient la satisfaction. Sitôt qu'elles avaient ce qu'elles voulaient, elles s'empressaient de vouloir davantage. Non par cupidité. Jamais. Il n'aurait jamais qualifié sa mère de cupide, ni Folá, ni ses filles (du moins pas Taiwo, du moins pas à l'époque). Des femmes d'action qui réfléchissaient, des amantes toujours en quête, toujours prêtes à donner mais, surtout, des rêveuses, ce qui était bien plus dangereux.

Des rêveuses.

Des femmes très dangereuses.

1. Blanc en ga.

Qui regardaient le monde par leurs grands yeux rêveurs et qui, au lieu de le voir tel qu'il était, « brutal, absurde », etc, songeaient à ce qu'il pourrait être ou devenir.

Des femmes insatiables.

Jamais comblées.

Qui voulaient avant tout l'impossible. Non ce qu'elles ne pouvaient avoir — cela ne les intéressait pas —, ce qui n'existait pas. Et le pire : qui le regardaient et voyaient ce qu'il était susceptible de devenir, plus magnifique que ce qu'il se croyait en mesure d'être.

Ama n'a pas ce problème.

Du moins n'a-t-il pas ce problème avec Ama.

En premier lieu, elle n'a pas l'intelligence des autres. Non qu'elle soit bête. Tant s'en faut. Il est au courant de ce que racontent les gens, qu'on la traite de « simplette ». Il connaît le cliché : le chirurgien qui épouse son infirmière. Il sait aussi que sa femme a un talent très différent de celui des précédentes. Une sorte de génie qui lui est propre, de génie animal, l'obstination d'un animal à se procurer ce dont il a *besoin* sans perturber l'environnement. Sans détruire la forêt. Sans se faire du mal. Il n'aurait jamais perçu cela comme une forme de subtilité, n'eût été la propension à l'autofustigation et au doute de soi des autres femmes, plus brillantes.

Ama ne s'inflige aucune souffrance. Cela ne lui vient pas à l'esprit. De se remettre en question. D'astreindre sa psyché à payer par de la tristesse le moindre plaisir terrestre, ce que le monde n'exige pas. Certes, elle ne réfléchit pas. Ne passe pas son temps à *penser* — à ce qui pourrait être mieux, à ce qu'elle a fait de mal, à ceux qui se sont peut-être montrés injustes à son égard, à ce qu'il pense ou éprouve mais n'exprime pas —, aussi ses idées n'entrent-elles pas perpétuellement en collision avec les siennes, provoquant frictions et conflagrations, déclenchant par inadvertance des accidents explosifs ici et là dans la maison : les pensées d'Ama ne sont pas des substances dangereuses. Celles des rêveuses étaient des radicaux libres, des mines antipersonnel. Au petit déjeuner, leur conversation dégénérait parfois en bagarre. Ama n'est pas agressive. Elle arrive pour prendre le petit déjeuner, désarmée, et se couche le soir sans vêtements et sans armes. Le faire changer d'avis ne l'intéresse pas. Son état naturel est le contentement. En second lieu, elle n'est pas malheureuse.

Une révélation.

Partager la vie d'une femme heureuse en permanence, au repos — heureuse ? Et *avec lui*. Son bonheur n'est pas un événement, une réaction, une réponse à ce qu'il a fait et doit continuer à faire s'il souhaite qu'elle reste heureuse, elle ne tourne pas constamment la manivelle, ne remonte pas inlassablement la boîte à musique, *danse singe, danse* ! Il la rend heureuse, l'a rendue heureuse et, par miracle, elle l'est toujours, non ? Elle a la faculté de rester heureuse, avec lui, au fil du temps ?

Il ignorait que ce fût humainement possible, ou possible pour une femme, jusqu'à l'âge de cinquante-trois ans, lorsqu'il replia sa tente et leva le camp, et s'installa dans l'aile principale, mais un jour où le calme lui parut excessif, il considéra son infirmière, la courbe de son postérieur, le carillon de son rire, sa façon bizarre de glousser et de rougir à son approche, et lui demanda si elle voulait bien se joindre à lui pour le dîner.

Voici pourquoi (croit-il) Kweku aime Ama.

Parce qu'elle répondit : « Merci, cela me ferait plaisir, s'il vous plaît. » Et qu'elle eut la même réponse lorsqu'il lui demanda de l'épouser (elle dit toujours oui) ; elle est loyale, simple, souple et jeune. Elle n'explose pas au petit déjeuner. Il croit aimer Ama à cause de l'harmonie entre eux, entre sa capacité à pourvoir à leurs besoins et l'aptitude au bonheur de la jeune femme. Il trouve que l'harmonie a de l'élégance et que celle-ci est sereine : une sorte de sérénité pleine d'élégance règne dans la maison. Il croit aimer Ama — ça n'a pas toujours été le cas, il pensait éprouver de l'affection et de la reconnaissance, non de l'amour, ce qui était vrai au début, avant qu'il ne prenne conscience de sa subtilité — parce qu'il sait désormais deux ou trois choses sur les femmes. Il a fini par comprendre l'essence de ses rapports avec elles : le besoin de leur suffire, de savoir qu'il les comble, une fois pour toutes, maintenant et à jamais.

Voici pourquoi (croit-il) Kweku aime Ama.

Il se trompe.

En fait, c'est à cause de son étrange ressemblance avec Taiwo pendant son sommeil, une pellicule de sueur au-dessus de sa lèvre couleur d'une prune bistre, et de son souffle à la fois doux et sonore. Comme Taiwo lorsqu'elle avait à peine cinq ans et que, interne, il rentrait chez lui en titubant après des gardes, trop épuisé pour dormir, tombant trop de sommeil pour rester debout, trop agité pour s'asseoir — alors il faisait les cent pas.

Il arpentait le petit appartement (son salaire d'interne ne lui permettait pas mieux que ce logement sombre, la partie la plus exiguë d'un duplex pour deux familles situé Huntington Avenue, là où commence le ghetto, sous le pont autoroutier séparant Boston de Brookline, la richesse de la pauvreté), en pyjama de bloc, dans l'obscurité. Le couloir, la cuisine, la première chambre, celle des garçons, meublée de lits superposés branlants, aux murs décorés de dessins de Kehinde. Le petit bureau par la fenêtre duquel il observait un deal insignifiant. La salle de bains où il se lavait la figure.

L'enfouissait dans une serviette.

Sans bouger.

Enfin, la salle de séjour où Taiwo dormait sur le canapé convertible, faute d'avoir sa chambre, contrairement à ce qu'il aurait tellement souhaité, sa première fille, un mystère absolu malgré la ressemblance avec son frère. Une enfant. Une nouveauté. D'autant plus chérie en un sens.

Avec cette pellicule de sueur au-dessus de la lèvre, une attention de la municipalité en matière de chauffage.

Qu'il essuyait, pensant c'est *le moins que je puisse faire*.

Pour une fille privée de chambre, aux lèvres roses comme une conque.

Et il sombrait, assis tout droit à côté d'elle.

En fait, il aime Ama parce que, pendant son sommeil, elle ressemble à sa fille Taiwo quand, à moins de cinq ans, elle dormait en nage sur le canapé, et parce qu'elle ronfle comme sa mère quand, à moins de cinq ans, il dormait en nage à même le sol. Dans la case au toit de chaume où sa sœur mourrait en souriant, sur une natte près de celles de sa fratrie étalées autour de l'unique lit en bois où sa mère ronflait doucement et bruyamment, faisait des rêves fous, tandis que son fils écoutait attentivement la musique des lieux qu'elle parcourait (opéras, riffs de jazz, concerts d'Elvis, caisses claires et chants de guerre, musique des années cinquante de pays lointains, au-delà de la plage), rêvait tout haut de lieux dont parlait la radio, qu'il n'avait jamais vus et qu'elle n'avait jamais vus. Ce qu'il avait vu et entendu — sa fille, (a) un être moderne, un fruit de là-bas, l'Amérique du Nord, neige, produits laitiers, perspectives d'avenir ; sa mère, (b) un être archaïque, un fruit d'ici, case, chaleur, raphia, Afrique de l'Ouest, passé perpétuel — n'aurait jamais été réuni sans Ama.

Un pont.

La jeune Ama, loyale, simple, souple, débarquée de Kokrobité empestant encore le sel (et l'huile de palme, la lotion capillaire, le parfum *Carnation* évaporé) pour dormir à son côté dans la banlieue d'Accra. Ama, dont la sueur et les ronflements pendant son sommeil abolissent les milles de l'Atlantique, les fuseaux horaires et l'infini du ciel, dont le corps est un pont entre deux mondes sur lequel il marche.

Le pont qu'il cherche depuis trente et un ans.

Lors de son départ, il croyait savoir comment en construire un : par un retour triomphal au pays avec un diplôme et un fils. Il déposerait en souriant le bébé né en Amérique, comme une guirlande dans un sanctuaire, devant la grand-mère enracinée au Ghana : « Je t'avais bien dit que je reviendrais. » Avec un fils par-dessus le marché, un Moïse plus chanceux. Père et médecin. Comme promis. Une réussite. Un moment qu'il avait imaginé tous les jours en Pennsylvanie. La façon dont son cameraman le filmerait, monterait en panoramique au niveau du visage de sa mère. Violons synchrones. Larmes dans les yeux de la mère. Ravissement, bonheur, stupéfaction. Respect plein d'admiration de la fratrie. Jubilation. Percussions synchrones. Danse, rires, festin, poisson grillé, chèvre égorgée, étincelles rougeoyantes d'un feu de joie jaillissant dans le ciel noir de jais constellé d'étoiles, grondement satisfait de l'océan. La réunion, un pont ; la béatitude de sa mère, la brique.

Voilà ce qu'il avait projeté.

Mais cela ne se passa pas ainsi.

À son retour, elle n'était plus.

10

1975, un hiver sinistre.

Un taudis de deux pièces.

Une femme épousée un an auparavant.

Assise à la table de leur « cuisine », le coin où une gazinière et un évier étaient poussés contre le mur, à côté de la baignoire. Il entra vêtu d'un pardessus qu'il détestait. D'un beige terne, il venait d'une friperie Goodwill du centre-ville. Elle avait insisté pour qu'il l'achète et exigeait qu'il le mette. Il ne possédait rien d'aussi chaud, mais ça lui donnait l'allure d'un pauvre.

Il s'avança dans l'appartement avec son allure

de pauvre. Elle était superbe. Comme toujours, même si elle était furieuse contre lui. Elle portait un jean à pattes d'éléphant, un pull portefeuille de chez Goodwill, et un foulard dans ses cheveux.

Non, à y regarder de plus près, il s'aperçut que c'était une étoffe nigériane, un *aso oke*, lamé or. Les Nigérians étaient bien plus doués que les Ghanéens pour les turbans. « Plus flamboyants, plus ostentatoires », se plaisaient à railler les Ghanéens. En cet instant, toutefois, il ne partageait pas cet avis : plus attachés à la beauté. Toujours, pour n'importe quoi, attachés au goût qu'ils estimaient avoir. Même ici, dans ce taudis, vêtue de fringues de seconde main, assise à une table près de la baignoire, Folá se targuait de goût. Elle avait retrouvé ce lamé or, sûrement coûteux, hérité de son père, et l'avait drapé autour de sa coiffure bouffante afro, fidèle à son prénom. « La richesse me couronne. » *Folásadé*. Elle était superbe.

Sitôt entré dans l'appartement, il se figea devant la porte.

Sa femme avait les mains à plat sur la toile cirée rouge, le genre qu'on achète pour un pique-nique et qu'on jette. Ils l'avaient rapportée, non sans gêne, du barbecue donné pour l'accueil des étudiants. Elle trouvait que cela égayait un peu l'atmosphère. Les fleurs aussi. Bien sûr. Tout était comme à l'ordinaire. Le lit fait. Le bébé dormait et respirait, il le vérifia rapidement.

Parce que quelque chose clochait.

Planté sur le seuil, il en était certain.

Il ne vit pas la lettre posée sur la table. Uniquement Folá, qui, le cou contracté par la peur, tournait la tête. Elle ne parla pas. Il ne bougea pas. Son cameraman se faufila par la fenêtre. Dans cette scène : Un Jeune Homme reçoit une Affreuse Nouvelle. Il se débarrassa de sa sacoche afin d'avoir les mains libres. Pour ce qu'il devrait en faire, selon ce qu'elle allait lui annoncer.

« Ta mère est malade, mon amour, dit-elle, brandissant la lettre. L'université a donné ton adresse à ton cousin et il t'a écrit. »

Trop de mots pour qu'il parvienne à en comprendre le sens. *Mère. Malade. Cousin. Adresse. Université. Écrit.* Lequel de ses cousins savait écrire ? La question mesquine, spécieuse, fut la première à être drossée sur le rivage. « Mes cousins sont analphabètes ! Ils ne connaissent rien à rien ! beugla-t-il, sans savoir pourquoi il criait, ou s'en prenait à Folá. C'est un mensonge ! »

Elle se contenta de le regarder, sourcils froncés, lèvres incurvées en un sourire à l'envers. Était-ce la veille qu'il avait remarqué qu'elle faisait la même grimace à Olu, chaque fois qu'il pleurnichait, essayait de se plaindre ? Les sourcils froncés, la tête légèrement penchée de côté : « *Okunrin mi,* mon fils. Je sais, je sais, je sais, ça fait mal. »

C'était vrai. Elle ressentait littéralement la souffrance des autres, une véritable empathie, une faculté à laquelle il ne croyait pas lors de leur rencontre. Il l'avait soumise à un feu roulant de questions. Où le sentait-elle dans son corps ? Comment pouvait-elle être sûre que c'était sa douleur à lui, pas la sienne ? (Dans sa poitrine, à gauche, une sensation purement physique, d'origine extérieure, à présent familière, une véritable empathie.) Ce visage.

« Chéri.

— C'est un mensonge », répéta-t-il. Calmement

cette fois. Content d'avoir les mains libres, il les porta à sa tête qui tournait, les gants sur son front, une tentative futile d'empêcher son cerveau d'éclater. « Elle n'a jamais été malade de sa vie. Qu'est-ce qui s'est passé ? Que disent-ils ? » Il s'approcha.

Elle lui tendit la lettre, lui toucha la main. Un papier par avion bon marché dont plus personne ne se sert : une feuille mince, bleu pastel, qui, pliée, forme une enveloppe.

Rien que des majuscules, penchées, dirigées vers le haut.

Maladroites, au stylo noir.

On n'écrivait pas que sa mère était malade. On écrivait qu'elle était à l'agonie, qu'elle serait morte dans un mois. On avait posté la lettre quatorze jours auparavant. Kweku la laissa tomber sur la table. Ses mains se mirent à trembler (d'autres parties de lui aussi). Folá se leva d'un bond et lui entoura les épaules de ses bras. Pour la première fois depuis qu'il l'avait acheté, il aima son pardessus beige dont l'épaisseur mettait de la distance entre la poitrine de Folá et son tremblement, Folá et sa faiblesse, ses membres agités de spasmes. (En outre, grâce au manteau, son cameraman posté devant la fenêtre de l'autre côté de la pièce ne pouvait filmer le héros terrassé.)

« Nous allons partir au Ghana, dit-elle.

— Avec quel argent ? marmonna-t-il. Nous n'en avons pas.

— Nous en emprunterons…

— Non ! s'écria-t-il avant de poursuivre, mû par le désespoir. Ils dramatisent… c'est une infection, pas un cancer… elle n'a même pas cinquante ans. Elle ira mieux au Nouvel An, j'aurai l'argent à ce moment-là…

— Nous en emprunterons, Kweku. Il le faut. »
Ils le firent.

Plutôt, elle le fit : ce jour-là, elle acheta avec ce qui lui restait de liquide un billet à destination de Lagos, pour aller voir son jeune demi-frère, Femi, dont la mère, une prostituée, s'était enfuie en piquant l'argent de feu son amant.

*

Le Ghana, son odeur paradoxale, une poterie fêlée : un mélange d'effluves de sécheresse et de moiteur, humidité de la terre, sécheresse de la poussière. L'aéroport. Une bousculade de corps qui poussaient, tiraient, criaient, mendiaient, se touchaient, respiraient. Kweku avait oublié les corps. Leur promiscuité. En Amérique, il y avait de la distance entre les corps. Leur chaleur. Il joua des coudes pour se frayer un chemin à travers la foule, serrant le bras de Folá, qui tenait fermement le bébé, conduisant son escouade jusqu'à la file des taxis. « Ton sac ! lança-t-il par-dessus son épaule. Attention. Nous sommes au Ghana.
— Ah bon ?! »
Quand il la regarda, elle riait. « Je suis de Lagos, cher ami, alors ton petit Ghana, enchaîna-t-elle, lui faisant un clin d'œil. Je vais bien. Nous allons bien. »
Puis chez lui.

Ils se rendirent au village dans un taxi déglingué, un tacot rouge et jaune à la clim en panne, qui cahotait sur la piste rouge sombre en expulsant de la fumée noire. Personne ne parlait, même Olu, silencieux, comme s'il avait compris dans son cœur de bébé. Ce n'était pas ainsi qu'il avait imaginé son retour triomphal, hystérie politique à la radio sans les cordes de John Williams, mais le chauffeur avait été le seul de la file à accepter son prix et à connaître le chemin.

Une heure après la sortie de la ville : l'océan.

À l'improviste, sans fanfare.

Là, tout à coup.

Depuis Accra, ils avaient bravé la route, non pavée à l'époque, jusqu'au carrefour où ils avaient bifurqué et monté le versant aride de la colline en direction de Kokrobité. Ils avaient descendu la pente menant à la côte, que des monticules herbeux bordant le côté gauche de la piste dérobaient à la vue. Puis, brusquement, une clairière : l'herbe courbant l'échine devant le sable, la mer, l'infini du ciel. Le tableau spectaculaire. Qui avait toujours existé, moins étonnant que saisissant, à quel point l'amplitude changeait les choses. L'air.

Il savait qu'il était sept heures du matin sans avoir besoin de le vérifier, car des hommes, assis, tiraient sur des filets : dix ou douze alignés le long d'une corde jetée loin dans la mer. *Oh hisse*. En avant, en arrière, en une synchronisation parfaite, ils halaient à l'unisson, pareils à des rameurs, sur le sable, en tee-shirts aux couleurs autrefois vives (copies plus ou moins conformes de ceux vendus chez Goodwill), et les palmiers ployaient en même temps qu'eux. Leurs frondes agitées par le vent.

Sans doute avait-il émis un bruit tandis qu'il regardait par la fenêtre parce que Folá posa une main légère sur la sienne. Comme à son habitude. Elle ne la lui prenait jamais, ne la tenait jamais, se contentait de poser la sienne. Un choix. Prendre ou être pris. Il lui tint distraitement la main, sans se détourner de la fenêtre. Il en était incapable, statufié, hypnotisé par la vue — les premières larmes se formant lentement, tels des cumulus. Elles lui embuaient les yeux, n'étaient pas encore prêtes à couler. Ce qui émoussait les angles à la manière d'un filtre, la plage se parait d'un gris miroitant dans une lumière céleste estompée, comme une scène d'un de ces mélos dont les infirmières raffolaient : captivants à condition d'en connaître l'intrigue. (Et c'était son cas. Grandes lignes du scénario, tambours, vin de palme, grand-mères.) Il regardait fixement, comme les infirmières, à travers des larmes qui ne coulaient pas.

Pourquoi avait-il haï cette vue ? La plage, le brun luisant des dos des pêcheurs, les longs bateaux en bois aux noms bibliques sur leurs flancs fissurés : *Black Star Jesus, Jah Reign*[1], *Christ the Fisher of Men*, peints aux couleurs vives du drapeau national, rouge, jaune, vert. Le syncrétisme de l'esprit national, ce mélange d'anglicanisme, de rastafarisme, de ghanéen ? Qu'y avait-il à haïr ? Autant qu'il puisse en juger, il ne s'agissait que d'ouverture d'esprit. Une ouverture joyeuse. Une innocence. Une plage innocente sur la route de Kokrobité, à sept heures du matin, au mois de novembre 1975 ; un petit pays qui cahotait gaiement, inconsciemment, vers la révolution. Un petit taxi qui cahotait, la radio diffusant la révolution à plein tube, vers le chagrin.

Et elle.

Non un pont, sa béatitude : la brique.

1. Dieu dans le vocabulaire des rastas.

Pas de jubilation, ni de tambours, ni de chèvres, ni de poissons.

Folá resta près de l'arbre avec ses demi-sœurs Shormeh et Naa, dont les yeux exprimaient une ancienne haine et une récente douleur. Une foule effervescente, qui s'était rassemblée lorsqu'ils étaient descendus du taxi, le suivit du regard tandis qu'il entrait dans la case. Personne n'avait besoin de détails (captivants). Son caméraman se garda de lui emboîter le pas.

Il se baissa vivement, oubliant sa taille. Ou celle de la petite hutte, la maison de son enfance. Il portait son fils de six mois, à moitié endormi, le garçon né en Amérique, pour le lui présenter.

Un seul lit.

Elle était couchée sur le dos, les bras le long du corps. Sur le sol, les nattes, celles de ses souvenirs. Il faisait sombre et frais, grâce à la coupole. C'était une case harmonieuse, si minuscule fût-elle. Des murs arrondis en pisé. Un gigantesque toit de chaume, de quatre mètres et demi de haut à son sommet, une coupole triangulaire. Son père l'avait construite. Un artiste, lui avait-on affirmé, un Fante, un vagabond, un architecte, « un génie comme lui ». (Il avait été jeté en taule après avoir tabassé un sergent anglais, ivre, qui harcelait sa femme, puis fouetté en public. Ici, devant l'arbre, au milieu de « la concession », de ce groupe de cases. À midi, torse nu, en caleçon.) « Après, il est parti », ajoutaient simplement les villageois. Il a emballé ses affaires, s'en est allé comme il était venu. D'autres, morts à présent, prétendaient qu'il était entré dans l'océan vêtu d'un boubou d'une blancheur étincelante, s'enfonçant jusqu'à la taille, puis jusqu'à la tête, sans s'arrêter. S'avançant de plus en plus loin, sous l'eau, dans l'océan. Comme Jésus. Avec des poids. Sous la lune. Dans les ténèbres.

En voyant Kweku, son frère eut l'air étonné mais il ne proféra pas une parole. « Laisse-moi », lança-t-il à son frère, qui sortit.

À sa façon d'être allongée, elle aurait pu dormir. Il avait entendu des familles faire cette remarque et en avait ri. « On a cru qu'elle piquait un somme », d'une vieille grand-mère adorée, en état de putréfaction, qu'on emmenait précipitamment à l'hôpital des jours après sa mort. *Imbéciles*, pensait-il. À présent, il comprenait la confusion. Elle avait l'air de dormir. Sans faire de bruit, au demeurant. Sans rêver à voix haute de tous les lieux où elle n'était jamais allée.

Elle était morte dans le village, le seul endroit qu'elle connaissait.

Le cœur de Kweku se brisa. La première fêlure. Il ne le sentit pas. Olu eut un petit rire qui déchira le silence. Kweku regarda son fils, se rappelant soudain qu'il le tenait dans ses bras. Olu paraissait médusé par un papillon perché sur l'orteil de sa grand-mère.

Noir et bleu (un porte-queue), il venait de se poser. D'un turquoise presque fluorescent, orné de marques noires et de points blancs. Il voltigea autour du pied de sa mère, un tour de piste nonchalant, avant de prendre son essor, battant allègrement des ailes vers la coupole triangulaire, et de disparaître par la petite fenêtre.

« C'est ta grand-mère. C'était », rectifia-t-il. Olu dévisagea son père dont il ne reconnaissait pas la voix. Kweku regarda sa mère : « Je te l'avais dit, commença-t-il. Je t'avais dit que je reviendrais... », il fut incapable de terminer sa phrase.

Il s'assit par terre, sur une natte en raphia. Dans la chaleur et l'odeur qu'elle dégageait. Environné par la puanteur d'une mort récente. Il massa le dos d'Olu jusqu'à ce qu'il s'endorme (un quart d'heure, pas davantage, un petit garçon bien sage). Puis il resta dans la semi-pénombre, pendant un temps indéterminé, des heures peut-être, tandis que la lumière changeait, avançait sur le mur.

Les pensées qui le traversaient n'étaient pas celles auxquelles il s'attendait. Qu'il n'aurait pas dû partir sans dire au revoir. Que la dernière fois qu'il l'avait vue — lors de l'horrible dispute à propos de la bourse complète, s'il devait l'accepter ou rester, quand elle avait objecté qu'on avait besoin de lui ici, non « en Pennsymachinchose » — il n'aurait pas dû dire ce qu'il avait dit.

Elle était jalouse.

De toute évidence. À trente-huit ans, elle n'avait jamais quitté le Ghana. Sa plus jeune fille était morte. Son mari génial s'était volatilisé avec la marée au clair de lune (l'avait abandonnée plus vraisemblablement, trop submergé de honte pour lui faire face). Voilà que son fils — son petit génie de seize ans, son va-nu-pieds — tentait de fuir avec des missionnaires américains pour l'université qu'avait fréquentée le président Nkrumah. (Adage : *Si donc le fils vous affranchit, vous serez réellement libres*[1]. D'accord. Et si le fils obtient une bourse ?) Dans son cœur de mère, elle savait.

Ce ne serait *pas* un aller-retour. Rien n'était sus-

1. Jean, chap. 8, verset 36.

ceptible de le faire revenir, il étudierait — comme elle l'avait voulu, une petite fille douée, retirée de l'école à sept ans pour ramasser du bois et puiser de l'eau — et partirait. Comme elle l'avait voulu.

Il aurait mieux valu se taire.

Ces pensées lui viendraient à l'esprit plus tard. (De nombreuses années durant, alors qu'il s'efforcerait de se débarrasser de la puanteur d'une mort récente.) Comme il était assis, il songea au silence. Dans son enfance, il n'avait jamais régné dans la case. Sans doute l'aurait-il trouvée agréable si seulement il avait pu s'y asseoir ainsi, seul, et tranquille. Sa mère avait dû ressentir la même chose. Voilà pourquoi elle les obligeait à se réveiller si tôt et à sortir à cinq heures du matin, *ouste* ! Non à cause de dictons du genre « L'oisiveté est la mère de tous les vices » ou « Le monde appartient à ceux qui se lèvent tôt » que la mission poussait les mères ghanéennes de l'époque à ressasser à leurs *pikin* [1]. C'était le seul moyen de rester un moment sur le dos, les bras le long du corps, dans le silence et la solitude. À contempler la voussure des roseaux au-dessus d'elle. Une structure intelligente : immense quand on était sur le dos. Un amant intelligent : dans l'espoir de faire un jour sa femme de la veuve — celle qui trimballait son petit transistor noir comme un animal domestique —, il avait conçu cette case en torchis afin qu'une fille couchée sur son lit perçoive la distance, l'espace, la hauteur lorsqu'elle lèverait les yeux. Voilà pourquoi elle expédiait ses gosses dehors : pour sentir l'espace. Le silence. Elle ne disposait que de cinq, dix

1. Gosses.

minutes. Ils ne tarderaient pas à revenir du puits, de leurs ablutions, six enfants (puis cinq), deux garçons, quatre filles maigrichonnes. Ils s'agiteraient dans la case qui serait bientôt saturée de leur transpiration et ressortiraient.

À présent, à cinq heures du matin, elle pouvait rester couchée, tranquille, dans le silence, le bruit des vagues à proximité n'en étant pas vraiment un. Peut-être admirait-elle le génie de son fugueur de mari ? Réconciliée l'espace d'un instant avec son sort. Une femme née dans la Côte-de-l'Or en 1929, alors que le monde entier était en guerre. Sauf ici, aux confins du monde, des confins qui se désagrégeaient. Ici, un lieu figé dans le temps. À piler du manioc. À ramasser du bois et puiser de l'eau. À regarder avec nostalgie des bateaux poussés vers le large. À être taraudée par le désir de *s'en aller*.

Enfin, Folá à l'extérieur de la case :

« Chéri », très tendrement. « Tu es là ? »

Non. Il n'était nulle part, il avait disparu, il s'était absenté de lui-même. « Je suis là.

— Le bébé… ?

— Il dort. »

Mais il comprenait son inquiétude : il ne fallait pas laisser si longtemps une nouvelle vie en présence de la mort. Il prit le bébé et le tendit à sa mère qui se pencha, la tête inclinée sur le côté.

« J'en ai pour une minute. » Comme s'il se trouvait dans une salle de bains.

Il resta jusqu'à minuit, les larmes refusant de couler.

11

Sa seconde épouse, Ama, dort dans la chambre, c'est ainsi qu'il la préfère : elle rêve, l'incarnation d'un pont. Il n'ira pas chercher ses pantoufles. Il ira se préparer un café. Il n'est sûrement pas plus de quatre heures du matin — qu'est-ce qui l'a réveillé ? — il ne s'en souvient pas. Quel jour ? Dimanche. Le jour de congé de Kofi. Pas de coups de marteau sur des clous. Le silence et l'immobilité. La solitude et la tranquillité. La sensation insolite d'une pause qui lui plaît. Du matin en suspens entre l'obscurité et l'aube, et de lui en suspens, à la dérive dans la grisaille. Trop tard pour se rendormir, trop tôt pour vaquer à ses occupations. En pause pour l'instant. Du café.

Alors qu'il se retourne pour gagner la cuisine, il aperçoit l'insecte, le distingue à peine, du coin de l'œil. Il est impossible de savoir ce qui lui serait arrivé s'il n'avait vu, ne s'était souvenu, n'avait pensé au visage de Folá. S'il était sorti de la véranda, avait franchi la porte et traversé la salle à manger pour aller faire du moka et du pain grillé dans la cuisine. Il aurait probablement remarqué la contraction dans sa poitrine, son souffle court et compris sur-le-champ : *fonce*. Il aurait fini par mettre la main sur l'héparine dans l'armoire à pharmacie — sans précipitation, dans un état d'extrême concentration — puis sur un téléphone. Il aurait appelé son ami Benson, un autre Ghanéen de Hopkins qui dirige désormais une luxueuse clinique privée à Accra (il avait téléphoné pas plus tard que la veille et laissé un message très bizarre, comme quoi il aurait vu

Folá ici, au Ghana ; invraisemblable). Il aurait réussi à joindre Benson, fixé un rendez-vous avec lui à la clinique. Il aurait trouvé ses baskets qui l'attendaient devant la porte pour son jogging. Il aurait essayé de se souvenir, en nouant ses lacets, de la première contraction dans la poitrine (*le monde est parfois d'une trop grande beauté*). Il aurait jeté un coup d'œil à la pendule. Trente minutes. Un jeu d'enfant. Il se serait rendu en voiture à la clinique, abandonnant Ama qui ne sait pas conduire. Et ainsi de suite.

Il aurait remarqué.

Et compris.

Et serait parti.

Mais il aperçoit l'insecte, le distingue à peine, un turquoise éclatant et du noir.

Au moment où il se pose sur une fleur, rose vif, cela lui revient tout à coup : le nom, près du visage de Folá.

« Bougainvillée, l'entend-il dire.

— Cela ressemble à une maladie. Le patient présente des symptômes de bougainvillée.

— Tais-toi », lui intima-t-elle, claquant la langue.

Quand il leva les yeux, elle riait. Devant l'évier, les mains dans des petites fleurs, magnifiques, fuchsia.

« Absolument splendide, commenta-t-il.

— Oui, n'est-ce pas ?

— Non, je parlais de toi. »

Elle rit de nouveau, le rouge aux joues. « Tais-toi », répéta-t-elle, calmement cette fois. Un sourire s'esquissait. Le soleil qui s'infiltrait par la fenêtre derrière elle l'éclairait à contre-jour. Au lieu de la prendre dans ses bras, comme il en avait envie, il la contempla.

Pourquoi t'ai-je quittée ? se demande-t-il brusquement, et la douleur le fait basculer du bord sur la pelouse. Ses pieds nus — qui n'ont rien connu d'autre des années durant que le cuir de pantoufles, le coton de chaussettes, le sol de cabines de douche — protestent de nouveau contre la fraîcheur, l'humidité, le tranchant des brins d'herbe. Il en prend conscience, tente de les occulter, de respirer. Mais les mots ne capitulent pas, ni le manque de souffle. *Pourquoi t'ai-je quittée,* un refrain (avec le pont encore inaudible qui s'annonce : *trop tôt*), tandis qu'il se casse en deux, halète, terrassé par la douleur. « Je ne sais pas », répond-il tout haut, ne s'adressant à personne. Il ment. Il ferme les yeux et voit le visage de Folá dans le noir. Ses sourcils froncés. Ses lèvres incurvées. Une voix de femme. *Je sais, je sais, je sais.*

Alors il en est là ? Nu-pieds, essoufflé, seul dans son jardin, n'ayant plus la force de crier ? Non que cela servirait à quoi que soit. Il est dans le jardin ; elle dans la chambre, coupée du monde ; le boy chez lui avec sa sœur, à Jamestown. Quant au charpentier-jardinier-mystique, il ne vient que demain. Qui l'entendrait ? Des chiens errants ou le mendiant. Et que crierait-il ? Qu'il a enfin compris ? Non. Il sait que c'est un point de non-retour.

La dernière fois qu'il a éprouvé cela, c'était avec Kehinde.

12

Encore un hôpital, en 1993.

Une fin d'après-midi, au début de l'automne.

Le hall d'entrée.

Folá dans sa boutique animée de la rue. Elle avait déménagé du kiosque de la maternité de Brigham l'année précédente. Un entrepreneur dans l'âme, une véritable Nigériane, elle avait monté son affaire quand il était à la fac, vendant des fleurs sur le trottoir avant d'obtenir la licence pour un kiosque à l'hôpital (œillets, gypsophiles). Lorsqu'il les avait emmenés à Boston après avoir obtenu son diplôme de médecin, elle était repartie de zéro : chariot de déjeuner (falafels) sur le trottoir dans le froid épouvantable, puis le hall de Brigham, avant d'avoir sa propre boutique.

Sadie, quatre ans, en chaussons roses et collant blanc, qui faisait des demi-pliés à son cours, chez Paulette.

Olu, élève de terminale et admis à Yale, qui s'obstinait à battre son propre record de cross-country.

Taiwo, treize ans, au Steinway, qui s'obstinait à jouer le prélude en *do* dièse de Rachmaninov, tandis que son professeur, Shoshanna, une ancienne soldate israélienne, aboyait ses instructions pour couvrir le métronome. « Plus rapidement ! *Da !* Rapide ! »

Et Kehinde au cours de dessin que Folá tenait à ce qu'il prenne, malgré le prix exorbitant, au Museum of Fine Arts situé à trois stations de la

Green Line du métro, en haut de Huntington, où Kweku devait le retrouver après son travail.

Sauf que Kweku n'alla pas travailler.

Il partit après avoir lancé un « au revoir » comme tous les jours : dans son pyjama de bloc, à sept heures et quart. Olu attendait qu'on vienne le chercher — le covoiturage ; les jumeaux mangeaient des flocons d'avoine à la table du coin-petit déjeuner ; Folá nattait les cheveux de Sadie, qui enfournait des céréales Lucky Charms, et la radio diffusait du Wagner. « Au revoir », répondirent-ils. Trois contraltos, une basse. Le soprano de Sadie « je t'aiaime ! » lâché avec une seconde de retard, franchit la porte d'entrée juste avant qu'elle ne se ferme, comme un retardataire sautant dans un train qu'il a failli rater.

Il démarra la Volvo et recula dans l'allée. Il poussa la cassette dans le lecteur. *Kind of Blue*. Il roula lentement dans sa rue en écoutant Miles. Les feuilles jaunes et orange, un enchantement pour les yeux. Un trésor de pièces d'or. Dans son rétroviseur, un palais de brique rouge. Le bien le plus extraordinaire qu'il ait jamais possédé, qui devrait être mis en vente sous peu.

Il fit le tour de Jamaica Pond.

Il passa sous le pont autoroutier.

Il se dirigea vers leur ancienne maison d'Huntington Avenue. Il ralentit pour la regarder. Une fenêtre fêlée, des briques descellées, le perron jonché d'un petit amas de détritus. On aurait dit un visage à qui il manquait des dents et un œil. M. Charlie, l'ancien propriétaire, se serait retourné dans sa tombe. Un homme minutieux que Kweku avait beaucoup aimé. Un Afro-Américain du Sud qui parlait d'une voix traînante et boitait. Il avait beau avoir perdu sa femme Ramona depuis plus d'un an quand ils avaient emménagé, il n'avait pas décroché son manteau du vestibule. Il leur avait consenti un rabais de vingt-cinq pour cent sur le loyer parce que Folá avait accepté de s'occuper des fleurs en pot orphelines de Ramona au printemps, que lui, Kweku, s'était engagé à lui prodiguer gratuitement conseils médicaux (et insuline) et qu'ils étaient « des braves gosses, honnêtes ».

Kweku l'avait toujours salué avec la formule ghanéenne *B'jou Chalé* ! Et il avait toujours répondu : « Raconte-la-moi encor' c'te histoire. » (L'histoire : dans les années quarante, on appelait tous les fonctionnaires du Ghana Charlie, un nom générique pour le Blanc. Les gamins ghanéens leur lançaient *Bonjour Charlie* et, au fil du temps, c'était devenu *B'jou Chalé*, du moins aux oreilles de Kweku.) Pourtant, quelle que soit son insistance, ni Kweku ni Folá ne pouvaient lui donner son prénom tant les mœurs gérontocratiques africaines étaient gravées en eux. M. Charlie ne voulait pas entendre parler de « monsieur » ou de « monsieur Dawson ». (« M. Dawson c'était mon papa, que ce salopard repose en paix. ») Alors, monsieur Charlie.

Monsieur Chalé.

Il avait été chauffeur de bus. Il préparait un brunch pour ses fils tous les dimanches après l'office religieux, puis leur assignait des travaux de bricolage dans la maison : remettre des portes sur leurs gonds, replacer des briques, repeindre des moulures, restaurer du bois vermoulu. À sa mort (du diabète), ses fils héritèrent de la maison. Malheureusement, déclara l'aîné, le rabais était caduc et cela prenait effet immédiatement, étant donné le prix de l'enterrement fixé à la semaine suivante, auquel « Quaker » était invité ainsi que « Foola » et les enfants. Le plus jeune — bel homme, le préféré de feu son père ; un charmeur et un trafiquant de drogue, à l'insu de son père — prit Kweku à part audit enterrement, une cérémonie modeste, et lui murmura d'une voix de basse, d'une douceur presque apaisante que, vu leurs activités respectives — au demeurant tout à fait respectables, assez proches, ils vendaient tous les deux du « bien-être » —, un nouveau rabais serait envisageable s'il lui procurait des quantités significatives d'opiacés.

La maison était désormais délabrée. *Une ruine*, pensa Kweku, pareille à un temple sur un bas-côté, colonnes lézardées et tas d'ordures. Moins une commémoration des efforts des fidèles qu'une preuve de l'inutilité du moindre effort. Un visage édenté parmi d'autres identiques. Un monument effondré, témoin de l'œuvre de la vie de Charlie : amant, mari, père, chauffeur de bus devenu propriétaire, un veuf, une statistique (diabétique, noir, démoli par le brunch).

Comment avons-nous fait pour vivre ici ? se demanda Kweku. *Tous les six ?* Notamment à l'arrière où même la lumière du soleil semblait sale. Il n'en savait rien. Une voiture klaxonna. Il jeta un coup d'œil par-dessus son épaule. Il bloquait la circulation. Il lança un regard à la maison qui parut lui conseiller de partir. Il n'avait aucune envie de se rendre à sa destination, d'avancer, mais il ne pouvait faire autrement, ni rester là, ni revenir. Après un signe de tête à la maison, il s'éloigna. Les briques qui manquaient apparurent dans le rétroviseur. (Il ne la revit jamais.)

Il roula jusqu'au cabinet d'avocats Kleinman & Kleinman et se gara tout près de l'entrée. C'était un bâtiment indépendant doté d'une gigantesque fenêtre, dont le rebord croulait sous les plantes. La réceptionniste d'une soixantaine d'années, assise devant la fenêtre, regardait de temps à autre la rue entre les fougères, sans cesser de taper sur son clavier. Elle n'arrêtait pas. Ses doigts variqueux évoquaient des robots déchaînés.

Kweku avait constaté qu'elle jetait un œil entre les plantes et reconnaissait sa voiture quand il se garait. Ce qui lui donnait le temps de se composer une expression apitoyée avant qu'il ne franchisse la porte de l'immeuble. Une expression qu'il détestait. Ni un sourire crispé par la compassion, ni les sourcils froncés par l'empathie, mais un œil étréci par la pitié. Comme si de loucher pouvait le rendre moins pathétique, arrondir les angles, estomper son visage et adoucir son sort. Elle se mordillait les lèvres comme sous l'effet d'une inquiétude, sans cesser de taper. Une inquiétude superficielle.

Le crépitement de la rafale de ses doigts sur les touches.

Il marcha sur le trottoir et entra dans l'immeuble. Une sonnette émit un carillon ténu et il poussa la porte. « Encore moi, annonça-t-il, lorsqu'elle leva les yeux et loucha.

— Encore vous, opina-t-elle, son sourire crispé aux lèvres. Marty vous attend. »

Kweku s'efforça de jouer à l'indifférent. Marty n'arrivait jamais tôt, il aimait faire patienter les gens. S'il attendait Kweku, il y avait un problème. Le cameraman de ce dernier apparut et se prépara à filmer. Un Médecin Respecté apprend une Horrible Nouvelle. « D'accord.

— Très bien.

— Dans ce cas, il ne me reste qu'à… ?

— Entrer.

— Bien sûr. » Il tergiversa. « Merci.

— Bonne chance », lui souhaita-t-elle, sans cesser de taper.

Marty ne se donna pas la peine de prendre un air apitoyé. « Écoute, mon frère. On s'est bien battus. » Un hippie sur le retour devenu avocat, l'un des meilleurs du Massachusetts. Un mètre quatre-vingt-quinze ; larges épaules, gros ventre et épaisse crinière. Il avait sauté de l'auberge de jeunesse Green Tortoise à la fac de droit de Harvard, quittant le comté de Humboldt tandis que les braises du mouvement passaient de l'orange flamboyant au gris cendreux, etc. Un véritable avocat. Les pieds sur le bureau, il croisa les mains sur sa nuque, sa masse de boucles argentées. « Tu as dépensé des centaines… de milliers de dollars… à essayer de te défendre. Ils ne te soutiennent pas, mec. Ça te bouffe tout cru. »

Kweku eut un rire sans joie. Non pas eux, elle, la famille, mais *ça*, sans nom, sans visage. Le monstre.

La machine.

C'était ainsi qu'il avait appelé l'hôpital à son entrée à Hopkins, tant il avait été stupéfait par son fonctionnement huilé. Par son éclat, sa propreté, son ordre, sa blancheur, son acier chromé semblables à ceux d'une machine. Il l'avait adoré. Il avait adoré repasser ses vêtements le matin sur une serviette étalée sur la table près de la baignoire, de l'évier et de la gazinière, la blouse blanche et courte des étudiants. Il adorait pénétrer, les yeux encore écarquillés d'émerveillement, dans le ventre de la bête.

Il sortait de l'ascenseur et s'arrêtait un instant pour écouter les bruits de machine : cliquetis, bips, bourdonnements, silence. Pour humer les odeurs de la machine : l'âcreté, le métal, le désinfectant. Pour avoir des pensées de machine : nettoyer, couper, trouver, pincer, coudre, entailler. Il avait l'impression d'être un astronaute en combinaison blanche qui venait d'atterrir d'une façon inattendue sur un vaisseau d'extraterrestre. Qui parlait depuis peu la langue, mais restait un étranger pour les autochtones. Puis d'être devenu l'un d'eux.

Plus tard, à Boston, son internat terminé, médecin à part entière, bien considéré, il traversait les salles toutes de blancheur et d'acier chromé de Beth Israel, se sentant un rouage de la machine et, du coup, plus fort. Ce qu'il n'osait confier à ses collègues, qui prendraient la fierté que lui inspirait l'hôpital pour un manque d'estime de soi : faire partie d'une mécanique aussi puissante lui donnait l'impression d'être privilégié, voire supérieur. D'être maître de la situation. L'objectif de la mise en scène — supports audiovisuels, ultrapropreté du bloc opératoire, chuintement des chaussons des infirmiers sur le sol — était de produire un effet de maîtrise sur toutes les formes de désordre, sur la faiblesse humaine, les émotions, la saleté, la maladie, les complications. D'où, pensait-il, la majesté des églises, le côté impressionnant des banques d'investissement, destinées à éblouir les fidèles.

L'arrogance par capillarité. La machine maîtrisait la situation. Et lui aussi puisqu'il en faisait partie.

Puis la machine se retourna contre lui, l'engloutit, le broya, et l'expulsa par un tuyau de décharge.

« C'était un licenciement abusif, dit-il pour la énième fois, impassible.

— Ça nous le savons, commenta Marty pour la mille et unième fois, les mains jointes sur le monticule de sa bedaine. Sauf que nous ne pouvons pas le prouver. » Gros soupir. « Dieu sait si je le voudrais. Dieu sait si j'ai essayé. Tu es un médecin extraordinaire, un homme extraordinaire. » Il tapota du pied une grosse pile de dossiers. « Tu as lu ces certificats de moralité ?

— Non.

— Tu peux exercer n'importe où.

— C'était un licenciement abusif. Je devrais exercer *ici*… » Kweku s'interrompit. Il avait le ton d'une ado venant d'être plaquée et qui continuait à rêver d'être dans les bras de son tortionnaire.

Marty s'éclaircit la voix. « Ils ont mis le paquet. Merde, tu étais là. L'enjeu était trop important. Les Cabot sont des gens tellement influents qu'ils devaient faire quelque chose, du coup ils ne t'ont pas retenu, d'accord ? Mais tu les as pris à partie. Et là ils n'ont pas pu reconnaître : "Oui, c'est vrai, on a merdé, on t'a sacrifié parce que tu es noir." Bien que ce soit le cas. Parce que ça deviendrait : Beth Israel est raciste ? Et comme nous sommes à Boston, la question est… boouum ! » Il joignit le geste à la parole. « Tous les hôpitaux sont liés, ce sera difficile de bosser ici. Mais c'est un putain de grand pays ! Emmène les gosses en Californie… » et il poursuivit, sans conviction, machinalement.

Un discours qu'il avait tenu maintes et maintes fois. Kweku l'avait entendu maintes et maintes fois. Kweku avait donné sa réponse maintes et maintes fois. On aurait dit un couple en train de se chamailler, dont le divorce était inéluctable, trop épuisé pour concocter de nouvelles accusations à se jeter au visage, n'en continuant pas moins à se disputer, à répéter des phrases rebattues, de crainte que le moindre silence ne devienne un aveu de défaite.

Marty se tut.

Kweku ne ressentait rien. En tout cas pas la panique qu'il prévoyait, étant donné les sommes qu'il avait dépensées. Juste une hébétude. Presque agréable. Il parcourut le bureau du regard. L'un des meilleurs avocats de Boston, et c'était un local moche à plafond bas, donnant sur une vulgaire rue commerçante. Sol moquetté et stores minables en plastique. Kweku regarda par la fenêtre derrière Marty, l'image inversée de celle de la façade de l'immeuble. Aucune plante. Des trophées dorés de basket et des presse-papiers, ces pierres fendues au milieu de façon à exposer les gemmes à l'intérieur. Des géodes d'améthyste, la pierre de naissance de Folá, réfléchissant la lumière.

Le regard de Kweku survola les gemmes et se posa sur les arbres.

Le bureau de Marty donnait sur un parking à l'arrière d'une rue commerçante qui longeait un petit bois d'épicéas, incongru (plutôt ce qu'il en subsistait : moins un bois qu'un groupe de survivants, cinq sapins épargnés par la tronçonneuse). Kweku observa ces arbres. Quel contraste avec le paysage ! Ils devaient faire partie d'une forêt jadis, verts et non gris, leur environnement d'origine, avant le béton, avant J.-C. « Les arbres sont des autochtones. » Il ne se rendit pas tout de suite compte qu'il avait parlé à voix haute. Il effleura du regard Marty, qui le dévisageait avec inquiétude, comme on le fait d'un cinglé qui a perdu son sang-froid.

« Les arbres sont des autochtones ? répéta Marty. C'est un code ?

— Cette terre est la leur. » Kweku tendit le doigt. « Là, derrière toi… peu importe. »

Il resta silencieux.

Marty bougea : ôta ses pieds du bureau, étira ses bras, se massa le cuir chevelu, tapa sur un dossier. « Bon, qu'est-ce tu veux faire, vieux ? J'suis à tes ordres. J'veux dire, c'est toi qui as dépensé ces centaines… de milliers… de dollars. » Un rire sec. « Tu veux mon avis professionnel ? Nous sommes au bout du chemin. »

Kweku se fichait de l'avis professionnel de Marty. Il voulait récupérer sa terre, sa forêt, son espace vert. Il se leva sans desserrer les dents et sortit du bureau. Dans l'antichambre, il passa devant la réceptionniste. Une rafale sur les touches.

« Docteur Sai ! l'appela-t-elle. Votre facture… », mais Marty s'approcha et, s'appuyant au montant de la porte, l'arrêta. « Laissez-le partir. »

Kweku continua à marcher. Il franchit la porte de l'immeuble (un carillon ténu), s'avança sur le trottoir jusqu'à la Volvo garée à l'ombre. *Laissez-le partir, laissez-le partir, laissez-le partir*. C'était tout ce que les Blancs savaient faire.

*

« Je crains que nous ne soyons obligés de vous laisser partir. »

Un silence, d'une longueur comparable à celle de la table.

Interminable.

Une table ovale et des fauteuils ronds, trapus, ressemblant aux tasses des manèges rotatifs de Disneyland. En cuir rouge, capitonnés, cloutés de cuivre, avec des accoudoirs en demi-lune. Et les membres du conseil d'administration. Une salle qu'il n'avait encore jamais vue, au dernier étage de l'hôpital, où se trouvaient les bureaux, mais qui lui parut aussitôt familière à force d'avoir passé des interviews : pour des bourses, l'entrée en fac de médecine, l'internat, l'hypothèque, l'emprunt.

Une cour de justice.

Avec le décor oppressant d'une cour de justice : bois reluisant, tapis persan, livres jamais ouverts aux dos rouges (le plus possible, un nombre maximum de volumes rouge foncé que personne ne lisait), rideaux lourds à travers lesquels filtrait une lumière vive, désespérante, un tourbillon de couleurs, un festin de couleurs, prune, moutarde et vin. Des visages blancs. La seule femme, une Asiatique.

Qui prit la parole.

« Après avoir étudié tous les détails de l'appendicectomie de Mme Cabot et ceux de la plainte portée contre vous par les Cabot, le conseil considère, bien que vous soyez un chirurgien exceptionnel, que vous avez échoué… »

Kweku ne l'entendait pas.

Il n'entendait que Folá dire — à vingt-trois ans, la lettre encadrée de son admission à la faculté de droit accrochée au mur, avec une bourse généreuse pour l'université du Connecticut et Olu dans le ventre — « un rêve, ça suffit pour nous deux ». Elle le suivrait à Baltimore, reporterait ses études de droit, donnerait naissance à leur bébé sans un penny en poche, vendrait des fleurs sur le trottoir, prendrait des douches dans la cuisine pour que l'un d'eux puisse réaliser son rêve. Vingt ans séparaient sa décision de cet instant, le tout érigé sur la fondation d'un rêve, « un chirurgien généraliste incomparable », un Carson ghanéen et tout ce qui s'ensuit, un Garçon doué pour les sciences, Fais-en Bon Usage — et il n'y avait pas manqué. Il avait tout mené à bien : les accolades, les leçons de piano, la grande maison de brique, les frais de scolarité ahurissants de l'établissement privé, le « au revoir ! » quotidien à sept heures et quart en pyjama de bloc et blouse blanche. Il avait rempli sa part du contrat : sa réussite en échange du sacrifice de Folá, deux mots jamais prononcés à voix haute. *Réussite*, parce que quelle était l'unité de mesure (dollars américains ? diplômes sous cadre ?) et quelle quantité suffirait ? *Sacrifice*, parce qu'il était empreint d'hostilité si elle le formulait, absurde s'il s'y essayait, comme s'il ne connaissait pas la contrepartie. L'entreprise avait beau reposer sur le sable de ce marché, ils n'osèrent plus aborder le sujet après « un rêve, ça suffit ». Leurs disputes tournaient autour, ils se chamaillaient pour les couches, la vaisselle ou les dîners avec des collègues (un élément de son boulot, une perte de temps pour Folá). Mais ils savaient, tout du moins lui, que le sacrifice de Folá était incommensurable. Aussi la réussite devait-elle l'être également.

Il irait jusqu'au bout — s'il le pouvait, et il priait pour ça, il reconnaissait en rougissant que c'était ce qu'il désirait le plus, être digne de la princesse pan-nigériane comme on l'avait appelée, cette évadée raffinée de la guerre de 1967, qui portait un pantalon pattes d'eph et avait une brèche entre les dents, tellement plus intelligente et plus sexy que n'importe qui, même que lui, un petit Lincoln, une princesse parmi les prolos — non du fait de ses réussites, mais étant une réussite elle-même. Pour être digne de Folá, pour que cela vaille la peine pour Folá, il devait continuer à réussir.

Aussi était-il littéralement incapable d'assimiler les mots qui succédèrent, si tant est qu'il y en ait eu, à « vous avez échoué ».

Puis onze mois de débats au tribunal : il n'avait pas échoué, son licenciement n'avait pas de motif. La patiente avait attendu trop longtemps avant d'être emmenée à l'hôpital, où ils avaient mis trop longtemps à décider d'agir. Une fumeuse de soixante-dix-sept ans, souffrant depuis plusieurs jours d'une appendicite perforante et d'une infection du système sanguin. Aucune chance. Jane « Ginny » Cabot — patronne de la recherche scientifique, mondaine, épouse, mère, grand-mère, alcoolique, et amie — serait morte avant le lendemain matin, que ce soit sur sa table d'opération à Beth Israel ou dans son lit, à Beacon Hill, aux draps en coton de la plus belle qualité. Kweku n'avait tenté l'appendicectomie que parce que les Cabot étaient passés voir le directeur de l'hôpital, un ami de la famille, pour lui suggérer avec une extrême courtoisie que, au vu de leur donation, une opération de la dernière chance n'était pas trop demander, n'est-ce pas ? En effet. Ils exigeaient le meilleur chirurgien. Le directeur trouva Kweku qui s'apprêtait à rentrer chez lui.

Les Cabot regardèrent tour à tour Kweku et le directeur. « Un mot », dirent-ils poliment. Ils s'éloignèrent dans le couloir. Kip Cabot, qui devenait sourd, parla trop fort pour l'acoustique. « Mais c'est un…

— Un excellent chirurgien. Le meilleur que nous ayons. »

Le médecin de la famille Cabot, un généraliste arrogant (sous contrat, à disposition, bronzé, cheveux poivre et sel), était resté dans le bureau avec Kweku : « Où donc avez-vous été formé ? demanda-t-il, traçant des guillemets dans l'air.

— Dans la jungle, avec les bêtes sauvages, répondit Kweku d'un ton affecté. Les chimpanzés m'ont tout appris. De formidables professeurs. Qui l'eût cru ? »

Les débatteurs revinrent à ce moment-là — chacun empourpré d'une différente nuance de rose —, néanmoins résolus. Quoi qu'il fût d'autre, Kweku était capable d'opérer. L'un le tapa sur l'épaule. Kweku s'adressa à Kip. « Mon avis de professionnel, monsieur, c'est qu'il est trop tard pour opérer. Mais plus je m'attarde ici, moins je serai utile. »

Les Cabot se fichaient de son avis professionnel. Ils voulaient qu'il aille se brosser les mains.

Des heures, une opération atroce, pour tenter de sauver la vie de cette femme, sous les yeux du directeur qui l'observait de la galerie à l'étage supérieur (il s'était excusé, très gêné : « J'ai donné ma parole aux Cabot »), menée de main de maître, comme à l'ordinaire. Sa meilleure. Il nettoya, coupa, trouva, pinça, cousit, entailla. Épongea le sang de son visage. À peine une infirmière fatiguée eut-elle annoncé : heure du décès, trois heures du matin, qu'il décampa, sortit de l'hôpital, monta dans sa voiture, exhala.

Il ne sait toujours pas comment il était rentré chez lui. Il ne se souvient que de s'être réveillé sur le canapé du salon, un lieu improbable, la bouteille de Johnnie Walker Gold à la main, ses pantoufles pendillant de ses orteils, tandis qu'une odeur de kiwi et de fraise flottait inexplicablement dans l'air, et d'avoir eu l'impression d'un changement.

Puis onze mois à feindre que ce n'était pas le cas.

Que rien n'avait changé.

À se lever tous les matins, à partir de la maison (pyjama de bloc, manteau, sacoche) comme le protagoniste singapourien d'un film qu'il n'avait pas vu mais dont il parlait comme s'il l'avait vu, ayant lu toutes les critiques car le cinéma asiatique était à la mode chez les chirurgiens. D'après les critiques, l'homme, viré de sa banque, a tellement honte qu'il ne le dit pas à sa famille et feint d'aller travailler : il se lève, s'habille, va s'installer dans des jardins publics pour parcourir des offres d'emploi.

C'est ce qu'il faisait.

Aux jardins publics près.

Il prenait la voiture, roulait jusqu'au cabinet Kleinman & Kleinman pour une mise au point, se garant à une place de stationnement longue durée, puis franchissait à pied le pont menant à la faculté de droit de Harvard. Là, il montrait sa carte d'ancien élève manifestement fausse — obtenue grâce à Aaron Falls, le camarade noir et l'associé de Marty — à l'agent de sécurité latino manifestement sous-payé de la bibliothèque qui, fort de son accent, sortait la plaisanterie quotidienne : « Bonjour, monsieur Fausse. » Dans les rayonnages jusqu'à quatorze heures à faire des recherches sur des affaires : licenciements abusifs, discriminations, fautes professionnelles. Pause-déjeuner. Et lecture jusqu'au soir, le moment où il rentrait à Boston. Au crépuscule, la rivière était de l'or liquide.

*

À présent, Marty aussi le laissait partir.

Il mit le contact.

Il n'avait nulle part où aller.

Il rit. Nulle part où aller. Il rit plus fort. Nulle part où *faire semblant* d'aller. On l'avait plumé. Il était vaincu. Il délirait. Il conduisait depuis quelques minutes quand il s'en rendit compte. Il se dirigeait, comme si ses mains ne lui appartenaient pas, comme si ce pied ne lui appartenait pas, vers l'hôpital.

Un mot.

Un mot avec le docteur Yuki, le docteur Michiko « Michelle » Yuki, qui, de son fauteuil trapu, l'avait traité avec condescendance. « Ce conseil considère… », la porte-parole du conseil. Une bouche minuscule. Des mots monocordes de plusieurs syllabes. Une ancienne gymnaste. Un mètre cinquante. Une coupe à la Jeanne d'Arc asymétrique. Titulaire des quatre diplômes de Harvard : licence, médecine, doctorat, mastère de gestion. Elle avait invité Kweku à un dîner chez elle, à Cambridge — son mari était avocat, un autre camarade de

Marty —, pour fêter sa promotion au poste de directrice adjointe. Kweku avait remarqué des pantoufles dans le vestibule. Une jolie maison. Le mari, un monstre, jurant et vitupérant, bourré avant que les amuse-gueules n'aient fait un tour de la pièce au demeurant très élégante. Boiseries et orchidées. Calligraphies déroulées sur les murs. Bols en laque.

Un mot avec le docteur Yuki.

Ou une question. La seule. Celle qu'il avait eu envie de lui poser en face (pas complètement puisque la moitié de son visage disparaissait sous le demi-rideau de son carré asymétrique). Très simple : comment dormait-elle ? Le docteur Yuki, la chirurgienne. Non la diplômée, l'administratrice. La doctoresse qui avait fait le serment de ne pas nuire. Pour l'autre, la candidate, le procès coulait de source, non ? L'agent Yuki avait un objectif, plaire à ses actionnaires. L'une des familles les plus riches de Boston, l'un des plus importants donateurs de l'hôpital, « les enjeux étaient trop élevés », comme l'avait précisé Marty, pour ne pas agir. La famille avait exigé un responsable. « Ce sont des choses qui arrivent » ne suffisait pas comme explication. Aussi, dans une pièce lors d'un week-end — une cour de justice, où on avait toutefois servi des cocktails —, avait-il été décidé de virer le chirurgien. Est-ce que cela suffirait ? Est-ce que cela apaiserait les Cabot ? Oui, merci, tout à fait. Très bien, agent Yuki.

Mais le docteur Yuki ?

Elle savait.

Elle savait ce que représentait se brosser les mains, dire « scalpel », taillader un ventre avec du métal stérile et pointu. Elle savait qu'il n'était pas le seul qui, confronté à cet acte terrorisant, éprouvait une immense fierté, de la joie, c'était le cas de toute la tribu. Elle savait que la procédure avait été parfaitement respectée. Malgré tout, le docteur Yuki avait pris la parole pour licencier un bon chirurgien dans le but d'apaiser une famille puissante et affirmé qu'il n'avait « pas tenu compte des risques ».

Même si aucun médecin (sauf un) ne serait d'accord avec son appréciation. Même si son patron, le directeur de l'hôpital, avait assisté à l'opération, l'insulte ajoutée à l'outrage qui leur avait presque fait perdre le procès ; ils l'auraient perdu si le juge n'avait pas été un camarade de classe de Ginny.

Presque.

En fin de compte, cela n'eut pas d'importance. La machine était en branle. Elle engloutit les lettres, les pétitions, les appels, les protestations de ses collègues : Kweku avait fait tout son possible, ils ne s'en seraient pas mieux tirés. Peine perdue. Un doute perdurait. Le docteur Putnam « Putty » Gardener — médecin de confiance de la famille Cabot, membre de la même confrérie de Yale que le veuf Kip, et de l'élite de Boston, raciste, golfeur — soutenait que le chirurgien n'avait pas (a) correctement évalué les risques ni (b) su les communiquer.

Et voilà.

À présent le chirurgien voulait toucher un mot à la directrice adjointe de l'hôpital, lui demander en face si elle n'avait pas d'insomnie. Alors il se retrouva en train de se garer (à une certaine distance, par habitude), de traverser le hall avec désinvoiture, le plus calmement possible, ayant eu droit à un sourire chaleureux d'Ernie, l'agent de sécurité jamaïcain — toujours content de voir le docteur, le seul à connaître son prénom, à lui dire « bonjour, monsieur Ernie » en arrivant le matin et « embrassez vos enfants », en partant le soir au lieu de le croiser en toute hâte sans le voir, comme si les gardes étaient des objets de décoration inanimés —, puis de prendre l'ascenseur jusqu'aux bureaux, de s'arrêter pour reprendre son souffle et entendre le silence du dernier étage — et de parcourir le couloir en pyjama de bloc et blouse blanche, de frapper une fois à la porte avant de faire irruption.

*

Lorsqu'on le ramena de force dans le hall d'entrée, les yeux injectés de sang à force d'avoir crié, un fou en blouse, il avait complètement oublié le cours de Kehinde au Museum of Fine Arts, à trois stations de métro.

Du coup, il faillit s'étrangler à l'apparition de son fils. Celui-ci avait attendu son père une demi-heure avant de conclure qu'il devait avoir été retardé par une opération et de décider d'aller à pied à l'hôpital. Jusqu'à cet instant, Kweku aurait mis sa main au feu que son plus jeune fils ne savait absolument pas dans quel hôpital il travaillait — il y en avait plusieurs dans le quartier —, ni où se trouvait le hall d'entrée. Or Kehinde se profila, très calme, au moment précis où deux hommes y traînaient un fou.

« Bas les pattes ! » hurlait-il aux agents de sécurité.

Et Ernie à ses collègues : « C'est un docteur qui travaille ici ! Lâchez-le ! »

Et le docteur Yuki à Ernie : « Ici il n'est *pas* docteur, excusez-moi ! Il a été viré ! L'année dernière ! »

À l'instant où surgit Kehinde.

L'air de rien. Inopinément. Comme lui seul en était capable, sans bruit, son portfolio à dessin en cuir sous le bras.

Les agents de sécurité, des Blancs, regardèrent le docteur Yuki, toute rose, dont les petites mains et la bouche tremblaient d'une rage indicible. Elle fit un signe de tête à l'un des deux, une truande de Hong Kong à ses sbires, et lissa sa jupe, prête à filer quand Kehinde accrocha son regard. Elle repoussa le rideau de ses cheveux pour le lorgner, comme attirée par une dangereuse source de lumière éblouissante. Kehinde la dévisagea à son tour et perçut son état d'âme, la stérilité dont elle souffrait tant. Il se mordilla la lèvre, soucieux. Le docteur Yuki remarqua la pitié de Kehinde, qui sentit la honte envahir le ventre de cette femme.

Pivotant sur ses talons virgule, elle s'éloigna en les faisant claquer.

Après avoir lancé un regard plein de regret à Ernie, les agents de sécurité, cette fois sans l'ombre d'un regret, flanquèrent Kweku dehors. Kehinde le suivit en trébuchant, muet de stupeur, dans la porte tambour. Une fois dehors, il découvrit à sa grande surprise que le monde aussi tournait.

Une fin d'après-midi.

Un soleil orange.

Ils restèrent un moment immobiles. Kweku reprenant son souffle, les mains sur les genoux et les yeux rivés sur ses phalanges, Kehinde, le portfolio à dessin plaqué sur sa poitrine comme un flotteur, les yeux agrandis de silence. L'instant d'après une ambulance arriva, une agression de lumières rouges et de hurlements de sirène ; fidèle à sa nature, la machine se mit en marche comme si rien ne s'était passé (rien d'important). Des auxiliaires médicaux se déversèrent de l'arrière du véhicule, des internes du service des urgences sortirent en masse, même Ernie eut un rôle : écarter les visiteurs pour ne pas ralentir le passage du brancard (femme qui s'époumonait, fils dont la tête apparaissait). Du trottoir où il se tenait, Kweku aperçut le docteur Yuki qui attendait l'ascenseur, le visage pétrifié, tandis qu'on poussait le brancard derrière elle, sourde ou indifférente à la cavalcade du nuage chaotique derrière son dos. Elle entra dans l'ascenseur et disparut.

Il prit machinalement Kehinde par le coude. C'était son habitude — toucher les membres de sa famille en cas de chaos, pour les sentir, sentir la chaleur de leur corps, les garder le plus possible à proximité, un geste le plus proche possible de l'affection physique — mais cela lui parut ridicule. Comment, alors qu'il était en pyjama de bloc, pas rasé, les yeux embués, « viré depuis un an ! » et, à présent expulsé de force, pouvait-il consoler Kehinde, maître de lui, sa chemise impeccable, repassée, bien entrée dans le pantalon, impassible quoi qu'il advienne ? Ridicule. Il le lâcha.

Tant de choses que Kweku aurait aimées à cet instant-là : avoir passé davantage de temps avec Kehinde, avoir appris à déchiffrer son visage ; surgir devant l'hôpital sous les yeux du garçon, sauver des vies, jouer au héros au sein du chaos ; s'opposer aux cours de dessin (mieux encore, avoir eu les moyens de les payer) ; s'être garé moins loin pour éviter cette marche de la honte. Il avait beau brûler du désir de sortir une phrase géniale, avisée, essentielle, à en avoir une sensation de brûlure derrière les oreilles, il ne trouva rien d'autre que : « Je suis désolé que tu aies vu ça.

— La vue est subjective. Nous l'avons appris en cours. »

La tête légèrement inclinée, les sourcils froncés, un sourire à l'envers incurvant ses lèvres, Kehinde regarda son père.

Ils montèrent dans la voiture.

Kind of Blue.

Kweku arrêta la musique.

Il fit le tour de l'étang, tandis que le soleil amorçait sa descente. Il conduisait sans regarder, sans en avoir besoin. Il voyait au lieu de regarder. Il connaissait par cœur le chemin de la maison. Il roula devant la petite école publique, vue au lieu d'être regardée, l'air abandonnée à cette heure. Devant les manoirs — avaient-ils toujours été aussi imposants ? En comparaison, leur maison semblait soudain modeste. Devant les arbres — y en avait-il toujours eu autant ? On aurait dit des dames d'honneur en faction le long de la chaussée. Autour du troisième des quatre ronds-points (l'orgueil de Brookline, des ronds-points superflus). Devant un homme et un chien en train de courir. Arriva à un point de non-retour.

Dans leur rue, le coucher de soleil embrasait les feuilles. Il entra dans l'allée et coupa le contact. Il savait, sans que la pensée se fût formée, être incapable de faire face à Folá (une certitude, pas une prise de conscience), incapable de le supporter. Que le visage de Folá se soit superposé à Kehinde suffisait amplement. Voir son échec se refléter sur celui de Folá était au-dessus de ses forces.

La lumière au-dessus du garage s'alluma. La maison était éclairée. Ni lui ni Kehinde ne bougèrent. Une immobilité qu'ils ne commentèrent pas. Ils restèrent assis comme le font les hommes : côte à côte, le regard braqué devant eux, silencieux et patients, attendant de trouver quoi dire. « Tu veux jeter un œil à mes peintures ? » suggéra Kehinde au bout d'un moment. Kweku se tourna vers lui, gêné de n'avoir pas eu l'idée de le lui demander.

« Volontiers, merci. Avec plaisir.

— Une seconde. » Kehinde ouvrit son portfolio et en sortit une.

Même dans cette lumière chétive, la peinture était d'une beauté à couper le souffle. Non que Kweku fût à même de juger une œuvre d'art, mais il ne fallait pas être expert pour se rendre compte de la perfection, de l'intelligence, de la simplicité des formes. Un homme et une femme, de dos, se tenant par la main. Kweku désigna la femme : « Qui est-ce ? » Il s'en doutait.

« Maman, répondit Kehinde.

— Et ce doit être toi.

— Non, c'est...

— Olu ?

— Hum, non.

— Mais c'est un garçon ?

— C'est toi ?

— Moi ?! » Le rire de Kweku troubla soudain le calme.

« … » Il hésita.

Il rit encore. « Pourquoi suis-je aussi *petit* ?

— Parce que maman répète toujours qu'elle doit être la plus grande. »

Kweku se tordit tellement de rire qu'il se mit à pleurer. « Génial. »

Un petit sourire d'une quinzaine de secondes, pas davantage. « Ça te plaît ?

— J'adore. C'est extraordinaire. » Il reprit sa respiration. « Alors elle dit *vraiment* ça ?

— En terminant par "n'est-ce pas". "Je dois être la plus grande, n'est-ce pas ?" »

Kweku s'esclaffa encore plus fort et les larmes ruisselèrent sur ses joues. « Bon. »

Kehinde gloussa timidement avant de lancer un coup d'œil à la maison : « Je comptais la donner à maman. Mais tu peux la garder si tu en as envie.

— J'adorerais. Ça ne l'ennuiera pas ?

— Maman ? Non. Elle en a des tas.

— D'accord. » C'était lui qui ignorait qu'ils avaient mis un petit Basquiat au monde, pas elle. Folá était le parent. Lui, il subvenait aux besoins de la famille. Il cessa de rire. « J'a… j'a… j'adorerais. » Sa voix se brisa (d'autres parties de son être aussi). « Comment est-ce que je… l'emporte ?

— Je vais la rouler. Comme ça.

— Attends. Tu ne dois pas la signer ?

— Seuls les artistes célèbres signent leur toile.

— Seuls les artistes stupides attendent d'être célèbres. Tu as un stylo ? »

Le sourire fendu jusqu'aux oreilles de Kehinde l'empêchait de parler. Il tendit le bras vers son sac à dos. Kweku l'arrêta.

« Sers-toi de celui-ci. » Il sortit le stylo en argent de la poche de son pyjama de bloc bleu clair (un cadeau de Folá pour son diplôme, destiné aux ordonnances, gravé).

Kehinde le prit et le tourna entre ses doigts.

« Il est chouette. Tu l'as acheté où ?

— Ta mère me l'a donné. Évidemment. »

Kehinde sourit. Lança un autre coup d'œil à la maison. Il étala la peinture sur le tableau de bord pour chercher où signer. Kweku fut sidéré par la métamorphose de son fils : à peine eut-il touché le papier qu'il devint à l'aise, ses épaules se détendirent, son souffle se libéra. Il se relâchait. La même chose lui arrivait devant un corps étendu sur une table, un scalpel argenté au lieu d'un stylo en argent à la main. Comment est-ce que ça lui avait échappé ?

Il avait très souvent confié à Folá, la nuit, qu'il ne comprenait pas ce garçon mince et si beau ; contrairement à Olu qui lui ressemblait, Kehinde était un véritable trou noir. Folá donnait toujours la même vague réponse sur la nature impénétrable du jumeau né en second ou racontait avec le même orgueil chauvin la légende yoruba sur les *ibeji*.

La légende :

Les *ibeji* (jumeaux) sont les deux moitiés d'un esprit, un esprit trop volumineux pour tenir dans un seul corps — des êtres liminaux, mi-hommes mi-divinités, qu'il faut par conséquent honorer, même adorer. Le second jumeau — le changelin et le magicien, moins fasciné par les affaires du monde que l'aîné — vient sur terre à contrecœur et doit faire beaucoup d'efforts pour y demeurer tant la nostalgie du royaume spirituel l'habite. À la veille de son incarnation, le second jumeau, le sceptique, dit au premier : « Va voir si le monde te convient. Si c'est le cas, restes-y. Sinon, reviens. » Le premier jumeau, Taiyewo (du yoruba *to aiye wo* « voir et goûter le monde », abrégé en Taiye ou Taiwo), sort docilement de l'utérus pour sa mission de reconnaissance et aime suffisamment le monde pour y rester. Kehinde (du yoruba *kehin de* « arriver ensuite ») remarque que sa moitié ne revient pas et décide de la rejoindre sans se hâter, daignant prendre une forme humaine. Du coup, les Yorubas considèrent Kehinde comme l'aîné : le né en second, mais plus sage, donc plus âgé.

Et il en était ainsi.

Kehinde n'avait rien de moins. Ni moins extraverti ni moins sociable que Taiwo, il n'était pas « dans son ombre », une ombre lui-même. Il était autre. D'ailleurs. Détaché du monde comme Ekua. Doué de télépathie comme Folá. Et, quelles qu'en soient les implications, comprit Kweku, avec un respect mêlé de crainte, il lui ressemblait (ainsi qu'à son grand-père paternel).

Kehinde apposa soigneusement sa signature en bas, à droite de la toile. Kweku lui effleura l'épaule : « Eh bien, merci, monsieur Sai.

— Je vous en prie, docteur Sai. » Le sourire de Kehinde s'évanouit. Le mot *docteur* flotta entre eux comme une odeur dans la voiture. Des chiens entamèrent un canon d'aboiements cacophoniques. Kehinde regarda un peu plus longuement la maison. La lumière de la chambre de Taiwo s'éteignit. Puis s'alluma, s'éteignit, s'alluma, à la manière d'un signal. Kehinde se tourna vers Kweku, redevenant un trou noir. « Ton stylo.

— Le tien.
— Mais c'est…
— Garde-le.
— Tu es sûr ? demanda-t-il, le tripotant.
— Ce serait un honneur pour moi.
— Merci, papa. » Une odeur différente.
Kweku tendit le bras vers le visage de Kehinde, massant doucement d'un doigt l'espace entre les sourcils comme il le faisait souvent à Folá, pour tenter d'effacer son froncement. Sans plus de succès. « Ce doit être l'heure du dîner, dit-il, même si ce n'était que dans une demi-heure. Ta mère a sûrement envie que tu lui parles de ton cours. Précède-moi.
— Tu ne viens pas ?
— Une minute. »
Kehinde hocha la tête, sans sourire. « Ta peinture. »
Il la roula méticuleusement et la tendit à Kweku. Le caméraman filma : Le Père Intelligent Frappé de Mutisme. Kweku saisit le rouleau d'une façon qui signifiait manifestement : *J'y tiendrai toujours comme à la prunelle de mes yeux*, incapable de trouver d'autres mots que : « Si tu pouvais ne pas faire allusion…
— Ne t'inquiète pas. Je te le promets. »
Silence.
« D'accord, lâcha Kweku.
— D'accord. » Kehinde s'attarda un instant puis sortit de la voiture.
« Je t'aime », ajouta Kweku, mais la portière fut claquée sur « je ».
Kehinde ne l'entendit pas et entra dans la maison.

Kweku attendit une minute avant de reculer dans l'allée. Il conduisit d'une traite jusqu'à Baltimore, sept heures de trajet sur l'autoroute 95 qui s'étirait tel un océan étale, fuligineux. Il roula sans voir, sous la lune, dans l'obscurité. Il prit une chambre dans un hôtel dont il se souvenait, situé à proximité de l'hôpital Hopkins. Quand il téléphona enfin chez lui, elle fut précise malgré ses sanglots. « Kehinde refuse de m'expliquer ce qui s'est passé au prétexte qu'il te l'a promis. Tu me fais peur. Qu'est-il arrivé ? Où es-tu ? Qu'est-ce qui ne va pas ? »

Il se contenta de répondre qu'il était désolé mais qu'il la quittait. Si elle vendait la maison à sa valeur réelle, elle aurait de quoi repartir de zéro. Il était tout à fait possible qu'il ne l'ait jamais vraiment méritée. Il les avait détruits en essayant de déjouer les pronostics.

« Qu'est-ce que tu racontes ? Tu es en danger ? Tu as joué ? Tu es *physiquement* en danger ? Où es-tu ? »

(Nulle part.) Il ajouta que c'était pour le mieux et répéta qu'il était désolé. Elle s'en sortirait mieux sans lui. « Je te laisse partir.

— Qu'est-ce que ça signifie ? »

Tout son amour aux enfants.

« Tu rentres quand ? » demanda-t-elle, en larmes.

Il ne rentrait pas.

13

Seize ans après, il est plié en deux, les mains sur les genoux, les pieds nus dans l'herbe, sa respiration sifflante entrecoupée d'un rire provoqué par l'enchaînement des événements : ce qui lui avait brisé le cœur et qu'il avait fui le rattrapait.

Enfin.

Lors de son départ, il était sûr de revenir, de reprendre le cours de sa vie, de retrouver sa famille, sa maison — peut-être plus vite qu'il ne l'avait fait, dans quelques jours, non quelques semaines —, mais il était à mille lieues d'imaginer qu'ils seraient partis. Volatilisés. Folá était-elle coupable ? Avait-elle réagi d'une manière excessive en pliant bagage, coupant les ponts, mue par le désespoir ? Livrée à elle-même, n'ayant plus que ses yeux pour pleurer dans cette maison aux passages secrets, pleine de courants d'air et d'ombres, de portes qui ne fermaient pas, avec quatre enfants, un garçon sérieux, deux être liminaux et le bébé — sans lui ? Abandonnée. Isolée. Non pas désarmée. Ça jamais. Elle ne l'avait jamais été, même pendant son enfance choyée avant la guerre, à Victoria Island, le quartier huppé de Lagos. Une guerrière-née, une indomptable Yoruba du clan egba (à moitié du moins, la mère ibo morte en couches), avait affronté des épreuves plus redoutables qu'une montagne de dettes qu'elle n'avait pas contractées, que la solitude, l'isolement, le désespoir. Jamais la désertion, protesterait-elle. Ni la tromperie. Ni la désillusion. Ni l'abandon après avoir placé sa confiance en quelqu'un.

Était-ce elle, ainsi qu'il l'avait objecté, sachant peut-être qu'il avait tort, sachant plutôt qu'il avait perdu, que la réparation était hors de portée, ayant donc raison comme lorsqu'on est victime d'une personne qu'on a lésée : faute d'en être convaincu ? Était-ce elle qui l'avait trahi après avoir été trahie ? Qui, ayant changé de vie deux fois, avait simplement recommencé ? Ou était-ce lui, parti sans rien emporter, découragé, trop épuisé pour expliquer quoi que ce soit, pour penser : à d'autres hôpitaux, à un nouveau départ, au travail à chercher dans d'autres États, à être raisonnable, à être un père, à être pardonné ?

Donc la fuite. Le tout réduit à un instant. L'espace de cet instant, il avait attendu, regardé, aux aguets, avant de reculer dans l'allée. Alors que si Folá s'était approchée d'une fenêtre, avait vu la Volvo. Si Kehinde avait fait un peu de bruit en rentrant. Si Kweku s'était ressaisi en quelque sorte, avait reconsidéré les choses, réfléchi. Était descendu de la voiture. Était entré. En pyjama de bloc, tête basse et brisé, mais à l'intérieur, le vestibule, la cuisine où flottaient des effluves de gingembre et l'huile ? Au lieu de quoi : la question prenait corps ici, tous les matins au lever du soleil, l'accueillant avec son poids et sa brûlure cuisante, *et si*, dès qu'il ouvrait les yeux. Il n'en sait rien. Il y pense à présent et a du mal à comprendre. Il l'a perdue. Il l'a quittée. Elle l'a quitté.

Et de quelle façon.

Des jours d'hébétude, presque sans sommeil, l'esprit presque vide, trop angoissé pour téléphoner chez lui, mangeant du riz, s'abreuvant de honte, retournant à la friperie Goodwill de Broadway afin de s'acheter un costume pour un rendez-vous à Hopkins (pas de postes), Johnnie Walker, *Kind of Blue*. Une saignée de semaines. Six, huit, dix. Jusqu'à son retour un soir, à minuit, au volant de sa voiture. La neige s'était mise à tomber comme à l'ordinaire à Boston, d'abord inoffensive, indolente, légère, des tourbillons de flocons blancs dans l'aube hivernale teintée de rose, elle se muerait en blizzard à la tombée de la nuit. La peur jusqu'au bout des doigts, l'estomac noué, malgré sa certitude de pouvoir plaider sa cause, avouer et expliquer, demander pardon à ses enfants, regagner leur confiance, la récupérer. Au lieu de quoi : à son arrivée à sept heures du matin, il découvrit un panneau À VENDRE devant la façade et la statue derrière la maison, qu'il embarqua presque machinalement avant de se précipiter vers la boutique de fleurs (le rideau métallique baissé), puis à l'école publique (les enfants retirés). Alors il se rua, en sueur à présent, paniqué, jusqu'à Milton, chercha désespérément le directeur pour l'interroger sur son fils et tomba par hasard sur Olu vêtu de son manteau, le beige, un sac L.L. Bean sur le dos. Ils n'eurent pas le temps de parler qu'une sonnerie stridente, métallique, fendit l'air entre le père et le fils debout, mal à l'aise, se démarquant dans la meute d'élèves qui se déversait du bâtiment en brique pour acclamer la neige. Olu prit la parole, donnant la description clinique d'un patient : « Elle pleure tous les matins. Elle croit que je ne m'en rends pas compte. Elle dit que tu es parti sans laisser un sou en banque. Les jumeaux sont à Lagos. Le bébé est resté ici.

« Où est ta mère ?

— Elle ne veut pas te voir.

— Regarde-moi quand tu me parles.

— Moi non plus, je ne veux pas te voir. » Olu baissa les yeux, serra les courroies de son sac, donna un coup de pied par terre. La sonnerie de nouveau. « Il faut que j'y aille. »

La désintégration.

De la même façon que la chute d'un objet du haut d'une falaise. De la même façon qu'Irene, sa première ligne horizontale, la première patiente qu'il avait perdue ; qui riait lors de son admission au coucher du soleil et était morte avant l'aube. La vitesse. La vitesse époustouflante d'une mort. (À moins que ce ne soit le contraire, la vitesse époustouflante d'une vie ?) En tant que médecin, il aurait dû le savoir, le corps se décompose, rien ne dure, aucune forme de vie, alors pourquoi un amour ? Connaître le mode opératoire de l'extinction dans le monde, ce qui arrive à qui et à quelle fréquence, « il n'est d'autre constante que le changement », et tout ce qui s'ensuit. Qui l'aurait cru, cependant ? Qu'elle s'enfuirait, refuserait de le voir, de le laisser les voir, de lui dire où ils étaient chaque fois qu'il la joignait au téléphone ? Les semaines devenant des mois devenant des saisons : pas de pardon pour lui. La désintégration irréversible d'une existence.

L'ouverture, la fermeture.

Comment aurait-il pu le savoir ? Qu'une vie qu'ils avaient mis des années à construire volerait en éclats en quelques semaines ? Une vie entière, un monde, leur œuvre : dîners, vaisselles, couches, activités, accords tacites, messages chaleureux sur le répondeur. « Vous êtes bien chez les Sai, nous ne sommes pas là pour l'instant. » Bip. Et ne le serons jamais plus. « Laissez un message. » Jusqu'à ce qu'il n'en reste que la statue de la mère dans le coffre de la Volvo et la peinture (désormais encadrée). Huile sur toile. Kehinde Sai, 1963. Signée par l'artiste. *Folá, la plus grande.*

Il rit.

Il avance d'un pas, chancelle, tombe. À plat ventre, le visage dans la rosée. *Pourquoi t'ai-je quittée ?* Un pont comparable à celui du morceau de

R'n'B monotone que Taiwo écoutait quand elle broyait du noir. (Pour consoler un cœur brisé, rien ne valait Coltrane sur vinyle. Coltrane l'aurait consolée. Il le lui aurait conseillé si elle lui avait posé la question.) Il est trop tôt pour mourir. Il relève son visage. *Pas aujourd'hui*, pense-t-il, se moquant de lui, le souffle court. Il a Coltrane, l'héparine ; il n'a pas de quoi s'inquiéter. Il fait un jogging quotidien. La nuit, il a Ama. Il n'a jamais fumé. Son cœur est costaud. C'est faux, il le sait. Il est brisé. Quatre fêlures non soignées depuis des années. Sa mère à Kokrobité, Olu à Boston, Kofi à Jamestown, Folásadé... partout. Cette femme le colonise : fascia, muscles, tissus, sanie, sang. Il meurt d'un cœur brisé. Il ne peut s'empêcher d'en rire. D'essayer à tout le moins. Il s'agrippe à des touffes d'herbe sous l'effet de la douleur, roule sur le côté. Redresse la tête. Jette un regard circulaire. À quoi pourrait-il s'accrocher pour se hisser ? La bougainvillée, le papillon, le manguier ?

La voilà.

Enfin.

Dans la fontaine.

Un lieu absurde. Qui n'est cependant pas surprenant pour une rêveuse. Ou pour deux rêveuses. Elles sont debout (elles flottent) dans la fontaine. Fleurs blanches dans leurs cheveux de lin, corps gainé de dentelle étincelante, boubous blancs incrustés de diamants et d'or, épaules mouchetées de neige, brèches entre les dents, toutes les deux, l'une avec la radio, l'autre avec la caméra. Il regarde celle-ci en riant. S'agit-il de celle du caméraman invisible ? Hors d'haleine, il rit. Elle aussi. La radio diffuse de la musique douce. L'heure est au sentiment.

Elle pose la caméra. Qui se dissipe en fumée.

« Je t'aime », dit-il.

Je sais, je sais, je sais.

« Ça fait mal », ajoute-t-il.

Sa mère : Repose-toi.

Folá : Elle a raison.

Il s'allonge dans l'herbe. « Herbe d'amour », le nom de cette variété. Foutu mec !

Les pensées qui le traversent ne sont pas celles auxquelles il s'attendait. Il n'a jamais dit au revoir ; tout passe tellement vite ; il aurait dû poursuivre Olu dans l'escalier quand il était venu ; être là pour voir grandir Sadie ; ne pas s'être enfui en voiture. Il a eu tort de croire que l'oubli était inéluctable. Non qu'on ne l'oublierait pas — ce sera le cas, ça l'est déjà. En revanche, les détails ne sont pas insignifiants. À tout prendre, cela revient à ça. Il y en a un qui mérite d'être retenu.

Il avait fini par la trouver.

Folásadé Savage fuyant une guerre, Kweku Sai une paix susceptible d'être meurtrière. Des bateaux perdus en mer, drossés sur un rivage de Pennsylvanie (« Pennsymachinchose »), morts de froid, vivants, amoureux. Orphelins, fugitifs, largués dans l'histoire du monde, originaires l'un et l'autre de pays dont la grandeur remontait au XVIIIe — mais fiers (optimistes, ce qui était plus courageux), débordants d'énergie et fauchés — en quête d'un foyer et d'aventures. Qu'ils avaient trouvés. En eux. Représentant les deux l'un pour l'autre. Les soirs où ils trinquaient en buvant du Schweppes tiède dans des flûtes bon marché, faisaient l'amour dans la baignoire au clair de lune ou riaient aux larmes : il avait trouvé ce qu'il n'osait chercher. Il lui aurait suffi de trouver une issue — d'être parti d'où il était parti et d'être arrivé aussi loin — père, médecin, ce qu'il était devenu, ce qu'il avait osé devenir. S'échapper aurait suffi. Être libre, si l'on veut un crescendo des cordes, être humain. Dépassant la condition de citoyen, de pauvre. En fin de compte, il ne cherchait qu'à inventer son histoire, à être Kweku par-delà la pauvreté. Il avait scindé sa petite histoire des autres, plus vastes, celles du Pays, de la Pauvreté et de la Guerre qui avaient englouti les histoires des gens de son entourage, les recrachant, villageois anonymes, rouages ; il s'était échappé sur la petite embarcation *Sai*, s'était ainsi affranchi pour les hauts et les bas d'une vie à l'abri du besoin : les victoires et les défaites dérisoires d'un individu (profession, famille) opposées à l'État (travail pénible, guerre civile) — *oui, cela aurait amplement suffi*, pense Kweku. Né dans la poussière, mort dans l'herbe. Une progression. L'abordage sur une rive lointaine.

Qu'il y ait eu, plus loin, par-delà la liberté, un « amour » dans le rire de Folá, un « foyer » dans sa caresse, dans la douceur de sa coiffure afro ? C'est tout juste s'il le comprend. Il n'a jamais osé le rêver, persuadé que de tels dénouements étaient inaccessibles pour lui ou pour eux, les va-nu-pieds qui souriaient à la mort, chantaient dans leurs rêves et n'avaient pas grande importance. L'avoir trouvée, l'avoir aimée et fait œuvre de chair de leur amour quatre fois — cela compte, fût-ce uniquement pour lui. Un sens à l'histoire. Qu'une petite fille ait rencontré un petit garçon. Et l'ait aimé.

Même s'il a fini par la perdre.

Il commence à se redresser pour aller l'embrasser dans la fontaine, non pour la contempler ou être étreint mais pour l'étreindre. Du moins le tente-t-il. À peine est-il parvenu à une sorte de position pour faire des pompes que ses valves perdent la partie.

En chemin vers la mort.

Il gît à plat ventre, un sourire aux lèvres. Le papillon se pose, ayant fini de s'abreuver. Un contraste extraordinaire, le turquoise sur le rose. Indifférent à la beauté, au contraste, à l'anéantissement, il volette dans le jardin, s'approche de Kweku, bat des ailes autour de la plante de ses pieds comme pour les apaiser. Les étend, les replie. Le chien flaire la mort et aboie, effarouchant le papillon qui, d'un coup d'aile, prend son essor.

Silence.

DEUXIÈME PARTIE

Le voyage

1

Un dimanche au point du jour, Folá se réveille essoufflée, écrasée de chaleur, d'un rêve de noyade, d'un fracas semblable à celui des vagues. La pénombre. Les rideaux tirés, l'humidité, le lit mouillé pareil à un océan : encore à moitié endormie, les yeux clos, elle se redresse, pousse un cri. Mais son « Kweku ! » est silencieux, deux bulles dans l'eau qui, par ses lèvres entrouvertes, s'écoulent dans sa gorge, trouvent plus d'eau en elle, son ventre, son entrejambe, ses cuisses, ruisselants — la chemise de nuit en satin blanche la veille, trempée à l'extérieur et à l'intérieur, une seconde peau, désormais marron, maculée de sueur — et, se muant en marée, refluent, remontent vers les cuisses, le ventre, le cœur, puis se répandent dans sa poitrine.

Le sanglot est d'une telle violence qu'il réveille complètement Folá. Elle ouvre les yeux et l'eau jaillit. Elle est prise de sanglots incoercibles lorsque la marée baisse brusquement, sans laisser aucune trace du rêve (de même que les vagues effacent les marques sur le sable, déferlent à l'improviste, balayent les inscriptions d'enfants ou d'amants). Ne subsistent qu'une angoisse indéfinie, dissociée du scénario, une empreinte sur le sable humide semblable à une frange d'écume scintillante, et le fracas : un vacarme strident dans l'obscurité saturée de moiteur, le climatiseur aussi bruyant que s'il marchait.

Une écume d'angoisse, scintillante, et un fracas.

Folá se redresse, déconcertée. Ne voyant rien à cause des rideaux moutarde, elle reste là en plein désarroi, sans s'expliquer ce qui vient de se passer, la raison de ses larmes et leur arrêt intempestif. S'ensuivent les questions habituelles : quelle heure est-il ? où est-elle ? La réponse : *Au Ghana*. Dehors, les bulbuls, surnommés oiseaux piments, se joignent non sans perplexité au raffut en une ode à l'indifférence des appareils en panne. Ce n'est donc pas la nuit : des oiseaux piments, un matin au Ghana, le pays où elle s'est installée, où elle a fui.

Une fois de plus.

Sans fanfare, sans l'avoir prévu, sans bagages, comme le font les troupeaux ou les soldats, suivant son instinct, partant à la première lueur du jour :

elle avait trouvé la lettre un lundi matin, à Boston, tandis qu'elle triait le courrier sur le plan de travail (café, WBUR, « une station de radio n'existant que grâce aux auditeurs de son genre »), factures de frais de scolarité, d'électricité. Une enveloppe tomba par terre, plana plutôt : bleu clair, légère, une plume échappée à la masse du courrier du lundi. Une vraie lettre. Et s'immobilisa dans la lumière de l'hiver. Du papier avion bon marché que plus personne n'utilisait.

Elle l'ouvrit et la lut. Deux fois. La posa sur le plan de travail, l'y laissa quand elle partit pour sa boutique de fleurs. Le soir, à son retour dans l'appartement désert, elle la relut : Sena Wosornu, le père de substitution, était mort et avait légué à « mademoiselle » Folásadé Savage une maison de quatre pièces à Accra, dans le quartier résidentiel de West Airport. Abasourdie, elle resta en manteau devant le plan de travail, dans la cuisine et le silence, l'obscurité argentée, le carrelage givré par la lune. Lundi soir. Elle partit le vendredi. De JFK à Kotoka. Sans escales. Sans fanfare. Elle boucla ses valises et partit.

Les yeux étrécis dans la pénombre, elle découvre la chambre qu'elle ne reconnaît pas, après six semaines. Des formes et des ombres peu familières, la place vide à côté d'elle, à laquelle elle ne s'est toujours pas habituée au bout de seize ans.

Elle touche sa chemise de nuit, s'inquiète de la trouver trempée. Elle décolle le satin de sa peau. Elle se touche le ventre comme toujours quand la peur rôde timidement, sans montrer son visage, dès qu'il est arrivé quelque chose, sans qu'elle sache quoi ni auquel des enfants venus au monde par là. Et le ventre répond toujours (plus précisément la matrice, sauf que le mot lui semble absurde depuis toujours. Matrice. Cela évoque une caverne mystérieuse, un sous-sol, une tombe. Un mot suivi d'une ombre, traversé d'un courant d'air). Elle se touche dans quatre endroits différents, les quadrants de son buste entre la taille et la poitrine : d'abord le coin sous son sein droit (Olu), puis celui en bas à droite barré d'une petite cicatrice (Taiwo), puis celui en bas à gauche, contigu à Taiwo (Kehinde) et enfin celui en haut à gauche (Sadie), le bébé, son cœur. S'arrête un instant sur chacun pour analyser la sensation, le mouvement ou l'immobilité sous sa paume. À l'écoute.

Olu — le calme. La tristesse comme à l'ordinaire, aussi douce et persistante qu'un bruit de ventilateur. Taiwo — la tension. Des coups légers. Mais aucun avertissement de danger, aucune raison de s'inquiéter. Kehinde — l'absence, le silence renvoyant un écho, supportable grâce à la certitude que *si jamais*, elle saurait (elle avait su quand c'était arrivé, au moment précis, alors qu'elle taillait des hortensias sur le comptoir de la boutique, et que, saisie d'un spasme subit en bas à gauche, elle avait crié : « Kehinde ! », et le couteau avait glissé sur le côté, lui entaillant la main. Le sang avait coulé sur le comptoir, les tiges, les fleurs et le téléphone tandis qu'elle composait le numéro et tombait sur la boîte vocale, « Ici Kehin... », entendait le signal d'un appel en attente, le prenait, des sanglots désespérés : « Maman, c'est Taiwo, il est arrivé quelque chose. — Oui, je sais. » Elle avait su comme Taiwo au moment précis où ça s'était passé et que la lame s'enfonçait dans la peau de son poignet. De sorte qu'un an plus tard — davantage, presque deux — n'ayant aucune nouvelle de lui, elle sait. Qu'elle saurait.) Enfin, Sadie — des picotements, des pulsations, une effervescence récente, une quête qui n'aboutit pas.

Ils vont bien.

Tristesse, tension, absence, angoisse existentielle — sinon, ils vont aussi bien qu'au jour de leur naissance, vivants à défaut d'être en forme, des poissons dans l'eau, dans l'état où elle les a mis au monde (respirant et se débattant) et ça lui suffit. Peut-être ne serait-ce pas le cas des autres mères qui prient pour que leurs poussins soient riches et célèbres, connaissent la passion amoureuse et le bonheur (de meilleures mères sans aucun doute ; petites, redoutables, au sourire radieux, au volant de minivans), ça l'est pour elle qui tuerait, mutilerait et mourrait pour chacun de ses enfants, tout en ayant conscience que vouloir donner sa vie pour eux a des limites.

La mort est indifférente.

Pas elle (malgré les apparences), mais son adversaire de toujours, son ennemi, celui de toutes les mères — mort, malheur de l'enfant —, qui la vaincra, elle le sait.

Pas aujourd'hui.

La peur s'estompe. Le grondement perdure. Le clapot nasillard d'un appareil cassé. La chaleur s'intensifie, comme si elle se sentait ignorée. Les draps et la chemise de nuit sont tout à coup glacés.

Folá sort du lit, se cogne les genoux et maudit à voix basse la maison, son air conditionné défectueux. Le veilleur de nuit, M. Ghartey, aurait dû le réparer ou faire venir son cousin électricien pour le réparer ou appeler le Blanc qui l'avait installé pour qu'il le répare — ce n'était pas très clair. « Il va venir, répond-il chaque fois qu'elle pose la question. Je supplie, il va venir. » De l'air chaud depuis des semaines. Mais sa relation avec les domestiques en est à ses débuts, elle sait qu'il faut être patiente, ne rien brusquer. Avant tout, Folá est une femme ; célibataire, ce qui est pire ; nigériane, ce qui est bien pire ; enfin, elle a le teint clair. Vu la suspicion qui règne au Ghana, elle pourrait être une célèbre terroriste. Les domestiques dont elle a hérité avec la maison et ses meubles en bois tendus de laine orange des années soixante-dix marchent sur des œufs, sont scandalisés et ont du mal à le dissimuler. Elle est venue ici seule. Pour vendre des fleurs.

Pire encore : elle était arrivée un samedi matin de l'aéroport, portant une tenue en lin blanc, des chaussures à bout ouvert et, descendant du taxi, avait lancé un « Comment allez-vous ? » incompréhensible, du fait d'un mélange d'accents anglais et américain. Pire que tout : aucun homme ne l'avait suivie.

Elle leur avait serré la main, cherchant leurs regards.

Puis, laissant ses valises devant le taxi (trois ? plus ? était-ce tout ? une vie entière en Amérique ?), elle s'était approchée du mur pour enfouir son visage dans les plantes grimpantes et s'était exclamée : « Une bougainvillée ! » Toujours incompréhensible.

En outre, elle continue à les saluer le matin avec le même étrange « comment allez-vous ? » Elle les remercie de faire leur boulot. « Merci » au boy quand il lave ses vêtements. « Merci » au cuisinier quand il sert ses repas. « Merci » au portier quand il ouvre ou ferme le portail.

Et elle fume.

Et elle met des shorts.

Elle en porte un pour se balader dans le jardin, sans parler de son chapeau de paille, de ses cigarettes et, armée d'un sécateur, elle coupe à droite et à gauche, rapporte son butin dans la cuisine, où elle se tient devant le plan de travail, non pour piler du manioc ou trier des fèves, pour faire des bouquets. Le dédain des Africains pour les fleurs l'amuse, l'a toujours amusée ; l'indifférence de ceux qui jouissent de l'abondance (ou ceux qui sont cabossés psychologiquement — en proie à un dégoût chronique d'eux-mêmes, incapables d'accepter, même devant des preuves, la valeur de ce que la nature leur prodigue en abondance, avec excès, sans exiger d'efforts). Ils la scrutent à la manière de scientifiques observant une nouvelle espèce, un hybride, un herbivore, peut-être inoffensif, peut-être pas. Impassibles, ils la nourrissent, lavent son linge, examinent ses tenues lorsqu'ils s'imaginent qu'elle ne les voit pas, chuchotent, la regardent manger. Elle ne leur a pas encore dit qu'elle avait vécu au Ghana, qu'elle parle le twi [1] et comprend ce qu'ils racontent à voix basse sur ses fleurs, ses chemises de nuit à fleurs, ses habitudes alimentaires déplorables, telles les mauvaises herbes (la citronnelle) qu'elle arrache et mange. Un enseignement de son père qui parlait les cinq langues principales du Nigeria, outre le français, le swahili, l'arabe et des bribes de twi. « Apprends toujours la langue du pays. Ne dis jamais aux autochtones que tu la connais », un conseil qu'il lui donnait, un cigare presque consumé fiché entre ses lèvres où naissait un rire…

En haut, à gauche.

C'était là.

Le mouvement qu'elle cherchait.

Dans le quadrant supérieur gauche, à côté de Sadie, plus près du cœur toutefois, ce n'est pas un petit coup, une crispation ou un spasme de terreur, c'est un écho, une béance, un écoulement. Une sensation familière. Non celle qu'elle cherchait et

1. L'un des trois dialectes de la langue des Akans, le groupe ethnique majoritaire du Ghana actuel.

redoutait (un présage qu'il était arrivé malheur à un de ses enfants), mais dont elle se souvenait parfaitement, qui remontait à quarante ans et qu'elle ignorait avoir gardé en mémoire.

Elle se rassied distraitement, renonçant à sa mission, quelle qu'elle ait été, peut-être un mot avec M. Ghartey, un coup sur le climatiseur fixé au mur, une nouvelle paire de draps ou un verre post-cauchemar. Elle trouve étrange d'être ramenée à la mort de son père, elle y pense rarement, comme on se rappelle un rêve, vaguement, non l'événement, l'émotion : une tristesse diluée, desséchée, racornie, édulcorée. L'événement, elle le voit très nettement à présent : Lagos, juillet 1966, l'enchaînement d'événements :

primo : elle a treize ans et se réveille, le souffle coupé, transie, dans sa chambre aux murs tapissés de posters des Beatles, se redresse effrayée dans l'obscurité, un trou dans la poitrine, une sensation inhabituelle (la même que maintenant). Deuzio : elle sort, parcourt le couloir jusqu'à la chambre de son père, oubliant qu'il était parti dans le Nord pour voir ses beaux-parents, ses grands-parents, les Nwaneri, qu'elle n'a jamais rencontrés et dont elle ne fera jamais la connaissance. Personne n'en parlait. Notamment lui, son gentil père, aux larges épaules et aux cheveux de laine, qui pleurait la mort de son épouse tous les soirs, agenouillé au pied de son lit sous le portrait accroché au-dessus, Somayina Nwaneri, la blonde aux yeux d'or. Un fantôme.

Vingt-sept ans.

Une mère spectrale, féerique.

Morte en couches après s'être vidée de son sang.

Une étrangère pour Folá, rien de plus que le visage d'un portrait, d'une telle pâleur qu'on l'aurait crue née exsangue, sculptée dans la glace. Si jolie néanmoins. L'étoffe d'une héroïne de légende. Une célébrité à Kaduna, un père ibo aussi connu pour sa fonction au nord du pays que pour avoir cueilli une rose dans le jardin de la mission et l'avoir épousée, une Écossaise aux cheveux auburn. Maud. Et tout ce qui s'ensuit : la honte, les bébés mort-nés, la succession de fausses couches, les hochements de tête, les commérages, *vous voyez bien que l'Écossaise ne peut pas porter l'enfant de l'Ibo*, puis la fille au teint clair, la mulâtre magique. La petite princesse de Kaduna. La fille d'un administrateur colonial. Qui décrocha une bourse après la guerre pour faire des études d'infirmière à Londres où elle rencontra rapidement et épousa sur-le-champ Kayo Savage, le père de Folá, un avocat, un ancien de la Royal Air Force, et mourut en couches, etc. Personne n'en parlait. Personne n'évoquait le fait que les Très Honorables John et Maud Nwaneri ne rendaient jamais visite à Folá, ne l'appelaient jamais, ne lui envoyaient jamais de cadeaux, mais elle devinait qu'ils la rendaient responsable de la mort prématurée de sa mère. Et elle en viendrait à les haïr pour celle de son père.

Pas encore.

Primo : elle se réveille à minuit avec un trou dans la poitrine. Deuzio : elle se faufile dans la chambre déserte de son père. Tertio : elle monte dans son lit vide, toujours imprégné de son odeur (rhum, savon, cuir russe), et, se couvrant le visage de son épaisse couverture en tissu kente, elle reste allongée, les yeux ouverts, sans bouger. Immobile comme un cadavre, emmaillotée de coton, trempée de sueur en raison du manque d'air conditionné, de l'absence de son père, parti à Kaduna le matin même, après avoir appris par des amis que les Ibos du Nord étaient de nouveau dans de sales draps.

« Encore ? » avait-elle soupiré en boudant, avant d'avaler bruyamment son petit déjeuner (*gari*, eau sucrée, glaçons). Elle savait déjà qu'il partait parce qu'il lui avait préparé ce qu'il appelait pour rire « un petit déjeuner de fille de la brousse », son préféré : granulés de manioc dans de l'eau glacée. Si son grand-père était aussi riche qu'on le disait, avec sa Mercury Cyclone CJ et son ranch à deux niveaux, pourquoi fallait-il que son père aille toujours « jeter un œil sur lui », avait-elle demandé, bien qu'elle le sût. Il le devait pour les consoler, se racheter, obtenir le pardon des Nwaneri pour la mort de Somayina (d'un point de vue technique, ce n'était pas sa faute, mais la sienne, le nourrisson Folá, du médecin à tout le moins, ou de la matrice).

« Ils ont toujours des ennuis, ces Ibos. *Na wow o*.

— Ta mère l'était.

— À moitié.

— Cela suffit amplement. » Mais elle s'aperçut qu'il riait quand elle leva les yeux. Il s'approcha pour l'embrasser sur le front. « Je serai de retour avant dimanche. Je t'aime.

— Je sais. »

Il n'existait pas d'expression équivalente à *je t'aime* en yoruba. « Si on aime quelqu'un, on le lui montre », se plaisait à répéter son père, qui ne se privait cependant pas de le dire en anglais et elle répondait « je sais » en yoruba, *mo n mo*.

Il avait franchi la porte.

Tout simplement.

Il s'était levé, avait posé sa tasse de café, l'avait embrassée une fois sur le front, chaque main sur une de ses couettes crépues, et avait franchi la porte. Il était parti. Cheveux de laine et complet en laine, épaules larges et énergiques parcourues de soubresauts avant qu'il ne se dérobe à la vue. Le battant de la porte s'était ouvert et refermé.

Quarto : quatorze heures plus tard dans son lit, pelotonnée sous la couverture en tissu kente dans l'obscurité, l'absence, l'odeur, la chaleur — un océan étale et silencieux. Allongée raide comme un piquet, sans bouger et sûre.

De l'abolition d'une existence.

Un être qui avait existé dans le monde venait de le quitter, aussi simplement et sûrement qu'on sort d'une pièce ou que la poussière d'un pissenlit fané est balayée par le vent, sans bruit, laissant dans son sillage un vide, une béance. Une béance insensée, intolérable, incommensurable apparaissait à présent, autour d'elle, au-dessus d'elle, derrière elle, creusait un abîme en elle, un trou ou une bouche : monstrueuse, mouillée, énorme et affamée. Insatiable.

Les détails furent connus par la suite — de la manière habituelle, comme on apprend les circonstances d'une mort hormis la sienne. La forme qu'elle avait prise, sa durée, si elle avait été sereine, glaçante ou terrifiante, solitaire — mais cela s'était produit dans la chambre. La perte. Plus tard, quand elle se retrouverait seule, elle réfléchirait à la similitude mystérieuse entre cela et ce moment : seule dans l'obscurité, dans la chaleur accablante, dans une chambre qui n'était pas la sienne, dans un lit beaucoup trop grand. Des fins en miroir. La fin de la vie qu'elle connaissait, dans la chambre de son père, sans soupçonner ce qui se passait (elle ignorait l'existence du mal, l'indifférence de la mort) et le sachant pourtant. C'était l'événement pour elle, la perte concrète, les heures au cours desquelles elle avait parcouru la distance entre le savoir et la conscience, jusqu'à l'abstraction de la perte, jusqu'à la tristesse. Six, sept heures d'une béance qui s'était lentement pétrifiée en un sentiment de solitude.

Les détails furent connus par la suite — un camion de soldats haoussas défoncés à l'héroïne de mauvaise qualité et à la haine les avait massacrés, incendiant la résidence, entassant des pierres devant toutes les issues — mais ils ne se pétrifièrent pas en images dans sa tête. Si bien qu'elle ne le crut jamais vraiment, ne parvint jamais à voir la scène, ne convoqua jamais l'image qui l'aurait rendue consistante, aurait donné de la chair aux mots (odeur de fumée, appels au secours), mis un visage sur les cadavres. Les soldats n'existaient pas. Des ombres, non des êtres humains. Les Nwaneri étaient ce qu'ils avaient toujours été : un portrait sur un mur, un nom. Des personnages insignifiants, même pas d'ailleurs, des catégories : civil, soldat, Haoussa, Ibo, canaille, victime. Tout était trop vague pour être vrai.

Et pas lui.

C'était lui. Il était incontestablement là-bas (bien qu'on ne l'ait jamais confirmé, ses os réduits en cendres, plongé dans un sommeil paradoxal, rêvant, son « Folá ! » deux bulles), tandis que les pogroms anti-Ibos endémiques déclenchaient la guerre. Elle ne pouvait cependant pas le voir, lui, le père qu'elle connaissait, qu'elle avait vu quitter la table, disparaître. Ils avaient tué quelqu'un d'autre cette nuit-là, ces soldats qu'elle ne pouvait voir, cette victime qu'ils ne connaissaient pas, anonyme comme le sont toutes les victimes.

L'indifférence.

C'était le problème qui perdurerait, la pierre d'achoppement qui continue parfois à faire vaciller tout son être : son père (elle par conséquent) avait perdu tous ses attributs. En l'espace d'un instant. Au bout du compte, les détails n'avaient aucune importance. Jusque-là, sa vie semblait d'une telle originalité, un conte merveilleux foisonnant de personnages fabuleux — Folá : la princesse sans mère d'un palais vertical, leur immeuble de trois étages de Victoria Island ; eux : les amis de son père, prestigieux et passionnés, et les domestiques ; lui : le veuf, le roi du château. S'il avait péri d'une mort découlant de la vie qu'elle connaissait — par exemple dans un accident de voiture, dans sa 2 CV adorée, ou d'un cancer du foie, des poumons, à force de siffler du rhum, de fumer des cigares Cao —, elle l'aurait supporté. Aurait pleuré. Se serait retrouvée orpheline dans un immeuble de trois étages, mais aurait su qui elle était, une fille en deuil (tragique), contrairement à ce qu'elle était devenue : un élément de l'histoire (générique).

Elle sentit aussitôt le changement au ton des gens, lorsqu'ils apprirent que des soldats avaient assassiné son père ; à leurs hochements de tête comme si, oui, *cela se tenait, le début de la guerre civile du Nigeria, bien sûr*. Sans tenir compte du fait que les Haoussas ciblaient les Ibos, ni que son père était un Yoruba, sa grand-mère une Blanche, les domestiques des Fulanis, voire des Indiens pour quelques-uns. Dix morts, un seul Ibo, des détails mineurs auxquels personne n'accordait d'importance. Elle le sentit en Amérique, à son arrivée en Pennsylvanie (après le Ghana où le bienveillant Sena Wosornu l'avait d'abord emmenée) : ses camarades de classe et ses professeurs, blancs ou noirs, considéraient que l'événement, pour tragique qu'il fût, était normal en quelque sorte. Elle avait cessé d'être Folásadé Somayina Savage pour devenir la représentante d'une nation générique ravagée par la guerre. Sans attributs. Ni odeur de rhum. Ni posters des Beatles. Ni couverture en tissu kente jetée sur un grand lit. Ni portraits. Rien qu'une nation ravagée par la guerre, désespérante, inhumaine, aussi humide et chaude que n'importe quelle autre nation ravagée par la guerre du monde. « Je suis désolé, déclaraient-ils, branlant du chef comme on le fait à la mort d'un vieillard. C'est vraiment dommage » (pas tant que ça, plutôt dans le sens de « c'est ainsi que vont les choses ici-bas »), sans l'ombre d'une surprise dans le regard. Après tout, on n'arrêtait pas de trucider les pères aux larges épaules et aux cheveux de laine d'enfants originaires de pays chauds ravagés par la guerre, n'est-ce pas ?

Comment les choses en étaient-elles arrivées là ?

Elle ne regrettait pas Lagos, la splendeur, la vie formidable, l'impression de richesse — mais son identité livrée à l'absurdité de l'histoire, l'étroitesse et la naïveté de son ancienne individualité. Puis elle cesserait de s'intéresser aux détails, à l'idée que les attributs conféraient une forme à l'existence. Une maison ou une autre, un passeport ou un autre, Baltimore, Boston, Lagos ou Accra, vêtements élégants ou de seconde main, fleuriste ou avocate, la mort ou la vie — en fin de compte, rien n'avait beaucoup d'importance. S'il était possible de mourir sans identité, dissocié du moindre contexte, on pouvait vivre de cette façon.

Voilà ce qu'elle pense, assise, trempée, vide, une nouvelle épave sur la plage dans la nuit : les détails changent, en revanche la béance est immuable, infinie, l'absence comme présente, absolue. Son père est parti depuis si longtemps que sa disparition a remplacé son existence. Ce n'était pas arrivé au fil du temps mais en l'espace d'un instant, dans sa chambre : on l'avait anéanti et elle était restée, c'était tout.

C'est tout.

Un oiseau piment, plus hardi que ses camarades de jeux braillards, donne des coups de bec sur la vitre de l'autre côté des rideaux. « Coucou, coucou, coucou », piaille-t-il, ce qui lui rappelle qu'elle a crié en se réveillant. Quoi donc ? Elle a oublié. Un cauchemar. « Coucou », s'obstine le bulbul, mais le climatiseur lui coupe le sifflet.

« Tat-tat-tat-tat-tat. » Un râle. Il rend l'âme et la chambre est plongée dans le silence.

Folá attend une minute avant de se moquer d'elle-même. Qu'attend-elle ? *Il n'y a rien*. Il est parti, elle reste, c'est tout, *tat-tat-tat*. Elle se change et se rendort.

*

D'un sommeil léger.

Le téléphone sonne.

D'abord, elle pense : non, je suis en train de rêver. L'ignore. Puis se demande : si je rêve, comment puis-je penser ? Elle ouvre un œil. Entend la sonnerie. Décroche. Murmure : « Allô ?

— Folá. »

Un homme. Qui a son numéro ? Pas lui. Ni Olu. Ni Kehinde. La voix est trop grave. « Qui est à l'appareil ?

— Benson.

— Bonjour, Benson. Quelle heure est-il ? demande-t-elle, cherchant une pendule des yeux.

— Je suis désolé de t'appeler si tôt… »

Pas de pendule. « Quelle heure est-il ? répète-t-elle.

— Tu m'as donné ce numéro le week-end dernier… »

Un homme qui hésite.

Elle le perçoit et se redresse, inquiète à présent. « De quoi s'agit-il ? »

Un silence très bref. « Je suis désolé… », commence-t-il.

Si bien qu'elle fait le tour des quadrants : vivants à défaut d'être en forme, des poissons dans l'eau, ils vont bien. Elle sait que son interlocuteur pleure même si elle ne l'entend pas. Instinctivement, elle le console : « Ne pleure pas, les enfants vont bien. »

Ce qu'il prend pour une question. « Oui, acquiesce-t-il précipitamment. Je suis sûr qu'ils vont tous bien. » Une toux, un reniflement, puis plus rien.

« Benson ?

— Je ne sais pas comment te l'annoncer, pardonne-moi. »

Comprenant de quoi et de qui il s'agit, elle garde le silence.

« Folá ? »

Elle se demande comment ça lui a échappé. Ce n'est pas l'enfant : « Où es-tu ?

— Chez lui, répond Benson. Sa femme... » Il s'interrompt. « Je suis vraiment désolé. »

Pas le père. Le fracas recommence brusquement, tandis que la marée monte au centre de son être. « Pas lui, souffle-t-elle.

— Elle m'a appelé chez moi et j'y suis allé sur-le-champ, mais le cœur avait... il... c'était trop tard. »

Benson continue dans sa voix sonore, un glas pour Luther Vandross[1]. Parmi les pensées éparses qui se bousculent, Folá se souvient du jour de sa rencontre avec Benson à Hopkins. Vingt-trois ans dans le hall d'entrée de l'hôpital, Olu endormi, pelotonné dans l'écharpe de portage. Benson en pyjama de bloc, un teint d'ambre brûlé, le plus grand des beaux Ghanéens.

L'autre.

« Coucou ! » piaille le bulbul.

« Je t'en prie, chuchote Folá. Je t'en prie, pas encore.

Non Kweku — *non*. »

2

Olu sort sans vraiment se hâter de l'hôpital, pose son café, son téléphone et fond en larmes. Cinq brefs sanglots, des roulements de tambour — ton-pè-re-est-mort —, puis il s'essuie le visage, ferme les yeux. Des flocons de neige tombent sur son nez,

1. (1951-2005). Chanteur et compositeur noir mort aussi d'une crise cardiaque.

ses lèvres. Il est une heure du matin. La température est de zéro degré.

« Vraiment désolée. »

Ouvrant les yeux, il découvre une femme âgée, d'à peine un mètre cinquante, en manteau de fourrure. Elle vient de sortir par l'issue des handicapés et s'est arrêtée à côté de lui, sur le trottoir. Dans le silence propre au premier acte d'une tempête, ils observent ensemble la neige tourbillonner dans la nuit puis autour du panneau lumineux de l'hôpital.

Elle désigne d'un geste le hall d'entrée derrière les portes vitrées, touche Olu et débite à toute vitesse : « Je sais que j'aurais dû rester avec les gosses. Les gosses, nom de Dieu ! Notre cadet, mon cadet, il a quarante ans. Deux fils. Brett et Junior. Bruce junior comme mon mari. Il a toujours eu un timing impeccable, mon Bruce. Minuit vingt et une, le 21 décembre, heure du décès. Le sens du timing, non ? Oui, monsieur. J'adore la nuit quand il commence à neiger. Sauf que ça passe très vite. Qui avez-vous perdu ?

— ... médecin, répond-il, ajoutant d'une voix brisée. Je suis médecin.

— Je l'ai deviné à votre tenue. Mais j'ai eu l'impression que vous ne pleuriez pas un patient. »

L'instant d'après, elle éclate de rire et il l'accompagne, des plumets de vapeur. Elle brandit un cigare Cohiba Esplendido enveloppé dans un mouchoir. Un petit briquet en argent. L'allume, la flamme vacille. Olu entoure le briquet de ses mains en coupe.

« Vos doigts tremblent, commente-t-elle.

— C'est normal, il fait froid. » Le genre de banalités qu'il profère sous le coup de la nervosité, des phrases courtes commençant par *c'est normal* ou *et si*.

« Habillé comme ça..., enchaîne-t-elle, le touchant de nouveau. Un pyjama en coton ? On est en plein blizzard, mon chou. Oui, monsieur. Ça n'en a pas l'air, ce n'est jamais le cas au début, mais attendez le lever du soleil. Pas ici, vous attraperiez la crève — oh là là. J'ai dit ça ? Ce n'est pas le moment de dire des choses pareilles. Tenez, prenez ceci.

— Non. Je suis...

— Médecin. Vous l'avez déjà dit.

— Je ne...

— Prenez-le. J'ai promis à mon Bruce que je le fumerais à sa place s'il mourait, quand il mourrait, comme il l'a fait à la naissance de nos enfants, de nos deux garçons. Un paquet de trois. Mais je suis vieille. » Elle part d'un nouveau rire, tire une longue bouffée, les yeux clos, puis fiche le cigare — « là, vous êtes adorable » — dans la bouche d'Olu. Une infirmière introduisant un thermomètre. Il se penche. Une fois son visage au niveau de la vieille dame, elle lui caresse la joue. « Vous pleurez. » Une constatation. Le prenant doucement par le menton, elle l'essuie avec son mouchoir. « Voilà. » Elle lui tapote la joue et, avant de s'en aller, ajoute : « Moi aussi le froid me fait pleurer. »

Olu remonte Huntington Avenue en fumant. Les lampadaires versent des gouttes d'or dans les flaques de lumière. La neige tombe plus fort au cours de son trajet jusque chez lui, les lèvres gercées, les bras nus. Sans manteau. Des fêtards du samedi soir titubent et s'égosillent. Quelques voitures roulent lentement, se gardant, par peur, d'accélérer. Personne ne semble remarquer qu'un homme marche dans la rue. Bras nus, pyjama de bloc bleu, et le roulement de tambour.

Ling, endormie, tourne le dos à la porte. Debout sur le seuil, il la regarde. Le rai de lumière oblique coupe son corps en deux. Ses cheveux répandus sur l'oreiller, une nappe de pétrole noir. La chambre est blanche, complètement blanche. Ling trouve cela excessif, un faux-semblant ne nuirait en rien. Elle a laissé son chemisier rouge par terre, une suggestion. Il le ramasse sans faire de bruit, jette un regard circulaire. Il s'approche du fauteuil Eames (blanc), serrant le chemisier comme un enfant se cramponnerait à une couverture ou à un ours, pour son odeur. Chanel *N° 5*, lotion Jergens, amande-cerise. Il tente de prononcer son prénom qu'il a envie d'entendre : « L... » Mais c'est la voix atone et lointaine de Folá qui lui parvient, la mauvaise ligne : « Ton père est mort », et les quelques mots qu'elle avait ajoutés, l'interruption, le silence avant qu'il ne comprenne ce qu'il avait entendu, avant la souffrance.

Il la bombarda de questions et elle lui fournit tous les détails — « à plat ventre dans l'herbe », « Benson l'a trouvé comme ça », « apparemment, il est sorti dans le jardin, est tombé et n'a pas réussi à se relever », « à six heures du matin ». En revanche, elle n'avait pas les réponses. Elle sanglotait. Il posa son mélangeur, renversant du lait de soja sur la table, et parcourut du regard la salle de repos du personnel, bondée à cette heure-là. Des internes du service des urgences, shootés à la coke, au Red Bull, au café, les yeux vitreux, injectés de sang : l'angoisse et la fatigue. Les jours précédant

Noël, les petites heures, le dimanche matin, les détresses du samedi soir laissées devant leur porte : rixes de bar épouvantables, tentatives de suicide, accidents d'avant le blizzard, hypothermie parmi les sans-abri. Il n'avait pas envie de rentrer chez lui. En deuxième année d'orthopédie à présent, il regrette les bips incessants, les horaires de fou, la défonce à coups de boissons énergisantes. L'intensité de la chirurgie orthopédique est programmée : chutes de grands-pères ou de quarts-arrières, procédures à respecter, bon salaire. Autant de raisons pour lesquelles il l'avait choisie, surtout les procédures, le côté physique, la nostalgie d'une trajectoire. Il n'empêche que la précipitation des urgences, le découragement et l'omniprésence de la Faucheuse lui manquent.

Folá : « Tu es toujours là ?

— Oui.

— Tu veux bien appeler ton frère et tes sœurs ? Pour leur annoncer que…

— Oui.

— Cela ne t'ennuie pas ? Tu tiens le coup ?

— Oui.

— Il faut juste que je me repose un moment. La matinée a été longue. Je t'aime, mon chéri, tu le sais.

— Je sais. »

Il s'assied en pyjama de bloc, le chemisier contre lui, dans la pénombre. La lune givre les murs et le sol, et il pense que Ling a peut-être raison, ce blanc est inerte, oppressant ; une chambre ne devrait pas être une salle d'opération. Au soleil, c'est une pièce superbe, tout en angles, une lumière dure ricoche brillamment sur sa couleur, un étrange effet, blanc sur blanc, à la manière d'un écho, le soleil contemplant son reflet. Là, en revanche, elle est d'une tristesse glaciale dans une obscurité qui n'en est pas vraiment une, éclairée par une lueur froide et terne. Et la neige qui tombe derrière la fenêtre est aussi silencieuse et désespérante, davantage de blanc sur blanc.

Il regarde la poitrine de Ling se soulever et s'abaisser. Elle bouge dans son sommeil, change de place, comme à son habitude, s'agite, se retourne. Quand il essaie de prononcer de nouveau « L… », le *ing* se coince dans sa gorge, éperdu de honte. Cette émotion entre toutes. Non la détresse, le chagrin, les larmes, une honte qui se propage comme une chaleur dans sa gorge, sa poitrine, son ventre, à l'aine, où elle s'arrête, reprend des forces, et descend jusqu'à ses genoux. Cet endroit entre tous. Des genoux brûlants, alors qu'il est assis dans une obscurité qui n'en est pas une, le chemisier de Ling sur sa bouche comme un bâillon. Pourquoi ? Pourquoi cette sensation de cire fondante qui l'affaiblit au point de l'empêcher de se lever, de parler, et devient une violente brûlure, si cuisante qu'il se plie en deux et crie : « Com… ! » ?

Le chemisier fait refluer l'épanchement, la boule de coton rouge pressée sur ses lèvres étouffe la fureur et la honte, de sorte que l'épanchement redescend dans sa gorge jusqu'à son ventre et s'y arrête avec un « … ment » essoufflé.

Comment, voilà la question (un chirurgien exceptionnel peut-il mourir d'une crise cardiaque dans un jardin ?). *Comment*, alors qu'il a cherché toute sa vie à lui ressembler, pardonné ses péchés au nom du talent, admiré son intelligence supérieure, vanté ses exploits, un chirurgien généraliste sans égal, dont on se souvient encore. « Sai, tu dis ? J'en ai connu un. Un Ghanéen. Un artiste du scalpel. Tu vois de qui je parle ? — Oui, c'est mon père. — Ton père ! Comment va-t-il ? Ça par exemple, ça fait des lustres… — En effet, seize ans. »

Il est mort.

D'une crise cardiaque dans un jardin. Un simple infarctus du myocarde. Un jeu d'enfant. Une réaction rapide. Kweku Sai, un prodige prodigue, un phénomène, un raté.

Un médecin qui n'a pas réussi à s'empêcher de mourir.

Comment, c'est la honte qu'Olu garde dans son ventre, plié en deux, tandis que Ling se détourne dans son sommeil. *Comment* peut-il réveiller cette femme et lui annoncer que le père dont il lui a parlé est mort de la sorte ? *Comment*, alors qu'il lui promet depuis des années, quatorze ans maintenant, de l'emmener pour enfin le lui présenter et lui assure qu'elle l'adorera, un médecin comme eux, un cerveau comme eux, sans compter tout le reste. Ling, qu'il aime depuis qu'ils s'étaient frôlés en se servant du punch à une fête du Centre culturel américano-asiatique de Yale. (« Désolé, s'était excusé l'hôte, gêné. On croyait que Sai était un nom asiatique. Vous êtes le bienvenu. ») Ling, qui sans lever les yeux avait pris la louche en même temps qu'Olu, sa peau douce frôlant la sienne. Ling, qu'il aimait depuis, souriante, sans cesser de le toucher. « Vous n'êtes pas asiatique. Attendez. Qu'est-ce que vous faites ici ? Vous jouez d'un instrument à cordes ? Vous êtes un as en mathématiques ? Vous fréquentez une église chrétienne d'un culte genre coréen-américain ? »

Il avait ri, sans cesser de la toucher : « Du piano. Un scientifique. Pas une église catholique, mais le prêtre est laotien.

— Dans ce cas, qu'est-ce que je raconte ? Quelle idiote ! Vous êtes asiatique.

— Je m'appelle Olu.

— Moi, Ling. »

Et à partir de là : ils avaient fait des fiches ensemble dans les box de la bibliothèque, partagé leurs barres aux fruits, puis passé quatre ans à Harvard, s'installant tous les deux à Boston (obstétrique pour elle, orthopédie pour lui), « le couple glorieux », leur surnom où qu'ils aillent. Ling-et-Olu, la petite et le grand, un contraste exemplaire, leurs photos auraient pu faire la pub de Benetton : Ling-et-Olu construisant des maisons pour les sans-abri à Guam, Ling-et-Olu creusant des puits pour les privés d'eau au Kenya, Ling-et-Olu vaccinant des vagabonds à Rio, Ling-et-Olu chez Pepe's, un agrandissement noir et blanc. « L'amour de sa vie » même s'il trouve l'expression mièvre, « la variable indépendante » serait plus pertinente, une constante dans le temps et l'espace, sa confidente, le seul être à qui il confie tout.

Sauf ça.

Comment, alors qu'il avait regardé le père de Ling le jour où il lui avait demandé sa main, défendant le sien avec l'énergie du désespoir : « C'est un chirurgien comme moi, le meilleur dans son domaine », tandis que Ling écoutait de la salle de bains.

Octobre : une petite réunion, un appartement aquarium, le docteur Wei dans le fauteuil crapaud,

Ling sur le canapé serrait le coude d'Olu comme un étau, sa main ornée de la bague posée sur son genou qui tressautait : une manière de déclaration. Le docteur Wei buvait son thé en posant un regard calme sur Olu, qui ne détournait pas le sien comme il l'avait appris à Beth Israel. (« Regarde toujours un patient dans les yeux, quoi que tu aies à lui dire », recommandait le docteur Soto.) Ce qu'Olu avait à dire au docteur Wei, c'était qu'il était venu demander Ling en mariage, mais le docteur Wei, patient, se contenta de répondre : « Ah, je vois. »

Ils s'étaient déjà rencontrés une fois, à la remise des diplômes de la faculté de médecine, arborant l'un et l'autre un sourire poli, comme destiné à un enfant. Mme Wei était là, en bonne santé, ainsi que la sœur aînée de Ling, Lee-Ann, née Lìhúa, et son mari. Olu avait emmené sa mère pour la leur présenter (il avait raté la remise des diplômes de Yale) : « Folá Savage.

— Madame Savage, je suis ravie de faire votre connaissance, assura Mme Wei, sourire aux lèvres.

— Moi de même, dit Folá.

— Madame Savage[1] ? lança le docteur Wei. Vous ai-je bien entendue ?

— Oui, malheureusement, acquiesça Folá en riant. Mais que faire ? »

Le mari de la sœur, dont le prénom échappe toujours à Olu (aussi banal que Brian ou Tim, un Californien, cheveux, teint et pantalon clairs), s'esclaffa et demanda : « De quelle origine ?

— L'Empire, répondit Folá, sans cesser de glousser. Le Britannique. »

1. Sauvage.

Brian/Tim rit, Ling et Lee-Ann aussi. Le docteur Wei et Mme Wei se crispèrent, Olu aussi. Il scruta le ciel. Début juin. « Quelle chaleur ! »

Au cours de ces années, il avait vu les parents de Ling à deux reprises, bien qu'ils l'aient élevée à Newton, à une station de métro. Désormais, le docteur Wei habitait un logement attribué par l'université (MIT) situé en face de la rivière. Mince comme Ling, il avait la même silhouette, plus svelte que frêle. Ramassée. Compacte. Soixante ans. Des lunettes sans monture. Les mêmes cheveux noirs mais striés d'argent qu'il gardait longs, jusqu'aux oreilles. À intervalles réguliers, il les lissait avec sa main, sans nécessité, sur la droite, près du cou, avec une telle lenteur qu'un observateur inattentif aurait pu ne pas le prendre pour un tic. Il portait un pantalon, une chemise, un pull bleu à encolure en V, et des pantoufles, remarqua Olu, en chaussettes : il y avait une pénurie de pantoufles étant donné la pénurie d'invités depuis le « Décès », avait expliqué Ling. Une photo de la Défunte était accrochée derrière le veuf svelte, le seul objet fixé sur l'unique mur, les vitres des autres parois faisant du salon un aquarium, la vue sur la rivière intensifiant l'effet piscine.

Un immense vase Ru en céramique montait la garde dans un coin de la pièce ; au pied du piano, droit et sévère, dressé dans un autre, s'empilaient des partitions jaunes de *Schirmer's Library of Musical Classics* qu'Olu reconnut instantanément.

Un service à thé en porcelaine de Jingdezhen.

Le *Lacrimosa* du *Requiem* en sourdine.

Ling qui lui serrait le bras.

« 你要发言, finit-elle par dire en mandarin.

— En anglais, ma chérie. Nous avons un invité chez nous.

— Chez nous, rectifia Ling, c'est sur Huntington Avenue.

— Bien », acquiesça son père sans ajouter quoi que ce soit.

Olu se trémoussa. Il aurait aimé que Ling le lâche tant il se sentait emprisonné plus que désiré par son étreinte. « Ling avait beau être contre, commença-t-il, poliment. Je me suis dit que c'était la moindre des choses que nous, enfin que je vous demande.

— La main de ma fille, compléta le docteur Wei, l'air perplexe. Laquelle ?

— De vos filles ?

— De ses mains. Celle ornée d'une bague me semble prise...

— J'en étais sûre, fulmina Ling. Ce n'est pas à toi de décider ! J'ai déjà accepté. Je t'avais prévenu », conclut-elle s'adressant à Olu. Qu'elle lâcha.

Libéré, Olu sentit son estomac se retourner. Le docteur Wei se lissa les cheveux avant de déclarer : « Je vois. » Ling se leva brusquement et sortit en pleurant, ses petites épaules tremblantes. Une porte claqua.

Et le docteur Wei partit d'un rire surprenant, chaleureux, grave qui résonna dans l'espace déserté par Ling. Il ôta ses lunettes et les essuya, les yeux pleins de larmes. Après d'autres éclats de rire, il sourit : « Je me moque de moi. J'aurais dû m'y attendre. La mère de Ling répétait que vous n'étiez que des amis. Depuis quinze ans ? Non, je ne le croyais pas. » Nouvel éclat de rire. « Il arrive si souvent qu'on connaisse la vérité sans le savoir. » Il rechaussa ses lunettes et scruta Olu. Lissa une fois de plus ses cheveux. « Olu, c'est ça ?

— Oui.

— J'ai connu un Olu. Oluwalekun Abayomi. » Il prononça parfaitement le nom. « Un Nigérian. Vous vous en doutez. De loin, le meilleur de notre classe à l'université de Pittsburgh. Je ne suis pas raciste, tant s'en faut.

— Monsieur…

— Je vous en prie. » Il opina du bonnet comme s'il s'accordait le droit de poursuivre et croisa d'abord ses jambes, puis ses mains sur les genoux. « Vous n'avez pas ma bénédiction. Vous ne l'aurez pas. Non pour les raisons que vous imaginez. En tout cas pour celles qu'elle imagine. Que Ling imagine. » Il jeta un coup d'œil au couloir où elle s'était précipitée. Olu bougea, pour se carrer dans son siège, prêt à écouter, à se laisser bercer par la cadence, le ton doctoral. C'était étrange cette régression au statut d'étudiant, même à trente ans, dès l'apparition d'un enseignant. « Quand j'étais en troisième cycle à Pittsburgh — une belle ville —, j'avais plusieurs amis africains. Des hommes, naturellement. Ils suivaient des études d'ingénieur. Autant de petits garçons qui, devenus adultes, faisaient joujou. » Il but une gorgée de thé. « Ils venaient de tous les pays d'Afrique, certains étaient riches, d'autres pauvres, mais ils étaient brillants, de véritables génies, surtout cinq d'entre eux. Les plus bûcheurs de notre groupe, je vous le garantis, un don ahurissant pour les maths. » Il se lissa les cheveux. « Les Américains appellent les Asiatiques "la minorité modèle". Sans doute était-ce vrai à un moment donné. Récemment. Mais les Africains ont pris le relais. En cours, c'est frappant. Pour les Asiatiques, c'est terminé. Nous avons grossi — non, ne riez pas. On ne voyait jamais d'Asiatiques obèses, encore moins les enfants, à notre arrivée, quand les filles étaient encore jeunes. Il y en a partout désormais, des Coréens, des Chinois, dans le métro, sur le campus. C'est le début de la fin. Un petit Asiatique rondouillard remportera peut-être un concours d'orthographe, mais un concours de sciences ? Non. C'est au tour des Africains. Je suis sérieux. Vous riez. »

Olu ne pouvait s'en empêcher.

Le docteur Wei partit lui aussi de son formidable rire, grave, à la sonorité de gong. « Je le dis parce que j'admire la culture, la vôtre, son respect pour l'éducation. Tous les Africains que j'ai rencontrés dans un cadre universitaire étaient, sans exception, excellents. En quarante ans, je n'en ai jamais connu un qui soit paresseux, ni gros d'ailleurs. Croyez-moi, si absurde que cela paraisse. J'enseigne aux étudiants de premier cycle, je le vois tous les jours. Les immigrants africains sont l'avenir de l'université. Sans oublier les Indiens. » Il s'interrompit pour finir son thé.

Olu souriait, étonné d'apprécier la conversation du docteur Wei. Ling ne cessait de vilipender son père, un homme arrogant, inflexible, charmant jusqu'à un certain point, froid sinon. Elle ne rentrait jamais chez elle pour les vacances quand elle était en fac, préférant partir à l'étranger pour des travaux d'intérêt général. Elle n'était pas allée au mariage de sa sœur pour ne pas voir son père, et ignorait ses deux coups de téléphone annuels, l'un — le 2 septembre — pour un « joyeux anniversaire » sonnant faux, l'autre pour le Nouvel An chinois *Gung hei fat choi*. Olu se gardait d'approfondir ; en quinze ans, il n'avait jamais demandé : *chérie, pourquoi ne pas aller les voir à Newton ? Qu'est-ce qu'il t'a fait ?* Ling non plus ne posait aucune question : qu'était-il arrivé à son père, pourquoi ne s'étaient-ils jamais rendus au Ghana (ils avaient parcouru le monde), pourquoi s'était-il regimbé en recevant un courriel de Folá qui les invitait à dîner pour Noël ? Ils restaient en tête à tête à Allston, New Haven, à dix minutes de la maison où Olu avait vécu : autant de questions sans réponse et de chagrins en souffrance qui se desséchaient dans le silence et au soleil.

Aussi Olu n'en revenait-il pas de sourire, d'être à l'aise avec cet homme que Ling détestait tant. Il y avait même quelque chose de touchant dans l'attitude du docteur Wei, les efforts du mathématicien tatillon pour être sympathique. Sa façon de se lisser les cheveux le trahissait, quelle que fût sa suffisance. Ce qui gênait le docteur Wei n'était pas clair. Peut-être l'accent qui enrobait ses consonnes, une menace pour l'élocution, les *r* ? Peut-être sa gracilité que la forte carrure d'Olu rendait encore plus évidente ? Peut-être la lueur triste de ses pupilles conjuguée aux rides du rire au coin de ses yeux pétillants ? Une part d'ombre en tout cas ; même si Olu ne l'identifiait pas, il percevait que cet homme connaissait la honte. Comme il ouvrait la bouche pour sortir un qualificatif tel que « intéressant », le docteur Wei se lissa les cheveux et enchaîna.

« Je n'ai jamais compris les problèmes de l'Afrique. La cupidité des dirigeants, les maladies, les guerres civiles. On y meurt toujours de malaria au XXIe siècle, il y a toujours des massacres, des viols, des ablations d'organes génitaux. Des gamins et des religieuses égorgent avec des machettes, ces femmes au Congo, ces événements du Soudan, qu'est-ce que cela signifie ? Quand j'étais jeune, en Chine, je l'attribuais à l'ignorance, à des déficiences intellectuelles, à une infériorité peut-être. Il va de soi que je me trompais, ainsi que je l'ai indiqué. Je m'en suis rendu compte à mon arrivée ici. Très bien. Mais pourquoi ce retard perdure-t-il alors que les Africains sont tellement intelligents ? Les Africaines aussi, ne vous méprenez pas, je ne suis pas misogyne. Savez-vous ce que je pense ? Le respect envers la famille n'existe pas. Les pères ne vénèrent ni leurs enfants ni leurs femmes. L'Olu que j'ai connu, Oluwaḷekun Abayomi, avait deux bâtards outre ses trois enfants légitimes. Un cerveau exceptionnel mais aucun sens moral. D'où les enfants-soldats, les viols. Comment pouvez-vous attacher de l'importance à la fille ou au fils d'un autre si vous n'en accordez même pas aux vôtres ? »

Sidéré, Olu resta sans voix.

« C'est impossible. » Les paumes ouvertes, le docteur Wei ajouta : « CQFD. Votre mère, Mme Savage. Elle ne porte pas le même patronyme que vous, n'est-ce pas ? Sai. J'en déduis — ce n'est qu'une hypothèse, je l'admets — que votre père a laissé votre mère vous élever seule, ai-je raison ? »

Olu était figé, trop furieux pour esquisser un mouvement.

« Sans aucun doute. Voici votre modèle. Votre père. Le père l'est toujours. » Le docteur Wei s'interrompit. « Bon, vous pouvez dire : Non, non, je ne ressemble pas à mon père…

— Non, marmonna Olu.

— Vous avez beau le croire…

— Non seulement je ressemble à mon père, mais j'en suis fier. » À peine un murmure entre les dents serrées d'Olu. Pris au dépourvu, le docteur Wei pencha la tête et fixa Olu d'un regard que celui-ci — les mains tremblantes, la poitrine frémissante — soutint. « C'est un chirurgien comme moi, le meilleur dans son domaine », et il continua précipitamment, avec une fureur contenue. « Le problème ne vient pas de Ling qui veut épouser un Africain, m'épouser. Ce qu'elle va faire. Le problème vient de vous, docteur Wei. Vous êtes le modèle que vos deux filles rejettent, et pourquoi ? Pourquoi n'y a-t-il pas de photos de Ling et de Lee-Ann chez vous ? C'était quoi votre phrase déjà ? "Le père est toujours le modèle." Vos deux filles en préfèrent un autre. »

Ling apparut. Elle avait enfilé son manteau et tenait celui d'Olu.

« *Aaaaaa-men* », l'acmé du choral du *Lacrimosa*. Le docteur Wei s'éclaircit la voix mais, avant qu'il puisse parler, Ling attrapa Olu par le bras. Ils franchirent la porte. Et ce fut tout.

Dans la voiture, ils éclatèrent de rire, une flûte et un violoncelle, les vitres baissées pour entendre les oiseaux et profiter de l'air.

« Tu étais là tout le temps ?

— J'écoutais de la salle de bains. Lee-Ann aussi, grâce au haut-parleur de mon portable. Je t'aime. » Ling pleurait. « Marions-nous. Ce soir. Allons à Vegas.

— Là, maintenant ?

— Ça fait quatorze ans, merde, pourquoi pas ? Tu es déjà allé au Nevada ? Attends, le Grand Canyon, c'est où ?

— En Arizona.

— Fonce à l'aéroport de Logan », dit-elle.

Et il s'exécuta.

Six heures plus tard, la petite chapelle blanche du mariage.

Ling-et-Olu à Vegas.

Cette ville entre toutes.

Ling se réveille à force de s'agiter et de se retourner. « Salut », lance-t-elle d'une voix faible. Elle se frotte les yeux. Remarquant qu'il est assis en pyjama de bloc, elle en déduit qu'il enlève ses chaussures ou les enfile. « Tu rentres ou tu pars ? »

Piégé. « Je pars », ment-il. Gêné, il lâche le chemisier rouge de Ling avant de se lever. Il s'approche du lit et l'embrasse avec douceur. « Rendors-toi. » Ce qu'elle fait.

Il se rend dans la salle de bains, dont il ferme la porte. Il s'installe sur le siège des toilettes, mal à l'aise d'avoir menti. La glace en face de lui renvoie le reflet d'un visage à vif et terreux, aux yeux rougis par la nouvelle et le froid, tandis qu'un portable dépasse de la petite poche de son pyjama. Il le sort, pousse un soupir et compose un numéro.

3

Cette fois, qu'est-ce qui l'a tirée de son lit, l'a propulsée vers la penderie, le manteau et la robe courte, vers la rue, la grisaille de la neige qui s'annonçait, le taxi, le Village et l'a ramenée dans le lit de son amant ?

De quoi s'agissait-il cette fois ? D'insomnie ? D'un cauchemar ?

Déjà minuit : l'homme et son carlin qui se dépêchaient de rentrer ont été les seuls à la voir s'en aller, ils l'ont détaillée lorsqu'elle les a croisés dans son manteau de fourrure arrivant à mi-cuisse. (C'est systématique depuis le Chambardement, elle tourne de courtes séquences d'un film dans sa tête : une actrice principale exténuée entre en scène, regarde à droite, à gauche, repère le taxi, y saute et fend la nuit.) Taiwo n'a pas filé comme une flèche. Elle a roulé lentement dans la circulation du samedi, les rues de New York grouillaient de gens en quête d'amour, jusqu'à la vieille demeure prestigieuse de son vieil amant prestigieux. Là, elle s'est arrêtée pour contempler la neige. Les flocons dansaient dans l'obscurité et le silence, éclairés par la lueur dorée du réverbère, avant de se poser sur le sol, où certains restaient collés, d'autres fondaient ; la résistance d'une substance aussi volatile était surprenante.

Elle a parcouru du regard les fenêtres de la rue — tantôt noires, tantôt illuminées, après une soirée en ville — comme elle le faisait enfant quand elle rentrait à la maison, à l'arrière de la Volvo, les mains plaquées sur la vitre glacée. Ces résidences étaient tellement impressionnantes, imposantes, à l'écart de la rue au sommet de petites côtes ou derrière des portails, en brique de Brookline à volets noirs, ou style Tudor avec des tourelles, onze pièces au minimum par rapport aux six de la leur. Ce n'était pourtant pas leur splendeur qui la rendait muette d'admiration, elle était ensorcelée par les fenêtres. Leur rayonnement. Tous ces gens riches et chaleureux qu'elle apercevait à l'intérieur, dans des salles à manger où des lustres diffusaient une lumière jaune ou dans des chambres à l'éclairage tamisé, en guise de défense contre les ténèbres de la nuit, contre l'extérieur. Ces familles. La sienne avait beau habiter là — Brookline, à cinq ou dix minutes de cette partie du quartier —, elle n'avait jamais ressenti ce qu'elle voyait derrière ces fenêtres, la chaleur rayonnante d'un foyer.

Même au début, avant que les choses ne tournent mal (avant que Kehinde sorte de la voiture, entre furtivement, monte l'escalier, parcoure le couloir jusqu'à sa chambre où elle le guettait sur le rebord de la fenêtre, s'asseye et fonde en larmes), l'effort prévalait chez elle, un mouvement ascendant, un chantier destiné à la construction d'une *Famille exemplaire.* Tous les six étaient investis dans cet objectif commun, loin d'être atteint. Ils étaient inachevés. Ils répétaient une production en cours, chacun jouant son rôle avec une assurance factice, et le stress de la représentation était omniprésent, tel un fond sonore. Un bourdonnement.

Les personnages : « lui », qui s'escrimait jour après jour à jouer au Chef de famille ; Folá, la star devenue Femme au foyer de banlieue ; Olu, le Fils aîné sans reproche, l'élu ; et l'Artiste, talentueux, mal dans sa peau ; et le Bébé. Et elle. Résolue à l'excellence, à quitter la scène sous un tonnerre d'applaudissements, la Chouchoute des champions, la meilleure de l'école primaire, la plus brillante des élèves aux yeux brillants des photos de classe. Personne ne le lui demandait. Ni lui ni Folá. Personne ne faisait le bilan de leur progression commune vers ce but unique — y étaient-ils arrivés ? avaient-ils réussi ? étaient-ils devenus une

Famille exemplaire ? — mais le bourdonnement l'incitait à ne pas relâcher ses efforts.

Les familles derrière les fenêtres étaient déjà des Familles exemplaires, la pénible ascension des générations était terminée depuis des lustres ; ils ne construisaient pas, ne se surmenaient pas : le but était atteint. Ils pouvaient se détendre, déposer les armes. Le soir, elle les apercevait par les fenêtres, achevés, le silence entre eux à la place du bourdonnement, un tableau familial capté dans une peinture au-dessus du manteau de cheminée, les pieds sur des coussins, au repos, chez eux.

Que pouvait-elle répondre lorsque Folá lui demandait, prête à éclater de rire, amusée : « Voyons, ma chérie, qu'est-ce que tu n'arrêtes pas de regarder ?

— Les maisons.

— Ah bon ? Tu en as une. »

Mais pas un foyer, une différence qu'elle percevait même à l'époque, tandis qu'elle les observait de la voiture — et qu'elle percevait à présent, immobile sur le trottoir, allumant une cigarette. Le cliché. *Mais pas un foyer*.

« C'est toi ? »

Il avait entrebâillé la porte du perron pour scruter le trottoir. Elle ne s'est pas retournée sur-le-champ. Elle a regardé la fenêtre éclairée du voisin, se demandant vaguement l'effet qu'elle produisait sur son amant. Manteau court en fourrure blanche. « Pour l'amour du ciel, il fait un froid de gueux. Qu'est-ce que tu examines ? » Il a suivi son regard. Cette fois, elle a pivoté sur ses talons.

Il était là, charmant et solide, vêtu d'un survêtement froissé, une écharpe incongrue sur les épaules.

« C'est moi, a-t-elle dit, exhalant la fumée avec panache. Je t'ai manqué ? »

D'une voix rauque d'émotion : « Viens ici. »

Elle le rejoignit.

Cette fois, qu'est-ce qui l'a poussée à se lever à minuit, presque endormie, à s'habiller et à partir ? Alors qu'elle sait qu'aller chez lui revient à tout recommencer.

Dans le taxi, la tête contre la fenêtre, son manteau de fourrure aplati à force d'être resté par terre, elle contemple l'Hudson, le New Jersey brillant de tous ses feux, étourdie, vide, en proie à un calme étrange. Elle se souvient : minuit, seule dans sa chambre, s'étant couchée tôt, un des rares week-ends de congé, elle s'est redressée d'un coup dans son lit, le souffle presque coupé, et a pleuré sans aucune raison.

Elle a oublié.

Cela s'est passé si vite — son réveil, les larmes qui ont coulé sans raison et se sont brusquement arrêtées — qu'elle ne s'est pas rappelé, ni juste après, ni maintenant, ce qui l'a tirée du sommeil. Sûrement pas l'insomnie, sa compagne de toujours, ni le sentiment de vide, pour reprendre l'expression du docteur Hass (un terme impropre estime Taiwo : il n'existe qu'une sensation, une seule façon d'être vide et de l'éprouver). C'était complètement différent, ce qu'elle a ressenti avant de partir et dont elle se souvient (trop tard) tandis qu'elle rentre chez elle, ces quelques secondes oubliées d'une tristesse dont l'intensité dépasse l'entendement, un champ de force de chagrin. Oui. Voilà ce qui l'a réveillée. Mais que répondre au docteur Hass qui soupirera : « Alors, nous l'avons vu... » — lundi matin, à Central

Park West, les arbres parés de neige derrière la fenêtre, leurs branches marron dénudées semblables à des jambes sortant d'un manteau court en fourrure blanche — et aura ce geste cérémonieux qui ponctue ses soupirs : elle remonte ses lunettes (à la mode, peut-être fausses, suppute Taiwo, un accessoire de thérapeute) du bout de son nez au sommet de son crâne. « Il vous a appelée ?

— Non.

— Mais vous l'avez vu ?

— Oui.

— Vous l'avez appelé ?

— Non, je suis allée chez lui. »

Nouveaux soupirs. Prise de notes frénétique. « Vous avez passé la nuit ?

— Le petit matin.

— Commençons par notre décision. Savons-nous pourquoi nous y sommes allée ? »

Que répondre ? Pourquoi l'avons-« nous » vu ? *Nous avons senti notre être s'échapper de nous comme un souffle et, envahie par le désir de toucher, d'être touchée, d'avoir un contact, nous l'avons concrétisé.*

Notre père nous manquait.

« Vous avez dit ? »

Dans le rétroviseur, le chauffeur de taxi observe Taiwo, qui s'agite, prise au dépourvu, écarte la tête de la vitre : « Pardon ?

— Vous avez dit quelque chose. » À son accent, elle devine qu'il est ghanéen. « "Mon père me manquait."

— Ah oui ? » Taiwo pique un fard. Le chauffeur hoche la tête, sourit. Leurs yeux se croisent dans le rétroviseur ; il s'empresse de détourner les siens puis les replonge dans ceux de Taiwo, manifestement incapable de s'empêcher de faire ce qu'il ne devrait pas.

« Vous… ve… nez d'où ? balbutie-t-il timidement. Vous êtes quoi ? » En fait, comme tout le monde, il s'interroge sur la couleur de ses yeux.

« Je n'en sais rien.

— Vous avez un accent anglais.

— J'ai fait mes études en Angleterre.

— Moi, je viens du…

— Ghana, je l'ai deviné.

— Hé ! Comment ça ?

— Ma mère est nigériane.

— *Bella naija*[1] ! s'exclame-t-il, rayonnant. Et ce père qui vous manque ?

— Est-ce que j'ai dit ça ?

— Vous avez dû penser tout haut.

— Est-ce que je l'ai pensé ? » Elle sourit. Son BlackBerry sonne.

« C'est votre père ! » Il rigole et lui lance un nouveau coup d'œil dans le rétroviseur.

Elle cherche le téléphone dans le sac à ses pieds. Il s'arrête de sonner. Elle le trouve. « C'est mon frère. » Les sourcils froncés, elle pose le téléphone et se cale sur la banquette. La radio diffuse doucement Wagadu-gu, *Sweet Mother*, le joyeux tube afro sierra-léonais. Le chauffeur a cessé de rire, il se concentre de nouveau sur sa conduite, sachant, à l'instar de ses collègues, quand le moment est passé, comment quitter la scène : fixer la chaussée, monter le volume de la radio.

Mue par la force de l'habitude, Taiwo appuie la tête sur la vitre, le portable entre ses doigts. O Sai

1. Site de mode africaine.

est affiché sur l'écran. Heureusement qu'elle n'a pas décroché, pense-t-elle (enfilant une armure), la dernière chose dont elle ait besoin à cette heure indue, c'est du sermon de cinq minutes d'Olu sur l'honneur de la famille Sai, le qu'en-dira-t-on, *oh la honte*.

Non.

Que connaissait-il de la honte, Olu le Sans Reproche, aussi soigné et crispé qu'était l'autre, avec sa vie étriquée à Boston, sa petite amie, leur appartement d'une blancheur glacée, sourires éclatants sur les murs, *Ling-et-Olu font le bien dans des pays chauds*, deux robots bardés de diplômes, décrochant des bourses, androïdes charitables, modèles de la perfection, incarnations du Nouvel Immigrant, de la lâcheté récompensée, pense-t-elle (bandant l'arc), une mauvaise habitude, celle d'attaquer ses agresseurs ou quiconque lui paraît projeter une attaque, à tort ou à raison, de dénombrer les défauts, une manière de les discréditer. Qu'y connaissait-il ?

Oui.

Si on était resté sur ce manège, à amasser les anneaux dorés, un sourire aux lèvres, en sécurité, à tourner en rond, à revivre les quatre mêmes années, Milton, Yale, la fac de médecine, une vie qui se répète — (1) concourir pour l'admission dans une institution huppée, (2) être admis, (3) bûcher, (4) réussir, puis repartir de (1) quatre ans plus tard — alors, oui, on pouvait faire un sermon sur la honte. La traiter de « ratée » pour avoir abandonné ses études de droit, l'accuser d'être « irresponsable », « une déception pour maman », le dernier coup porté à la production désastreuse de la *Famille exemplaire*, baisser de rideau, théâtre fermé à jamais. Mais comment ? Comment peut-il savoir ce que c'est d'être le point de mire, le sujet de toutes les conversations ; pire, d'y être indifférente, d'y prêter le flanc ? Lui qui ne sait rien de la violence, du mal, de la perte, de l'échec, de la passion, de la luxure, de la tristesse ou de l'amour ? Alors qu'elle n'arrive à l'expliquer ni au docteur Hass ni à elle-même, ignore l'origine de ce désir insatiable d'être engloutie, digérée, de se mêler à un corps uniquement pour se traîner à nouveau jusqu'à la gueule de la bête ?

Olu en est incapable.

Aussi gît-il, muet, criblé de pointes de flèches, l'élu, le Fils aîné sans reproche, déchu, tandis qu'elle repose la tête sur le dossier du siège du taxi, fortifiée et épuisée par l'acte d'en vouloir à son frère.

Qu'Olu soit à terre ne la réconforte pas. Se concentrant, elle voit son visage, non celui d'Olu, son corps, non celui d'Olu, transpercé par un silex pointu et saignant dans la neige.

« Non ? lance le chauffeur.

— Pardon ?

— Vous venez de me dire “non !”, répond le chauffeur, inquiet.

— Non, ne prenez pas la 96e Rue, ment précipitamment Taiwo, consternée par cette nouvelle manie de penser tout haut. Si vous sortez à la 125e Rue, ce sera plus rapide. Allez jusqu'à Amsterdam, d'accord, et nous serons arrivés.

— Vous avez tout pigé. » Le chauffeur jette un coup d'œil à Taiwo.

Par la fenêtre, elle contemple la neige maculée de sang.

Et comment était-ce arrivé ?

La mort de la Chouchoute. La meilleure élève, qui ne regardait jamais dehors, passait la moitié de sa vie plongée dans un livre, à apprendre les racines latines, à dégueuler des bonnes réponses. Solitaire. Depuis Kehinde, elle n'avait jamais été proche d'un homme ; ses efforts pour se faire des amis ou les garder n'aboutissaient à rien : la beauté s'interposait entre eux, l'envie chez les femmes, le désir chez les hommes, comparables en fin de compte, jalousie et lubricité, la même origine, la fleur et la feuille de la même racine tordue. Quand les journalistes furent au courant, ils insistèrent sur le côté normal de la chose : une histoire de tous les temps, la beauté, le pouvoir et le sexe, le doyen de la faculté de droit en rendez-vous galant avec une éditrice de la *Law Review*, *LA BEAUTÉ ET LE DOYEN* ! *page six*, et tout ce qui s'ensuit. Et c'était naturel, en un sens ; une Fille dans une ville qui adulait les blondes était tombée sur un Garçon (cinquante-deux ans, blond auparavant, les cheveux argent et or à présent) dans une ville qui adulait la jeunesse. Les journalistes ne le présentèrent pas ainsi. Ils écrivirent que le doyen Rudd, né Rudinsky, le génial collecteur de fonds des quartiers résidentiels, un charmant avocat devenu universitaire, marié à une femme à la tête d'une vieille fortune (une info de Lexi Choate-Rudd, critique gastronomique du *New York Times*), ayant décroché une bourse Marshall pour étudier en Angleterre, stagiaire à la Maison-Blanche auprès de Carter, assistant spécial de Clinton, prince héritier bourré de talent, avait enfin perdu son éclat de jeune prodige en titre et, rétrogradé sur-le-champ, allait emménager dans un quartier moins chic.

Rideau.

Le docteur Hass, la psychothérapeute recrutée par l'université pour apaiser les jeunes gens à l'esprit de compétition exacerbé à la veille des examens, trouvait elle aussi que c'était naturel, encore que nettement plus intéressant que les problèmes d'angoisse ou les troubles du comportement alimentaire *du jour**[1]. D'où, soupçonnait Taiwo depuis un certain temps, son insistance à continuer à la voir *pro bono* après le scandale et la brutale résiliation du contrat d'assurance médicale de Columbia de Taiwo — et c'est toujours le cas, un an et demi plus tard, car le docteur Hass tient à ce qu'elles « aillent au bout du travail ». Malgré les allusions à peine voilées à la renonciation, à l'abandon. Clara Hass montre, non sans courage, comment on ne fait ni l'un ni l'autre, avec sa coupe dernier cri, ses lunettes à monture en écaille et sa voix de DJ de soft rock en fin de nuit. D'autres interprétations : « la quête du père », « le complexe d'Électre », rien de plus naturel.

En revanche, rien sur la nature en tant que telle.

Comme si la liaison s'expliquait par la psychologie, la sociologie, non par la biologie, étant donné la différence d'âge et de race. Les lois de la nature, son absurde ignominie, l'attirance instantanée, la lubricité, les réactions viscérales, ce qui arrive aux êtres humains ainsi qu'aux animaux qui se croisent dans la forêt (ou la jungle) : l'un voit l'autre, flaire son odeur et, attiré comme par un aimant, veut l'enfourcher, s'accoupler. La presse n'a pas pris cela en considération. Le docteur Hass n'y croit

1. Les mots en italique suivis d'un astérisque sont en français dans le texte.

pas. Taiwo, qui n'avait jamais fréquenté d'hommes plus âgés, était simplement entrée dans une pièce où elle avait vu *cet homme* plus âgé, le doyen Rudd, qui l'avait vue. Le début de l'histoire, tout simplement.

« Voici Taiwo, monsieur le doyen. »

Marissa, l'assistante.

L'entretien. En mars. La fin de l'hiver, des fleurs roses timidement écloses sur les arbres du quadrilatère malgré les hurlements de protestation d'un vent violent : l'actrice principale entre en scène, elle s'arrête pile à la porte, au bord du tapis à motifs moutarde et lie-de-vin — tellement différente à l'époque, plus jeune, déterminée, confiante, de retour à New York après trois ans à Oxford, le dieu de l'Approbation trônant toujours sur l'autel —, et regarde du seuil de la pièce.

Sensible à la tension.

En blazer de velours bleu et tunique africaine, le code vestimentaire goguenard, à moitié insouciante, un quart prêtresse yoruba, un quart élève britannique conventionnelle, sa masse de boucles laissant échapper des mèches en tire-bouchon, chaussée de talons hauts, elle se sent conquérante, ce qui lui arrive encore parfois avant d'avancer dans des pièces où il faut gagner des points, sourire aux hommes, impressionner les femmes, à la fois proie et prédatrice, jambes tendues, mâchoire contractée. Elle s'immobilise en même temps que Marissa, l'une et l'autre déstabilisées par la tension, l'expression de l'acteur principal, son regard fixe.

Qu'il ne détourna pas. Marissa rougissait tant la nature de la réaction était évidente. « Eh bien, je vous laisse », déclara-t-elle sans ironie.

Un homme surpris en train de faire ce qu'il ne devrait pas, mais c'était plus fort que lui. « Ma... demoiselle Sai, dit-il en toussotant. Entrez, s'il vous plaît. Je vous prie de m'excuser. » Il s'éclaircit deux fois la voix. « Merci, Marissa. »

Marissa sortit.

Taiwo entra.

À pas lents, elle foula le tapis entre la porte et le fauteuil en cuir rouge, en face de son bureau. L'attirance le disputait à la répulsion, comme si elle était entraînée par un courant, y résistait, réduite à l'impuissance par son regard, bleu azur noyé dans l'ombre de cils noirs, un regard pénétrant qui perçait à jour. Percée à jour, elle s'assit.

« C'est un plaisir de vous rencontrer », assura-t-il, s'asseyant lui aussi. Ils ne se serrèrent pas la main, comme s'ils savaient, *pas encore*. « J'espérais vous voir en personne, faire votre connaissance, après avoir lu votre mémoire. » Il brandit le dossier de Taiwo. « Je ne me souviens pas de la dernière fois où j'ai lu un texte de cette qualité. Vous écrivez trop bien pour une avocate », conclut-il en riant.

Ne sachant trop quoi regarder — les yeux du doyen, le sourire, le doigt qu'il posait sur le dossier, la lumière qui faisait étinceler l'argent et l'or des cheveux —, elle opta pour ses mains. « Merci.

— Voyons, ne soyez pas ridicule, merci à vous. » Quel rire ! « Je voulais seulement vous demander si vous vous étiez sûre d'avoir choisi la bonne université. Pas celle de Columbia, ce serait un honneur de vous avoir. Le droit en général. Je me rappelle ce que vous avez écrit sur la décision de votre mère de renoncer à ses études de droit, de tout sacrifier pour ses enfants.

— Ce n'était pas si dramatique. J'ai écrit ça ?

— Absolument, dans un style magnifique, Taiwo Sai. » Entre eux, la lumière qui se déversait par la fenêtre derrière lui. « Puis-je vous demander l'origine de votre nom de famille ?

— Vous pouvez. » De la gaieté dans les yeux de Taiwo, dans le rire du doyen. « Du Ghana.

— Vos parents sont ghanéens ?

— Mon père l'était, oui.

— Je suis désolé. » Mort, avait-il compris à cause de l'imparfait. « Et votre mère ?

— Elle est moins désolée que vous, me semble-t-il. »

Et ce fut le début. Surgis de nulle part : l'aisance, le badinage, comme s'ils étaient entre pairs, amis depuis des lustres et davantage à présent : ils rirent, s'arrêtèrent, un demi-sourire aux lèvres, rougirent. Ils savaient. Ils parlèrent poliment une heure, *pro forma* (l'entretien habituel, son passé insolite, le jumeau artiste à Londres, c'était impressionnant, étudiant à l'université d'art de Rhodes en Afrique du Sud, c'était exceptionnel, le latin et le grec). Elle raconta l'histoire d'un ton léger, restant évasive comme à l'ordinaire, l'histoire d'une autre, sans détails ni passion, « j'ai fait ci et ça », avec talent mais sans émotion, ni vérité au-delà des faits — et il l'écouta passionnément, les yeux azur brillant de la compréhension que rien n'était révélé, les faits masquaient la vérité, une peau à vif, à laquelle il aurait accès une autre fois.

Une autre fois.

Sous la pluie, en novembre, dans Barrow Street.

Timides tous les deux, ce que lui le doyen de la faculté et elle l'étudiante avaient fait était troublant, outre les fards qu'ils avaient piqués et la certitude qu'ils le feraient.

Ils étaient sortis d'une réunion qui s'était déroulée chez lui à Park Avenue, où il l'avait invitée ainsi que trois autres première année, déjà des as en droit dès début novembre, pour expliquer à d'anciens étudiants les raisons de leur choix de l'université. Ensuite, il les avait emmenés dîner au restaurant Indochine ; ils s'étaient entassés à cinq dans un box, les trois autres jacassaient avec passion et compétence, savourant rouleaux de printemps et martinis aux litchis, tandis que Taiwo, serrée contre lui, le regardait faire du charme, son bras sur la banquette derrière elle. Eau de Cologne. Non qu'il lui plût physiquement — même s'il était séduisant à sa manière, vu sa catégorie de poids pour ainsi dire, mince comme un jogger d'âge mûr, les bras et les jambes fermes, le torse moins, pas grand, un mètre soixante-quinze au maximum, en forme, vêtu d'un costume très élégant, un nez incurvé vers une bouche en cœur, un menton pointu, des joues creuses. Il l'attirait plutôt comme un aimant. Quand il traversait Greene Hall, elle le sentait à une ondulation de l'air. Une légère saccade. Les prunelles vagabondes, elle se retournait, le voyait. « Mademoiselle Sai », disait-il, un sourire aux lèvres.

Après le dîner, les autres allèrent en boîte. Une pluie froide commençait à tomber, elle déclara forfait : « Je suis trop fatiguée, la prochaine fois peut-être. » Et lui : « Laisse-moi au moins t'appeler un taxi. » Pas le moindre taxi. Ils firent un bout de chemin ensemble, se rapprochant de plus en plus comme à l'ordinaire quand il pleut, cherchant à la fois un taxi et des excuses. Ils descendirent Lafayette, arrivèrent à Washington Square Park.

« J'ai habité ici, lança-t-elle tandis qu'ils passaient devant Hayden Hall.

— Moi aussi.

— Tu n'es jamais allé à l'université de New York, objecta Taiwo. Ç'a été Yale, puis la fac de droit de Yale, puis l'Angleterre avec la bourse Marshall, puis la Maison-Blanche.

— Tu tiens tout ça de Wikipédia.

— De ton introduction ce soir.

— C'est vrai. » Il rougit. « J'ai grandi dans le Village à l'époque où c'était toujours le Village, juif et noir. » Il lui prit la main, davantage pour ponctuer son propos que pour la draguer. Sans la regarder.

« Les retrouvailles du groupe », fit-elle en riant. Elle leva leurs mains enlacées, puis dégagea la sienne. La pluie redoubla lorsqu'ils traversèrent le parc. « Du Village à l'Upper East Side, *non é male*.

— Mes beaux-parents nous ont donné cette maison à la fin de nos études. Un cadeau de mariage. Je l'exècre.

— Ta maison ?

— Oui, celle de ma femme plus précisément ; la mienne est toujours ici. Un petit trois-pièces à Barrow Street. Ma mère ne l'a jamais vendue. Fumeuse de hasch invétérée, elle n'a jamais gardé un boulot plus de trois ou quatre mois. Elle était serveuse, mais elle a acheté l'appartement, que Dieu la bénisse. Elle faisait pousser son herbe, fumait trois fois par jour. C'était calme chez nous. La première fille que j'ai embrassée, c'est ici. » Il désigna du doigt un banc. « Lena Freeman.

— Une gentille juive.

— Un membre du parti des Black Panthers. On

s'est rencontrés dans une manifestation ici, près de la fontaine.

— Tu as donné ton premier baiser à une Noire ?

— Une femme de vingt-huit ans.

— Quel âge avais-tu ?

— Seize ans.

— Tu mens.

— J'ai menti, oui. J'ai prétendu que je faisais des études de droit à Columbia.

— Eh bien, regardez-moi ce gosse ! » Elle lui frappa le bras, taquine. « À propos de maison, l'heure d'aller te coucher est passée, non ?

— En effet, répondit-il en riant. Lexi est à Napa. Je devrais t'appeler une voiture avec chauffeur. Rentrons à l'intérieur. »

Ils rejoignirent Barrow Street au pas de course grimpèrent les trois étages jusqu'à la pénombre silencieuse où, cherchant à tâtons l'interrupteur et enlevant leurs manteaux, ils se heurtèrent, poitrine contre poitrine.

Voilà qu'ils s'embrassaient comme on le fait dans un vestibule obscur, encore dégoulinant de leur course sous la pluie : les mains de l'un occupées à ôter les vêtements mouillés de l'autre, en suivant une chorégraphie précipitée, apprise sans mots. Après l'apothéose, ils restèrent allongés sur le lit de l'ancienne chambre de la mère du doyen, les trombes d'eau en guise de bande sonore, nus, sur le dos. Il lui prit le bras, d'un brun métallique sous la clarté lunaire, et l'embrassa : « J'aime ton odeur.

— Comme celle de Lena Freeman ? » demanda-t-elle en riant.

Il se redressa : « Je sais ce que tu penses.

— Alors là, ça m'impressionne.

— Pour la première fois de la soirée ? » Il fit mine d'être vexé. « Tu veux dire que mon discours ne t'a pas impressionnée ? "Le don, c'est de donner." Ma tenue ? Le nœud papillon était marrant. Encore un cadeau de mes beaux-parents.

— Pour la maison ?

— *Touché**. » Il éclata de rire puis s'appuya sur le coude pour la dévisager. Non sans tristesse. « À ton avis, je me suis perdu en cours de route. J'étais libre, j'avais une vision, j'avais Lena, une petite amie Black Panthers, une juive-fro, j'étais passionné, j'avais une conception du monde et de moi-même, un désir brûlant de changer les choses d'une façon ou d'une autre, j'ai rencontré Lexi à la fin de mes études, l'ai épousée, en ai profité pour gravir les échelons, j'ai perdu la passion, je cherche quelque chose, une étincelle, une inspiration. Tu crois être l'incarnation de Lena, mais tu te trompes, je n'ai jamais connu quelqu'un comme toi, personne, nulle part.

— Impressionnant.

— En outre, il y a tes cheveux. Les siens étaient... (d'un geste, il le montre) plus bouffants. Un nuage. Un halo.

— Une coiffure afro.

— Un univers. Les tiens ne sont pas... (il touche les dreadlocks de Taiwo) horizontaux.

— Tu n'aimes pas mes cheveux de Blanche ?

— Je n'aime pas *quoi* ?

— Mes dreadlocks. Mes cheveux de Blanche. »

Il recommença à rire. Il riait tout le temps. « Les dreadlocks ne sont-elles pas jamaïcaines ? Afrocentristes du moins ? On emploie toujours ce terme ?

— Oui. Les Blancs.

— Je t'adore.

— Tu ne me connais pas.

— Aide-moi. J'en meurs d'envie.

— C'est impossible. Je suis une étudiante. Tu es marié. »

Silencieux un instant, il finit par ajouter : « Je sais. » Il s'étendit près d'elle afin de ne plus lui faire face. L'espace de quelques minutes, aucun des deux ne parla. « À quoi penses-tu ? » demanda-t-il.

Pour la première fois depuis des heures, Taiwo réfléchissait au lieu de se borner à réagir — il y avait eu maldonne, si on avait fait un casting destiné à trouver une jeune fille pour le rôle de la chérie d'un professeur dont la femme était partie goûter du vin, il aurait fallu chercher une étudiante mieux programmée pour le scandale (ou mieux adaptée à Napa, au Village, à l'Upper East Side), l'une des ravissantes accrocs à la pilule de son lycée, aux cheveux ébouriffés, à l'eye-liner dégoulinant, et non elle, une surdouée, une ex-modèle de vertu déguisée en vilaine. C'était un numéro, les robes vintage et les American Spirits, l'esprit de repartie et la connotation de sex-appeal, les répliques apprises, les costumes élégants, les seconds rôles ennuyeux ; les rapports sexuels, c'était de la comédie pour elle, qui ignorait tout de l'amour. Après Ce Qui S'était Passé à Lagos, il y avait eu d'innombrables rencontres avec des amis concupiscents, mais sûrement pas ceci, la passion (l'admiration par-dessus le marché), la représentation devenue réalité, évidence, charnelle. Que pouvait-elle dire ? *Je fais n'importe quoi ?* Et que répondre au doyen Rudd lorsqu'il se tourna, lui caressa la joue et, la découvrant mouillée, lui dit : « Ne pleure pas, Taiwo », ainsi que d'autres mots doux et consolants.

Elle se leva brusquement et se rendit dans la salle de bains. Elle n'alluma pas la lumière. Elle se planta devant la glace. Nue et en quête d'approbation, la bonne élève couverte de lauriers qui n'avait de cesse de retrouver son statut de chouchoute subjuguant les juges, quels qu'ils soient. Avec le corps, comme toujours, un étranger post-coïtal, les membres longs et minces d'une jolie couleur, un beau corps, avait-elle entendu dire, elle n'y croyait pas ou ne le voyait pas, surtout après un rapport sexuel. Il semblait fonctionnel, un objet, un instrument. Un moyen pour parvenir à ses fins, sans qu'elle sache lesquelles. Pensant à sa sœur qui rêvait d'avoir un corps comme le sien, l'ironie de la situation la fit presque rire : elle, Taiwo, avait hérité et gardé sans effort la silhouette de mannequin que Sadie enviait tant — et ce de Folá, qui, effrayée par le petit poids du bébé à la naissance, avait gavé et dorloté Sadie à la rendre malade. (Ses troubles du comportement alimentaire passés sous silence, même s'ils crevaient les yeux. Si seulement elle avait pu, elle aurait dit : « Prends mon corps, Sadie, je n'en veux pas. Je ne l'ai jamais supporté. Ce n'est pas comme si je l'avais réclamé. ») Une question de chance. Une vache née en Inde ou à Gary, en Indiana. À qui la faute ? La vache divinisée ? Pourtant on la jugeait fautive. Désirée et fautive, du moins en avait-elle le sentiment, sans cesser pour autant de chercher le désir. Elle pensa au docteur Hass et à son écharpe turquoise en chanvre. « Vous n'êtes pas tenue de m'impressionner », avait-elle lancé l'autre jour, se carrant dans son fauteuil pour remonter ses lunettes et scruter sa patiente d'un étrange regard étoilé de douceur.

« Bien sûr que non », avait riposté Taiwo, avec un rire rauque qui sonnait faux même à ses oreilles, tout en gigotant, perturbée par la remarque, les yeux rivés à la fenêtre. « C'est fait. Vous me soignez gratuitement, non ?

— En effet, avait répondu le docteur Hass. Et pourquoi à notre avis ? Vos exceptionnels antécédents familiaux ? Vos extraordinaires talents ? Votre redoutable intelligence ? Votre époustouflante beauté ? »

Taiwo avait ri de nouveau, ce qui l'avait fait souffrir. Elle s'était massé l'épaule. « Vous m'avez eue », avait-elle lâché, regardant la pendule, la bibliothèque encastrée dans le mur, l'affiche d'O'Keeffe. *Coupe d'Argent Ginger*. Puis dehors. Les larmes avaient devancé le mot qu'elle avait sur le bout de la langue. Elle avait refoulé les deux. « La séance est terminée. » Elle s'était levée.

« Cela m'importe. » Le docteur Hass était restée assise.

« Je sais », avait reconnu Taiwo, sincère, tout en partant.

Une simulatrice.

Le mot surgit avec retard et flotta devant elle, une forme dans le miroir, une nuance dans l'éclairage. Elle tendit un doigt pour toucher son reflet, ses yeux lui renvoyèrent un regard flamboyant, étrange dans la pénombre (leur couleur, un héritage de l'arrière-grand-mère écossaise), suivit le contour de ses lèvres roses sur la glace. « Ne pleure pas, Taiwo », mima-t-elle, à voix basse. Elle laissa tomber sa main. Qu'est-ce qui la faisait pleurer ?

La même chose, encore et toujours. L'impossibilité oppressante de croire en la vérité de leur amour.

Elle retourna dans la chambre, resta sur le seuil (dans son armure) et, l'examinant, remarqua ses défauts. Le torse plus flasque que les bras et les jambes, les cheveux clairsemés au sommet du crâne. À ce moment-là, une femme correspondant mieux au rôle aurait demandé à l'homme si ça ne lui faisait pas un drôle d'effet de se trouver dans l'ancienne chambre de sa mère, dans l'appartement de son enfance (certes complètement rénové, l'antre d'un célibataire à présent), mais l'idée ne l'effleura pas : un fils dans le lit de sa mère ne la surprenait pas tant que ça. Elle ramassa son sac détrempé, s'approcha du rebord de la fenêtre et s'assit. « Ça t'ennuie si j'en grille une ?

— Ça t'ennuie si je regarde ? »

Elle rit et changea de sujet tout en soufflant des ronds de fumée. « À part les rastas, les vrais, les religieux, quelles Noires portent des dreadlocks ? Celles qui fréquentent les facs essentiellement blanches, voilà lesquelles. Les dreadlocks sont la coiffure des Noires qui se comportent comme des Blanches. Une solution du Black Power au problème de *L'œil le plus bleu* [1] : le désir d'avoir une longue queue-de-cheval qui se balance. Les tresses, ça finit par prendre trop de temps à cause des extensions. En revanche, la question reste entière sous la pluie. Il faut oublier les avantages de la discrimination positive ; le privilège des Blanches. Leurs cheveux mouillés. Pouvoir se foutre que leur tignasse prenne la pluie. Je suis sérieuse.

1. Titre du premier roman de Toni Morrison, traduction française de Jean Guiloineau.

— Tu es sublime.
— Tu trouves ?
— Viens ici. »

« Votre bébé pleure », la prévient le chauffeur. L'expression ghanéenne pour votre portable sonne. Ils ont quitté l'avenue et se sont engagés dans la rue non déneigée.

« Merci. » Elle décroche en soupirant. « Que me vaut cette anomalie ?

— Olu à l'appareil.

— Oui, Olu, je sais. Ton nom s'affiche sur l'écran. »

Sans relever, il commente avec douceur : « Tu pleurais, me semble-t-il. »

Elle prend conscience de ses larmes et de l'inflexion de la voix de son frère. « Toi aussi.

— Qu'est-ce qui ne va pas ? demandent-ils en chœur, avant de pouffer comme le font les frères et sœurs qui se souviennent tout à coup de leurs liens après une dispute.

— Toi d'abord, tu es l'aîné. » La vieille rengaine. Elle l'entend rire plus fort, un bruit étouffé.

« Tu te rappelles ? enchaîne-t-il. Quand on avait quelque chose à lui dire, on se postait devant son cabinet de travail, trop effrayés pour entrer, et on se chamaillait à propos de celui qui devait y aller en premier ; je disais que c'était toi parce que tu étais une fille, toi que c'était moi parce que j'étais l'aîné, et Kehinde passait devant nous pendant qu'on se bagarrait. »

Le souffle coupé, elle demande : « Qu'est-ce... que tu dis ? » Mais ce n'est pas son jumeau. De toute évidence, elle l'aurait senti. « Qu'est-il arrivé, Olu ?

— Il est mort aujourd'hui, Taiwo.

— Qui ? »

Le roulement de tambour.

Un champ de force de chagrin. « Comment le sais-tu ?

— Maman m'a téléphoné. »

La colère, inexplicable. « Elle n'aurait pas pu m'appeler ?

— Taiwo. »

Elle ne répond pas. Elle regarde par la vitre. Se souvient de la luge, de Lars Anderson Park, des étoiles. « Comment ?

— Une crise cardiaque, précise Olu, d'une voix entrecoupée. Je n'ai pas le numéro de Kehinde à Londres, tu l'as ?

— Non.

— Taiwo.

— Quoi ?

— Vous ne vous êtes pas parlé ?

— Non.

— En deux ans.

— Un an et demi.

— C'est ton jumeau…

— J'en suis consciente. Et toi, tu l'as son numéro ? C'est ton frère à toi aussi. Je ne suis pas la seule concernée.

— Taiwo.

— Quoi ?! Arrête de répéter mon nom comme ça, s'énerve-t-elle, fondant en larmes.

— Ne pleure pas.

— Pourquoi est-ce que les gens disent ça ? » Elle tremble. « Désolée.

— Je trouverai son numéro. Ne t'inquiète pas.

— Tu as déjà appelé Sadie ?

— C'est la prochaine.

— Je devrais le faire. Je suis la fille. » Elle s'essuie le visage.

Olu rit gentiment, renifle un peu. Au bout d'un très long silence, il demande : « Ça va ?

— Je n'en sais trop rien. Et toi ?

— Oui, bien sûr. »

Elle regarde par la fenêtre. « Bon, je suis chez moi.

— J'espère bien, il est deux heures du matin. »

Elle ne relève pas, compte son argent. « Je t'appellerai quand j'aurai eu Sadie.

— D'accord. »

Le chauffeur lance un coup d'œil dans le rétroviseur, le moteur tourne. Elle lui tend les billets, son portable coincé entre l'oreille et l'épaule.

« Tu es toujours là ? s'enquiert Olu.

— Oui, pardon.

— Bon, écoute-moi. Sadie doit passer par New York pour prendre l'avion. Je vais essayer de trouver un vol qui part de JFK demain soir.

— Demain ?

— Pour l'enterrement. Nous devons partir tout de suite. »

Il continue comme si de rien n'était sur la logistique, les visas, leurs devoirs envers leur mère d'être là-bas, le climat. Il finit par se taire un instant puis ajoute : « On se parlera plus tard.

— Je t'aime », à l'unisson. Et Taiwo raccroche.

Assise dans le taxi, elle regarde son immeuble, les guirlandes de Noël d'où saignent des gouttelettes de lumière rouge. Le chauffeur, qui se garde bien de lui poser des questions, attend en silence qu'elle sorte. Elle songe à lui demander de repartir, de la conduire n'importe où, de l'emmener ailleurs qu'ici, ce logement qui n'est pas un foyer, mais où ? C'est le néant. Un amant marié. Un boulot de serveuse au restaurant Indochine, une bouffonnerie qu'elle est la seule à comprendre, un doigt d'honneur à l'Approbation. Une famille éparpillée, dévastée, dont un des membres est à terre. Où irait-elle ? Elle n'a nulle part où aller. Elle rit. Aucun homme accompagné de son carlin ne la voit sortir du taxi, enfoncer ses élégants talons dans la neige molle du trottoir, ni ne voit ses jambes brunes trembler de froid. L'idée la traverse soudain que le chauffeur ghanéen doit la trouver stupide, alors qu'il patiente, dans son bon manteau, le temps qu'elle arrive à son immeuble et entre. Juchée sur les talons aiguilles de ses chaussures à semelle compensée, elle monte en chancelant les marches du perron, puis se retourne vers le chauffeur, la neige.

Un tourbillon dansant de flocons qui tombent sur ses épaules, son nez et le pare-brise de la voiture ; le silence d'une tempête, la rue désertée par tous les êtres en quête de chaleur et balayée par un vent léger. Elle lève la main.

Des anges dans une boule à neige, muets et souriants, deux Africains isolés : un homme bienveillant en gros manteau beige qui répond au salut, s'éloigne du trottoir, klaxonne une fois, et une jeune fille sur son perron, vêtue d'un manteau court en fourrure blanche, qui pleure en le suivant des yeux.

4

On tambourine à la porte de la salle de bains.
« SADIE ! »

Les doigts dans la gorge, elle est agenouillée devant la cuvette des cabinets. L'alcool jaillit, puis le gâteau d'anniversaire, puis un filet de bile acide. Elle tire du papier hygiénique pour s'essuyer la bouche. Elle tend l'oreille. La personne s'en va. Les bruits de la fête lui parviennent, rires des garçons mêlés aux cris perçants des filles, de loin, comme entendus par un enfant qui, étendu au fond d'une piscine, lève les yeux, feignant la noyade. Elle observe la cuvette, comme toujours à des moments pareils, la malade muée en médecin examine la nourriture. Si répugnant qu'il soit, le vomi est fascinant ; régurgité dans l'ordre où il a été ingurgité. L'acte s'apparente à une cérémonie, l'agenouillement et l'accomplissement de l'atroce rituel, la répétition, le silence systématique après coup. Un sacrifice. Des traînées sanguinolentes. Elle inspecte ses ongles, religieusement courts, puant toujours le vomi...

l'odeur coupe court au fantasme.

Une aiguille crève la bulle. La fin du silence. Un retour à la lucidité : elle est sur un sol glacé. Elle n'accomplit pas un acte de purification édifiant, elle dégueule un gâteau d'anniversaire (le sien). Elle se relève. La doctoresse devenue criminelle élimine les preuves. Elle cherche les instruments habituels dans son fourre-tout. Lingettes, désinfectant, bain de bouche, brosse à dents. Elle nettoie le carrelage avec les lingettes. (Si elle n'y veille pas, la personne qui utilise les toilettes après elle comprend parfois ce qu'elle a fait.) Elle se lave les mains et le visage, tire deux fois la chasse d'eau, se brosse vigoureusement les dents. Elle se gargarise au bain de bouche. Par la force de l'habitude, elle ouvre l'armoire à pharmacie sans regarder, elle en connaît le contenu par cœur. Sur la première étagère, Adderall, Zoloft, Ativan ; sur la deuxième, nettoyant visage Kiehls, lotions Molton Brown ; sur la dernière, parfums, produits de beauté Trish McEvoy, petit sac Vera Bradley bourré de feuilles à rouler et d'herbe. Elle prend un Ativan qu'elle avale sans eau. De nouveau la sonnerie du téléphone. « SADIE !

— J'arrive ! »

Elle ne bouge pas.

C'est à Milton qu'elle avait appris à se cacher dans une salle de bains, l'endroit idéal, un cocon, un monde à part. L'insularité propre aux salles de bains, un réconfort. Leur uniformité, jaune pâle, bleu, vert. Et les objets qui s'y trouvent, surtout dans celle d'une femme : les fenêtres de l'âme ne sont pas les yeux, mais les articles de toilette. Sadie allait dans ces maisons au sortir de la classe ou dans les résidences secondaires pendant les vacances — invitée tous les ans, l'enfant chérie des mères, une bonne influence sur leurs filles, avec ses bonnes notes et ses bonnes manières, quel amour ! tellement polie ! — et, à un moment, elle s'éclipsait dans une salle de bains à l'étage, celle de son amie ou celle de la mère, encore plus fascinante.

La salle de bains d'une mère.

La face cachée d'un monde.

Une chambre de secrets : anxiétés, fragrances,

flacons en cristal à vaporisateurs et boîtes bleu clair, une proportion excessive d'étiquettes en français. Elle dévissait les bouchons, sentait ceci et cela, lotions crémeuses, parfums, savonnettes en forme de coquillage. Elle se lavait les doigts avec le savon (une révélation : chez elle, on utilisait du savon noir pour tout le corps), puis se les séchait avec l'essuie-mains frappé d'un monogramme ou, encore mieux, la serviette accrochée derrière la porte.

S'il y en avait une, Sadie s'en servait toujours car elle dégageait des effluves de fragilité, de peau, d'un être en état de vulnérabilité à la senteur suave, d'une fille le matin, d'un faux fruit tropical. Il lui arrivait d'y enfouir son visage, d'être chavirée par l'odeur et saisie d'une soudaine envie de pleurer. Elle inspectait toujours les fourre-tout, armoires à pharmacie, trousses de maquillage, tout le bazar, et piquait parfois quelque chose : une sorte de kleptomanie maladroite, dénuée du professionnalisme de la boulimie et de la froideur clinique dans l'exécution. Rien de valeur. Un chouchou, du collyre, un tube de brillant à lèvres presque vide, des échantillons de crème pour les mains venant d'un spa ou, une seule fois, une boucle d'oreille en diamant. Jusqu'à ce que quelqu'un appelle « Sadie ! » ou frappe à la porte.

« Tu t'es perdue dans la salle de bains ? » lui demandaient-ils, les yeux souriants, à l'affût de la réponse astucieuse de Sadie l'Intelligente, tellement brillante et gentille, tellement mignonne, on dirait un membre de la famille. « Je me suis enfermée. » Toujours le même bobard. Qu'on la croie était inexplicable, pourtant personne n'avait le moindre doute.

D'autres fois, elle restait assise dans le silence ou s'allongeait tout habillée dans la baignoire, les yeux rivés au plafond ou sur les canards du papier peint, trop épuisée pour faire un effort.

Comme en ce moment.

Sur le siège des cabinets, les pieds sous elle, le menton sur ses genoux, elle agrippe ses tibias. La sonnerie du téléphone de nouveau, suivie par le cri strident « SADIE ! C'EST POUR TOI ! » En revanche, personne ne vient frapper à la porte. Elle compte.

1, 2, 3, 4, 5, 6, 7, 8.

Un jeu auquel Sadie joue, avec ou contre elle. Le but : au bout de combien de secondes remarqueront-ils son absence ? Elle l'avait inventé dans la première maison de Brookline, avec ses petits escaliers biscornus et ses trappes secrètes. Elle se cachait dans la chambre contiguë à celle de ses parents (quand ils existaient en tant que tels, au pluriel) et les entendait tous parler dans la cuisine, au-dessous, leurs voix un grondement, un bourdonnement à travers le parquet : son père, son frère qui venait de muer, les intonations assourdies des jumeaux en classe de quatrième, et sa mère toujours en train de rire, un rire en cascade, un crépitement semblable à un sanglot, un rire plein de larmes.

1, 2, 3, 4, 5, 6, 7, 8.

Lequel s'apercevrait que Sadie n'était pas là ? Olu à l'ordinaire, une basse lointaine : « Où est Sadie ? », s'élevait et traversait les lattes du parquet, un éclat, mais elle espérait toujours que sa sœur remarquerait son absence et monterait la chercher. Taiwo ne venait jamais.

9, 10, 11, 12, 13, 14, 15, 16.

Dans la salle de bains qu'elle partage avec sa

camarade de chambre, elle attend que Philae remarque son absence.

Philae. « Comme une sœur » pour Sadie. D'une telle maigreur ! Le soleil de sa vie et sa bête noire. Philae Frick Negroponte, l'ancienne chouchoute de Milton, une deuxième année transférée de l'établissement Spence de New York, désormais la chouchoute de Yale, dont le père est un magnat grec et la mère une Américaine aussi célèbre que Henry Clay[1]. Philae, dont Sadie adore le sourire, les yeux gris, les cheveux blonds, le teint mat comme s'ils étaient les siens ; Philae, qui avait déboulé dans la salle de classe un jour de septembre, ne connaissant personne à Milton, et avait pris place à côté d'elle. Entre toutes. Un miracle.

« Ça t'ennuie si je m'assieds ici ?

— Non, bien sûr que non.

— Merci. »

En pantalon de cuir noir, le premier que Sadie voyait porté. « Tout le monde te regarde ou je suis la seule ? demanda-t-elle.

— Tu es la seule. Et je dirais plutôt que tu me contemples, bouche bée, répondit la fille en riant. Je m'appelle Philae.

— Moi, Sadie. » Elle était sous le charme.

« Philae et Sadie, claironna Philae, un grand sourire aux lèvres. Ça me plaît. Tu me plais. »

Et tout partit de là : films, nuits chez l'une ou chez l'autre, vacances ensemble, colliers de l'amitié avec *MEILLEURES AMIES POUR LA VIE* gravé en arabe (un cadeau rapporté de Dubaï par Philae),

1. (1777-1852). L'une des plus éminentes figures politiques de cette époque.

l'inscription à Yale, où la mère, les oncles, le grand-père, l'arrière-grand-père de Philae et le frère de Sadie avaient fait leurs études. Philae et Sadie, les inséparables, les invincibles, Mlle la Populaire associée à Mlle la Future Lauréate, un pacte conclu au lycée reconduit à New Haven sous les dénominations de Célébrité du Campus et d'Amie de Cœur. La fidèle, l'indispensable, *le vent sous les ailes* [1], etc. Un rôle que Sadie joue comme s'il était fait pour elle : le Nick du Gatsby de Philae, le Charles de son Sebastien [2], le Gene de son Finny [3] : comme n'importe quelle première année qui a autant lu qu'elle, Sadie sait qu'il y a toujours l'Ami, le narrateur.

Il n'empêche que Taiwo a tort de se moquer d'elle, au prétexte qu'elle parle comme Philae — abuse d'expressions telles que *genre, va savoir* ou s'habille comme Philae, en fonction de son allocation mensuelle —, d'affirmer qu'elle, Sadie, nourrit le désir secret d'être blanche. Il ne s'agit pas d'une question de race, même s'il est vrai qu'elle n'a jamais eu beaucoup d'amis afro-américains, ni à Milton ni à Yale, où tout le monde semble la trouver trop banlieusarde, ni d'un secret en tant que tel. Malgré tout le ramdam sur la race, l'africanité authentique (qui, à son avis, mélange identité et goûts musicaux), il semble évident à Sadie qu'ils arborent tous cette patine propre aux

1. Titre d'une chanson interprétée par Bette Midler dans le film *Au fil de la vie* (1988) dont les héroïnes sont deux amies inséparables.

2. Personnages principaux de *Retour à Brideshead* (1945), roman d'Evelyn Waugh, traduit par George Belmont.

3. Personnages principaux d'*Une paix séparée* (1959), roman de John Knowles, traduit par Marie-Anne de Kish.

Blancs ou, plus exactement, aux WASP : qu'ils soient noirs, latins, asiatiques, ce sont des bosseurs de l'Ivy League, ils commencent tous leurs commentaires par un excès de *hum*, et finissent tous par travailler dans des cabinets d'avocats, des hôpitaux, des cabinets conseil ou des banques après avoir étudié l'art. Une hétérogénéité ethnique et une homogénéité culturelle en raison des contacts, de l'osmose, de l'adolescence. Sadie l'accepte sans angoisse comme le prix à payer pour être acceptée. Elle n'a aucune envie d'être blanche.

Elle a envie d'être Philae.

Plutôt de faire partie de sa famille, les Frick Negroponte, des tableaux accrochés au mur de l'escalier de la maison de Cape Cod, la mère Sibby, la sœur Calli, Philae, le père Andreas, de leurs photos sur Internet, Semaine de la mode, galas. Une famille plus grande que nature — en tout cas que la sienne, sa famille disloquée, légère, volatile. La famille de Philae est lourde, solide, enracinée, peut-être grâce à l'argent, une sorte d'ancrage ? La fortune les relie, les incite à investir dans une seule chose solide, ce qui les soude, d'abord Andreas et Sibby, puis les Frick et les Negroponte, une attraction gravitationnelle. Ce n'est pas seulement la pauvreté de sa famille, par contraste, qui pousse Sadie à s'accrocher aux Negroponte, c'est son état d'apesanteur. Les Sai sont cinq personnes dispersées, sans centre de gravité, sans liens. Sous eux, il n'existe rien d'aussi lourd que l'argent, qui les riverait à la même parcelle de terre, un axe vertical ; ils n'ont ni racines, ni grands-parents vivants, ni passé, une ligne horizontale — ils ont flotté, se sont séparés, égarés, une dérive apparente ou intérieure, à peine conscients de la sécession de l'un d'entre eux.

17, 18, 19, 20, 21, 22, 23, 24.

C'est Philae qui a eu l'idée de donner une fête pour son anniversaire. Sadie abhorre les anniversaires — ça la rend toujours malade, la pression accablante d'être joyeuse, d'avoir un joyeux anniversaire ! au point qu'elle ne se souvient pas d'en avoir eu un de sa vie —, sauf que l'insistance de Philae l'a fait céder. À présent, leurs chambres de la résidence universitaire sont bondées de copains saouls. Ils se sont réunis à minuit pour chanter à tue-tête « joyeux anniversaire » et découper un énorme gâteau au chocolat de chez Payard, très décoré, spectaculaire, du Philae tout craché, qui l'a serrée dans ses bras et embrassée sur les lèvres pour le plus grand plaisir des convives. En un sens, Sadie attendait ça depuis six ans (peut-être sans les quatre-vingts spectateurs braillards, des joueurs de lacrosse qui hurlaient de joie « une fille et une fille ! »), mais juste après, lorsque Philae a crié : « Tu as quoi, un an ?! Deux ans ?! Trois ans ?! ». Sadie a eu envie de pleurer.

Elle a jeté un coup d'œil à ses amis (ceux de Philae plus précisément) qui beuglaient : « Tu as dix-sept ans ?! » dans la lumière orangée, tandis que les flammes des bougies vacillaient et se reflétaient dans la vitre de la fenêtre. Elle a regardé dehors. La neige commençait à tomber.

« Tu as dix-huit ans ?!

— Il neige, a-t-elle constaté, trop bas, et les amis ont continué à s'égosiller.

— Tu as dix-neuf ans ?!

— J'ai vingt ans. »

Dans la salle de bains, elle y réfléchit. Vingt ans. Elle n'a pas le sentiment d'avoir vingt ans, plutôt quatre. Alors que les larmes jaillissent de son ventre, on tambourine à la porte. « J'arrive », marmonne-t-elle, posant les pieds par terre.

Et Philae est là, superbe, en état d'ébriété, le visage légèrement rosi, souriante ; elle passe la tête par la porte sans attendre, s'en donne le droit ; elle sent *Flower* de Kenzo et la bière. « Ta sœur n'arrête pas d'appeler.

— Ma sœur ?

— Oui, Taiwo. Elle a appelé, genre, quatre fois le téléphone de la résidence. Tu rates ta fête. Attends, pourquoi est-ce que tu pleures ?

— Je ne sais pas, répond Sadie.

— Tu ne sais pas ? exulte Philae. Ma petite fille est-elle en train de devenir une femme ? Tu es ronde ? » Elle tape dans ses mains, ravie. « Merde, il est temps ! Ose prendre de la drogue, Sadie Sai ! Ose ! » Attrapant Sadie par les épaules, elle la fait virevolter puis l'étreint brusquement, trop fort. « T'aime, S. Ne l'oublie jamais », murmure-t-elle d'une voix pâteuse. Et elle s'en va.

Le téléphone fixe se remet à sonner dans le couloir. Sadie se fraye un chemin à travers la foule des invités et décroche. « Taiwo ?

— Où es-tu ?

— Tu as appelé chez moi.

— Ça fait une éternité que j'essaie de te joindre. Qu'est-ce que c'est ?

— Quoi ?

— La musique.

— Une fête pour la fin des examens. » Elle ne rappelle pas à sa sœur que c'est le jour de son anniversaire.

« … Mauvaise nouvelle. »

Taiwo poursuit, mais Sadie ne comprend rien.

« C'est difficile de t'entendre. Appelle-moi sur mon portable, je vais dans ma chambre. » Elle croit capter « bien sûr », se rend dans sa chambre, n'allume pas la lumière. Plus tard, elle fera le compte à rebours des heures, jusqu'à minuit, le début de la chute de neige à New Haven, le baiser, les lèvres de Philae sur les siennes, les larmes dans son ventre : cinq heures avant le lever de soleil au Ghana. L'a-t-elle sentie ? La mort de son père, de l'homme qu'elle n'a presque pas connu, disparu avant son entrée à l'école primaire, un étranger ? Comment l'aurait-elle pu ? Qu'aurait-elle pu prétendre avoir perdu ?

Un souvenir.

Celui des autres.

L'homme de l'unique photo, floue, de son père et d'elle, dont les teintes délavées, jaune, marron, orange, sont celles que les photos des années quatre-vingt semblent avoir : lui assis dans un rocking-chair de la pouponnière de l'hôpital tel que l'infirmière l'avait vu du seuil de la pièce ; elle, emmaillotée, un nourrisson, la main sur le doigt d'un homme à la barbe naissante, vêtu d'un pyjama de bloc. L'Homme de l'Histoire. Qui ne ressemble que de loin à celui de ses souvenirs, le dos droit, méticuleux, toujours sur le départ, rasé de près et impeccable le matin, sortant en coup de vent par la porte d'entrée dans sa blouse blanche repassée. Mais à celui qu'elle imagine quand elle pense à son père, un bel homme, frêle, au teint aussi sombre qu'Olu et aux yeux semblables aux siens, petits et bridés, une forme vaguement asiatique, doux comme ceux d'une vache (non les yeux dont elle rêvait, ceux des jumeaux, d'une couleur noisette exotique, mais d'un marron foncé velouté), pas vraiment grand, sans doute un mètre soixante-quinze, la taille de Folá, d'une carrure toutefois imposante, celle d'un héros, âgé de trente-huit ans.

L'Homme de l'Histoire.

Le courage avec lequel il l'avait sauvée.

Un souvenir de Folá, d'Olu, pas le sien — pourtant elle pleure, à minuit, dévastée par sa tristesse, une souffrance sans cause jusqu'à ce que Taiwo rappelle. « Notre père est mort. » En apprenant la nouvelle, en revanche, elle ne ressent rien. À peine une surprise. Elle regarde par la fenêtre la cour de Davenport, et des vers appris auparavant lui reviennent en mémoire. *À qui sont ces bois, je dois le savoir. Il a sa maison au village.* « "Et si je m'arrête, il ne peut me voir[1]" », murmure-t-elle. Alors que Taiwo, qui ne l'a pas entendue, enchaîne : « Je sais que tu l'as peu connu… », les pensées de Sadie s'attardent sur un sujet infime, le plus ancien, le plus trivial : sa sœur ne l'aime pas.

Ne l'a jamais aimée.

Et ce depuis l'été où les jumeaux étaient revenus de Lagos. Sadie avait presque six ans, eux quatorze. Olu était parti à l'université l'année précédente, laissant Folá avec les jumeaux et elle dans cette maison. « Une maisonnette sur la grand-route », ainsi que l'appelait Kehinde. La façade arrière donnant sur Star Market. De plain-pied, sans jardin. Sadie devait partager une chambre avec Taiwo, qui s'éclipsait presque tous les soirs dans celle des garçons (de Kehinde où il y avait un

1. Poème de Robert Frost, *Halte par les bois une après-midi de neige*, traduit par Jean Prévost.

matelas pneumatique pour Olu), et ne lui adressait pratiquement pas la parole, pas plus qu'à quiconque d'ailleurs. Kehinde passait le plus clair de son temps dans sa chambre avec son Walkman, à peindre sur de vieilles toiles, Folá dans sa boutique où elle travaillait tard, Sadie chez des copines après la classe — mais elle ne savait jamais exactement à quoi Taiwo consacrait ses journées, ses week-ends, et avec qui. Elle n'avait pas de petit ami, du moins elle n'en parlait pas, et ses rares copines semblaient l'ennuyer. Prodigieusement douée pour le piano, elle ne jouait presque jamais et abandonna à seize ans. Le jour où Folá trouva de l'herbe dans la salle de bains, Taiwo, sur la défensive, fit des aveux dramatiques. Dans la foulée, cependant, cachée dans sa chambre avec la fenêtre entrouverte sur le perron, Sadie entendit son frère : « Merci, je suis désolé », et Taiwo s'énerver : « Arrête de t'excuser. » Sadie les observa, la lueur du réverbère leur cuivrait le dos. « De toute façon, elle n'aurait pas cru que c'était à toi », conclut Taiwo.

Donc, elle ne se défonçait pas.

Que faisait Taiwo ? Elle accumulait les très bonnes notes, grandissait, attirait l'attention, se mettait en colère, se disputait avec leur mère, s'en prenait à Sadie ou refusait de parler des jours durant. Kehinde lui assure que leur sœur ne la déteste pas, que Taiwo est « comme ça » avec tout le monde, mais Kehinde, le conciliateur, ne peut rien dire d'autre, si bien que Sadie croit Olu : « Elle t'en veut d'être restée ici, lui explique-t-il de but en blanc. Eux, on les a expédiés au Nigeria. » Peut-être. Ou alors, à l'instar d'Olu et de Kehinde, qui ne sont pas vraiment intimes, elles sont trop différentes : des sœurs à l'opposé l'une de l'autre, l'une obéissante, sage, aimable bien que quelconque. *Le vent sous les ailes*. L'autre, l'oiseau.

Un oiseau qui s'égosille : « Tu m'écoutes ?

— Oui.

— Exprime-toi alors. J'ai cru que tu avais raccroché.

— Non, je suis là. Simplement... quand j'écoute, je me tais.

— Je sais que c'est dur...

— Ce n'est pas dur, c'est surprenant. Je t'écoute. Tu disais ?

— Si cela avait été le cas, je n'aurais pas à répéter. Bon, on doit aller chercher nos visas au consulat à dix heures, il faut donc que tu prennes un train le plus tôt possible... »

Se souvenant tout à coup de la carte de Kehinde, Sadie l'interrompt : « Tu as parlé à Kehinde ?

— Qu... oi ? Pas encore. » La voix de Taiwo se casse. « Tu m'as entendue ? Tu dois venir en ville.

— Je... je ne peux pas. J'ai un mémoire à rendre.

— Qu'est-ce que tu racontes ?

— Je dois le présenter personnellement.

— Pourquoi ?

— Il faut que j'aie un accusé de réception. Pour montrer, genre, la date.

— Notre père est mort.

— Ça compte pour moitié dans la note. » (Un point sensible chez sa sœur.)

« Tu te fiches de moi ? »

Et Taiwo d'entonner, de sa voix rauque, le sermon de rigueur sur la valeur des conventions tandis que Sadie, muette, fouille frénétiquement dans la poubelle où elle finit par trouver l'enveloppe

FedEx de la carte. Taiwo s'interrompt puis l'apostrophe : « Encore ce silence. »

Sadie approche le combiné de ses lèvres : « Non, je suis toujours là. Tu as raison, je viens d'avoir une idée. Je peux la déposer chez elle.

— Chez qui ?

— Mon professeur.

— D'accord, où ça ?

— À New York.

— D'accord. Où, à New York ?

— Quelque part à Brooklyn, je crois. » (Une adresse à Greenpoint est griffonnée sur l'enveloppe.)

« Très bien, Sadie. » Taiwo soupire. « Viens, je t'emmènerai à Brooklyn. À quelle heure peux-tu être là demain matin ?

— Je vais prendre Metro-North. Si je pars vers sept heures, je devrais arriver vers neuf heures. »

Elles échangent quelques plaisanteries.

Sadie raccroche.

Assise dans le noir, elle répète : « Notre père est mort. » Ce n'est pas une grande surprise. Des cris perçants, des éclats de rire dans l'entrée, un chœur *Under the bridge down-tooooown* [1] ! La neige. « Ton père est mort », dit-elle, guettant (désirant) la tristesse. Toujours rien. Elle ferme les yeux. Elle veut éprouver quelque chose, avoir une réaction normale indiquant qu'elle est émue par la disparition d'un être, même s'il s'agit de son père parti depuis si longtemps que son absence avait remplacé son existence. Les paupières closes, Sadie se le représente, figure centrale de la photo, à l'instant où il

1. Chanson du groupe Red Hot Chili Peppers.

vient de lui sauver la vie mais elle ne sent que la distance, l'absence accumulée comme de la neige entre cette époque-là et maintenant. « Votre père est parti », la phrase s'insinue à moins qu'elle ne l'entende, un souvenir qui revient rarement d'un après-midi d'hiver, alors qu'elle était au jardin d'enfants, de sa mère dans la cuisine, le regard éteint, la voix monocorde.

« Votre père est parti », avait annoncé Folá, avec douceur. Ce devait être un week-end ; Olu était là. Ils étaient attablés devant le petit déjeuner, tous les quatre, Folá hachait des oignons sur le plan de travail. Il neigeait. Personne ne posa la moindre question, du moins aucune ne lui était restée en mémoire ; elle admirait les couleurs de son lait où nageaient des céréales Lucky Charms. Elle dévisagea ses frères et sa sœur, le masque sévère d'Olu, les quatre étincelles ambrées. Taiwo se leva de table sans desserrer les dents. Folá hocha la tête. Kehinde imita sa jumelle et la poursuivit en criant : « Taiwo ! » Olu s'approcha de leur mère et l'étreignit. « Je t'aime », dit Folá, et Olu : « Je sais. » Il embrassa Sadie sur le front avant de sortir de la cuisine. Folá regarda Sadie : « Nous sommes toutes les deux à présent. »

La tristesse, enfin, une vague surgie du silence. Elle ouvre les yeux et le chagrin déferle, non celui qu'elle appelait de ses vœux pour la mort de son père, la nostalgie de Folá. Sa mère lui manque. Un sentiment élémentaire, une nostalgie vibrante qu'elle n'identifie qu'au bout de quelques minutes, et d'autres minutes s'écoulent avant qu'elle ne reprenne son souffle et se renverse en arrière, en pleurs, fatiguée, sur son vieux jeté kente. (Celui de Folá plutôt — usé jusqu'à la trame, délavé, le noir ayant viré au gris, le rouge au rose — un fétiche malgré tout pour Sadie, qui l'avait exhumé du sous-sol de la maison de Brookline pour se déguiser avec les affaires de Folá. Aux anges, elle s'était enveloppée dans le kente et avait défilé dans la cuisine : « Je suis une reine yoruba ! » En la voyant, Folá avait expiré comme si elle avait reçu un coup de poing dans le ventre. Les yeux embués, elle avait murmuré : « Tu es une princesse, une petite princesse », et l'avait serrée dans ses bras, sans rien ajouter. Elle n'évoque jamais son passé.) Sadie se laisse aller en arrière, les genoux sur la poitrine, et les larmes coulent jusqu'à ses oreilles, de chaque côté, s'écrasent sur l'oreiller. Elle pense à :

Folá des années plus tard.

Cet air d'avoir reçu un coup de poing.

Il aurait mieux valu se taire.

Une autre maison, une autre cuisine, deux mois auparavant (à peine, sept semaines, on dirait pourtant deux ans). Elle était venue passer le week-end. Halloween, la sculpture de citrouilles, la dernière invention de Folá, un succès au magasin : des citrouilles évidées remplies de fleurs, chrysanthèmes vivaces couleur abricot, roses d'Inde, rudbeckias jaune d'or, bruyères, rameaux d'airelles, qui faisaient fureur parmi les femmes au foyer de Chester Hill cette saison-là, depuis la parution d'un dossier dans le supplément du dimanche du *Boston's Globe*. Des citrouilles miniatures en guise de pots. Du Folá tout craché : quelque chose à partir de rien, en tirer le meilleur parti possible, une ode à Halloween, son rite préféré : esprits en costume et cadeaux. « Cela ressemble à une cérémonie fétiche yoruba avec des bonbons », assurait-elle, enthousiaste. Tous les ans, elle leur cousait un déguisement, qui représentait chaque fois un *orisha*, une divinité yoruba, plaisantant à moitié comme à son habitude, puisqu'elle ne prenait rien au sérieux. Hormis la beauté. Et parfois elle, Sadie.

Le bébé. « Bébé Sadie », l'appelle Folá (l'appelait), la plus semblable à leur mère, la plus proche en un sens puisqu'elle était restée dix ans à la maison sans la fratrie, fille unique et mère célibataire, MEILLEURES AMIES POUR LA VIE : elles se parlaient au moins une fois par jour au téléphone, passaient deux week-ends par mois ensemble, à préparer des petits plats et des tourtes aux fruits, à dénouer les tresses de Sadie, à regarder des films sur les catastrophes naturelles, à courir les boutiques de vente au rabais de la ville. D'après Taiwo, Folá traite Sadie comme si c'était sa favorite (à quoi Folá riposte : « C'est ma seconde préférée, tu es ma première fille préférée »), mais Sadie considère plutôt que Taiwo ne pige pas leur mère alors qu'elle, Sadie, la comprend et l'accepte telle qu'elle est. Le mode de pensée de Folá, sa drôle de façon d'agir, ses réponses vagues et neutres, son rire distrait, son indifférence apparente et son silence impénétrable — autant d'aspects que Sadie trouve apaisants, réconfortants. Sans compter que Philae se dit jalouse du côté tellement relax de la mère de Sadie, ce qui gonfle celle-ci d'orgueil. Sa mère est la seule chose qu'elle a (croit-elle) et que Philae n'a pas. Sa ravissante mère, loyale, indispensable, gardienne des secrets, insondable, flegmatique.

Malgré tout, tandis qu'elles éventraient des citrouilles dans la cuisine à peine deux mois auparavant — l'après-midi basculait sans hâte dans le crépuscule, les feuilles du jardin composaient un superbe spectacle et l'étrange silence se matérialisait entre elles, autour d'elles, aussi dense que la lumière —, Sadie en voulut tout à coup à sa mère de son silence impénétrable. L'estomac noué, elle posa le couteau. « Alors, maman…

— Mmm ? » marmonna Folá, l'air absent, sans lever les yeux, les mains couvertes des graines mouillées.

Le début du thème de la chanson *All Things Considered* donnait une texture au silence.

Sadie se tourna pour contempler les feuilles au coucher du soleil, le spectacle grandiose de la Nouvelle-Angleterre, un jardin modeste cerné par d'autres aussi petits de ces maisons de ville transformées en appartements (le troisième et dernier logement où Folá avait déménagé lors de l'entrée de Sadie à Yale ; en l'espace d'une semaine, elle avait mis leurs chambres dans des caisses et les caisses au garde-meuble), une vue toujours inédite après trois ans de week-ends, puis lança un regard à sa mère, tentant de rassembler ses idées. Qu'est-ce qui, se demanda-t-elle, dans cet incendie de jaunes, terre de Sienne et rouges, une véritable carte postale d'un Coolidge Corner idyllique, *l'été indien dure longtemps cette année, comme j'aimerais que tu sois là !* lui faisait éprouver un tel sentiment de solitude. Pourquoi cette impression que la vie que Folá et elle menaient était une imposture ? qu'elles n'avaient pas de place dans ce tableau, cette carte postale ? qu'elles étaient des simulatrices ? Elle ne savait toujours pas. « Je suis au courant de ce que tu as écrit au sujet des vacances de Noël, mais je suis restée à Boston l'an dernier, cette année je vais à Saint-Barth.

— Je le sais bien, ma chérie, dit Folá, sans la regarder. Tu te rattraperas l'année prochaine. »

Sadie hésita. *Et puis quoi encore ?* Elle passait un Noël sur deux à Saint-Barth avec les Negroponte ; elle partait le 23 de JFK avec Philae et revenait le 30 pour fêter le Nouvel An à Boston avec Folá, l'unique tradition familiale. Un dîner de réveillon chez Uno's, une pizza spinoccoli et le port pour le décompte, sans les jumeaux, ni Olu qui restait avec Ling, rien que toutes les deux, bras dessus, bras dessous. Voilà que pour une raison quelconque, sa mère voulait que Sadie soit à Boston deux ans d'affilée et que tous soient là, Olu, Taiwo et Kehinde, au moins le jour de Noël. Avec une démonstration d'émotion très inhabituelle chez elle et un recours aux moyens de communication électroniques encore plus inhabituel, elle avait envoyé un message de trois phrases la semaine précédente, un e-mail groupé : *Mes chéris, j'aimerais que nous soyons tous réunis pour Noël. Répondez-moi. Je vous embrasse, votre mère*. Une bizarre dénomination, elle ne se désigne jamais ainsi. Contrairement à Sibby : écarlate, celle-ci sanglotait et bouillait de rage au pied de l'escalier, brandissant les poings : « Je suis ta mère, jeune demoiselle ! criait-elle, détachant les syllabes. Tu dois m'obéir ! » Folá, elle, ne pleure pas, ne fulmine pas. Elle ne hausse jamais le ton contre eux. Si l'un d'eux s'adresse à elle en criant, elle se contente de pencher la tête et d'attendre. Il ne s'agit pas vraiment de patience, ni de rejet, c'est entre les deux, un intérêt envers l'état critique de celui qui hurle, une empathie distanciée.

« La question n'est pas là », finit par lâcher Sadie. Folá leva les yeux, elle baissa les siens. Le plan de travail se dressait entre elles (ainsi que d'autres choses plus dures). « Je veux passer Noël avec une famille.

— Tu en as une, fit observer Folá en souriant.

— On n'est pas une famille », marmonna Sadie. Très vite, très doucement.

Le visage de sa mère, comme si elle avait reçu un coup de poing.

« Qu'est-ce que tu racontes ? enchaîna Folá, dont le sourire se crispait. Vous êtes tous issus de moi, je te le garantis.

— Ce n'est pas ce que j'ai voulu dire.

— Qu'est-ce que tu as voulu dire, bébé ? »

Sur quoi, Sadie : « MERDE, JE NE SUIS PLUS TON BÉBÉ ! »

Sous l'effet du choc, Folá laissa tomber sa cuillère. Sous l'effet du choc, Sadie fondit en larmes. Elle qui n'avait jamais rembarré ni injurié Folá ne parvenait plus à s'arrêter. « Mon bébé ! Bébé Sadie ! Bébé, bébé… bordel, à dix-neuf ans ? Je ne suis pas ton bébé ! Je ne suis pas une gamine ! Ni ton substitut de mari ! Maman, ça fait, quoi, quinze ans que tu as quitté papa ou qu'il t'a quittée ? Tu ne crois pas que tu devrais sortir avec un mec, avoir une vie à toi ? J'ai dix-neuf ans, presque vingt. J'en ai marre d'être obligée d'être ici avec toi. Le week-end. À Noël. Au téléphone. Je veux vivre ma vie ! »

Folá pencha la tête de côté, les sourcils froncés, les lèvres incurvées vers le bas. Elle ne proféra cependant pas un mot. Elle eut un rire semblable à un sanglot et sortit de la cuisine.

Sadie attendit un moment de trop avant de suivre le bruit de pas sur le parquet, devant la chambre des enfants (une seule), jusqu'à la chambre principale du fond. Elle arriva trop tard. La porte de la salle de bains se refermait. Le déclic d'un petit loquet. Elle frappa.

« Vas-y, dit Folá. Va vivre ta vie. »

Elle frappa de nouveau. « Maman, je t'en prie. Excuse-moi. »

Folá garda le silence et n'ouvrit pas. Sadie s'assit devant la porte de la salle de bains de sa mère, cette chambre de secrets, et resta là une heure, peut-être davantage, tandis que le soleil se couchait, un ruissellement orange, et que la pénombre envahissait la chambre puis se teintait de gris clair au clair de lune. Enfin, elle se leva, frappa une dernière fois : « Je m'en vais. » Elle attendit que Folá sorte. En vain. « Je t'aime. » Aucune réponse. L'estomac noué, elle se rendit dans la chambre, après avoir vomi un déjeuner tardif dans les toilettes. Retourna dans la cuisine, la scène de crime, nettoya tout, appela un taxi et fit son sac ; elle alla à la gare, prit un train qui la ramena à l'université. Le sens de sa diatribe continuait à lui échapper.

Folá ne téléphona pas ce soir-là. Et ne lui avait pas téléphoné depuis. Quelques jours plus tard, Olu appela pour lui annoncer le départ de leur mère. « Quel départ ? De quoi parles-tu ?

— Elle part au Ghana.

— Quand ?

— Vendredi prochain.

— Quoi ?

— C'est tout ce qu'elle a dit. Et que vous ne vous êtes toujours pas parlé. Tu devrais l'appeler.

— Je sais. »

Mais elle ne le fait pas.

Elle voudrait dire à Folá qu'elle l'aime, lui demander pardon, lui assurer qu'elle n'a pas eu une seconde l'intention de lui sortir ces horreurs et que, malgré l'impression que Folá peut avoir dans cet appartement de Coolidge Corner, quoi qu'elle pense, elle n'est pas seule. Mais Sadie en est incapable : sur les quatre choses, deux sont fausses, en outre elle n'a pas le nouveau numéro de sa mère.

Ta mère est partie, se répète-t-elle, pelotonnée tout habillée sur le jeté qui évoque le passé, l'époque très brève où ils habitaient une maison avec l'Homme de l'Histoire, où sa famille était au complet, et elle pleure doucement pour tout ce qui est vrai, la mort de cet homme, le manque de sa mère, l'insoutenable légèreté des choses, son errance, la solitude de chacun d'eux, leur séparation, leur volatilité. Ce qu'elle n'a pu expliquer à Folá, c'est la raison de son aversion pour Noël et de son envie de disparaître à Saint-Barth cette semaine-là : afin de ne pas sentir l'éloignement, le gouffre insupportable entre ce qu'ils sont devenus et ce qu'une Famille devrait être. Au moins à Saint-Barth, avec les Negroponte bronzés, l'iconographie, les pubs à la télé, les vitrines et les chants de Noël, les surenchères sur cette période censée être la plus merveilleuse de l'année lui sont épargnées. Au moins, à Saint-Barth, elle peut observer de l'extérieur les disputes et les rires, la famille en scène, une vraie famille qui ne fait pas semblant d'être heureuse parce que c'est Noël mais qui est heureuse d'être à Saint-Barth. La plage, le soleil et les bateaux révèlent la facticité, la vérité au grand jour : tout est leurre, les marrons grillés, les cloches des traîneaux, sa crainte la plus profonde réalisée : elle n'est pas à sa place. Sauf que là c'est normal.

Elle n'a pu expliquer à Folá à quel point c'est

moins douloureux de ne pas être à sa place dans une famille qui n'est pas la sienne que de se trouver à Boston, en tête à tête avec elle, à énumérer en souriant les raisons pour lesquelles personne ne vient. Même s'ils le font — Ling, Olu, Taiwo, et Kehinde de Londres —, ce ne sera pas pareil. Folá croit possible de changer les choses, mais Sadie n'est pas dupe, elle est convaincue qu'ils ne feront, ils ne sont capables de rien d'autre, que mentir. Et elle n'a pas envie de crâner à table dans l'appartement où Folá a emménagé en un week-end sur un coup de tête, tandis que son frère, les jumeaux et sa mère tricheront en riant sur ce qu'ils éprouvent, chacun emmuré dans sa solitude, ou mangeront un délicieux plat nigérian préparé par Folá, hors contexte, vu le sapin et la neige, ou un plat de Noël traditionnel encore davantage hors contexte et loin d'être délicieux car acheté au Boston Market. À cette idée, elle sanglote. La réunion du groupe de cinq, des personnes dispersées (moins une), en train d'avaler des haricots blancs de Boston. À force de pleurer, elle sombre dans le sommeil et dort des heures sans que personne ne vienne la chercher, la déranger.

On tapote à sa porte : « Sadie ? »

Endormie tout habillée sur le jeté kente, elle ouvre les yeux dans la chambre de la résidence plongée dans un gris phosphorescent et regarde par la fenêtre : un manteau de neige. L'aurore aux doigts de rose, le silence absolu du finale grandiose de la tempête, le monde entier baigné de blanc. Elle vérifie l'heure sur son iPhone. Sept heures du matin. Elle se frotte les yeux, gonflés par les larmes et irrités. Et pense que c'était un rêve — le coup de téléphone, le baiser — lorsqu'on donne des coups légers à la porte, qui s'entrebâille.

La voilà. Superbe, dans une tenue inadéquate, Taiwo, le visage brun empourpré par le froid, passe la tête par la porte, ses dreadlocks mouchetées de neige, vêtue d'un manteau en fourrure blanche qui dégage une puissante odeur d'eau de Cologne. « Tu es là, dit-elle, hors d'haleine. Dieu merci, tu n'es pas encore partie. » Et elle ajoute qu'elle avait eu tort, s'était précipitée à Grand Central dès la fin de leur coup de téléphone, avait sauté dans un train pour New Haven, avait compris son erreur : ce n'était pas vrai qu'il n'y avait rien, personne, nulle part où aller, il y avait Sadie qui venait d'avoir vingt ans, Bébé Sadie, à la fac… une logorrhée à laquelle Sadie, abasourdie, ne comprend rien, tandis que deux mots clignotent sans arrêt dans sa tête. De sorte que lorsqu'elle se souviendra de ce moment des années plus tard — sa sœur au seuil de sa chambre à Yale, couverte de neige, en talons hauts, qui ferme la porte, se tait, s'approche et s'allonge à côté d'elle sur le lit jumeau, l'entoure de bras semblables à des ailes de fourrure blanche qui, étrangement, dégagent une odeur de père — un inconnu pour Sadie — elle n'entendra que sa voix dans sa tête *elle est venue, elle est venue, elle est venue, elle est venue*.

5

Pendant le trajet, Sadie pose sa tête sur l'épaule de Taiwo, qui appuie la sienne contre la vitre, et elles font toutes les deux semblant de dormir. Une fois à la gare, Taiwo se demande si Sadie ne devrait pas prendre contact avec son professeur, déposer son mémoire maintenant. À Grand Central, elles sont près de Brooklyn, explique-t-elle ; elles n'ont qu'à y aller en taxi puis se rendre au centre-ville en métro. Sadie dit que c'est, genre, gênant de passer voir un professeur, qu'elle le laissera dans sa boîte aux lettres avec un petit mot. Elle sort une enveloppe en papier marron sur le dos de laquelle figure l'adresse en écriture cursive : *79 Huron Street, Brooklyn*. Un chauffeur russe bourru accepte en maugréant de les emmener, à condition d'être réglé en liquide ; en traversant Queensboro Bridge, il s'interroge sur ce qu'on pouvait chercher, à part peut-être des kielbasa, à Greenpoint un dimanche à dix heures du matin. Par la fenêtre, Taiwo observe les enseignes en polonais, les barrières blanches, les briques : elle n'a jamais mis les pieds dans ce quartier. Quand ils s'arrêtent devant le bâtiment, elle fronce les sourcils. Le chauffeur, tout aussi dubitatif : « 79. On y est. » Le numéro 79 de Huron Street ressemble plutôt à un hangar, à un petit entrepôt en brique ou à un garage qu'à une habitation, avec son immense quadrillage de fenêtres à châssis métalliques, trop hautes pour voir à travers, et sa porte rouillée. Taiwo demande à Sadie si elle est sûre de l'adresse ; quel genre de professeur habite un garage pour deux voitures ? Un professeur qui enseigne la théorie féministe à Yale, répond Sadie, en train d'ouvrir la portière de son côté. Soucieuse depuis peu de protéger sa sœur, Taiwo lance au chauffeur : « Laissez tourner le compteur », et sort à son tour. Soudain perturbée, Sadie tend l'enveloppe à Taiwo, qui, soudain courageuse, lui dit : « Attends dans le taxi. » Elle avance clopin-clopant, glisse sur les tas de neige camouflant le trottoir, arrive devant la porte du bizarre hangar et, tandis qu'elle cherche une boîte aux lettres ou une fente, l'aperçoit.

Le nom près de la sonnette.

6

Kehinde écoute la *Danse macabre* de Saint-Saëns, le sifflement d'une bouilloire et le ronronnement permanent du radiateur. Même s'il se souviendra d'avoir entendu d'autres bruits et d'être allé en repérage, il sent (n'entend pas) une présence derrière la porte. Un tiraillement dans sa poitrine, à gauche. Laissant tomber sa peinture, la bouilloire, le radiateur, il s'engage calmement dans le couloir menant au vestibule. Ce n'est pas le facteur, on est dimanche, alors qui ? Personne, hormis son assistante qui vit à Londres et son marchand d'art à Berne, ne sait qu'il habite Brooklyn. (Tous les autres semblent persuadés qu'il s'est terré au Mali ou qu'il est mort, à en juger par les résultats de ses ventes aux enchères.) Il tient un pinceau d'où le bleu dégouline, un mélange d'outre-mer lumineux et de blanc, caractéristique des céramiques de Fès. Il porte sa tenue de travail : un pantalon de jogging taché, un tee-shirt de l'université de New York, des babouches marocaines. Il se dit qu'il aurait dû éteindre la bouilloire ou poser le pinceau avant de sortir, qu'il faut plus de blanc dans le bleu, qu'il fait froid dans le couloir, autant de pensées éparses gravitant autour de celle qui ne le quitte pas — elle —, et ouvre la porte sans regarder, aussi entend-il (ne voit-il pas) sa sœur.

« C'est toi ? »

Elle se tient sur le seuil, un taxi derrière elle, la portière du passager s'ouvre, et Sadie sort. Les yeux de Taiwo, qui sont ses yeux, se remplissent de larmes, comme les siens. Elle lui touche la joue, le maxillaire, le menton, la barbe clairsemée qu'il garde depuis l'été (une nouveauté, la seule chose de visible qui distingue son visage mince de celui de Taiwo, la seule et l'unique à s'être immiscée entre eux au cours des mois où ils ne se sont pas parlé), elle l'effleure du bout des doigts, une pianiste, une aveugle qui découvre cette nouvelle différence entre eux, cette nouvelle distance entre eux, les yeux grands ouverts tandis qu'elle l'effleure, comme si appuyer risquait de le faire disparaître, de dissiper l'illusion qu'ils se sont retrouvés après les paroles et le silence qui s'étaient interposés entre eux, et que les poils sont les seuls vestiges de cette distance — puis les doigts de Taiwo se mettent à trembler, de froid pourrait-il croire, n'était leur chaleur brûlante.

La honte.

Celle de Taiwo. D'une origine inconnue, à présent familière, palpable. La honte de Taiwo qu'il éprouve comme si c'était la sienne, qui ne l'est pas bien qu'elle provienne du même endroit et de la même année, comme eux, des hontes distinctes lorsqu'ils prennent conscience de la même chose. *Nous ne devrions pas nous toucher*. Elle le pense, il le sent ; elle laisse tomber sa main, il baisse les yeux et dit : « Oui », puis « c'est moi », à ses doigts éclaboussés de peinture, et elle, incrédule : « Tu vis ici ? »

En effet : au-dessus de l'atelier, un lieu de travail sur deux étages aux murs de brique massifs, pourvu de lucarnes, où neuf portraits à moitié terminés sont appuyés sur celui du fond. Il espère qu'elles ne les verront pas de leurs chaises près de la porte d'origine, peinte en bleue, une énorme porte de garage qu'il a gardée lorsque, l'année précédente, il a acheté le bâtiment au vieux Yougoslave du coin de la rue, qui réparait des voitures avant de tomber malade. Un petit vestibule faisant office de salle de réception pour peu que des invités se présentent, au sol recouvert d'un tapis, meublé d'une table en planches et de trois chaises Frank Lloyd Wright, cadeau d'un admirateur, un critique à présent défunt, en échange d'un portrait. Rien d'autre. À part les toiles et l'œuvre en cours étalée sur le ciment, d'une longueur d'environ deux mètres, un tissu teint, une innovation par rapport aux portraits réalisés avec des perles qu'il faisait depuis son départ à l'étranger.

En haut de l'escalier, surplombant l'atelier, une mezzanine où se trouvent un lit, une cuisine, une salle de bains, la même configuration qu'un duplex avec deux cloisons en brique blanche et une fenêtre du sol au plafond s'ouvrant sur une terrasse. Sa pièce à vivre depuis plus d'un an, une fois que les médecins avaient décidé qu'il ne courait plus aucun risque, après six mois d'hospitalisation passés à bavarder, à prendre des anxiolytiques, à ressasser les raisons de sa tentative de suicide (une seule), dans une chambre avec vue sur un jardin très humide, très anglais, une submersion aquatique néanmoins apaisante, une gamme de verts et de gris, des infirmières au teint de porcelaine et un service en porcelaine pour les analgésiques et le thé, six mois à peindre ce jardin, cependant que ses cicatrices viraient au taupe et les branches grises au vert, jusqu'à ce jour du mois d'août : « Vous êtes prêt, avait déclaré le docteur Shipman, haussant ses sourcils blancs et broussailleux. À vivre. »

Il s'installa ici. Partit de Londres en août, alors que la chaleur rendait folles les fleurs des jardins publics. Incapable d'affronter la scène du suicide, il demanda à Sangna de déménager son appartement et de tout expédier. Ce qu'elle fit. Sainte Sangna, l'assistante comptable sans laquelle il n'existerait pas dans le monde. Dans sa tête, dans sa peau, bien sûr, il s'en sortait sans elle, un esprit de passage, un rêve fugace — mais le monde extérieur ? le monde des objets ? le monde de l'art ? le monde physique ? Impossible sans Sangna. Fût-ce une journée. Il flotterait comme un ballon rouge, dissocié de son corps et, par le biais de son art, monterait vers les nuages où il éclaterait, sans Sangna, la ficelle qui tournoyait sous lui vers la terre, se déployant dans l'air à la manière d'une tresse dénouée. Sangna, que sa famille avait forcée à quitter l'École de design de Rhode Island et à entrer à l'Institut des sciences économiques et sociales de Londres pour qu'elle s'amende, l'avait approché à un vernissage : « Monsieur Sai, je m'appelle Sangna. J'ai un diplôme de gestion et je sais mélanger des couleurs. » À vingt-six ans, il était novice que ce soit par rapport à l'argent, son étrangeté, la célébrité ou la société ; à trente ans, elle en faisait vingt avec sa longue natte et ses lunettes, maigre et foncée comme lui enfant, enracinée, s'évertuant à l'être, s'exprimant avec un accent anglais. C'était une Gujarati pleine de bon sens : tous les marchands d'art la craignaient, ce qui les faisait rire quand ils dînaient par terre dans l'appartement de Kehinde, de l'*aloo ghobi* accompagné de chapatis faits maison par les tantes de Sangna. Sur la foi du tuyau d'un acheteur, « il y a un hangar à vendre », elle avait pris un avion pour New York, était allée à Greenpoint avec du liquide, avait passé une heure avec Hristo, obtenu une ristourne de milliers de dollars et lui avait acheté une maison. Tôt un matin d'octobre, elle l'avait appelé de Londres, lui annonçant de sa voix ferme : « Je l'ai trouvée. New York », lui donnant une adresse dans Lafayette Street à Soho. Depuis, il s'y rendait tous les soirs, à vingt et une heures tapantes.

Uniquement pour la voir.

Soixante secondes, jamais davantage, parfois moins, debout sur le trottoir, uniquement pour regarder à l'intérieur, pour l'apercevoir un instant, ses dreadlocks teintes en une couleur bronze, leur masse tressautant derrière la fenêtre, uniquement pour la savoir près de lui. Puis il rentrait chez lui. Un miracle que personne ne l'ait remarqué ni harcelé, un Noir à dreadlocks, sans manteau, planté devant une fenêtre, même s'il a toujours eu le don d'être là sans l'être, de se rendre invisible, de ne pas éprouver le besoin d'être connu. C'est ce dont il vit. L'art de ne pas être là. Tandis que Sangna, fidèle au poste, règle les factures de Yale, se rend aux vernissages, refuse les interviews, est aux commandes du ravitailleur à Shoreditch (son loft, celui de Kehinde auparavant), vend des toiles pour des millions grâce aux spéculations de plus en plus fortes sur le fait qu'il s'était vidé de son sang dans son bain, la fin tragique d'un enfant du monde de l'art — une allégorie empreinte d'humour noir sur la nature de cet univers pour lequel rien n'est aussi excitant que la mort d'un jeune artiste.

Mais que répondre à la question de Taiwo — à présent devant lui, la tache sur la vitre devenue chair et os — qui signifie : *tu as passé tout ce temps si près sans m'appeler, alors que tu étais à Brooklyn, de l'autre côté du pont ?* — qu'il ne vit pas ici, ou y vit sans exister, car cela correspond pour lui à souffrir et faire souffrir ; que c'est ce qu'il a voulu et cherché en ciselant des T sur chacun de ses poignets : une issue à la souffrance, pour elle, qui est pleine de vie, qui vit et a toujours vécu pleinement sur terre, dans le monde, profitant du monde, non pas enracinée ni s'évertuant à l'être mais la terre personnifiée, la toile en tant que telle ?

« Tu vis ici ? » demande-t-elle, lançant un coup d'œil derrière lui avant de le regarder.

Il secoue la tête. « … », puis : « entre. »

Plus tard, à l'intérieur, une autre réunion à trois. Ils soufflent sur les feuilles de thé qu'il a fait infuser (et d'autres ingrédients épicés, destinés à apaiser l'angoisse, comme on calme un bébé, chhhhh) — et Sadie, penaude, explique : « Je voulais te téléphoner, mais je n'avais pas de numéro. Je n'avais que ça. » Elle montre la carte qu'il avait faite pour elle, d'un côté un dessin au pastel, marron, violet et orange, une esquisse de son visage, de l'autre son écriture, *joyeux anniversaire, bébé s*. Il la lui avait envoyée, enveloppée de glycine, par FedEx, et avait écrit au dos l'adresse de l'expéditeur. « Du coup, j'ai inventé l'histoire du mémoire, je veux dire, en un sens, parce qu'on devait vraiment en rédiger un à la place de l'examen, et le professeur a dit que si on avait besoin de plus de temps après vendredi, on pouvait le remettre au portier de son immeuble à New York, n'empêche que j'ai menti. »

Elle jette un coup d'œil à Taiwo. « Parce que je pensais que tu ne viendrais pas si je te disais la vérité. » Elle jette un coup d'œil à Kehinde. « Quant à toi, tu te planques, personne ne peut t'appeler... » et elle continue dans la même veine, et Kehinde n'entend pas un traître mot à cause du silence qui enrobe parfois sa langue et ses oreilles. Telle une mère qui bouche les oreilles de son nourrisson lorsqu'un bruit trop strident résonne dans son environnement, ou protège ses yeux du soleil. Deux mains de silence d'une infinie douceur plaquées sur sa bouche et ses oreilles.

« T'es cinglé ? lance Sadie, les sourcils froncés, avant de s'adresser à Taiwo : Qu'est-ce qu'il a ?

— Rien », répond Taiwo, buvant son thé.

Je ne t'en veux pas, dit-il dans sa tête.

« Pourquoi tu ne parles pas ? »

Je ne sais pas, dit-il dans sa tête.

« Il ne sait pas, traduit Taiwo. Continue.

— On n'en est même pas à la mauvaise nouvelle. » Sadie soupire et le regarde d'un air apitoyé.

Elle ressemble à leur père. Les yeux bridés, sertis dans des sillons d'os. Il lui a toujours envié, ainsi qu'à son frère, cette ressemblance aux peuples dont ils sont originaires, Olu, une Folá au teint plus foncé, typiquement yoruba, Sadie, une Kweku au teint plus clair, typiquement ga. Il qualifie ces traits distinctifs d'« intransigeance aborigène », le signe de peuples aux gènes coriaces ou le fruit d'un processus de raffinement et de renforcement au fil de siècles de reproduction massive. Les yeux des Éthiopiens, les pommettes des Indiens d'Amérique, les yeux bleus et les cheveux noirs des Gallois, la peau des Nordiques : ce sont des archives, des archives visuelles de l'histoire d'un Peuple, avec un P majuscule, dans le monde. Kehinde trouve extraordinaire de reconnaître le modelé vaguement carré des lèvres, la noblesse de l'arcade sourcilière et le nez busqué régalien de sa mère et de son frère dans l'ivoire de masques rituels sculptés par des artisans du XVIe, un visage qui ne cesse de réapparaître à travers les siècles, par-delà les océans, au fil des amours et des guerres, telle une matrice de graveur digne d'être réutilisée. Il le leur envie. Son frère, sa sœur et ses parents appartiennent à un Peuple, arborent la marque de l'appartenance.

Ce n'est le cas ni de Taiwo ni de lui. Leurs traits sont des archives, mais pas celles d'un Peuple ou de l'histoire de l'art d'une Population immuable et forte, mais celles de l'histoire bien plus courte, très compliquée, insignifiante de personnes, deux au moins, qui ont fait l'amour un jour. Dans leur enfance, ils avaient décidé qu'ils étaient des extra-terrestres ou qu'on les avait adoptés, malgré la photo amusante de leur mère dans le vestibule. (Folá enceinte jusqu'au cou en compagnie de M. Chalé, tout sourire, et les tomates jumelles roses qu'elle avait fait pousser dans le jardin de cet homme.) Ce ne fut que plus tard, à treize ans, lors de leur arrivée à Lagos, chez l'oncle Femi, qu'ils s'étaient figés, abasourdis, au seuil du salon, en découvrant là, sur un mur, le visage blanc dont ils avaient hérité.

Tante Niké, qui les suivait, les força à avancer, enfonçant ses griffes laquées de rouge rubis dans leur dos. « Qu'est-ce qui se passe ? » demanda-t-elle — éructa-t-elle plutôt : des sons empreints d'hostilité, un air renfrogné, un accent de Lagos à couper au couteau. Elle les bousculait depuis l'aéroport où ils avaient traîné leurs valises, muets de stupeur, ce qu'elle avait pris pour de l'admiration. « Par ici, chérris, et elle les avait poussés dans la Mercedes. Ne touchez pas le cuir avec vos doigts, eh, ils sont poisseux. »

Ce qu'il voyait de Lagos par la vitre ne correspondait pas à ce qu'il avait imaginé, aucune luxuriance tropicale, ni de jaune vif ni de vert. Le gris d'une ville. Un ciel pollué, terne, masqué par des tours. Un Hong Kong crasseux. D'énormes camions, des taxis-motos rouillés et des Mercedes rutilantes encombraient l'autoroute, une surenchère de coups de klaxon, un long cri d'exaspération, la ville entière entonnait le même chant funèbre nasillard. Des yachts et des barges remplissaient le port, de la même couleur que le ciel. Lorsqu'ils passèrent sur le pont, quittant l'île d'Ikeja pour le continent, pour l'île de Lagos, il aperçut un grand panneau : VOICI LAGOS. Non pas *Bienvenue à Lagos* ou *Lagos vous souhaite la bienvenue*, simplement VOICI LAGOS.

« Voici Lagos », éructa Niké.

Il la trouvait grotesque cette tante Niké dont ils n'avaient jamais entendu parler. Le teint artificiellement blanchi d'une couleur grisâtre nuancée de beige, une perruque marron doré aux cheveux lisses tombant sur ses épaules, elle avait les lèvres rouges et les pommettes sanglantes. Mais ses yeux noirs la trahirent — une tristesse stagnante s'y accumulait, des flaques d'un chagrin malsain — quand elle lui effleura la joue : « T'es un beau garçon, s'pas ? » Elle ne lui faisait pas peur, pas à ce moment-là, pas encore.

Ils franchirent le portail de l'immeuble de leur oncle. De l'extérieur, le bâtiment de trois ou quatre étages n'était pas très impressionnant ; ils ne perçurent l'envergure des choses que dans le vestibule, puis dans l'ascenseur. L'immeuble de trois étages appartenait à l'oncle qui les attendait dans le penthouse, leur fut-il précisé tandis qu'ils montaient. La tante les poussa pour qu'ils sortent de l'ascenseur. « Laissez vos bagages, le boy s'en occupera, dit-elle avec la joie irrépressible d'un enfant le matin de Noël. À gauche, eh, il attend. » Un couloir deux fois plus large qu'à l'ordinaire menait à des portes ouvertes d'où s'échappait à plein tube un opéra.

En effet, il attendait. Cet oncle Femi dont ils avaient entendu parler, récemment entré en scène, surgi de nulle part quelques mois auparavant : il avait trouvé la solution au problème du lycée pour les jumeaux, alors que leur père avait joué les filles de l'air et que les frais de scolarité de l'établissement privé étaient trop élevés. Parmi les autres possibilités, il y avait le lycée très chic où leur mère avait pris le risque de se rendre un malencontreux après-midi, se garant au moment précis où un bus de Metco[1] déversait des première année qui se bagarraient, s'injuriaient et se donnaient des coups de poing. Le plus odieux était de demander (supplier, le terme de Folá) que le lycée d'Olu, Milton Academy, examine leur droit à une aide financière, bien qu'ils aient réglé les frais de scolarité des trois années précédentes et que personne ne soit mort, ce qui compliquait les choses. Puis, du jour au lendemain, un oncle du Nigeria était apparu, chez qui

1. Metropolitan Council for Educational Opportunity : organisme chargé de veiller à l'égalité des chances des enfants en matière d'éducation.

ils pourraient habiter afin de fréquenter une école internationale et d'échapper ainsi à l'endoctrinement potentiel d'une « culture pathologiquement criminelle », le temps que leur mère reprenne pied en tant que chef d'une famille monoparentale.

Folá, qui n'avait jamais fait allusion à un frère, à aucun membre de sa famille ou à son passé, les avait installés, Taiwo et lui, dans la cuisine. « Je n'y arrive pas pour l'instant », avait-elle commencé et, s'interrompant, elle avait fermé les yeux, porté la main à sa bouche comme pour coincer sa douleur dans la gorge. Kehinde sentait les larmes de sa mère prêtes à jaillir, une déferlante, mais il n'avait pu que la regarder, pétrifié, incapable de prononcer un mot. Il voulait lui dire : « Il reviendra, maman. Ne t'inquiète pas. » Il voulait lui dire : « Le docteur Yuki l'a flanqué dehors dans son pyjama de bloc. » Sauf qu'il avait fait une promesse à son père dans la Volvo. Aussi garda-t-il le silence.

Folá s'essuya les yeux, inspira : « Excusez-moi.

— Ce n'est pas grave, la rassura Kehinde.

— Tu n'arrives pas à quoi ? enchaîna Taiwo.

— À m'occuper de vous quatre, répondit Folá, les yeux éteints, la voix monocorde. Pour l'instant, du moins. Mon f… frère de Lagos, votre oncle Femi, a proposé.

— Quoi ? s'obstina Taiwo.

— De vous prendre. Pour l'instant.

— Nous prendre où ? lança Taiwo, haussant le ton. À Lagos ? C'est la première fois que tu nous parles d'un frère. Tu nous envoies vivre chez un inconnu. » Elle riait. « Olu nous accompagne, Say aussi, ou juste nous deux ? »

Folá secoua la tête : « Olu est en terminale.

— Et Sadie ?! s'écria Taiwo. C'est ta préférée, n'est-ce pas ? »

Sadie, en pyjama, s'était matérialisée devant la porte de la cuisine presque sans faire de bruit. Kehinde fut le seul à lever les yeux. « Personne n'est venu me chercher, marmonna gentiment Sadie.

— Tout va bien, chuchota Kehinde. Viens ici. Nous sommes tous là.

— Ce n'est pas vrai, dit Taiwo d'une voix tremblante avant de se lever. Il nous a laissés avec elle, et elle nous flanque à la porte. » Elle fixa leur mère, qui regardait par la fenêtre, à la lisère de la Route 9. Kehinde regarda dans la même direction.

« Il l'a emportée, il a emporté la statue, souffla Folá, distraite.

— Il ne t'aurait jamais laissée faire ça ! » fulmina Taiwo, avant de sortir en trombe.

Kehinde se tourna vers Sadie, un sourire chaleureux aux lèvres : « Ne t'inquiète pas. »

Folá jeta un coup d'œil à Kehinde : « Qu'est-ce que je fais ?

— Ne t'inquiète pas, répéta-t-il. Tout va bien, maman. C'était gentil de la part de ton frère. De faire cette proposition, je veux dire. »

Il s'était représenté le frère comme une version masculine de Folá, donc un Olu plus âgé. Un papa Warbucks yoruba. Or, de sa place au seuil du petit salon du troisième étage, les yeux immobiles et les pieds cloués au sol, il distingua un homme mince qui n'était ni costaud ni chauve, vautré sur un lit à eau couvert d'une peau de léopard. L'absurdité du tableau — Femi, qui attendait à la manière d'un shah guettant l'arrivée de dames d'honneur apportant des grappes de raisins mûrs, dans un accoutrement digne du saxophoniste nigérian Fela

Kuti à l'apogée de sa carrière dans les années soixante-dix (ils étaient en 1994), dans cette pièce décorée de palmiers en pots et de peaux de zèbre sur le sol de marbre blanc — passa au-dessus de la tête de Kehinde, à cause du choc produit par le portrait sinistre, accroché au-dessus du manteau de cheminée, dominant le lit.

C'était la première fois qu'il voyait le sujet — une jeune femme d'une beauté à couper le souffle —, et il ne pouvait littéralement pas détacher son regard des yeux de cette femme, les siens et ceux de Taiwo. « Qui... ? Qui est-ce ? » Tremblante, Taiwo tendit instinctivement le bras vers Kehinde. Il lui serra la main et sentit son émoi, sa peur. Elle se rapprocha de lui. Ils continuèrent à fixer le tableau. Ils n'avancèrent pas dans la pièce.

La silhouette bougeait, se redressait sur le lit, se contorsionnait pour examiner le portrait. Un rire haut perché, sans gaieté, sans chaleur, rompit le silence. L'oncle tapa dans ses mains, ravi. « Vous ne savez pas ? » Son accent ressemblait beaucoup à celui de leur mère (anglais avant tout, de légères intonations de l'équateur). Il parlait avec la douceur voire la gentillesse de qui a appris qu'un homme à la voix douce est roi dans un pays de braillards. « Qui est-ce, Niké ? » Il se tourna vers sa femme, laquelle s'agrippait aux épaules des jumeaux comme à un guidon. « Mmm ? » Les yeux de Femi se posèrent sur Kehinde, qui, le sentant, détacha les siens du portrait pour le regarder.

L'oncle l'observait, se levait, souriait, la prunelle durcie, assombrie, d'un noir étincelant, démentant le sourire, produisant un effet hostile, tel celui que fait un homme cherchant à attirer un enfant perdu dans un centre commercial. Debout, il était plus saisissant que séduisant. D'une souplesse féminine, il avait des membres longs, minces et droits, des muscles fuselés, une aisance de danseur. En revanche, son visage n'était pas beau : tout en angles, des paupières tombantes, des yeux marron terne, trop écarquillés et ourlés de rouge, un nez retroussé, une bouche incurvée vers le bas, le problème provenait des proportions, des joues beaucoup trop creuses pour des traits aussi épais. *Presque laid*, pensa Kehinde, un qualificatif qu'il employait aussi parcimonieusement que beau, car il lui inspirait le même respect mêlé d'admiration. La laideur était quelque chose de rare, tant chez les êtres humains que dans la nature ; il ne cessait de le remarquer dans les aéroports, les trains : la plupart des gens étaient agréables à regarder (bien que quelconques), ils avaient des traits réguliers ou presque. Il devait autant chercher pour trouver la laideur, la laideur naturelle, que la beauté naturelle, et c'était même plus compliqué, à peine avait-il trouvé et qualifié quelque chose de laid qu'il y découvrait une sorte de beauté. Il fixait un visage comme s'il s'agissait d'un stéréogramme d'où les images en trois dimensions émergent à partir d'une image en deux, et la beauté surgissait, une altération après laquelle il ne parvenait plus à voir la laideur. Il scruta l'oncle ainsi, s'efforçant de figer l'irrégularité des traits et la pâleur du teint mais, comme à l'ordinaire, l'illusion d'optique survint. Jimmy Baldwin se métamorphosa en Miles Davis.

« Et toi, qu'est-ce que tu mates ? Elle te plaît, ma tenue ? »

Se rendant compte qu'il le dévisageait, Kehinde cligna deux fois des yeux.

« Tu as perdu ta langue ? » Tante Niké lui secoua brutalement l'épaule, mais Femi rigolait. « Eh, laisse-le tranquille. » Il se désintéressa de Kehinde et s'avança vers Taiwo. « Quant à celle-ci, celle-ci, répéta-t-il. C'est elle. » Il s'arrêta devant Taiwo, la prit par le menton, un geste moins agressif que son regard, les doigts presque glacés, sentit Kehinde. Taiwo frissonna. Femi s'esclaffa. « Elle a peur.

— Ne la touchez pas », dit Kehinde.

D'une voix très basse qui surprit tout le monde.

Niké planta ses ongles dans la peau de Kehinde et claqua la langue: « Hé là ! Comment oses-tu t'adresser de la sorte à un aîné ?! *Ki lo de ke…* » Femi l'interrompit de nouveau avec un rire tonitruant.

« Omokehindegbegbon parle ! C'est ton nom. Abrégé en Kehinde. Tu sais ce que ça signifie ? "Le dernier-né devenu l'aîné." » À Niké : « Seigneur, regarde-les. Ils sont parfaits. Elle est parfaite. C'est elle. »

Comme sur un signal, ils dirigèrent tous le regard vers le manteau de cheminée, d'où la femme du portrait les toisait.

Effectivement, c'était Taiwo. Une Taiwo au teint plus clair, dans dix ou quinze ans, les lèvres plus fines, les cheveux plus raides. Femi braqua une télécommande argentée à la manière d'un pistolet vers le visage, murmura « bang ! » et la musique s'arrêta. Kehinde s'attendit presque à ce que la femme, mortellement blessée, se descelle du cadre et s'écroule sur le sol. Ou le souhaita en partie. Alors qu'il la contemplait, l'illusion inverse se produisit : l'éruption de la laideur. Il trouva la femme affreuse, d'une laideur incroyable ; il perçut que son visage serait à l'origine d'atrocités ; il la détesta, son apparence, son teint laiteux, il détesta cette femme, ni africaine ni blanche, qui n'appartenait à aucun Peuple, aucun passé qu'il connaissait, qui trônait sur le mur, pétrifiée par la mort, sculptée dans la glace, l'unique membre de leur famille auquel ils ressemblaient vaguement, cette beauté pâle, haïssable, retranchée dans du cuivre ouvragé.

« Cette femme est votre grand-mère », déclara Femi, prononçant cette femme avec un dégoût marqué. L'épouse de Kayo Savage, mon père, votre grand-père. La mère de Folá, votre mère, leur enfant. » Il désigna la peinture d'un geste et ajouta d'une voix plus douce et plus crispée, un son rauque exhalé entre ses dents : « Elle a toujours été dans la chambre, au-dessus de son lit, l'épiant chaque fois qu'il baisait ma mère, sa pute. Somayina sa femme. Folásadé, sa fille. Babafemi, son bâtard. Olabimbo, sa pute. » Il étira ses bras, rayonnant, les yeux brillants et filetés de sang : « Voilà, vous l'avez. L'arbre généalogique des Savage. »

Niké claqua la langue : « Femi, s'il te plaît...

— Tais-toi, je leur raconte une histoire. Manifestement, ils ne sont au courant de rien. On doit connaître ses origines, tu ne crois pas ? C'est important. Il faut qu'ils sachent tout sur leur famille, la façon dont nous sommes venus au monde. » Il éclata de nouveau d'un rire tonitruant, lança un regard perçant à Taiwo puis à Kehinde. « À présent, vous voilà, mes jumeaux. Savez-vous ce que nous, les Yorubas, nous disons des *ibeji* ? Les jumeaux apportent la chance et la fortune. Et savez-vous ce que signifie mon prénom, Femi ? "Aimez-moi." Je veux que vous m'aimiez, les *ibeji*, vous entendez ? » Il se pencha pour les embrasser avec lenteur sur le front, ses mains et ses lèvres étaient glacées. Il s'adressa à Niké : « Qu'est-ce que tu attends, femme ? Emmène les jumeaux dans leurs chambres. »

Si seulement je ressemblais à mon père, pense Kehinde, tandis que Sadie, apitoyée, fronce les sourcils. Le silence décroît.

Ses oreilles se débouchent en quelque sorte et il s'entend dire :

« J'aime ton visage, Sadie.

— Je te le donne volontiers.

— La carte, elle t'a plu ? » Il rougit, gêné, sûr qu'elle doit le croire fou.

Mais elle pouffe, rougit. « Je l'ai adorée. Vraiment. Je suis… tellement jolie dessus. » Elle gratifia ses mains d'un sourire.

« Je suis désolé. Tu parlais d'une mauvaise nouvelle ? De quoi s'agit-il ? Vous êtes ici, mes deux sœurs. Pour moi, c'est génial. » Il déplace délibérément sa chaise sur la gauche pour être en face de Sadie, comme on le fait pour signifier : *maintenant, je suis tout ouïe, vas-y*. Conscient de la présence de sa jumelle, de Taiwo, à sa droite, il est cependant incapable de la regarder, pas encore. Sadie commence une phrase, jetant un coup d'œil à Taiwo. Les yeux rivés sur Sadie, il ne se tourne pas vers la droite mais suit le regard que Sadie dirige vers Taiwo, qui s'est levée, sans piper mot, et gagne le fond de la pièce.

« Non ! » souffle-t-il, sautant sur ses pieds pour l'en empêcher. « Taiwo, attends », reprend-il, trop doucement, trop tard. Elle arrive devant le mur. Elle examine les peintures. Elle lui tourne le dos, silencieuse, ses questions forent un trou dans les poumons de Kehinde. Il suffoque. « Elles ne sont pas encore terminées... » Piètre explication. Elle continue son inspection, et Sadie se met debout.

« Quoi maintenant ? » lance-t-elle à Taiwo, qui l'ignore. Poussée par la curiosité, elle la rejoint.

Il s'imagine en train de prendre les choses en main, à coups de commentaires et de gestes qui les font reculer, retourner les toiles de sorte que les visages se dérobent à la vue — tout en étant pétrifié, incapable de bouger. Il leur dit : Non ! Elles ne sont pas encore terminées ! — tout en les regardant, frappé de mutisme. Il se déteste quand ça le prend de jouer ce numéro de muet pétrifié, emmuré. Pourquoi est-ce que cela m'arrive ? avait-il demandé au docteur Shipman. Vous pouvez arrêter ça ? Me soigner ? Je suis un lâche, un taré. Je suis dans une cage vitrée, je vois passer les gens, mais je ne peux les atteindre, leur parler, leur dire que je suis *là*, à l'intérieur ; je ne peux briser la vitre, et ils n'entendent pas mes cris.

« Une protection, avait répondu le docteur.

— Contre quoi ?

— Votre peur, votre souffrance, votre angoisse, votre rage.

— Je ne suis *pas* en colère, avait affirmé Kehinde.

— Vous l'êtes, et vous devriez l'être. Il faut la laisser venir, votre colère. Lui permettre de s'exprimer.

— Mais ce n'est pas ça. Je ne suis pas en colère.

— Ah non ? Vous n'en voulez pas à votre mère ? À votre père ? À votre oncle ? À votre sœur ? À vous-même ?

— *Pas à ma sœur* », avait-il objecté, trop vivement, trop précipitamment.

Les sourcils blancs en bataille s'étaient haussés : « Ah non ? Dans ce cas, pourquoi avez-vous prononcé ce mot ? » L'épouvantable question, la sempiternelle question. Six mois passés à contempler un jardin, à le peindre, et il n'avait toujours pas la réponse. Pourquoi *putain* lui avait échappé ?

Ce jour-là, il n'éprouvait ni colère ni angoisse. Ils étaient confortablement installés à l'hôtel Bowery. Il était venu en ville pour son vernissage dans la galerie Sperone en bas de la rue et Taiwo, en cavale, se cloîtrait pour le week-end. Quelqu'un l'avait aperçue dans les bras du doyen de sa faculté de droit, une étreinte suggestive, et pris une photo avec son portable pour l'envoyer aux journaux, notamment celui où travaillait l'épouse. Tant et si bien, avait expliqué Taiwo, qu'elle était le point de mire du campus ; elle n'allait plus en cours et avait l'intention d'abandonner ses études. Pouvait-elle passer le week-end en tenue de jogging, à se bourrer de pop-corn, afin d'éviter de tomber sur des journalistes où qu'elle aille. Bien sûr, plus longtemps si elle le souhaitait, il réglerait la chambre d'hôtel ; mieux encore, elle pouvait l'accompagner à Londres. *Non, juste le week-end*, avait-elle précisé. Pour ne pas changer. Elle refusait toujours son argent, son aide. Ces derniers temps, il avait cessé de les lui proposer, de crainte que son insistance ne paraisse une manière de la soudoyer ou de l'acheter. *Juste le week-end*. Seule avec son frère. C'était tout ce dont elle avait besoin.

Ils étaient là.

En pyjamas. À l'orée du sommeil. New York derrière la fenêtre, un chœur assourdi et rythmé de rires, de coups de klaxon ; la suite de l'hôtel ressemblait d'une manière incongrue (réconfortante au demeurant) aux pièces d'une maison de l'île de Nantucket : beige, imprimés à fleurs, et ainsi de suite. Vendredi soir. Le calme. Puis :

« K..., appela-t-elle tout bas.

— Oui ? » Il se retourna pour lui faire face. Elle ne bougea pas. Allongée sur le dos, les pieds à côté de l'oreiller de son frère (tête-bêche comme à l'ordinaire). Les yeux rivés au plafond, elle ne le regardait pas. Il agita les orteils près de son front, ce qui la fit rire.

« Je suis sérieuse.

— À quel sujet ? » demanda-t-il, riant lui aussi. « Tu n'as dit que K.

— C'est toujours ce que je dis quand je vais être sérieuse. Ce que je veux savoir, tu t'en doutes. Tu n'as fait aucun commentaire. »

Il fixa le plafond, sentant le regard que Taiwo lui lançait au-dessus de ses orteils. Au bout de quelques secondes, elle reposa la tête sur l'oreiller et ils restèrent silencieux. « Dis-moi, insista-t-elle.

— Qu'est-ce que tu veux que je dise ? » murmura-t-il, mais il savait, et savait qu'elle savait qu'il savait. Elle voulait qu'il donne son avis sur les photos, sur son nom dans les journaux glissés sous leur porte, sur sa sœur jumelle, sa Taiwo, mêlée à un scandale, livrée au Monde, non à leur univers intérieur, au Monde réel avec une majuscule, où les gens étaient impitoyables, où des histoires étaient écrites *sur* eux, non par eux, où les hommes et les femmes en chair et en os avaient des motivations et des corps (et une sexualité désormais absente de l'univers qu'ils partageaient). Il avait beau comprendre la question, il n'avait pas de réponse. La fille de la photo n'était pas celle qu'il connaissait, sa Taiwo ; c'était une autre, plus âgée, plus dure que la sœur qu'il avait laissée à New York. C'était à cette autre qu'il devrait se confronter pour répondre à sa question, la raison pour laquelle il était parti de New York à la fin de ses études, avait décroché une bourse Fullbright pour aller au Mali, été serveur à Paris, commencé à exposer à Londres et n'était pas retourné en Amérique pendant cette période. Elle aussi avait obtenu une bourse pour étudier en Angleterre, avait vécu deux ans à Oxford, pas loin de lui. Quoi qu'il en soit, il n'avait jamais suggéré qu'elle vienne au Mali, ni à Paris l'année d'après, ni précisé qu'il y vivait. Elle avait entamé des études de droit ; il n'était jamais allé la voir. Deux ans à East London et il prenait rarement l'avion pour rentrer chez lui. « Devenir un artiste de renommée internationale t'occupe à plein temps, avait-elle constaté. Ne t'inquiète pas. »

L'explication fournie par Kehinde, qu'elle avait reprise à son compte.

Et il s'inquiétait.

À propos des études de droit tout d'abord, car elle n'avait jamais manifesté d'intérêt pour ce genre de profession, ce genre de vie (bonnes notes, établissements huppés, super boulots, c'était bon pour Olu et Sadie), puis au sujet de ce qui s'était passé avec cet homme, plutôt séduisant, mais pas — quel mot cherchait-il ? Pas *lui*. Si Taiwo avait besoin de compagnie, de quelqu'un à qui parler ou sur qui s'appuyer, il aurait dû être là. Or il s'était sauvé, avait fui et continuait à le faire. Il n'aurait pas dû l'abandonner. Il aurait dû être là.

« Je veux que tu me dises ce que tu penses », reprit-elle d'un ton las.

Ç'aurait dû être moi, formula Kehinde dans sa

tête. « Ce que je pense de quoi ? entendit-il, sans quitter le plafond des yeux.

— De ça, K, de ce qui est arrivé, de *moi*. » Elle se redressa au bout du lit pour l'observer. Mal à l'aise dans sa position couchée, il l'imita puis se leva. Mal à l'aise d'être debout, il s'assit dans le fauteuil. Croisant les jambes, il tapota l'air du pied. Taiwo — qui se méfiait du silence, qu'elle trouvait menaçant — croisa les bras, fronça les sourcils pour le conjurer de parler. « Par exemple, finit-elle par enchaîner. "Je trouve que c'est immoral de coucher avec le mari d'une autre, de faire ce que tu as fait. Je trouve que tu aurais dû repousser ses avances. Je trouve triste que tu te sois sentie aussi seule." Par exemple. "Je trouve que tu t'es conduite comme" — elle fit un grand geste — "comme une... bimbo... une..."

— Putain. »

Le mot avait filé à une telle vitesse de son esprit à sa bouche, porté par le souffle qu'il exhalait, tel un débris sur une vague, que Kehinde ne fut conscient de l'avoir prononcé que lorsqu'il déchira le silence.

« Une putain ? murmura Taiwo. C'est bien ce que tu as dit ? »

Il ne savait pas ce qu'il avait dit, ni pourquoi. Pas encore. Il se réjouit que le fauteuil soit dans un coin de la pièce, que la pénombre masque sa silhouette, son visage. Pas ceux de Taiwo, en revanche. Il la voyait, phosphorescente dans la clarté lunaire, la douleur de son regard semblable à une lumière surgie du tréfonds de son être. « Une putain, répéta-t-elle, d'une voix fêlée, redoutant le silence, se levant. T... tu m'as traitée de putain.

— Non, nia-t-il, à peine audible. Je t'en prie, Taiwo...

— Comment oses-tu ? »

Il se mit debout, s'approcha. « S'il te plaît...

— C'est ce que tu penses ? » Elle pleurait à chaudes larmes, sans bruit, un flot régulier. « C'est ce que tu penses ?

— Ce n'est pas ta faute, Taiwo. C'est la mienne, tu le sais...

— C'est ce que tu penses ? Je suis une putain par ta faute ?

— Non, je n'ai pas dit ça.

— Si.

— Ce n'est pas ce que je voulais... » Il tendit le bras vers elle.

« NE ME TOUCHE PAS ! » hurla-t-elle.

Un cri qui n'avait rien d'humain. Animal. Un rugissement surgi des profondeurs, dans l'obscurité. Elle leva les mains. « Ne me touche pas, ne me touche pas, ne me touche pas, ne me touche pas. » Elle battait en retraite, les bras tendus. « Je te déteste, ne me touche pas. » Ses sanglots l'étouffaient presque.

S'avançant d'un pas, il la supplia : « Ne dis pas ça.

— Nom de Dieu, ne me touche pas ! Je le jure, Kehinde, je te tuerai, ne me touche pas cette fois. » Elle recula, se cogna à la table de chevet. Prise au dépourvu, elle chancela et bascula en arrière. Il ne put s'empêcher de la rattraper, de crainte qu'elle ne tombe sur la nuque, mais elle se dégagea et le frappa comme une folle, enfonçant ses ongles dans la peau de son frère. « LÂCHE-MOI ! »

Il n'obtempéra pas. Il ne le pouvait pas. Il la tenait plus vigoureusement qu'il ne s'en croyait capable. Même s'il était conscient de sa vigueur (yoga tous les matins, les efforts à fournir pour réaliser ses immenses œuvres d'art), il ne s'en était jamais servi contre quiconque. Il perçut la surprise de Taiwo, ainsi que la rage qui l'animait d'une force physique égale à la sienne pour s'opposer à lui. Elle le tapa, le griffa, le mordit, lui flanqua des coups de pied, s'acharnant pour qu'il la lâche (d'autant qu'il y avait l'autre fureur, celle de quatorze ans plus tôt, réveillée parce qu'il la touchait, tous les deux le savaient). Ils se bagarrèrent ainsi, renversant les lampes des tables de chevet, la lutte de Jacob avec l'ange.

Elle hurla jusqu'à en perdre le souffle, sans cesser de sangloter : « Ne me touche pas ! » Il la maîtrisa jusqu'à ce qu'on frappe à la porte. Une fois. « Tu vas finir en taule ? siffla-t-elle, un souffle rauque. C'est ce que tu veux ? Un autre Sai à la une ? » Il lui plaquait les bras sur le mur, se serrait contre elle. Pour la première fois depuis des heures (ou des années) leurs regards se croisèrent. Les joues ruisselantes de larmes, furieuse, elle le fixa : « Je suis ta sœur. »

Il la lâcha.

Elle courut dans la salle de bains et claqua la porte.

On frappait à celle de la chambre.

Il l'ouvrit. Il était trempé de sueur et saignait un peu.

« Bonsoir, monsieur Sai, dit le gardien sans ciller. Tout va bien ici ?

— Absolument.

— Votre voisin a entendu des coups.

— Je regardais un film.

— Pourriez-vous baisser un peu le son ?

— Je l'ai éteinte, répondit-il, montrant la télévision d'un geste. Je suis désolé.

— Pas de souci. La trousse des premiers secours est dans le minibar.

— Merci.

— Bonne nuit. »

Kehinde s'effondra sur le lit, muet de stupeur. Ses doigts tremblaient. Toujours aucune lumière. La douche coulait dans la salle de bains. Il attendit. Trente minutes, une heure, dans le noir. À un moment donné, il s'allongea sur le dos, les pieds sur le tapis. Lorsqu'il ouvrit les yeux, la fenêtre était éclairée. La douche marchait toujours. Taiwo avait disparu.

Voilà qu'elle examine ses portraits, lui tourne le dos, là, à l'autre bout de la pièce, après toutes ces années de séparation, après avoir refusé de prendre ses coups de fil puis changé de numéro, l'ayant sommé par le truchement de leur mère de la laisser tranquille, ce qu'il avait tenté de faire d'une manière irréversible, échouant à cause de six litres de sang, *grâce à** Sangna (qui, le croyant parti en vacances, était passée s'assurer qu'il avait verrouillé toutes les portes). Neuf portraits en pied, le corps inachevé, mais le visage de Taiwo à l'évidence, légèrement différent dans chacun, ainsi qu'un objet dans chacun, une lyre, un livre de cantiques ou un crayon destinés aux non-connaisseurs du grec. Sur le sol, devant chaque toile, il y a une fiche. Sadie les lit l'une après l'autre à voix haute. « Euterpe, Polymnie, Terpsichore, Clio, Thalie, Érato, Uranie, Melpomène, Calliope. » Elle pousse un cri perçant. « Oh là là ! Calliope ! C'est la petite sœur de Philae.

— Tu t'es souvenu de la classe de quatrième, intervient Taiwo. Les muses.

— Hé ! » lance Sadie à Kehinde. « Elle a droit à neuf portraits et moi à une carte ?

— Ils ne sont pas terminés », marmonne-t-il,

s'approchant précipitamment des toiles. Érato est la première qu'il retourne.

« Arrête. Qu'est-ce que tu fais ? demande Taiwo.

— Ils ne sont pas terminés.

— Arrête », répète-t-elle calmement, avant de lui toucher le bras.

Et elle la laisse, sa main, sur l'avant-bras de son frère. Qui la dévisage, crispé, trop abasourdi pour exprimer quoi que ce soit.

« Il est mort, K. Il n'est plus. C'est la mauvaise nouvelle. Au Ghana. Une crise cardiaque. Hier matin, je crois. » Alors qu'il réfléchit à une question, elle le devance : « Nous partons. Olu a pris les billets. Demain à six heures. »

Kehinde regarde la main de sa sœur sur son bras. Elle resserre son étreinte. La chemise de Kehinde a glissé si bien que les cicatrices de son poignet apparaissent. Il veut la remettre en place, mais Taiwo ne le lâche pas, le somme silencieusement de lever les yeux. Il regarde sa sœur. Elle regarde l'avant-bras de son frère. À peine a-t-elle remarqué les cicatrices qu'elle enlève sa main.

« Je suis désolé », disent-ils. Leurs voix se ressemblent tellement qu'aucun des deux n'est sûr que l'autre a parlé.

7

Ling gratte à la porte de la salle de bains. « Olu ? »

Il s'est endormi, la tête sur ses genoux. Il ouvre les yeux et, désorienté, est saisi d'une quinte de toux. « Oui ?

— Tu es là ? Je peux entrer ?

— Oui. »

Elle ouvre et passe la tête. « Bonjour, marmotte, je te croyais parti.

— Eh bien, non.

— Tu as passé tout ce temps ici ?

— Oui.

— Ça va ?

— Oui. » Il lui jette un regard éteint.

« Tu sens la fumée.

— Je ne fume pas.

— Je sais, chéri.

— À l'hôpital, une femme a perdu son mari, dit-il, enchaînant avec la même voix blanche : Mon père est mort.

— Oh, chéri. » Elle plaque la main sur sa bouche. « Je suis vraiment désolée. » Elle entre dans la salle de bains et s'agenouille. Elle masse les rotules d'Olu. Elle enlace ses jambes et pose la tête sur ses genoux. « Je suis vraiment désolée. Que s'est-il passé ? » Elle lève la tête. « Raconte-moi.

— Une crise cardiaque.

— Quand ?

— Le matin, à l'heure de là-bas. Enfin, je crois. » Il s'exprime d'un ton monocorde, dépourvu d'émotion. Il secoue la tête, plisse les yeux pour tenter de dissiper le brouillard. En vain. L'hébétude perdure. Il scrute Ling, s'efforçant de la voir, d'éprouver un sentiment. « Nous partons au Ghana. Demain. Ma famille.

— Dans ce cas, je t'accompagne.

— Impossible. »

La réaction précipitée d'Olu les fait sursauter. Ling se lève, tendue. Il se redresse. Comme dans un feu à volonté, elle riposte : « Ce qui signifie ? » Il appuie les paumes sur ses yeux. « J'ai une semaine de congé, ajoute-t-elle. Je viens avec toi.

— Je sais ça. Merci de me le proposer.

— Te le proposer ? Tu es mon mari, tu te rappelles ? C'est normal pour une épouse de proposer ce genre de choses.

— Je t'en prie, ne fais pas ça.

— Quoi donc ? » Elle recharge son arme.

« On s'est promis que ça ne changerait rien. Pas de changement de patronyme, pas d'alliances. » Les sourcils froncés, il se frotte le front. La phrase a dépassé sa pensée, il essaie de s'expliquer : « Nous sommes toujours ceux que nous étions. Tu as dit "tu es mon mari"...

— Tu l'es.

— Bien sûr. Mais on s'est promis que ça n'aurait aucune importance, ne changerait rien entre nous. Ces termes de mari et femme ne sont que des mots, ce ne sont pas des mandats... » Il s'interrompt, se gratte la tête. « Je ne sais pas ce que je dis.

— Oh, je pense que si, Olu. Je ne t'accompagnerai pas au Ghana. »

Il lui lance un regard peiné : « Je dois partir avec ma famille.

— Je croyais être ta famille.

— Non, dit-il, désespéré. Tu es mieux que ça. » Il baisse les paupières pour refouler ses larmes. Il sent les petites mains de Ling sur ses joues, ses lèvres sur les siennes, le goût de sa pâte dentifrice. Son odeur, lotion Jergens, Chanel *N° 5*. « Ling... » Il craque, mais ne la touche toujours pas. Elle lui tient doucement la tête et il ne résiste pas. « Je ne veux pas que nous soyons une famille, enchaîne-t-il avec la même angoisse qu'un enfant épuisé refusant d'aller se coucher. Je ne crois pas en la famille.

Je n'en voulais pas. Je voulais que nous soyons quelque chose de mieux. »

Tout à coup, le portable sonne dans la poche de son pyjama de bloc. Il l'ignore. Il n'a qu'une envie : rester ainsi, la tête sur le sternum de sa femme, dont les mains sont sur ses joues, dans un lieu aussi exigu et clos qu'une salle de bains.

« Tu devrais décrocher », constate-elle gentiment.

Il sort le téléphone, ne regarde pas l'écran et répond : « Allô, ici Olu.

— Kehinde à l'appareil.

— ... »

Il est sous le choc.

« Kehinde, ton frère.

— Je sais qui tu es. » Il sourit. Il ment. C'est faux. Il ne connaît pas Kehinde. Il n'a jamais compris son détachement par rapport au monde, le fait qu'il ne soit jamais sous pression. Qu'il soit malgré tout devenu un artiste remarquable le plonge encore davantage dans la confusion. « Te voilà. » Sa voix et son rire pleins de douceur, qui rappellent ceux de leur mère, sont apaisants. « Où es-tu ?

— À Brooklyn. Avec Sadie et Taiwo.

— ... » Un choc de plus.

« Tu m'entends ?

— Très bien. » Olu cligne des yeux, tente d'assimiler la nouvelle. « Tu as dit que vous étiez tous là, c'est ça ? »

Kehinde met un moment à répondre, d'une voix émue :

« Oui.

— Alors, nous vous retrouverons demain au consulat. On nous délivre des visas d'urgence. Nous déjeunons et partons dans la foulée.

— Nous, ça correspond à qui ?
— Ling et moi. Nous venons tous les deux », explique Olu, tandis qu'elle l'embrasse sur le front, asperge de larmes son visage.
« Je suis content.
— Je vais appeler maman pour la prévenir de notre arrivée.
— Génial. Merci.
— Je t'en prie.
— À demain.
— Prends soin de toi. »

8

Assise dans un transat qu'elle a installé à l'ombre d'un palmier au bout de la pelouse, Folá fume. Elle a beau savoir qu'elle ne devrait pas, savoir que c'est idiot — elle a été la femme d'un médecin et en a élevé un —, elle tire sur sa cigarette avec un immense plaisir, un geste de défi ou d'acceptation, une manière de complicité avec le mystère de la mort. Faire ou ne pas faire ceci ou cela pour vivre plus longtemps, comme si une santé exemplaire était gage de longévité, c'est idiot, songe-t-elle. Les non-fumeurs végétaliens ne sont sûrement pas à l'abri d'une balle perdue ou d'un accident de voiture.

Les domestiques travaillent en feignant de l'ignorer ; M. Ghartey à son poste, près du portail massif, Amina, la bonne, lave du linge dans une bassine, et le petit Mustafa, le boy, la voiture garée dans l'allée. Il y avait un chauffeur à son arrivée, un certain frère Joshua, un chrétien fanatique mal embouché qui, ayant un faible pour le frein, conduisait à coups d'embardées en écoutant de la musique gospel ghanéenne à plein tube. Il est parti. Le jeudi précédent, au supermarché, elle est tombée sur Benson à qui elle a dit qu'elle en cherchait un ; il lui a promis de l'aider, mais elle prend un certain plaisir à se perdre, à rouler à vive allure sans but, vitres baissées, le long de l'océan. Seule. Elle descend La-Teshie Road, passe devant les cibles noires du camp d'entraînement, les potences du dernier coup d'État, tandis que le romantique Atlantique drosse avec langueur algues et déchets en plastique sur la plage mal entretenue. Si on la nettoyait, si on s'intéressait à l'océan, ce pourrait être pittoresque, aussi magnifique que le Togo, le Cap Skirring. Sauf qu'il s'agit du Ghana, un pays privilégié où règne l'indifférence.

À cette distance, de sa chaise longue, la maison n'est pas sans qualités : un bungalow sur deux mille cinq cents mètres carrés, une parcelle complète, une rareté dans le coin, paraît-il, car les promoteurs construisent désormais des lotissements sur ce genre de terrain. Le problème, c'est la circulation de la lumière. Les fenêtres, pas assez nombreuses, sont petites et mal orientées. Au lieu d'avoir une vue sur le jardin, par exemple, le cabinet de travail donne sur le mur d'enceinte à barbelés ; les fenêtres de la chambre, des rectangles longs et étroits, s'ouvrent sur les arbustes plantés sur le côté de la maison. On la dirait recroquevillée dans un environnement hostile, s'en accommodant faute de mieux, accroupie, les yeux clos, comme si elle rêvait de son habitat naturel (Aspen), un flanc de montagne boisé, et non d'Accra, la luxuriante.

Il y a tout même quelque chose à faire avec la carcasse, constate-t-elle, tirant lentement sur sa cigarette et plissant les yeux lorsqu'elle exhale la fumée. Si elle abattait des murs, perçait de grandes portes-fenêtres coulissantes, la maison chanterait. *Kweku l'adorerait*. La pensée la traverse sans crier gare et elle se redresse, affolée par la souffrance viscérale. *Il n'est plus*, succède, accompagné d'un autre tsunami qui, jaillissant d'elle, déborde et l'engloutit. Un peu à la manière d'une contraction qui va et vient par intermittence. Pliée en deux, elle attend que ça passe.

« Madame, vous allez bien ? » s'inquiète M. Ghartey.

Amina se précipite, les mains savonneuses. « Madame, on peut vous aider ? »

Folá observe la femme, beaucoup plus jolie vue de près qu'elle ne s'en était rendu compte. Amina la couve d'un regard empreint de sollicitude. Folá hoche la tête et sourit : « Oui. Tu veux bien me préparer un verre dans la cuisine, Amina ? Un quart de vodka, la bouteille qui est dans le congélateur, pas celle du bar. Trois quarts de Schweppes, quatre glaçons. Une rondelle de citron, sans pépins. D'accord ?

— Oui, madame.

— Merci, Amina. »

Amina fronce les sourcils. « Oui, madame », répète-t-elle, avant de foncer à l'intérieur.

Folá se renverse en arrière, les mains sur son pelvis. Un quadrant découvert à l'instant, le cinquième, le plus bas. Un désir étrange et profond y palpite, presque sexuel — uniquement sexuel, remarque-t-elle, sous le choc. *Et pourquoi pas ?* se dit-elle, passant du rire aux larmes. Il avait été son amant des années, un très bon amant, si elle est honnête. C'était ce qui l'avait convaincue, le désespoir absolu avec lequel il faisait l'amour, comme si tout ce qu'il cherchait dans ces heures innombrables (il était attentionné, méticuleux, lent), c'était de sonder la nostalgie, les manques, les luttes qui avaient jalonné leurs vies, de s'abîmer dans les profondeurs, de s'y propulser, nu et suant, flottant dans le vide.

Folá ne savait toujours pas s'il avait touché le fond, senti son gros orteil cogner le fond de la piscine, mais il dérivait toute la nuit et elle le serrait contre elle, l'accompagnait, allait le chercher s'il s'attardait trop. Ainsi une nuit à Boston, dans la petite maison, celle de M. Chalé, elle l'avait trouvé devant le convertible, en train de contempler Taiwo endormie. Malgré la douceur avec laquelle elle l'avait touché, il avait violemment sursauté. Il respirait toujours bruyamment lorsqu'ils étaient retournés se coucher. Quand il l'avait attirée, sans brutalité, par-derrière, relevant sa chemise de nuit d'un geste fluide et l'avait pénétrée, le cœur palpitant, le dos de Folá plaqué contre son ventre, il avait d'abord touché son visage, puis son sein, puis sa cuisse. La poitrine de Kweku continuait à se soulever contre elle, une heure, deux heures durant. Il bougeait lentement, profondément, un plongeon. De plus en plus loin, à lui faire mal. « Assez », avait-elle murmuré. Après avoir joui, il avait pleuré.

C'était un homme, avait-elle senti, avec qui il était possible de vivre, de construire une vie, quel qu'en soit le sens à l'époque : il donnait tout aux vivants, avec un souffle tremblant et profond, sa vie pour les protéger de la mort. Si conscient qu'il soit de la futilité de ses efforts. Sa façon de faire l'amour, comme si le présent était l'éternité, sourd à tout le reste, comme si la respiration était musique, les taudis des salles de bal et qu'il leur suffisait de danser. Voilà ce qui l'avait convaincue, malgré la modicité de son salaire pendant presque deux décennies et tout le reste, son mari faisait l'amour comme un homme qui aimait la vie. Il engageait le combat alors qu'elle capitulait.

À présent, elle passe du rire aux larmes dans son transat. De son poste, M. Ghartey l'observe avec inquiétude. Mustafa laisse tomber la voiture, lâche le tuyau et regarde, bouche bée. Amina revient précipitamment avec un plateau en terre cuite garni du verre et d'une cruche pleine. Folá rit plus fort : « Merci, Amina. » Elle boit un coup à même la cruche.

Choquée, Amina la dévisage : « Madame, mais, le verre.

— C'est parfait », assure Folá. Elle ôte ses lunettes, s'essuie les yeux. « *Merci*, Amina. »

Le téléphone sonne. Amina va décrocher et revient, toujours atterrée. « Le téléphone, madame.

— Qui est-ce, Amina ? » Elle prend une autre gorgée à même la cruche.

« Un monsieur, madame.

— Ah oui ? Il a un nom ce monsieur ?

— Non, madame.

— Très bien. À la santé du monsieur sans nom. » Folá se lève sans cesser de rire et traverse le jardin. Elle franchit la porte, gagne le vestibule. Elle prend le combiné. « Benson.

— Maman, c'est Olu. »

Elle se redresse. « Olu, mon chéri, comment vas-tu ?

— Nous allons bien. Nous arrivons demain. Tous les cinq.

— C'est formidable. » Le nombre impair ne la surprend pas aussitôt. Tous les cinq. Olu, Taiwo, Kehinde, Sadie. Et Kweku. Elle se plie en deux. Une autre vague de souffrance. Elle murmure : « Quatre, mon chéri. Tous les quatre.

— Ling vient aussi.

— Bien sûr. » Elle s'essuie rapidement les yeux. « Je vais préparer les chambres d'amis. J'ai viré mon chauffeur, alors je vous attendrai.

— Bien sûr, s'esclaffe Olu. C'est le vol Delta.

— Je sais. » Ils éclatent de rire ensemble avant de raccrocher.

Debout devant la table du vestibule côté versant montagneux, les mains sur le combiné, elle reprend son souffle. Olu, Taiwo, Kehinde et Sadie. Tous les quatre, son œuvre, sa création. Ici, dans cette maison aux meubles en bois de style rétro. Et Ling, pense-t-elle, un sourire aux lèvres ; il l'emmène enfin. Son grand fils, réservé, plus sensible que ses autres enfants, qui a peur d'aimer, doute de l'amour. Son bébé qu'elle n'a pas appelé depuis octobre, depuis ce jour dans la cuisine, l'effroyable dispute. Elle avait entendu Sadie s'asseoir devant la salle de bains, puis son « je m'en vais », mais avait été incapable de répondre. Elle était restée à fixer d'un regard vide les arbres derrière la fenêtre, la lumière sur les feuilles, semblable à de l'huile à cette heure-là, la même que celle du soir d'automne à Brookline où Kehinde était rentré et qu'elle avait compris qu'il était parti. Et eux, ses *ibeji*, qu'elle n'avait pas vus depuis des lustres, depuis le jour où elle les avait suivis des yeux, tandis que, en manteau, ils s'avançaient vers le portique, accompagnés par une hôtesse de la compagnie aérienne ; Kehinde s'était retourné vers elle pour agiter la main et sourire, contrairement à Taiwo. Deux enfants qui, à leur retour à l'aéroport de Logan des mois plus tard, désormais âgés de quatorze ans, avec leur teint couleur d'argile et leurs yeux — ceux de sa mère, qui la perturbaient tant —, n'étaient plus les mêmes. Ce ne sont plus des enfants. Aucun d'entre eux. Ils arrivent. Ensemble. Demain. L'envie de le dire à quelqu'un, de pousser des cris de joie la tenaille. Mais elle regarde ses mains posées sur le vieux téléphone Slimline et se dit, lâchant prise : *Il n'y a personne à qui l'annoncer.* « Amina ! appelle-t-elle. Allons préparer les chambres. »

Amina accourt : « Oui, madame. »

TROISIÈME PARTIE

Le départ

1

M. Lamptey dort en équilibre à la lisière de l'océan, à une trentaine de centimètres de la frange d'écume, les jambes croisées, les yeux clos, les paumes sur les genoux, le dos droit ; le chien errant patiente, fixant l'océan, le menton sur ses pattes. L'océan moutonne paresseusement, avance et recule, arrive à proximité des pattes puis se retire, quelques centimètres, pas davantage, d'un mouvement net, indécis, redessine ses limites avant de les effacer. L'eau ne souhaite-t-elle pas gagner du terrain, conquérir plus de propriété au bord de la mer ? Assujettir plus de sable humide ? Non, apparemment. Elle avance et recule, un changement net de quelques centimètres, sous le regard blasé des nuages qui bâillent.

Un filet de lumière apparaît, terne, incolore, son unique trait distinctif : ne pas être l'obscurité. L'éclat d'une étoile scintillante forme un contraste qui prévient le chien de l'imminence de l'aube. Il se lève d'un bond, étire ses pattes en un *adho mukdu svanasana* [1],

1. Posture de yoga : le chien tête en bas.

puis lèche la plante des pieds de l'homme endormi pour le réveiller.

Le jardin n'est peuplé que d'ombres. Il entend sans voir, ses yeux sont malades. La cataracte le guette, il le sait et s'en moque. En revanche, cela inquiète énormément le chirurgien qui a proposé son aide. (Un ami, l'opération ne coûtera rien à M. Lamptey. Le chirurgien est stupide, malgré sa détermination et sa bonté. Une association rare. Le chirurgien, un être rare.)

Les oiseaux.

Agglutinés dans la fontaine, ils recouvrent presque la statue. Ils gazouillent et battent des ailes. Une dizaine, une vingtaine ou une trentaine. En conférence. À peine entré dans le jardin, il entend puis voit.

« Bonjour », lance-t-il aux oiseaux, s'inclinant poliment. Ils gazouillent et battent des ailes. « Vraiment ? » Il est consterné, envahi par un chagrin immense.

Le chien gémit tristement et s'assied à ses pieds.

Une lumière vacille dans la maison creusée d'un trou à l'intérieur. Une silhouette ronde se profile à la fenêtre, se déplaçant lentement. La femme, jeune, grassouillette, son visage semblable à un coussin avec des boutons en guise de traits, aussi agréable et moelleux. Il a de l'affection pour cette femme. Tout est aimable chez elle. Cela lui plaît d'ordinaire d'avoir quelque chose à ne pas aimer, de trouver assommant ce qui est aimable, mais il n'a plus l'âge, trop jeune pour l'effort, trop vieux pour l'ennui. À quatre-vingt-dix ans, il la prendrait en grippe. Il se moquerait de son anglais exécrable et de ses fesses quasi autonomes bougeant l'une après l'autre ; il affirmerait que le pays ne progresserait pas tant que l'homme du peuple se déplacerait de la sorte. Sans ligne de conduite. Manque d'ambition des cuisses, roulement des épaules, angles arrondis, comme une amibe, une forme de vie précoce. Comme l'océan. Il l'observe se déplacer dans la pénombre et ce qu'il éprouve pour elle a la même douceur que sa silhouette.

Elle gagne la cuisine où elle allume une autre lumière. Elle s'attarde un instant, une buée sur la vitre. Elle s'approche de la porte de la véranda, s'immobilise avant de l'ouvrir et de sortir, un verre de lait et de Milo à la main. À la faveur du clair de lune, il s'aperçoit qu'elle pleure, ses seins se soulèvent sous la satinette ; elle ne semble pas remarquer les oiseaux, ni l'homme aux pieds nus, vêtu de safran, devant le manguier. Elle rentre, éteint toutes les lampes de la cuisine, de la chambre, un filet de lumière.

Il déroule sa natte au pied du manguier et s'assoit. *Padma asana*[1].

Quatre heures cinq.

II

Ils sont dans l'avion qui les emmène au Ghana. La tête de Taiwo sur l'épaule de Kehinde, celle de Kehinde sur l'épaule de Taiwo jusqu'à leur réveil, là ils se séparent. Olu, très raide, les bras sur les accoudoirs, la jambe agitée de tressautements, la main de Ling sur sa cuisse. Derrière eux, Sadie, sans voisin, la tête collée au hublot, les jambes repliées sur le siège, regarde d'un air

1. Posture de yoga : la fleur de lotus.

apathique les nuages qui le sont tout autant, le lever de soleil dessine une ligne écarlate dans les ténèbres.

III

Folá rapporte son butin du jardin dans la cuisine, il fait toujours noir : incapable de trouver le sommeil, elle est allée glaner à droite et gauche ; le sol était spongieux — l'humidité de l'aube —, les fleurs et la terre dégouttaient. Une fois les rameaux sur le plan de travail, elle s'essuie les mains. Elle remplit quatre petits vases de juste assez d'eau, dispose six rameaux dans chacun. Deux par chambre. Un par table de chevet. Elle est sur le point de sortir lorsqu'elle s'en rend compte : il n'y a plus assez de chambres.

Deux petites à part la principale, elle ne s'en est pas aperçue jusqu'à présent, ayant toujours pensé (rêvé plutôt) que s'ils venaient ensemble, les filles dormiraient dans le grand lit, les garçons dans les lits jumeaux. La présence de Ling soulève la question de l'étiquette. Elle se fiche complètement qu'ils soient adultes, elle aurait adoré qu'ils accordent un répit à leur chagrin en dansant à perdre haleine jusqu'à pas d'heure, mais Olu est tellement scrupuleux, convenable, il récite le bénédicité avant les repas, assiste au service religieux le dimanche (non qu'elle soit une mécréante, Jésus est un de ses bons amis, sauf qu'elle s'adresse à lui comme tel, un ami sage, bienveillant, arborant un certain détachement, à mille lieues du sévère Jésus au visage morose et cheveux longs d'Olu) qu'elle ne veut pas qu'il soit mal à l'aise, gêné, d'autant que c'est la première fois qu'il emmène Ling. Olu serait mieux dans une chambre avec Kehinde, moins de rouge aux joues et de bredouillements à l'heure du coucher, mais cela ne résout pas le problème de Ling puisqu'il est exclu d'installer une invitée sur le canapé. La mettre avec Taiwo friserait la cruauté, vu que Taiwo traite mal les filles (non qu'elle-même se comporte beaucoup mieux avec les femmes : toutes semblent la trouver distante, orgueilleuse, pas assez cabotine, tandis que leurs drames, produits de beauté, romantisme, têtes longues de quatre pieds, cheveux longs l'ennuient), et elle souhaite que Ling se sente membre de la famille, quoi que signifie ce mot dans leur cas. Il vaudrait mieux qu'elle dorme dans le grand lit avec Sadie — qui adore les filles maigres et jolies, comme Ling ; les trucs de filles, savon partagé, confidences — à ceci près que Taiwo, privée de lit, s'estimerait rejetée. En outre, Sadie ne serait-elle pas mal à l'aise, gênée de partager un lit avec une femme, alors qu'elle s'est mise à jouer à la puritaine comme Olu et n'a même pas reconnu l'évidence ? Ce qui ne tracasse pas Folá, loin de là, peu importe qui ils aiment — *où* ils aiment d'ailleurs, que ce soit le lit d'une chambre d'amis ou un canapé —, du moment qu'ils sont heureux ou pas trop malheureux, dans l'état où elle les a mis au monde, etc., qu'ils ne vont pas plus mal. Si le bébé aime les filles ou une en particulier, cette Philae (qui a l'air suffisamment joyeuse et ignorante pour ne pas briser un cœur avec trop de dureté), qu'il en soit ainsi, mais *quid* de l'attribution des chambres ? Est-ce que ça ne poserait aucun problème au bébé d'en partager une avec une femme ? Ou prendrait-il cela pour un commentaire de ce que sait Folá ? Plutôt de ce que pense Folá. Peut-être ne connaît-elle pas vraiment Sadie, surtout pas le bébé, il faut cesser de donner ce surnom à sa fille. Elle a vingt ans, ainsi qu'elle l'a clamé, depuis...

« Hier », souffle-t-elle tout haut, ressentant un tiraillement en haut, à gauche.

C'était l'anniversaire de sa fille hier.

Elle a oublié l'anniversaire de sa fille.

La main plaquée sur la bouche, elle secoue la tête. Ce jour entre tous. Elle rit faute de savoir que faire d'autre, sort de la chambre et retourne dans la cuisine.

Tant pis. Sadie n'aura qu'à partager son grand lit ; qu'Olu trouve une solution pour sa sexualité. Lorsqu'elle s'apprête à appeler Amina, elle se souvient que c'est trop tôt. Elle attrape la farine pour préparer un gâteau.

IV

« Pourquoi ta mère s'est-elle installée au Ghana ? l'interroge Ling. Je la croyais nigériane. »

Olu pensait qu'elle dormait. Il lui sourit, prend une autre position. « Pour changer. »

Derrière eux, Sadie, qui écoutait, explique *sotto voce* : « À cause de moi. »

Occupant le siège côté couloir, Taiwo tend la tête pour regarder par le hublot.

« Tu n'es pas revenue, dit Kehinde tout en l'imitant.

— J'ai parlé tout haut ? » lance-t-elle précipitamment, se renversant en arrière. Il n'avait pas l'intention de la contrarier. Il fait signe que non. « Ça m'arrive en ce moment », marmonne-t-elle, les sourcils froncés, se massant le front.

J'entends ce que tu penses, dit-il dans sa tête.

« Non, tu ne lis pas dans mes pensées. » Taiwo se penche pour baisser le store et ferme les yeux.

V

Un avion dans le ciel.

2

Folá s'arrête au supermarché MaxMart pour acheter des bougies. Le caissier la gratifie d'un vague sourire : « Oui, ma. Juste là. »

Elle aperçoit les bougies et rit : « Non pas celles-là. Les petites pour un gâteau d'anniversaire.

— On n'a rien d'autre. »

Alors qu'elle roule vers l'aéroport, le silence la perturbe. Elle allume la radio. Apparemment, elle ne marche pas. Soudain un gospel de Joshua, l'ancien chauffeur, retentit, couvrant les parasites, plein de fausses notes et désespéré, comparable à un appel au secours strident. Elle change de station. Les mormons évangéliques. Elle change de nouveau. La BBC, une débauche de mauvaises nouvelles. Elle éteint et se concentre sur la circulation. Le bouchon habituel dans la nouvelle Spintex Road. Baissant la vitre, elle examine le carrefour où un policier ne fait qu'empirer les choses avec force cris, « *bra, bra, bra,* stop », et gesticulations contradictoires, le nouveau feu étant en panne (faute de courant). Elle remonte la vitre et fredonne machinalement *Grande est Ta fidélité,* deux mesures avant de s'interrompre. *D'où ça sort ?* se demande-t-elle, fronçant les sourcils, klaxonnant. Ce cantique qu'il chantait toujours avant de partir travailler, il avait l'oreille absolue, pourtant il suffisait qu'elle fasse allusion à sa voix pour qu'il s'arrête et précise : « Des ondes sonores, rien de plus. »

Le hall d'arrivée grouille de gens rentrés au pays pour Noël, descendus de l'avion en manteau, ayant enregistré des tonnes de bagages. Elle se fraye un chemin parmi ceux qui attendent, avec fermeté, sans brutalité, à la mode nigériane, et s'arrête au premier rang. Elle a trente minutes d'avance, mais elle n'avait pu supporter de rester seule à la maison, face au gâteau trônant sur le plan de travail, l'air aux aguets lui aussi. C'est mieux ici : la promiscuité, la cohue, les êtres humains, les tantines qui pleurnichent à l'apparition d'enfants prodigues à moitié endormis, bousculent les autres pour se rapprocher, étreindre, sangloter et accueillir, la mise en scène larmoyante du bonheur de vieilles femmes. C'est mieux ici : la sueur, le bavardage, la pulsation sourde et régulière de battements de cœurs impatients, des centaines, qui attendent avec une anticipation collective le retour d'un proche. Les corps. Familiers. Folá ne lui a jamais révélé à quel point ils l'étaient pour elle. Ses pensées s'égarent comme à l'ordinaire lorsqu'on attend en pleine chaleur, le temps suspendu autour de soi, une brèche par où s'infiltre le passé. Un déplacement, un mouvement infime, loin de l'instant, et on migre du présent vers ceci :

l'aéroport, le même aéroport :

« Attention, nous sommes au Ghana !

— Je suis de Lagos, cher ami. »

Et je suis déjà venue ici.

Pourquoi ne pas le lui avoir dit ? Ce n'était pas un secret. Il savait qu'elle s'était enfuie au début de la guerre, était partie de Lagos pour terminer ses études et s'était pointée à Lincoln en jean à pattes d'eph, mais il ne lui avait jamais demandé de quelle façon elle était arrivée en Pennsylvanie, comme si sa vie avait commencé en même temps que leur vie commune, et elle n'avait pas fourni de réponses la nuit, après qu'il s'était abîmé en elle et s'accrochait à elle, trempé de sueur. À l'époque, cela lui paraissait normal d'être allongée à côté de lui, vivante au présent et morte au passé, un homme dans son lit, dans son cœur, dans son corps, qui, en revanche, n'existait pas dans sa mémoire, pas plus qu'elle dans la sienne. On aurait dit qu'ils avaient prêté serment — pas seulement eux, leur groupe de Lincoln, petits-enfants intelligents de domestiques, brillants fugitifs immigrés —, serment de respecter leur droit au silence (afin de ne pas rester ceux qu'ils avaient été, des êtres brisés, maltraités, intimidés qui existaient dans les histoires et mouraient en silence). Un serment entre victimes. *Entre amants aussi ?*

Peut-être. Tant de questions qu'elle ne lui avait pas posées. Tant de choses dont elle ne lui avait pas parlé. De son désir lancinant par exemple. « Assez », disait-elle, « arrête », comprenait-il. Et il obtempérait : il remontait à la surface en douceur, flottait, la croyait épuisée alors que c'était le contraire : elle redoutait qu'il ne le soit. Elle désirait davantage. Toujours. De lui, de tout : elle s'était ouverte, avait été ouverte et n'aspirait qu'à être remplie : au lieu de le formuler, elle le serrait contre elle, allongée en silence, lui endormi à son côté, comblé, tandis qu'elle était frustrée. *Pour-*

quoi ne pas le lui avoir dit ? Sans oublier les autres choses. Pourquoi n'avoir jamais accepté de l'accompagner aux réceptions de Cambridge, où se retrouvaient ses collègues en pantalon et chemise de toile, où des domestiques immigrées offraient des cubes de fromage plantés sur des cure-dents et où, après l'apéritif, l'enfant de service s'empressait d'interpréter *Lettre à Élise* avant de filer se coucher. Certes, ils étaient ennuyeux. Mais ce qui lui brisait surtout le cœur, c'était de le voir quêter l'approbation d'hommes qui ne le valaient pas, dans sa tenue décontractée bien repassée, ses petits yeux écarquillés par l'espoir de trouver bientôt sa place dans le monde. *Pourquoi ne pas le lui avoir dit ?* « Tu n'as rien à leur prouver, ton excellence suffit », aurait-elle pu lui faire observer. Au lieu de « la vaisselle », « Sadie donne un récital » ou « Olu a besoin d'un coup de main pour son box à l'expo science de son école ». Au lieu d'un silence, protecteur, destructeur, comparable aux acariens qui, des années durant, grignotent en catimini une belle-de-jour. Et l'événement le plus important. Antérieur. La façon dont elle était arrivée en Pennsylvanie.

Dont elle avait plié bagage et était partie.

Ainsi : elle était restée prostrée dans cette chambre à Lagos, incapable de penser ou de respirer, la tête sous la couverture, les mains sur sa cage thoracique, un trou dans le cœur, jusqu'à la tombée de la nuit. La bonne était rentrée comme tous les dimanches soirs, par la porte de service. Elle avait préparé le dîner et dressé la table avant de trouver bizarre le silence absolu qui régnait dans la maison. « Maître ! » appela-t-elle, montant l'escalier, parcourant le couloir. « Maître, vous êtes là ? Miss Folásadé ? Ho hé ! » Folá ne se leva du lit de son père qu'à ce moment-là, en nage, tremblante, et gagna la cuisine du premier étage. « Je suis là. »

Sitôt qu'elle la vit, Mariama, la bonne, lui toucha le front. « La fièvre, vous avez la fièvre, où est votre père ?

— Il est allé à Kaduna, répondit Folá, hébétée.

— Non ! » s'écria Mariama, qui s'écroula aussitôt par terre.

Ainsi : elles étaient restées assises, sans parler ni manger, à une table de salle à manger dressée pour deux, prévue pour quatorze. De leur portrait, les Nwaneri les observaient ; John le Noir, assis également, Maud la Blanche, debout à côté de son mari, la main sur une de ses épaulettes. Aucune ne toucha au plat, le préféré de Folá, de l'*egusi*, un ragoût aux graines de melon. Au bout d'une heure, il était froid. Au bout de deux, l'associé de son père au cabinet d'avocats, Sena Wosornu, sonna frénétiquement. Folá regarda Mariama. La bonne tremblait, se balançait, se tenait les coudes, secouait la tête et récitait silencieusement une prière. Croyant que les mouvements de tête signifiaient « n'ouvrez pas », Folá ne bougea pas. Mariama craqua. Elle se dirigea d'un pas chancelant vers le vestibule d'où parvinrent aux oreilles de Folá des chuchotements, de bruyants sanglots puis la voix sonore de Sena, qui réprimandait Mariama : « Le bébé va t'entendre. » Le bébé. Même alors, son père et ses amis continuaient à la surnommer ainsi.

Plus tard dans la soirée, Sena vint dans sa chambre. Il frappa à la porte et s'approcha de son lit où il s'assit. Couchée sur le dos, la tête renversée en arrière, elle posait les pieds sur le poster de Lennon fixé au mur.

« Folá, commença-t-il. J'ai quelque chose à te dire. »

Elle ne releva pas la tête : « Je sais, je sais, je sais. » Sena se cassait en deux pour être à son niveau.

« Ton père…

— Ne prononce pas les mots », ordonna-t-elle tout en se redressant.

Il lui dit qu'elle devrait faire ses bagages. Ils partiraient le lendemain matin. Ses parents vivaient au Ghana. Elle serait plus en sécurité chez eux. *S'il arrive quoi que ce soit, emmène le bébé au Ghana. Ne la laisse pas au Nigeria*, avait demandé son père. Elle prit un *aso oke* lamé or, un cadeau d'anniversaire, des disques, l'épaisse couverture kente de son père et un jean à pattes d'éléphant. Ni photos, ni robes, ni nounours. Les détails seraient révélés par la suite. Ils partirent avant l'aube.

Ainsi : ils atterrirent au milieu de l'été, en juillet 1966, dans ce même aéroport, bien plus petit, tout aussi bondé. Les couleurs très différentes de celles de Lagos, plus de jaune, l'odeur semblable à celle émanant d'un pot d'argile cassé. Un homme à coiffure afro grisonnante les accueillit ; une barbe blanche hirsute, des yeux rieurs, des pattes-d'oie. « Tu dois être Folá ! » Il lui serra la main. Elle secoua la tête. Elle ne savait plus qui elle devait être. « On m'appelle révérend. Je suis le pasteur Mawuli Wosornu, le père de Sena », ajouta-t-il. Il avait l'air beaucoup trop jeune pour ça.

La maison était située dans une large rue bordée d'arbres, dont les demeures blanches étaient destinées aux amis des Anglais, à quelques Libanais. Ils l'emmenèrent dans une chambre rose, une nuance insolite de rose qu'elle retrouverait des années plus tard alors qu'elle cherchait du paillis. (Home Depot. Elle se trouvait dans l'allée des peintures lorsqu'elle l'aperçut de loin, un échantillon de la couleur, qu'elle reconnut immédiatement. Elle lut le nom. *Innocence*. Elle éclata de rire et l'acheta. Quinze litres pour la chambre de l'enfant succédant aux jumeaux.) Immobile dans l'embrasure de la porte, elle parcourut la pièce du regard. Derrière elle, le révérend Wosornu précisa : « Voici ta chambre. » Elle s'avança et s'assit sur le lit étroit au matelas dur, les yeux rivés sur les murs, rose bonbon. Elle s'adressa à l'homme resté sur le seuil : « Merci. » Puis elle s'allongea et dormit trois jours, sans rien avaler. Le quatrième jour, l'épouse, Vera Wosornu, vint la voir. Mme Wosornu faisait plus vieux, *son âge* (cinquante-quatre ans). Une grosse femme, hagarde, aux pupilles sans éclat. Elle portait une perruque noire qui glissait en arrière, révélant des cheveux gris. « Il est temps de te lever, intima-t-elle. Viens prendre ton petit déjeuner. » Quand Folá se retourna, elle était partie.

Le petit déjeuner : pain chocolaté, papaye, œufs et café. Mme Wosornu mangeait bruyamment. Ses lèvres épaisses luisaient de beurre. Le révérend Wosornu buvait son café à petites gorgées en écoutant attentivement la radio. *Pogroms au Nigeria*. Il l'éteignit. « Sir Charles Arden Clarke est un ami de la paroisse. Sais-tu qui c'est ? »

Folá fit signe que non.

« Mange, ordonna Mme Wosornu.

— L'ancien gouverneur de la Côte-de-l'Or et le fondateur de l'école de la Côte-de-l'Or.

— Désormais, c'est l'école internationale du

Ghana, le corrigea sèchement Mme Wosornu, qui lança à Folá tout aussi sèchement : Mange. »

Folá prit sa fourchette. Les ordres de cette femme étaient tellement péremptoires que lui obéir était presque un soulagement. Elle enfourna un bout de papaye, sans parvenir à le mâcher. Elle le fit tourner jusqu'à ce qu'il se dissolve sur sa langue.

« Ils sont disposés à t'accepter, poursuivit le révérend Wosornu, enthousiaste. En l'espace de dix ans, ils ont construit une belle petite école.

— Tu y passeras ton examen de fin d'études secondaires, puis tu iras à l'université en Amérique.

— Oui, m'dame.

— Appelle-moi mère.

— Oui, mère.

— Voilà qui est mieux.

— Moi, c'est juste révérend. Pas père, pas encore.

— À propos de père, le tien a très bien traité notre Sena.

— Vera », la reprit le révérend avec un soupir, mais celle-ci s'obstina.

« Notre Sena ne peut pas avoir d'enfants. C'est vraiment dommage ! Un fils unique. Tu connais le dicton qui circule dans les villages. » Non, Folá ne le connaissait pas. Il fut récité par une bouche remplie d'œufs : « La femme qui n'a qu'un enfant n'en a aucun.

— La mortalité infantile », expliqua le souriant révérend.

Ainsi : elle avait terminé ses études secondaires quasiment sans ouvrir la bouche, que ce soit pour parler ou se nourrir. Quand la guerre éclata l'été suivant, elle se sentit à peine concernée. Elle avait beau parcourir les journaux locaux, voir les images, entendre les rumeurs (massacres de civils, enfants mourant de faim, mercenaires allemands et gallois), elle ne connaissait pas le Nigeria dont il était question, ce n'était pas chez elle, ni un pays qu'elle pouvait se représenter, de sorte qu'il n'avait aucune réalité. Elle perdit trop de kilos et fut excellente au lycée, ayant déjà étudié le programme à Lagos avec son précepteur. Ses camarades se mirent à l'appeler « la Biafraise », non sans jalousie. Ils lui enviaient ses cheveux, ses notes mirobolantes, son aura tragique. Par ennui, elle en laissa un la tripoter. Il habitait en haut de la rue dans East Cantonments. Il était très beau, un athlète qui deviendrait soldat, aux ambitions toutefois modestes (ainsi : Kweku serait son premier). Elle passa ses examens et fut reçue première. Elle se coupa les cheveux, lassée par les brushings. D'autres amis de la paroisse lui obtinrent une bourse à l'université de Lincoln, où Nkrumah avait fait ses études. Même si elle aurait préféré aller à Kings College comme son père, elle n'éleva aucune objection.

À l'aéroport de nouveau.

Ainsi : elle traversa le tarmac jusqu'à l'avion, l'odeur de la soirée saturée par l'humidité d'une pluie imminente dans les narines. Elle ne se retourna pas vers le terminal pour sourire, saluer de la main, regarder le révérend, qu'elle aimait bien, ou Vera, qu'elle haïssait. Du coup, elle faillit ne pas le voir courir dans son costume trois pièces. Le passager derrière elle dut lui tapoter l'épaule : « Miss ? »

Le voilà, Sena, le joufflu, dont la veste claquait dans son dos comme une cape magique en lambeaux. « Folá, stop ! » Elle s'arrêta. Il la rejoignit, à bout de souffle. « Dieu merci, je t'ai rattrapée. Comment vas-tu ? »

Elle haussa les épaules.

« J'avais l'intention de venir. Le cabinet fonctionne toujours, à Lagos, tu y crois ? »

Elle ne réagit pas.

« J'aurais dû venir plus tôt, je le sais. » Il l'étreignit, pressant quelque chose contre elle. Une enveloppe. « Il a laissé ça. Ne l'ouvre pas tout de suite. Je craignais que ma mère ne la pique, alors j'ai attendu. » Il la serra dans ses bras jusqu'à ce qu'elle le prenne, puis recula : « File. »

Ainsi : elle ouvrit l'enveloppe à son arrivée. Des liasses de dollars américains, des billets tout propres. Suffisamment pour repartir de zéro, sans être obligée de regarder bâfrer de grosses femmes, sans être obligée de prendre des polycopiés ni en avoir besoin, sans souffrir de la faim, sans être obligée de revenir dans cet aéroport du Ghana.

Un passager derrière elle lui tapote l'épaule : « Miss ? »

Elle se retourne, interloquée. Le passager tend le doigt.

Les voilà, tous les cinq, qui la dévisagent, ici, dans cet aéroport du Ghana, une fois de plus.

II

« Elle n'a pas l'air heureuse de nous voir, commente Sadie.

— Je suis certain qu'elle est toujours sous le choc. Ne t'en fais pas », la rassure Kehinde, déroulant les manches de son sweat-shirt pour recouvrir ses poignets, de crainte que Folá n'ait déjà remarqué ses cicatrices.

« Tu te souviens de ma mère », murmure Olu à

Ling. Il est frappé par le changement de l'aéroport depuis son dernier voyage.

« Comme elle est belle ! » s'exclame tout bas Ling, admirative.

Une colère inexplicable s'empare de Taiwo.

Ils s'immobilisent et se regardent. Chacun pense : *Il faut que l'un de nous fasse quelque chose*. Kehinde s'avance pour enlacer Folá, mais elle prend son visage entre les mains, ce qui est plutôt un obstacle à l'étreinte. « Une barbe, constate-t-elle en riant.

— Ne pleure pas, lui dit-il avec douceur.

— Ah bon, je pleure ? » Sans cesser de rire, elle s'essuie les joues.

Les autres s'approchent, forment un groupe compact et, tour à tour, la serrent dans leurs bras. « Ling, souffle Folá. Je suis tellement contente que tu aies pu venir », tandis que Sadie attend, les observe et essaie de ne pas se renfrogner.

Elle connaît ce genre de moment. Ce sourire chaleureux. Cette impalpable expression de cordialité réservée à qui s'apparente à un membre de la famille. Les *vrais* ont droit à davantage d'effusion. « Et Sadie », enchaîne Folá, les mains tendues, les lèvres incurvées, la tête penchée de côté. Sadie s'avance d'un pas hésitant, soudain raidie à cause du public, résolue à une embrassade calme, digne d'une adulte, à un bref « contente de te voir, maman », mais, terrassée par l'odeur, elle craque et éclate en sanglots.

L'odeur de sa mère — instantanément familière, effluves de pâtisserie et du chanvre indien pour cheveux que Folá utilise depuis vingt ans, vert moucheté de marron, pareil à un produit de jardinage —, son incroyable bienveillance, la peau de bébé de ses bras et de ses mains, son affection intacte, sa façon de l'accueillir sans la moindre réticence, autant de choses que Sadie est persuadée de ne pas mériter. Le visage enfoui dans l'épaule moelleuse de sa mère, elle lui étreint la taille. « Je suis désolée », balbutie-t-elle.

Folá rit doucement, caressant les tresses de Sadie. Olu regrette que la scène n'ait pas lieu à la maison. Du moins en l'absence de Ling, qui, gênée, fixe ses sandales, le vestige du sourire suscité par « que tu aies pu venir » crispé par la stupéfaction. Folá relève le menton pour regarder au-dessus de la tête de Sadie et leur fait signe de les rejoindre. Olu jette un coup d'œil à Taiwo, qui a l'air en colère, inexplicablement, et craint qu'elle ne refuse d'obtempérer au « venez » de Folá. Pour donner le bon exemple, il fait un pas en avant et entoure d'un long bras la haute silhouette de sa mère. Kehinde s'approche et reste derrière Sadie, appuyant une main apaisante entre ses omoplates. Ling touche Olu, garde une certaine distance, lui serre une fois le coude puis le lâche. Taiwo, elle, les observe, songeant qu'elle a envie de les imiter, de se sentir *partie prenante* pour une fois dans sa vie, même si le groupe n'est pas assez compact pour qu'être au milieu puisse avoir du sens. Quoi qu'il en soit, c'est au-dessus de ses forces.

III

Il n'y a pas assez de place dans la Mercedes pour tout le monde. Taiwo et Kehinde la suivent en taxi.

IV

Elle tourne le dos à Kehinde, le visage du côté de la fenêtre, et son premier aperçu de Lagos lui remonte en mémoire : la grisaille, la brume, la pagaille, la route depuis Ikeja, les colporteurs proposant bimbeloterie et poulets condamnés à mort, la façon dont Femi avait tapé dans les mains à leur arrivée dans l'appartement, posant des lèvres glacées de cocaïne sur son arcade sourcilière, son rire, la façon dont son frère s'était figé, arborant un air froid et dur qu'elle ne lui connaissait que dans son sommeil…

une coupe sèche dans ses souvenirs et elle se retrouve à Barrow Street, en novembre, nue, assise sur le rebord de la fenêtre, soufflant des ronds de fumée…

et cela s'accélère jusqu'à la rupture, la fin de l'été, l'épouse dans les Pouilles à la recherche de fromages crémeux, une petite auberge au bord de l'océan idéale pour les ruptures, le journal entre eux, le silence un glas.

Ils passaient toujours le week-end au bord de l'océan. Il l'appelait « sa fille de l'eau », avec raison : plus elle était près de l'eau plus elle était heureuse, l'océan surtout, même si l'Hudson lui convenait. (Une question d'astrologie, d'après lui. L'élément de son signe, c'était l'eau. N'importe quoi, protestait Taiwo, ça n'a pas de sens. Le scorpion rampe sur terre, mais l'élément du Scorpion est l'eau. Et le Verseau un signe de l'air ? Il y a une faille là-dedans.) Une rafale venant de la mer balaya la véranda où ils étaient installés, et elle inspira l'air salin.

« Je vais abandonner mes études », annonça-t-elle. Elle exhala.

« Non. Je te l'interdis.

— Je n'ai aucune envie d'être avocate », reprit-elle, non sans amertume. Elle suivit du doigt le gros titre compromettant. *Le doyen d'une faculté de droit renommée traîné dans la boue au motif d'allégations d'infidélité conjugale.* « Tu trouvais que je ne devais pas faire des études de droit.

— Il y a deux ans, Taiwo. Tu étais la première de ta classe.

— Je le suis toujours, le rembarra-t-elle. Ça ne t'a jamais traversé l'esprit que la classe, c'était de la foutaise ? De quoi est-elle composée ? D'un groupe de couards cherchant un réconfort dans le travail. Jusqu'à quel point sommes-nous intelligents ? »

Un rire impuissant : « Tu es implacable.

— Je suis honnête.

— Quoi qu'il en soit, je ne peux pas te laisser abandonner.

— Eh bien, tu ne peux pas me forcer à rester. » En guise de démonstration, elle se leva et descendit l'escalier de la véranda. « Taiwo ! » cria-t-il, sans la pourchasser pour autant. Elle marcha, pressa le pas, courut jusqu'à la plage et s'assit pour contempler l'Atlantique. Comme ce serait merveilleux d'y pénétrer, de suivre le sillage du lever de soleil moiré de rose sur les vagues, dans ses tongs et le cardigan en laine de son amant, d'avancer de plus en plus sous l'eau, de s'éloigner. Elle se contenta de rester là une heure, peut-être davantage, assez longtemps pour le blesser, être sûre qu'il souffrirait. Elle n'était pas spécialement en colère — du moins contre son amant, elle était insatisfaite de son sort depuis une quinzaine d'années —, mais elle voulait qu'il souffre, non à cause de sa disgrâce, à cause du sentiment d'avoir manqué à ses devoirs envers elle. D'avoir été l'artisan de son échec.

Pourquoi y tenait-elle ?

Il ne l'avait jamais trompée. Aucun n'avait couru après l'autre, ne s'était accroché, n'avait insisté. Ils avaient simplement capitulé, tout les deux, en l'espace d'un instant. Succombant à l'attrait irrésistible, ils s'étaient noyés. Désormais, il y avait des ragots, des photos, des rumeurs, une forme de discours qu'elle ne connaissait pas, comme si un robot bien programmé débitait des histoires sur des faits de son existence, mais pas sur elle. Il n'y était pour rien. Maladroit, éperdument amoureux, il possédait des miettes d'un prétendu pouvoir ; s'il avait été en mesure de la recevoir en toute intimité, il n'avait su résister à son désir d'être vu. Au bout de deux ans d'amour dans une chambre du Village et dans de charmantes auberges en bord de plage le long de la côte Est, il avait fini par avoir envie qu'un public l'applaudisse, voie sa belle conquête, soit témoin de son bonheur. Un dîner fut leur perte. Des amis de sa femme se trouvaient au restaurant, ainsi que des amis d'ennemis de l'époque où il travaillait pour le gouvernement. Il suffit d'un mois pour que le scandale éclate. Le recteur et le conseil d'administration de l'université furent informés. Au milieu du mois d'août, ils se rendirent à Cape May pour négocier les conditions de la capitulation. Le dénouement.

Ils étaient toujours alliés, amants. Sa colère ne reposait sur rien. Elle ne lui avait jamais demandé de révéler leur liaison à sa femme ou de la quitter. Cela ne l'intéressait pas particulièrement de se marier, pour des raisons évidentes, et sûrement pas avec lui. En revanche, elle voulait qu'il *souffre*. Qu'il sache qu'il avait manqué à ses devoirs envers elle. Elle était décidée à laisser tomber ses études pour qu'il prenne conscience de son échec ; pour que la nouvelle surprenne tout le monde et qu'on se demande à mi-voix comment cette fille, couronnée de lauriers — qui avait obtenu ses diplômes avec mention très honorable, université de New York ! philosophie, sciences politiques et économie, était allée au Magdalen College d'Oxford, avait été sélectionnée pour un emploi d'été par le prestigieux cabinet Wachtell ! — avait pu tout gâcher de la sorte, et si ceux qui s'interrogeaient n'avaient pas la réponse, lui l'aurait.

Parce qu'il l'avait abandonnée.

Et il n'était pas le seul.

Il y avait l'autre, le premier, celui qu'ils avaient occulté, celui qui avait reculé dans une allée éclairée par le coucher du soleil tandis qu'elle l'observait par une fenêtre noyée dans l'obscurité, après avoir joué avec la lumière pour sommer Kehinde de rentrer : éteinte, allumée, éteinte, allumée : une pénombre suffisante pour distinguer le visage de l'homme derrière le pare-brise, des yeux bridés au regard empreint de douceur, de plus en plus plissés par sa lutte intérieure avant de se remplir de larmes — néanmoins résolu.

Lui aussi saurait, se promit-elle, assise comme on le fait sur une plage : le menton posé sur ses genoux repliés contre sa poitrine, le vent dans ses cheveux, le goût de ses larmes chargées du sel de l'air. Elle le trouverait et le lui dirait. Il était quelque part au Ghana (d'après Olu) ; elle irait là-bas et attendrait. Elle serait assise sur son perron quand il rentrerait du travail en Volvo, imaginait-elle, dans l'éclat du soleil couchant. Il l'apercevrait et ralentirait dans l'allée, s'arrêterait, affichant l'expression propre à ce genre de scène au cinéma, lorsqu'un homme en cavale rentre chez lui avant la tombée de la nuit et que le tueur à gages attend, à l'aise, bien en vue, ses bottes sur la balustrade, un pistolet en évidence dans l'une. Comme ça. Il couperait le contact et la regarderait de la voiture, ses yeux croiseraient les siens, qui ne cilleraient pas tandis que ceux de l'homme s'embueraient car il aurait vu que le visage de sa fille n'était plus radieux et compris qu'elle était morte, que celle qu'il avait abandonnée dans une rue d'Amérique du Nord n'était pas celle assise sur un perron d'Afrique de l'Ouest, les bottes sur la balustrade, un pistolet en évidence dans l'une, et ce parce que personne ne l'avait sauvée. Effectivement. Elle avait abandonné ses études de droit pour gagner, comme serveuse, le millier de dollars du billet d'avion pour Accra (malgré son indignation face à ce prix, une insulte aux immigrants désireux de rentrer au pays), afin que lui aussi souffre de savoir qu'il avait été trop faible pour la protéger.

Du moins l'avait-elle projeté de la sorte.

Elle aurait dû venir plus tôt.

Elle rit sans détacher son regard des rues d'Accra. Après deux ans passés à imaginer l'expression de son père, elle est ici et il n'est plus.

V

Il tourne le dos à Taiwo, le visage du côté de la fenêtre et observe la route de l'aéroport, et Accra, qui ne correspondent pas à ce qu'il attendait, ne ressemblent ni au Mali ni à Lagos, moins de beauté, davantage d'ordre. Une banlieue. La poussière. Il y a les constantes africaines, les colporteurs sur le bas-côté, les bâtiments du même beige passé que l'air et les frondaisons, les tissus imprimés aux couleurs vives, les chantiers abandonnés (immeubles, hôtels), conférant à l'ensemble l'aspect d'une maison perpétuellement rénovée, à mi-chemin, les ouvriers partis déjeuner, la peinture fraîche déjà écaillée, délavée par le soleil, comme si la couleur n'avait aucune importance, les piles de blocs de béton attendant les ordres tels des soldats, le métal, les machines assoupies ponctuant le vert. Il connaît.

C'est le mouvement qui le surprend, ni léthargique ni frénétique, une sorte de rythme intermédiaire entre l'allure ancestrale du Mali et l'énergie ambitieuse du Nigeria, un mouvement constant vers un but qu'il ne perçoit pas. Il y a les mêmes panneaux de signalisation que partout dans le monde, preuves concrète du développement, pour reprendre le mot dans l'acception qu'il a entendue, comme si développer un pays impliquait de le remodeler à l'image de la Californie : supermarchés, 4 × 4, palmiers, smog. Des gosses vêtus de tee-shirts frappés d'énormes visages de stars du rap se ruent sur le taxi pour vendre leurs produits : grappes de pommes importées, chewing-gums, bananes, journaux quotidiens, éponges exfoliantes décomposées, allumettes. Les produits rutilent dans leurs couleurs primaires, ils viennent de Chine, d'Afrique du Sud, en plastique, toutes sortes de plastiques, de cellophane, d'emballages, comme si les pauvres n'aimaient rien tant que le kitsch empaqueté à la manière d'un cadeau. Un cul-de-jatte hèle un gamin nu-pieds qui le pousse prudemment au milieu de la route, dans le flot de voitures, jusqu'au taxi, là il tape sur la vitre du passager et tend une main sans doigts pour réclamer des pièces.

« Fiche le camp, fiche le camp », le chasse le chauffeur, pris d'une soudaine agitation. Il baisse la vitre pour brailler en twi.

Kehinde baisse les yeux, voit l'homme, est gêné. Il fouille sous son sweat-shirt, trouve cinq billets d'un dollar. « Ne leur criez pas après, s'il vous plaît », lance-t-il au chauffeur, qui se retourne, trempé de sueur et abasourdi. Kehinde ouvre sa fenêtre et tend les dollars. « Tiens, voilà pour toi. » Le chauffeur claque la langue. Le gamin nu-pieds ne prend qu'un des dollars. Le cul-de-jatte sourit, un sourire édenté. « Prends tout », insiste Kehinde. Le gamin n'entend pas et le taxi repart, le feu étant passé au vert.

« Ce sont des voleurs, explique le chauffeur. Des Mauritaniens. Ils dévalisent les touristes.

— Nous ne sommes pas des touristes », affirme Kehinde.

Le chauffeur rigole, une de ses dents en or étincelle, comme s'il voulait dire qu'il faut être un touriste pour donner des dollars américains aux mendiants, mais il se ressaisit rapidement et remonte sa vitre avant de demander d'un ton désinvolte : « Vous êtes d'où ? »

Le regard de Kehinde navigue de Taiwo, qui ne fait pas attention, au chauffeur à peine plus âgé qu'eux. Il perçoit chez cet homme une forme particulière d'agressivité qu'il a repérée à Lagos, à Londres et à New York, liée au fait qu'ils sont l'un et l'autre des Noirs, soumis d'une manière inégale aux effets secondaires. L'homme préférerait transporter un couple blond, crispé, dans son taxi qu'eux — de couleur, bien habillés, le même âge — qu'il prend pour des Américains et imagine riches, du moins davantage que lui par une cruelle ironie du sort. « Vous êtes déjà venu en Afrique ? ajoute-t-il.

— Au Nigeria et au Mali.

— Mais pas au Ghana ? » insiste-t-il.

Kehinde fait signe que non et, voyant l'air satisfait du chauffeur, ressent le besoin de préciser : « Notre père est originaire d'ici. » L'instant d'après, il s'en mord les doigts car cela déclenche ce qu'il a maintenu à distance sous la forme d'une migraine, une douleur fulgurante entre les sourcils, tellement forte qu'il souffle : « Était. »

Le chauffeur, qui ne l'a pas entendu, lance d'un ton provoquant : « D'où ça ?

— Du Ghana », marmonne Kehinde. On dirait un mensonge.

« Ah ouais ? Où ça au Ghana ? enchaîne le chauffeur, un sourire narquois aux lèvres.

— Je ne sais pas, dit Kehinde, fermant les yeux.

— Vous ne savez pas d'où vient votre propre père ! » s'exclame le chauffeur. Indigné, il jette un coup d'œil à Taiwo, toujours muette. « Pourquoi vous ne le lui demandez pas ? »

Voilà que Kehinde en prend enfin conscience. « Il est mort », répond-il, et le rire le fait sursauter.

Ce que sa sœur trouve drôle lui échappe, mais c'est bien elle qui rit, le dos tourné. « Taiwo », chuchote-t-il, croyant qu'elle pleure peut-être. Sauf qu'elle lui fait face, les yeux secs.

« Il n'est plus. » Elle secoue la tête, sans cesser de rire.

Le chauffeur n'en revient pas : « Père qu'est mort

et ça la fait rigoler », raille-t-il. Puis il se tait, allume la radio (un gospel éploré), fixe la route.

3

Le taxi et la Mercedes entrent dans l'allée où les domestiques attendent en rang, au garde-à-vous. Sadie, qui a dormi pendant les vingt minutes du trajet, demande : « Où sommes-nous ? » Côte à côte sur la banquette arrière, Olu et Ling, immobiles, silencieux, examinent la maison. Folá aussi, les mains sur le volant, comme si elle doutait d'être au bon endroit. Une inspiration, puis elle bouge, enlève la clé du contact et ses lunettes de soleil de son front : « Nous voilà chez nous, j'imagine. »

Les domestiques s'avancent lorsque les portières de la voiture s'ouvrent. Ils sortent tous et s'immobilisent pour regarder la maison (sauf Kehinde, qui — exaspérant Taiwo, perturbant Olu — dévisage Ling). Comme à l'ordinaire, à l'arrivée d'un groupe dans une résidence, la pagaille le dispute à l'initiative : la moitié des gens s'activent, traînent les valises, tandis que les autres, l'air mal à l'aise, pas à leur place, tentent d'aider, d'être utiles, sans gêner ceux qui savent où aller, quoi faire. Il règne l'énergie un peu frénétique des présentations maladroites, alors qu'aucun ne sait trop quoi dire ou à qui s'adresser, qu'on ne sourit à personne en particulier, qu'on change de position, qu'on lâche des remarques banales. *Où est la salle de bains ?* En proie au désir soudain de se retrouver seul.

Folá en prend certains par les épaules et les pilote dans le couloir. « Voici votre chambre, les garçons. » Elle y pousse Olu et Kehinde, avant de continuer : « Les filles, c'est ici. Le bébé... » Elle s'interrompt. « Sadie dort avec moi. Je vous suggère de faire une bonne sieste. Nous dînerons à dix-huit heures trente. » Des questions ? Aucune. « Parfait. Bienvenue au Ghana. » Elle emmène Sadie dans sa chambre et les laisse à leur sommeil.

II

Seule dans cette chambre, éloignée des autres, au bout du couloir, Sadie fixe le plafond.

« La fichue clim est tombée en panne ce matin, l'a prévenue Folá, avant de se plier en deux, comme saisie d'une nausée.

— Maman, tu es malade ? »

Folá s'est redressée et a agité la main. « Ça va, ça vient. Et disparaît. » Un faux-fuyant sibyllin. Après avoir mis le ventilateur du plafond en route, elle est sortie de la chambre.

Sadie regarde les pales dans la pénombre, on dirait des chauves-souris ; il fait toujours aussi chaud. Des voix lui parviennent à travers les murs peu épais, mais elle n'arrive pas à isoler les paroles des vibrations sonores. Olu. Peut-être Kehinde. Une sonnerie de téléphone dans le vestibule. La jolie fille, Amelia ou quelque chose dans ce goût-là : « S'il vous plaît, madame. Téléphone. » Un bruit de pas assourdi puis la voix de Folá, rocailleuse, les mots incompréhensibles. Le rire de quelqu'un. De sa mère, se rend-elle compte au bout d'un instant. Plus haut perché que d'ordinaire, sonnant faux.

Elle roule sur le côté et aperçoit une photo à la faveur de la lumière qui s'infiltre par les persiennes en bois. Distinguant à peine les visages et le lieu, elle se rappelle subitement pourquoi Greenpoint lui avait paru familier : l'entrepôt à l'aspect bizarre d'Oak Street à Newton, le célèbre siège du Studio de danse de Paulette. L'hiver. Les membres de sa famille, emmitouflés dans des manteaux, serrés les uns contre les autres sur le trottoir, à la fin du récital. Elle est sur les épaules de l'Homme de l'Histoire ; toujours en costume, lèvres rouges, tutu rose en tulle, ravie, n'ayant manifestement pas honte de son ventre de petite fille de quatre ans moulé par le justaucorps rose. Taiwo et Kehinde, qui portent les mêmes cache-oreilles rouges, ne fixent pas l'objectif. Folá la regarde. Son énorme manteau marron rapetisse Olu. Un inconnu, un autre parent, a dû prendre la photo.

Pourquoi Folá a-t-elle choisi cette photo entre toutes les autres ? Le cadre n'est pas de la bonne taille de sorte qu'elle a glissé en biais. Un cliché de Noël, insignifiant, flou par-dessus le marché. Sadie avait abandonné la danse au premier semestre de sa deuxième année de fac, malgré un don évident et une passion encore plus évidente. Elle avait tout fait : elle pouvait se toucher le front avec le gros orteil, imposer le grand écart à ses jambes musclées, cambrer ses voûtes plantaires pour glisser ses pieds dans des chaussons à pointe, exécuter la totalité des pas sans une faute dans son sommeil. Mais ce mois de septembre-là, alors qu'elle était à la barre, elle avait remarqué la palette, les roses et les blancs, les cheveux châtain clair, le bois marron clair, le rang impeccablement droit dans la lumière du soleil, perçu sa différence et compris en un éclair ce qu'impliquait sa passion : elle avait beau être très douée pour la danse, elle n'était pas une ballerine. (Philae lui avait suggéré de faire partie de l'encadrement des équipes sportives, une manière de se conformer au sport obligatoire après les cours, et elle avait trouvé un plaisir pervers à regarder ses camarades aux cheveux châtain clair, en jupe — protecteurs buccaux jaunes dans la bouche, rugissements, jambes brunes retournant la terre, coups de crosse de hockey, puis de hockey sur glace et de lacrosse faisant saigner leurs tibias, violence ahurissante, « le sang fait pousser l'herbe ! » — tandis qu'elle cochait des cases.)

Elle roule de l'autre côté sans cesser d'avoir l'impression d'être observée par les visages de la photo. Elle met la photo à l'envers. Voilà qui est prometteur. Ils ne la voient pas et elle ne les voit pas. Elle s'allonge à plat ventre et ressent tout d'abord un certain bien-être : l'intensité du silence, l'obscurité absolue correspondent à la situation. Elle ne sait trop ce qu'elle devrait éprouver, mais la position semble adéquate, prostrée par le chagrin (inexistant) à cause de son père et par le sentiment de culpabilité à cause de la dispute avec sa mère, les séquelles. Si la scène de l'aéroport a gêné les autres, ça lui a au moins permis d'atténuer son angoisse. Peut-être en reparleront-elles, dans un petit moment. Sadie en doute. « Aller au fond des choses », ce n'est pas le truc de Folá. Plus vraisemblablement, elles se comporteront comme si de rien n'était, d'autant qu'il y a désormais le désespoir plus tangible que ses frères et sa sœur refusent d'évoquer, pas une seule fois à l'aéroport, ni dans la voiture, comme si ce n'était pas vrai, comme s'ils se retrouvaient au Ghana — une première pour tous à l'exception d'Olu, juste après sa naissance, avait-elle appris — par hasard, pour Noël, des vacances en famille, et non pour la mort de leur père, passée sous silence.

Le bien-être se mue en panique. Le visage enfoui dans l'oreiller, le tissu et la chaleur l'empêchent de respirer et, se tournant sur le dos, elle s'aperçoit que ses larmes n'ont d'autre raison que le sentiment d'abandon. Ils sont tous ailleurs, en train de parler, leurs voix couvertes par le ventilateur, et elle est toute seule ici, celle qui ne ressemble à personne, en proie au sempiternel complexe d'infériorité qui l'envahit chaque fois qu'ils sont réunis. S'il n'y en a qu'un (deux à la rigueur, les jumeaux par exemple), elle arrive à le surmonter. Jamais s'ils sont là tous les trois. La différence d'âge, leur taille, ils sont inexplicablement plus grands qu'elle, et leur confiance en eux l'écrasent. Ils sont extraordinaires, éblouissants.

Ses frères et sa sœur sont éblouissants. Olu, Taiwo et Kehinde. Avec leur démarche sûre, leurs réussites impressionnantes, ils rayonnent, sans oublier la beauté de sa sœur ; ils brillent par leur talent, l'éventail de leurs multiples dons. L'intelligence calme d'Olu, sa maîtrise des sciences, sa voix affermie par la connaissance des faits. Le sombre génie de Taiwo, son murmure rauque et séduisant, truffé de grands mots et de quelques phrases en français ; elle l'a eu toute sa vie, d'aussi loin que Sadie se souvienne, cet air mystérieux, cette grâce naturelle que possèdent uniquement les femmes dont la beauté est évidence, et non une question de subjectivité. Le talent incontestable de Kehinde, son don pour l'image, l'assurance tranquille avec laquelle il contemple le monde, comme si ce dernier était une mosaïque d'une beauté indescriptible, riche de sens, un paradigme, et si seulement on le voyait avec autant de clarté que lui, on se placerait devant un chevalet vierge avec un pinceau, aussi naturellement que l'on regarde un film, les nouvelles, sans s'impliquer, en se contentant de voir et de comprendre le visible. En revanche, elle, le bébé Sadie, née l'hiver avec une bonne dizaine d'années de retard, un accident heureux, dotée d'un éventail de compétences hétéroclites — mémoire photographique, *battement développé**, fabrication de cordons tubulaires — n'a aucun don.

Folá est persuadée que c'est là, en latence : depuis des lustres, elle décrète : « Tu n'as qu'à attendre, ça viendra. » Peine perdue. Sadie a fait tous ses devoirs, travaillé assidûment, réussi ses études par conséquent, non comme Olu ou Taiwo, plutôt dans la tranche des quatre-vingt-cinq pour cent ; elle est entrée à Yale (sur liste d'attente, n'empêche) ; elle s'est adaptée à une vie d'assez bonnes notes, de positions d'encadrement au sein d'équipes et de conseils de classe ; grâce à Philae, elle a retenu l'attention de blondinets de fraternités attendris par ses tresses — mais n'a pas encore exhumé un don susceptible de la propulser enfin dans la catégorie de sa fratrie.

III

Taiwo et Ling dans la chambre à un lit.

Elles feignent gauchement de déballer leurs affaires.

Ling remarque le vase sur la table de chevet : « Ta mère est vraiment superbe !

— Mmm-hum », marmotte Taiwo. Accroupie au pied du lit devant sa valise, elle cherche vaguement un tee-shirt pour la sieste. Derrière elle, Ling tente d'engager la conversation comme si, camarades de chambre le premier jour à la résidence universitaire, elles étaient tour à tour anxieuses et enthousiastes à l'idée que cette inconnue pourrait devenir une meilleure amie pour la vie. Elles se sont rencontrées à plusieurs occasions — à l'instigation d'Olu, surtout pour des anniversaires. La famille se rendait à Yale dans la petite voiture bleue à hayon, salie par les fleurs ; bébé Sadie était à l'école primaire ; Kehinde et elle venaient de rentrer du Nigeria. Mais c'était une période de mutisme pour Taiwo, elle n'ouvrait la bouche que pour manger dans la pizzeria Sally's, de sorte qu'elle n'avait vraiment adressé la parole à Ling que plus tard, à peu près au moment où celle-ci avait décroché son diplôme de médecin, et fini par la connaître un peu.

Elle avait alors découvert que Ling, à l'instar d'Olu, veut à tout prix que les choses se passent au mieux, si bien qu'elle ne tient pas en place : elle papillonne, s'agite, rit sans arrêt comme si elle essayait d'empêcher un ballon de toucher le sol. En outre, il y a le problème de l'absence de filtre. Elle dit ce qu'elle pense puis en rit, ce qui produit un effet touchant (fatigant néanmoins, juvénile). Sans sa beauté, elle serait agaçante. En fait, elle est adorable.

Au point que c'est ce qui perturbe le plus Taiwo. Ling mesure un mètre cinquante-cinq, sa maigre queue-de-cheval de cheveux noirs sautille quand elle sautille au côté d'Olu, pressant le pas pour rester à sa hauteur. Taiwo ne se fie pas aux femmes adorables une fois adultes. Une jeune fille adorable, c'est une chose, une adulte une autre. Ce genre de femme paraît toujours cacher quelque chose, jouer à l'impuissance, dissimuler son désir. Dans les yeux doux frangés de longs cils, Taiwo voit couver le manque qui la consume de façon flagrante, avec même davantage de force, d'astuce, de précision dans l'objectif, voilé par le côté petite fille, d'une fausseté abyssale. Femme dans le véritable sens du terme — une main de fer dans un gant de velours —, elle feint de ne pas savoir ce qu'elle veut, de ne pas souffrir du manque — comme si le manque était inconvenant, une déficience masquée avec intelligence par sa dépendance manifeste associée à la satisfaction.

Et c'est elle, Taiwo, qui semble déficiente en sa présence, qui, étrangement, se sent trop là, à découvert, amère en quelque sorte, presque menaçante, trop femme, exposée en tant que femme, un être sombre, un cygne noir. Cependant que Ling rit et volette d'une pensée à l'autre telle une Fée Clochette cultivée, hyperactive, atteinte de troubles de déficit de l'attention (et armée de forceps), Taiwo paraît lourde et ulcérée, inflexible en comparaison, une incarnation de la chute. L'envie la prend que Ling éprouve cette sensation de lourdeur, de malêtre faute de réussir à lui tirer trois mots — aussi, cessant de chercher un tee-shirt, s'allonge-t-elle tout habillée sur le dos, de son côté du lit, bâillant bruyamment et se couvrant le visage du bras pour indiquer qu'elle va s'endormir.

Ling ne s'en aperçoit pas, qui tourne le dos à Taiwo et déplie des vêtements de petite taille au pied du lit. « Je crois que je ne plais pas à ton frère. » L'instant d'après, elle rit.

« Olu est comme ça », marmotte Taiwo, non sans sourire. Est-ce que cela signifie qu'Olu a renoncé à faire semblant d'aimer sa meilleure amie de fac ? Très bien, seuls les imbéciles agissent avec précipitation. N'empêche que c'est exagéré : quinze ans de vie commune et pas de mariage à l'horizon. Son frère n'embrasse jamais cette femme en public, ne la touche jamais inconsciemment au moment d'enfiler les manteaux ; à leur arrivée, il l'a pratiquement laissée plantée dans l'allée ; il ne se colle pas à elle, le propre de la passion. Depuis des lustres, Taiwo soupçonne un camouflage (asexualité, avortement à l'université, ce genre de choses) et imagine que la tragédie qui s'est abattue sur eux les incitera peut-être à passer enfin aux aveux.

Au lieu de quoi, Ling précise : « Kehinde. Il me regarde bizarrement. »

Taiwo se raidit en entendant le nom, un réflexe antédiluvien, comme si on avait prononcé le sien à la place de celui de son jumeau. Elle écarte son bras pour foudroyer Ling du regard. « Qu'est-ce que tu veux dire par "bizarrement" ? » Sans attendre la réponse, elle ajoute : « C'est une période difficile pour notre famille...

— Bien sûr.

— Alors, si Kehinde a l'air bizarre, insiste-elle comme si elle parlait dans une autre langue, ce n'est pas parce qu'il... te... regarde.

— Je n'ai pas voulu suggérer... »

La suggestion reste en suspens entre elles.

« Je suis fatiguée. » À en juger par son ton, on dirait que Taiwo en rend Ling responsable. Elle se tourne vers la fenêtre, son cœur battant la chamade en raison du mensonge, de la flambée d'agressivité qui lui dessèche la gorge, un sentiment ancien qui remonte à la surface : une jalousie compacte, viscérale, inexplicable, anormale.

IV

Tandis qu'Olu et Kehinde, étendus, fixent le plafond.

« Ça fait un drôle d'effet de dormir ainsi, commente Olu.

— Comme dans le passé », enchaîne Kehinde pour dire quelque chose.

Un rire attendri scelle leur accord de ne pas approfondir.

Les mains croisées sur le ventre, Olu garde les yeux ouverts. Il trouve l'odeur familière, pour étrange qu'elle soit, un mélange suave et prégnant de sève, d'humidité, de roussi, de transpiration et de pétrole marron rougeâtre. Il l'a reconnue dès sa sortie de la Mercedes quand, debout dans l'allée gravillonnée, il l'a inspirée quelques secondes avant de la situer (1997, Accra) et de remarquer que Kehinde dévisageait Ling.

Il ne la regardait pas, il la dévisageait sans en avoir conscience, les yeux étrécis, les lèvres pincées comme s'il cherchait le mot jusqu'à ce qu'Olu lance « on y va », prenne une valise et, abandonnant Ling, s'avance vers la porte. Il n'avait jamais vu son frère séduit par une femme et avait toujours vaguement cru que Kehinde était homosexuel, moins intéressé par les hommes qu'indifférent aux femmes, presque efféminé tel un danseur, ses cheveux le prouvaient. Il n'en revint donc pas de trouver la réaction de Kehinde face à Ling menaçante, blessante. De même que l'odeur, la sensation était à la fois familière et insolite, ancienne, rouillée et surprenante à force de n'avoir pas été éprouvée. La dernière fois, il devait avoir quatorze ou quinze ans, son frère pas encore dix, et des amis de leurs parents, plus insouciants que cruels, avaient constaté : « L'un a eu la beauté, l'autre l'intelligence. »

Cela n'avait rien de nouveau pour Olu : il avait remarqué que Kehinde et lui ne suscitaient pas les mêmes réactions. Ses cadets, les jumeaux, étaient d'une beauté extraordinaire, d'autant plus qu'ils étaient deux. Que les gens les reluquent était logique, un sujet d'ordre scientifique, de cause et d'effet. Les causes : la rareté dans la nature d'yeux verts pailletés d'or et d'un teint marron foncé ; l'incidence en Amérique de naissances multiples (contrairement, disons, au Nigeria où les jumeaux sont la norme). L'effet : le frisson procuré par le choc, tel celui provoqué par la chute d'une histoire drôle, le zoom des regards qui les découvraient, la stupéfaction. Il avait plutôt le sentiment de devoir les protéger, notamment en raison de leur taille. Ils lui semblaient graciles, non seulement plus jeunes mais plus faibles, les poignets et la taille d'une extrême finesse, surtout Kehinde. En comparaison de son propre corps, athlétique et costaud, la fragilité de son frère était patente. L'antithèse de la menace.

La naissance de Sadie changea quelque peu les choses. Leur père disparut pendant quatre, presque cinq jours. Olu avait beau savoir où il était — en bas de la rue à la maternité Brigham —, il n'arrivait pas à se débarrasser de la crainte que son père était parti au loin, mobilisé par une autre bataille, laissant mères et enfants se débrouiller seuls. Folá eût-elle été présente que ce n'aurait pas été pareil. Il était exceptionnellement proche de sa mère. À l'époque, chaque vendredi, ils allaient tous les deux chez Carvel, Route 9, manger des glaces « Rocky Road » saupoudrées d'éclats de biscuits, et il jacassait pendant le court trajet du retour. Le week-end, si son père sortait avec des collègues, elle l'emmenait dîner à Chestnut Hill Mall, confiant Taiwo et Kehinde au gentil M. Chalé, tandis qu'ils se régalaient d'une soupe aux palourdes chez Legal's. Il était fier de lui ressembler ; presque tout le monde le remarquait, ce qui la faisait sourire. De surcroît, son père la contemplait avec un respect mêlé d'admiration, et Olu avait l'impression d'en percevoir un reflet lorsque, de temps à autre, son père se tournait pour le regarder, un soupçon, à l'hôpital par exemple, le jour de la naissance de Sadie.

Sauf que Folá était absente. Affolée et égarée. Elle passait le plus clair de la journée dans la chambre d'enfants à regarder dehors par l'unique fenêtre, assise dans un vieux fauteuil à bascule en rotin récupéré de la véranda au changement de saison. Dans une chaleur étouffante. Elle ne préparait pas le petit déjeuner. Elle ne les empêchait pas de regarder des dessins animés. Elle ne faisait pas le dîner. Elle ne donnait pas de coups de téléphone. Elle se bornait à contempler la neige qui tombait lentement.

Ce matin-là, Olu s'occupa du petit déjeuner pour eux trois. Son frère et sa sœur grignotaient un toast, l'observant avec impatience. Deux paires d'yeux d'ambre qui lançaient des éclairs vers son front. Ces derniers temps, ils lui paraissaient étranges, presque effrayants.

« Qu'est-ce qu'elle a, maman ? lui demanda Taiwo.

— Je ne sais pas encore.

— Tu le sauras bientôt ?

— Aucune idée, répondit Olu, fronçant les sourcils. Elle a peur pour le bébé.

— Mais papa est avec lui.

— C'est vrai. » Olu resta planté là. Il finit par aller se laver les mains, propres, dans l'évier.

« Ne t'inquiète pas, intervint Kehinde. Il la sauvera.

— Je sais, la question n'est pas là. » Ils attendirent qu'il continue. Il s'essuya les mains tandis que ses yeux se remplissaient de larmes. Après s'être furtivement frotté le visage avec une lavette, il sortit en toute hâte de la cuisine, parcourut le couloir et franchit la porte d'entrée.

Dans sa veste du lycée de Brookline, il resta dans le jardin où l'air était trop froid pour que des larmes se forment, à regarder les breaks se diriger lentement vers le passage souterrain — la neige fondue verglaçait la chaussée — mais apparemment bien décidés à sortir de Boston et à entrer à Brookline (où il allait à l'école en bus), situé en haut de la route. Même s'il y avait moins de trois kilomètres jusqu'au panneau blanc, dont l'inscription en lettres noires signalait avec autorité ENTRÉE DE BROOKLINE, on aurait dit qu'une plus grande distance séparait les deux codes postaux : davantage d'arbres, le glacier Carvel, les guirlandes lumineuses accrochées par la municipalité. Ce matin-là, leur coin était particulièrement laid, les arbres et les maisons comme privés de vie ; une fine couche de saleté recouvrait les talus enneigés, un pit-bull esseulé aboyait quelque part, une ligne de basse. Le vieux père Noël en plastique et les lampions suspendus aux branches, semblables à des ficelles ornées de strass, ne faisaient qu'empirer les choses. C'était futile, dérisoire. La grisaille l'emportait sur toute tentative de décoration.

Pourquoi habitons-nous ici, se demanda-t-il, pris d'une colère subite, *dans la grisaille*, comme des ombres, comme des créatures faites de cendres, dont les timides rêves de richesse sont minés par une crainte que tout s'effondre un jour ? Est-ce que quelque chose en eux les maintenait dans les limbes, malgré leur intelligence et leurs efforts ? Et si c'était le cas, pourquoi ne pas accepter leur situation et s'installer parmi les pauvres respectables ? Il pensa à ses camarades de classe, les riches de Brookline, les pauvres de Metco, et lui au milieu, coincé entre les deux sans les avantages d'un sentiment d'appartenance, rongé par la honte et la peur. Ses parents avaient beau le cacher, il se doutait qu'ils avaient souffert, continuaient de souffrir d'une manière invisible, et que la pensée de voir leurs enfants épargnés les rassérénait — pourtant, il en était là. Le premier de sa classe : dans un lycée qu'il exécrait, surtout parce qu'un bus scolaire l'y emmenait, comme un immigré, un étranger, né intelligent mais exclu des privilèges, déposé par un bus puis renvoyé chez lui. Un redoutable athlète : qui détestait la compétition, dissimulait ses haut-le-cœur d'épouvante avant d'entrer sur le terrain, la panique, le désespoir qui le menaient à la victoire, à bout de souffle sans cesser d'avoir peur. Ayant appris que son père économisait pour un établissement privé, il avait décidé de donner le meilleur de lui-même (si seulement il pouvait vivre là où il étudiait, un pensionnaire, un *résident per-*

manent, dans un nid de verdure, il se débarrasserait de la grisaille qui s'accrochait à son coin, sa place dans la brèche noyée d'ombres entre deux mondes).

Il pensait aux ombres lorsqu'il leva les yeux et l'aperçut devant la fenêtre de la chambre d'enfants, une ombre. Elle ne le distingua apparemment pas. À moins qu'il ne soit transparent pour elle, comme s'il se fondait dans la grisaille, un fantôme. Il aurait aimé que Folá sourie ou l'appelle pour le gronder d'être dehors avec une veste aussi légère, mais elle se borna à regarder, se balançant d'avant en arrière. Il rentra et gagna ladite chambre (une ancienne penderie).

« Maman ? » murmura-t-il.

Sans cesser de se balancer, elle tira sur sa cigarette. « Viens, mon chéri. » Elle exhala la fumée. Il s'approcha du fauteuil et resta gauchement près d'elle, ne sachant trop s'il devait la toucher. Ils contemplèrent la neige.

« Tu l'aimes ? La couleur ? finit-elle par demander.

— Le gris ?

— Le rose de cette pièce. »

Il examina les murs. « C'est bien pour une fille.

— Pour une fille, répéta-t-elle en riant. Oui, j'avais une chambre aux murs roses. » Puis, brusquement, elle disjoncta : « On ne peut pas continuer à perdre ses proches et à l'accepter, sinon à quoi ça rime ? Je ne sais pas. Toute la question est là. S'ils continuent à mourir — mon *baba*, mon bébé — pourquoi l'amour ? » Elle le fixa d'un air absent. « Tu comprends ce que je veux dire ? »

Il n'en avait pas la moindre idée.

« Ma parole, tu trembles ! s'exclama-t-elle. Le chauffage est allumé ? »

Il faisait une chaleur étouffante dans la penderie, le chauffage poussé au maximum. « Je vais vérifier, mentit-il, pressé de filer. Tu as besoin de quelque chose ?

— Ma fille. Vivante. »

Son père revint, sa mère se rétablit. Quelque chose avait malgré tout changé, quoi ? c'était difficile à dire. Folá se consacrait au nouveau-né, « Sadé », Kweku à l'achat d'une maison de six pièces. Il venait de terminer son internat et touchait désormais un salaire de chirurgien ; la nouvelle maison était énorme, une grotte. Évidée. Le centre de gravité de la famille s'était déplacé, bien qu'il fût le seul à en avoir conscience : le couple Folá et Kweku n'occupait plus la place centrale, avec leurs discussions et leurs rires assourdis ; l'absence laissait un vide, Folá dévorée par le bébé, Kweku dévoré par son travail, où s'insinuaient leurs rêves d'avenir. Une vision du foyer dans une bonne dizaine d'années où les projets de chacun se seraient concrétisés (enfants adultes, clientèle privée) et où ils pourraient se retrouver. Cela devint le noyau de la renommée de la famille nucléaire — l'Avenir — avec des anneaux s'évasant de son cœur, un nouvel ordre décentralisé, des efforts dispersés pour gravir la montagne, chacun pour soi. Il perdit sa position au sein du couple, l'aîné, un intermédiaire entre parents et enfants ; il ne lui semblait plus être spécial aux yeux de Folá et de Kweku, leur premier-né, le pur-sang, ni être proche des jumeaux.

Une fois le centre disparu, ceux-ci avaient serré les rangs, s'étaient repliés. Cellule autonome, ils n'avaient plus l'air fragile. Ils chuchotaient, pouffaient, échangeaient des coups d'œil complices. Ils n'avaient plus besoin de protection. De leur frère.

Et peut-être parce que ce frère, à quatorze ans, venait d'avoir une poussée de croissance et avait mué, qu'il était en rade dans l'antichambre de l'âge ingrat précédant la beauté, éjecté sans ménagement de l'enfance, Olu se rendit subitement compte qu'il n'était pas beau, du moins pas comme eux. Ces privilèges revenaient à Kehinde, la beauté et l'enfance, deux états qu'il n'avait jamais perçus jusque-là, mais qu'il regrettait amèrement maintenant qu'il en était sorti. Ce fut à cette époque que quelqu'un, les voyant ensemble, commenta : « L'un a eu la beauté, l'autre l'intelligence » ; un ? non un = était sous-entendu dans l'équation du fait de la réaction (tapotements sur l'épaule, rire forcé, changement de sujet), et Olu, le sourire aux lèvres, rougit sous l'effet de la douleur, *alors c'était vrai il était moins que*... Jaloux de Kehinde.

Une vingtaine d'années plus tard, la sensation revient : la même douleur intolérable lorsqu'ils se tenaient dans l'allée et l'impression d'être observé le menèrent à regarder son frère qui dévisageait sa compagne, les lèvres pincées. *Ling choisirait Kehinde*, pensa-t-il l'instant d'après, ce qui occulta le passé retrouvé grâce à l'odeur de sève, d'humidité, de roussi, de transpiration et de pétrole rougeâtre. Il piqua un fard. Si la situation se présentait, Ling choisirait Kehinde : n'importe quelle femme saine d'esprit le ferait. Un artiste prestigieux, célèbre, riche, alors qu'Olu était interne. Cause et effet. Sauf qu'il ne le supporterait pas, de la perdre, pense-t-il, les mains sur sa douleur, le regard fixé sur le ventilateur et son frère à côté de lui, silencieux comme une menace peut l'être. Plus exactement, de la perdre elle aussi.

V

Kehinde sent que son frère ne dort pas. Peut-être ses yeux sont-ils toujours ouverts (se remplissant de larmes), mais il se tait, en proie au désarroi depuis leur arrivée. « Il est mort », a-t-il constaté, assailli par la souffrance, et elle a ri, et le chœur a braillé (*il n'y a point de variation, ni d'ombre de changement*[1]) — puis ils se sont retrouvés devant la maison qui rappelait une construction du Colorado, un boy est apparu, du liquide dans la main destiné au taxi. Une ravissante bonne se démenait avec Folá ; les autres sont descendus de la Mercedes ; le boy a pris les valises dans le coffre du taxi, dont la portière rouillée a grincé quand Taiwo en est sortie. Il a ouvert celle de son côté et l'a imitée, clignant lentement des yeux, agressé par la lumière, la blessure du rire de sa sœur et a pensé, *elle a raison*, même si elle ne l'avait dit que pour lui faire mal, même s'il en était capable auparavant :

il ne peut lire dans ses pensées.

Pendant des années, il y arrivait — plus précisément il les entendait. Comme s'il s'agissait de mots prononcés avec la voix de sa sœur dans sa tête, des fragments distincts, et plus distinctes encore les pensées qui les accompagnaient ; il ressentait ce qu'elle éprouvait.

Il ne sait toujours pas quand la réception s'est détériorée. Pas au Nigeria, malgré l'horreur abso-

1. Jacques, chap. 1, verset 17.

lue. À la fin de l'université, la dernière fois qu'il l'a vue ou plus tôt ? Il ne se fie pas à sa mémoire. La tentative de suicide a brouillé ses souvenirs, les a mélangés. Les archives sont là, en désordre cependant. Il ne retrouve pas l'âge qu'il avait lors de la survenue de tel ou tel événement. Il ignore dans quel pays il était, en quelle année. Il sait qu'à un moment donné il y a eu de la friture sur la ligne, qui a fini par être coupée. Il a beau sentir sa sœur — faire l'expérience de sa présence avec la même intensité que le vide laissé entre des aimants pour y glisser un doigt —, il ne l'entend pas, alors il a cessé de la connaître.

Silence radio.

« Il n'est plus » l'a fait rire, et il n'a pas entendu pourquoi.

Il est descendu du taxi, clignant des yeux sous l'effet de la tristesse, s'est immobilisé pour se remettre d'aplomb. La lumière rasante et éblouissante du soleil braquée sur lui brouillait un peu sa vue et, levant la main pour s'en protéger, il s'est un peu déplacé et a aperçu le visage de Ling. Elles ne se ressemblent pas. Il ne s'agissait que d'une déformation — l'angle, le soleil, le chagrin, l'ombre — pourtant, à ce moment précis, à côté d'Olu, on aurait vraiment dit le docteur Yuki.

VI

Folá s'arrête un instant dans le couloir entre les chambres pour écouter leurs voix derrière les portes fermées. Elle sent leurs corps, fût-ce dans le silence, leur présence aussi insolite que l'avait été leur absence. Elle se souvient de la première fois où elle a éprouvé cela, un matin qui ne se distinguait en rien des autres quand elle y pense (même s'il en va apparemment toujours ainsi en matière de révélations, la banalité du contexte aussi surprenante que le contenu) :

un lundi matin à Boston, en avril, ce mois au nom étrange, tellement trompeur du fait de sa sonorité, *avril*, une ouverture qui ne dit pas la vérité sur les pluies grises, implacables. Son mari avait appelé d'une cabine publique de Boston pour lui annoncer qu'il était parti et ne reviendrait pas (fin octobre). Elle s'était allongée dans sa chambre et s'était remémoré son départ de la cuisine le matin même. Debout devant le plan de travail, elle préparait le petit déjeuner des enfants et l'avait vaguement vu s'éclipser de la pièce mais avait entendu « Au revoir » du vestibule, puis « Je t'aime ! » Elle avait répondu en yoruba, *Je sais, M n Mo*. Son coup de téléphone à minuit avait été tellement inattendu, l'avait tellement prise au dépourvu qu'elle avait été incapable de penser, d'écouter, de raisonner. Elle n'avait pu que sangloter en se rappelant sa voix depuis la porte, le matin même. Le lendemain, à son réveil, ses yeux étaient bouffis, ses canaux lacrymaux secs, son chagrin pétrifié. Parti, il était parti, *très bien, il fallait continuer*, on ne pouvait pleurer toute sa vie. Elle découvrit qu'ils étaient fauchés, vendit donc la maison (en hiver), emménagea avec les enfants dans un logement de location situé au bout d'un terrain donnant sur la Route 9, qui avait le mérite d'être dans le même quartier que l'école. Deux petites chambres, le canapé du salon en guise de lit pour elle. Folá régla les dettes, trouva un avocat, divorça (au début du printemps). Elle emmena les jumeaux à l'aéroport et Olu à Yale (à la fin de l'été). Un automne flou,

Noël en tête à tête avec Sadie, le Nouvel An, la neige se muant lentement en pluie…

jusqu'à un jour d'avril, un matin banal, elle allait se préparer du thé dans la cuisine, après avoir déposé le bébé chaussé de bottes à l'arrêt du bus, la radio en sourdine, la pluie davantage encore — lorsqu'elle s'arrêta dans le couloir entre les deux chambres, frappée par le silence. Et sa solitude. *Partis, ils étaient partis*, les corps, les voix, un amant, quatre enfants, leurs battements de cœur, le bourdonnement, la chaleur, le mouvement et le murmure, la bousculade et le babillage, une rivière qui s'était tarie alors qu'elle pleurait. Elle resta. Une relique ostensiblement seule, tel un objet abandonné la nuit sur une plage, soudain consciente du silence, de sa nouveauté, de son étrangeté, l'écho de sa solitude d'une clarté absolue.

Ce qu'elle éprouve maintenant est aussi insolite que le silence, leur absence de ce matin-là : elle n'est pas seule. Dans le couloir entre les deux chambres, elle les sent, silencieux à défaut d'être endormis. La sensation la fait glousser. Elle ne s'y fie pas complètement. Elle retourne dans la cuisine. A-t-elle oublié quelque chose ? Elle éteint la radio pour ne pas réveiller Sadie, les cloisons de sa chambre sont minces. Autre chose ? Le coup de fil de Benson, qui vient dîner. L'*egusi* qu'Amina doit préparer à seize heures.

Rien à faire.

La pensée l'habite.

Elle va dans le jardin, s'installe de nouveau dans la chaise longue pour fumer.

C'est stupide à son âge de s'y appesantir, de laisser la pensée prendre forme, mais elle est là de toute façon, *J'ai souffert de la solitude.* Et elle rit, surprise par les larmes qui jaillissent. La révélation ne devrait pas la bouleverser, c'est une évidence maintenant que la vérité lui crève les yeux. Pourtant cela lui fait mal : un élancement sourd, analogue à la faim, une faim pour un plaisir presque oublié.

Presque.

Les yeux clos, elle entoure sa taille d'un bras et exhale la fumée ; le plaisir d'avoir de la compagnie se mêle à celui de la nicotine, et le bonheur de les avoir tous à la maison est douloureux.

4

Le dîner. Ils approchent leurs chaises de la table — un changement dans l'atmosphère, tous sont sensibles à sa pesanteur, prennent conscience de la raison de leur présence ici maintenant qu'ils sont réunis officiellement : un groupe : assujetti à une détresse commune, aux silences lourds de sens, aux regards baissés, aux moments de gêne sous couvert de politesse — lorsque quelqu'un s'annonce.

Un coup de sonnette intempestif, hors contexte ; Folá a oublié qu'elle attend un invité. Ils hésitent, à mi-chemin, les mains sur les pieds de leurs chaises et attendent quelques secondes que l'un prenne la parole.

« Madame, prévient Amina du seuil de la salle à manger, trois marches mènent au salon. S'il vous plaît, un invité.

— Qui est-ce ? demande Folá.

— Un monsieur, s'il vous plaît.

— Où est-il ?

— Dehors, s'il vous plaît.

— Pour l'amour du ciel, fais-le entrer. » Folá, qui ne reçoit personne depuis son arrivée au Ghana, sait que les domestiques ne sont pas encore formés. Elle reste un peu choquée par leurs efforts de la matinée, leur façon de passer à l'action avec une assurance inédite dès l'instant où ils étaient apparus dans l'allée, cinq étrangers et elle (la plus étrange), sans poser de questions. Peut-être préféraient-ils une maison pleine à la seule Folá en short armée d'un sécateur ? « Viens », ajoute-t-elle gentiment, et elle accompagne Amina. Elle trouve Benson devant la porte d'entrée.

Une bouteille et un bouquet à la main. « Je suis désolé », murmure-t-il, s'avançant pour l'embrasser.

Folá a un mouvement de recul. La voix de basse veloutée et la puissante odeur de savon noir et d'eau de Cologne sont trop familières : une vague déferle. Elle s'agrippe au chambranle de la porte, puis agite la main en riant : « Je vais bien, vraiment bien. Merci, et bienvenue. » Elle prend les fleurs pour se dérober à une nouvelle tentative d'étreinte. « Nous allions commencer.

— Je ne vous interromps pas ? C'est impoli d'être en avance au Ghana.

— En aucun cas. Dix-huit heures n'est pas une heure civilisée pour dîner, je sais, mais…

— Le décalage horaire.

— Exactement.

— Bien sûr. » Il déglutit. « Et les enfants ?

— Ce ne sont plus des enfants. Ils sont tous ici, nous sommes ensemble. On passe par le salon. »

Benson la suit jusqu'à la salle à manger, où ils sont debout à présent, les mains sur la table, les yeux rivés sur son visage. « Mes chéris, je vous présente Benson. Un ami de votre f… de la f… famille. De Hopkins.

— Bonjour. » Il tend la bouteille et leur sourit avec tristesse. « C'est un plaisir de vous rencontrer. Mes condoléances. »

Le regard vide avec lequel ils le fixent, même Ling, est presque glacial, comme s'ils le rendaient responsable de leur deuil, puisqu'il est le premier à en parler ici, au cours de cette pause, alors que les faits s'imposent à eux. Benson s'en rend compte et s'adresse à Folá : « Vous devez être traumatisés. Dieu sait si je le suis. »

Soucieuse, ce qui ne lui arrive plus depuis une éternité, que le moindre étranger trouve ses enfants bien élevés, Folá brandit les fleurs : « Elles sont magnifiques, n'est-ce pas ? Des gardénias. » Son sourire lui fend le visage si bien qu'ils le lui rendent. Elle dispose le bouquet, conçu pour un manteau de cheminée, au milieu de la table ; ce n'est pas sa place. Les frondes des fougères décoratives pendillent dans la marmite de riz, les fleurs sont si hautes qu'elles masquent tout. Lorsqu'ils s'asseyent — on les en prie, alors ils s'exécutent —, le vase les empêche de voir celui qui est en face.

Benson s'installe sur la chaise vide et sourit à Olu : « J'ai eu l'impression de te reconnaître », dit-il, précipitamment. Sa voix est trop basse pour que les autres entendent, Olu trop foncé pour que sa rougeur se remarque mais il esquisse un mouvement de dénégation, rigide, de gauche à droite, et Benson acquiesce d'un hochement de tête — en haut, en bas, en haut — (ayant compris qu'il ne devait pas insister, comme le font parfois les hommes sur un signe infime : hochement de tête, plissement de front, haussement de sourcils, et ils changent de sujet sans changer d'intonation). « La dernière fois que je vous ai vus, vous aviez des couches, enchaîne-t-il à l'intention des jumeaux, dont les visages sont cachés par les fleurs. J'étais en dernière année d'internat. Quel âge avez-vous maintenant, trente ans ?

— Vingt-neuf, répondent-ils à l'unisson, sur le même ton rauque.

— Octobre, précise Kehinde. Nous aurons trente ans au mois d'octobre prochain.

— Quant à toi. » Benson se tourne vers Sadie, la voisine de Kehinde, plus visible. « Toi… tu n'étais qu'une lueur dans…

— Mes ovaires, le devance Folá. Très exactement.

— C'est obscène », proteste Sadie. Voici ce qu'elle redoute le plus : le moment où un inconnu pose des questions sur l'âge de chacun d'eux, leurs activités. Elle le sent venir aussi inéluctablement que le changement d'accords à l'approche du pont d'une chanson pop. L'air contrit, elle regarde l'homme au bout de la table, se demande pourquoi il est là même si ça ne l'ennuie pas vraiment. Grâce à l'invité, la douleur s'exprime au lieu de planer, silencieuse, prégnante à force de n'être ni nommée ni reconnue, sa portée *et* son ombre, une souillure. Ils peuvent désormais imputer leur angoisse à Benson, qui a pris la place dont personne ne voulait, formulé ce que personne ne voulait dire et atténué, avec ses fleurs, le côté sinistre du tableau. Ils se tiennent très droits, parlent doucement, sourient poliment, *parce qu'il y a un invité*, partie prenante comme eux du drame qui se joue lors de repas familiaux (même sans un décès dans la famille), mais un visiteur, un innocent en mal de protection. Ils doivent veiller au bien-être de l'invité. Elle le gratifie d'un petit sourire : « En effet, je suis née plus tard. Je m'appelle Sadie. »

Ling intervient avec un rire cristallin : « Les ovaires n'ont rien d'obscène.

— Elle est gynécologue obstétricienne, moi orthopédiste, s'empresse d'ajouter Olu.

— Deux médecins ! s'exclame Benson. C'est donc de famille. Je n'ai pas compris votre nom. » Ling le lui donne. « Eh bien, Ling, le Ghana manque d'excellents médecins, surtout en obstétrique, gynécologie et pédiatrie. Il y a sept ans que j'ai ouvert un petit hôpital en ville. Nous avons toujours une liste d'attente pour les consultations. Nous aurions aussi besoin de chirurgiens », poursuit-il, désignant Olu. « Je connaissais ton père, alors je suis sûr que tu es bon. » Il s'interrompt. Ils se taisent tous. Pour le laisser continuer, voir s'il s'enlise, mais il rit doucement et reprend : « Le premier de notre classe à John Hopkins. Personne ne pouvait rivaliser avec lui. Et je ne parle pas que des Africains. Personne n'était meilleur que lui. Je me souviens avoir pensé le jour de son arrivée : qui est ce péquenaud ? Il vient de Lincoln University ? Je n'en ai jamais entendu parler. J'aurais dû, je le sais : Kwame Nkrumah ! Mais j'avais fait mes études en Pologne, entre tous les pays. C'était une drôle d'époque. Les Africains avaient des bourses grâce à la guerre froide. On pouvait étudier à Varsovie sans débourser un sou. Je suis arrivé à l'est de Baltimore avec un accent du bloc de l'Est. On m'a sûrement cru sourd pendant un moment. Quoi qu'il en soit, on se débrouillait.

On se regroupait. Tout le monde avait envie d'être l'ami de ton père. Et Kweku était... » Il s'arrête, sourit et se tourne vers Folá, dont l'expression l'incite à se tourner de l'autre côté. « ... Timide. Un crétin, à vrai dire. Beau, en revanche, et scrupuleux. Il plaisait à toutes les filles. Sauf qu'il n'en aimait qu'une...

— Vraiment, je ne pense pas..., intervient Folá.

— Continuez, souffle Sadie. Il n'en aimait qu'une ? »

Le regard de Benson passe de Folá, qui penche la tête en soupirant, à Sadie, à qui il sourit non sans tristesse. « Nous étions quatre. Des Africains — enfin, cinq si on compte Trevor. Un Jamaïcain...

— Trinidadien, rectifie Folá.

— Ah, d'accord. Cinq camarades. Des prodiges fauchés comme les blés. On avait droit à des indemnités en plus de nos bourses, mais on les dépensait en billets d'avion et personne n'avait beaucoup de fric. On partageait tout. On dînait ensemble, chacun faisait la cuisine à tour de rôle du lundi au vendredi. Le mercredi, c'était Kweku. Il préparait toujours du *banku*[1], qu'on détestait ; il avait un goût de colle. Il n'empêche qu'on se pointait en avance chez lui pour parler à ta mère. Ou l'admirer. Aucun n'avait le courage de l'approcher. Et on regardait ton père, ce type timide du Ghana, aux chemises boutonnées jusqu'au col, un Lumumba ghanéen avec ses lunettes — qui était avec elle. »

Un silence lourd s'est abattu. Ils ont les yeux rivés sur le bouquet comme s'il s'agissait d'un corbillard. Personne ne sait ce que pense l'autre, per-

1. Farine de manioc et de maïs, bouillie.

sonne n'ose prendre la parole de crainte de se fourvoyer.

Folá finit par lâcher. « Pour l'amour du ciel, Benson ! » Un rire d'une telle tristesse lui échappe qu'ils se joignent à elle. « Les choses ne se passaient pas comme ça...

— C'est vrai...

— Non, absolument pas. Il faisait aussi des œufs au bacon. Encore plus infects. » Elle se lève pour ôter une fougère de la marmite de riz. « Les plats refroidissent. Mangez. » Ils obéissent.

Riz *joloff*, *egusi*. Ils s'y attaquent vaillamment, meublant le silence tendu d'aimables requêtes : *passe le vin s'il te plaît, quelle heure est-il, tu as assez de place, plus de vin s'il te plaît, qu'est-ce que c'est, on débouche une autre bouteille ?* Sitôt que les questions se tarissent, Folá disparaît et revient avec le gâteau. « Je suis impardonnable de n'avoir ni écrit ni téléphoné à temps, mais je n'ai pas oublié. » Elle entonne les premières notes, et ils se mettent tous à chanter, tandis que Sadie, le rouge aux joues, se mordille la lèvre. À la fin du dernier « anniversaire... ! », Folá pose le gâteau sur la table et, se penchant au-dessus de Sadie, reste dans cette position pour l'embrasser et lui dire : « Tu avais raison. » Voilà le problème réglé, approfondi. Taiwo et Kehinde lancent : « Le vœu ! » de nouveau à l'unisson. Du coup ils froncent les sourcils. Et Benson de s'esclaffer : « Ce sont vraiment des jumeaux ! » Le sempiternel commentaire, débile, crispe Olu. Il se ressaisit et glousse. Sadie aussi quand elle remarque la bougie : grosse, blanche, produisant une cire épaisse. Elle est sur le point d'interroger sa mère, qui rit et hausse les épaules, puis change d'avis. *Plus la bougie est grosse*, songe-t-elle, prête à souffler, *plus mes vœux seront exaucés*.

II

Après le dîner, Taiwo se retire dans le salon à trois petites marches de la table de la salle à manger. Elle s'assied sur la causeuse recouverte d'un étrange plaid orange avec le magazine *Ghana Ovation*. Derrière elle, Folá restée à table avec Benson, discute de la tradition ghanéenne des cercueils personnalisés ; elle les entend chuchoter à la manière d'adultes veillant à ce que leurs propos ne parviennent pas aux oreilles des enfants. C'est l'impression qu'ils ont eue pendant le dîner, d'être des *enfants*, attentifs et respectueux du règlement, tels les élèves d'une école catholique — et elle se demande pourquoi ils se comportent encore de la sorte, jouent le numéro de la Piété Filiale Africaine. Yeux baissés, voix en sourdine, timidité feinte, épaules voûtées ; l'exaltation de la déférence est le fléau de leur culture, cette pulsion irrépressible de se montrer obéissant et digne d'éloges pour sa vénération de l'Ordre (malgré l'effritement de l'Ordre, corrompu, obsolète, dysfonctionnel, il faut afficher du respect). Sa docilité, celle de ses frères et de sa sœur, des domestiques, de ses camarades de classe africains lui font horreur. Elle n'est pas convaincue que le respect en soit le fondement, ni pour les respectueux ni pour les respectés. Elle soupçonne que c'est de la paresse, une concession par défaut, ou encore de la lâcheté chez les premiers, un goût du pouvoir chez les seconds. La plupart des parents africains, avait-elle perçu, privés d'autonomie dans leur enfance, sans personne à qui imposer leur volonté, persécutent leur progéniture, à force de tapes et de cris, pour soulager l'angoisse existentielle postcoloniale...

mobilisée par des réflexions de la même veine tout en feuilletant le magazine, elle tombe sur une page qui l'en arrache. D'abord à cause du nom. La légende, petits caractères parmi des visages (mariages, matchs de polo, obsèques, une pléiade de clichés mondains), *Femi et Niké Savage* à... Puis à cause de la photo :

les chaussures

le costume

la chemise

le cou

le sourire

le nez

les yeux.

Ces yeux.

Des yeux noirs, aux paupières lourdes, ourlés de rouge, qui croisent les siens, le regard fou d'un drogué, le sourire assorti (dur, vague), sa femme près de lui, le teint terreux en raison de l'âge, une nouvelle perruque de cheveux blonds et courts.

Taiwo balance le magazine dans la pièce, une réaction instinctive. Le bruissement des pages quand il atterrit sur le plancher attire l'attention de Folá et de Benson. « Chérie ? » l'interroge Folá. Taiwo est incapable de répondre. « Qu'est-ce que tu as ? Qu'est-ce qui s'est passé ?

— Une bestiole, souffle Taiwo, désignant le magazine par terre. J'écrasais un insecte.

— Ah, oui. Bienvenue au Ghana. » Benson n'a pas remarqué le tremblement de sa voix. « À propos, vous prenez tous un médicament contre la malaria ? Les moustiques peuvent tuer ici. J'ai de l'Aralen dans la voiture. » Taiwo fait signe que non. « Je vais le chercher. Pas de souci. J'en ai peut-être assez pour que vous commenciez tout de suite. » Il se lève et jette un coup d'œil à Folá.

L'air absent, Folá hoche la tête : « Très bien, merci. »

III

Debout à présent, Folá scrute sa fille. Consciente de l'accélération des battements de son cœur, un élancement en bas, à droite, à l'emplacement d'une petite cicatrice datant du jour où elle avait dégringolé dans l'escalier avec Taiwo. Cela paraît difficile à croire, elle n'avait que vingt-huit ans, une éternité, trois enfants (sa première fille : un mystère pour sa mère par rapport à Olu et Kehinde, une nouveauté, plus périlleuse en un sens). À un an, Taiwo était déjà superbe. Son jumeau aussi. Où qu'elle les emmène, on l'arrêtait. Des inconnus les prenaient toujours pour deux filles et se répandaient en compliments d'une voix stridente, « Comme elles sont *belles* ! » Indéniablement. S'occuper de ces enfants inquiétait néanmoins Folá. Trop précieux, trop parfaits, la fille surtout, on eût dit un cadeau très coûteux d'une extrême fragilité qu'il fallait se contenter d'admirer et éviter de toucher. Kehinde était aussi facile qu'Olu, même plus. En revanche, Taiwo pleurait dès que sa mère cessait de la porter et continuait jusqu'au retour de Folá — seulement Folá, jamais Kweku. Folá était troublée parce qu'elle adorait ça, le frisson qui la parcourait quand elle prenait sa fille dans ses bras, et le fait qu'elle s'arrête de pleurer pour sourire à sa mère, s'accrocher à elle, enfouir son visage dans son cou. Attendrie, bouleversée, perturbée par cette dépendance, Folá craignait de montrer une préférence, de gâter la petite ou de la désorienter en lui donnant à croire que le monde était moins amorphe qu'il ne l'est.

Ce jour-là, la sonnette avait retenti alors qu'elle lavait les bébés dans la baignoire à l'étage. C'était Olu, cinq ans, déposé par un professeur qui habitait la même rue et avait klaxonné avant de repartir. La porte était au pied de deux escaliers étroits, impossible de laisser les bébés sans surveillance le temps de descendre. Elle les prit, dégoulinants d'eau savonneuse, un sur chaque bras, dévala les marches pour aller ouvrir à Olu, et glissa. La sensation s'est gravée dans sa mémoire, la panique qui envahit ses poumons tandis que sa pantoufle s'envolait, que son dos se cognait aux marches et qu'elle dégringolait, s'accrochant à la peau mouillée à l'odeur suave de ses enfants. Au moment où elle s'arrêta, elle ne tenait plus que Kehinde et, s'étant égratigné la cage thoracique, saignait. Par miracle, Taiwo avait atterri au pied de l'escalier, intacte. Elle ne bougea pas lorsque Folá se releva, serrant Kehinde dans ses bras. Elle la regardait, sans pleurer. Mais son regard, plus poignant que des cris, semblait dire, *tu m'as lâchée, tu m'as lâchée*. Ces yeux — qui, au début, avaient tellement désarçonné Folá car elle ne les avait vus que sur un portrait — la scrutaient, pleins d'un immense chagrin qui lui fendait le cœur, accusateurs : les yeux d'une morte dans un visage de bébé.

Sitôt qu'Olu eut appuyé sur la sonnette, Taiwo éclata en sanglots et la détresse de sa sœur ne tarda pas à faire pleurnicher Kehinde. Folá se mit à hurler dans sa tête ; versant des larmes silencieuses, elle ouvrit à Olu, abasourdi. « Porte ton frère. » Olu obéit. Folá attrapa Taiwo, et ils montèrent, loin du froid. La petite fille continua de pleurer, tout bas, des heures durant, jusqu'au retour de son père.

Folá regarde Taiwo et sent le souffle court de sa fille dont les grands yeux sont durs, secs, désespérés, incendiés d'une rage qui, Folá le sait, se dresse entre elles depuis le séjour à Lagos des jumeaux — mais aucun n'avait accepté de parler de ce qui s'était passé avec Femi, et Sena, qui les avait retrouvés, prétendait n'être au courant de rien. Il y avait eu un simple coup de fil, l'été, aux aurores, dix mois après le jour où elle les avait accompagnés à Logan : oncle Sena, aperçu pour la dernière fois sur le tarmac au Ghana, l'appelait du Nigeria à cinq heures du matin. « À peine les ai-je vus que j'ai compris que c'étaient les tiens. Ce sont les petits-enfants de Somayina, me suis-je dit. » Sena chialait tandis que Folá, qui continuait à dormir sur le canapé, cherchait à tâtons un interrupteur. « Reprends depuis le début. »

Le récit de Sena eut beau être confus — friture sur la ligne, débit précipité et entrecoupé, tiraillé qu'il semblait être entre son désir de les aider et celui de cacher quelque chose —, Folá en saisit l'essentiel. La première partie, elle la connaissait :

après l'assassinat de son père, sa maîtresse, Bimbo, avait décidé que la maison lui appartenait et y avait emménagé avec son fils. Ils y avaient vécu comme une reine et un prince héritier, tenant un bordel pour soldats jusqu'à la fin de la guerre du Biafra. Le jeune Femi avait donc commencé sa carrière en tant que proxénète, marchand d'armes légères, dealer de cocaïne et, à la mort par overdose de Bimbo à la fin de la guerre, s'était mis à son compte comme un enfant prodige de la pègre. Folá l'avait découvert lors de son dernier voyage à

Lagos en 1975, entrepris pour réclamer l'aide de Femi, après avoir appris par hasard d'un Nigérian de Baltimore que son frère était plein aux as. Retrouvailles. Ils n'avaient jamais été proches. Femi avait quatre ans de moins qu'elle. De temps à autre, il venait à la maison avec sa mère, cette Bimbo, une femme de grande taille, dure, maigre et nerveuse qui, dans une vie antérieure avait peut-être été mannequin, pas putain. Son père n'avait jamais essayé de les cacher à Folá (« ta mère est morte et un homme a des besoins »), et elle savait que le garçon qui attendait dans la cuisine quand Bimbo montait était son *aburo*[1].

Cela lui était égal. Bimbo et Femi, deux noms qui n'existaient pas dans son esprit — des figurants de sa jeunesse, anonymes, sans texte, une femme virile et un garçon efféminé — jusqu'à sa découverte de l'argent. Trop tard. Femi prétendit avoir cru qu'elle était morte avec leur père dans l'incendie de Kaduna ; sinon, il ne l'aurait jamais exclue de l'héritage paternel. Hélas. C'était trop tard maintenant pour redistribuer l'oseille, mais Folá n'avait qu'à lui demander de l'aide. Après tout, ils étaient frère et sœur, la ressemblance le prouvait, peu importe que leur père ne l'ait pas reconnu. Folá quitta Lagos avec de quoi se rendre à Accra, au chevet de la mère malade de Kweku. En revanche, elle se jura de ne plus jamais procurer à Femi le plaisir de lui proposer son aide. Un serment qu'elle rompit pour les jumeaux.

Cette fois, son frère refusa de faire un virement ; en guise d'alternative, il suggéra un échange : si Folá acceptait de lui confier ses *ibeji,* il se chargerait de

1. Petit frère.

leurs frais de scolarité puis de ceux de l'université. Il avait épousé la fille unique d'un général devenu magnat du pétrole ; on l'avait dupé, elle était stérile. Avoir des *ibeji* chez eux pouvait « soigner » Niké, sa femme, expliqua-t-il, comme si la gémellité était magique. Marché conclu. Folá envoya les jumeaux au Nigeria en août et, quarante semaines plus tard, Sena les renvoya à la maison.

D'après ce qu'elle comprend, son demi-frère retors avait organisé une bacchanale (drogue, prostituées, orgie, autant d'éléments jamais vraiment élucidés), où Sena était allé. Ce dernier avait son histoire tragique à raconter : l'expulsion de Lagos, l'hiver 1983, à la suite du mot d'ordre « Le Ghana dehors » et de la décision arbitraire du gouvernement nigérian de déporter deux millions de Ghanéens ; son retour humiliant, sans un rond, à East Cantonments pour créer un cabinet à Accra en partant de zéro, deux petites années avant un coup d'État barbare dans sa patrie où il n'était plus chez lui ; la mort de ses parents. Une décennie éprouvante. La première semaine après son retour à Lagos, des amis l'emmenèrent dans une fête privée, sans lui préciser que la maison était celle de Kayo Savage, l'hôte Femi — et il les trouva. Dès qu'il les aperçut, blottis l'un contre l'autre, des enfants au milieu d'adultes, il sut de qui il s'agissait et que quelque chose clochait ; maquillés, s'exprimant d'un ton monocorde comme s'ils étaient drogués, ils se serraient les coudes, baissaient les yeux. Sena les embarqua sur-le-champ dans les vêtements qu'ils portaient, prit un taxi jusqu'au Sheraton d'Ikeja où il logeait et, affolé, téléphona à minuit pour la prévenir qu'il les mettait dans le premier avion possible. Point à la ligne.

Folá fit le trajet de quatre heures jusqu'à JFK dans la voiture bleue crasseuse, arriva en avance et attendit, sans bouger, sans manger, se tenant le ventre, implorant son ami Jésus de faire preuve, cette fois, de clémence. Ils débarquèrent dans le hall d'arrivée, en tenue d'été, le rouge à lèvres formant une tache de sang orange foncé, les mains entrelacées, les yeux toujours baissés, trop maigres, silencieux, l'un et l'autre. Combien de fois leur a-t-elle demandé de lui parler ? « Dites-moi juste ce qui s'est passé », « S'il vous plaît, dites-le-moi », « Je vous en supplie ». Elle appela Femi, hurla, pleura, menaça. « Comment oses-tu enlever mes chéris ? » ricana-t-il avant de raccrocher. L'ombre d'eux-mêmes. Ils dormaient en plein jour et chuchotaient la nuit dans leur chambre de cette maison qu'elle abhorrait, sans jardin où faire pousser des fleurs. Faute de moyens pour payer une thérapie, elle supplia qu'on lui accorde une aide financière. L'établissement privé donna son assentiment en raison des succès spectaculaires d'Olu les quatre années précédentes. Ils y entrèrent à l'automne dans la même classe que celle où ils avaient été à l'école internationale, un redoublement. Kehinde calme et maussade, Taiwo rebelle et furieuse, les deux muets quant au pourquoi.

Folá ne sait toujours rien.

Elle regarde Taiwo, tenaillée par l'envie de l'étreindre, de lui extirper ce pourquoi — ainsi que la tristesse, la fureur, l'ombre —, de la serrer tellement fort que tout jaillira, laissant Taiwo à bout de souffle, comme lorsqu'elle avait un an et n'avait de cesse que sa mère la prenne dans ses bras. C'est impossible. Folá imagine ce bébé — mouillé et sans défense dans tous les sens du terme, nu et muet, là où elle l'avait laissé tomber —, et la culpabilité la taraude, un fantôme, des années plus tard. Malgré son envie, elle ne parvient pas à franchir les trois marches qui les séparent.

« Que s'est-il passé… ? » lance-t-elle à voix basse, de la table de la salle à manger.

Taiwo ne l'entend pas et s'éloigne.

IV

Kehinde surprend Sadie au fond du jardin, dans un transat, les pieds sur le tronc du palmier, les yeux clos, renversée en arrière. Aucune lumière n'éclaire ce coin tant il est éloigné de la maison. Il n'y a que l'éclat des étoiles, pellicule argentée infusant les ténèbres d'un gris opaque. Il hésite un instant derrière elle, dans la pénombre, se demandant si elle dort. « Je peux te rejoindre ? » Elle sursaute et se penche en avant, elle n'avait pas entendu ses pas.

« Tu m'as effrayée, souffle-t-elle. Il fait tellement sombre. Tu es tellement silencieux.

— Je suis désolé, murmure-t-il, gêné.

— Aucune importance.

— Qu'est-ce que tu faisais ?

— Je comptais », répond-elle. (Ils chuchotent comme s'ils se cachaient ou projetaient une évasion et étaient, malgré eux, tétanisés par la situation, l'obscurité du jardin, l'intimité d'un bavardage au clair de lune.) « Assieds-toi, ajoute-t-elle, se levant.

— Non, ne bouge pas. » Il s'installe par terre, près de l'arbre. Un peu mal à l'aise, ils se taisent. La pénombre est rassurante. Troublée par la pause, Sadie finit par prendre la parole.

« Qu'elle *vive* ici, au Ghana, ça ne te paraît pas bizarre ? » Elle tape sur un moustique.

« Tu trouves ? Je ne sais pas. Peut-être.

— Elle ne m'a même pas avertie de son départ.

— Moi non plus. Elle est comme ça.

— Je sais, mais au *Ghana* ? » Elle se frotte le bras, l'air renfrognée, comme si la piqûre d'un insecte du Ghana l'offensait particulièrement. « Si elle avait envie de ce retour aux sources, en Afrique, pourquoi n'est-elle pas allée au Nigeria ? Au moins, c'est son pays.

— Ici, c'est plus tranquille », explique Kehinde, sans révéler le fond de sa pensée : il ne retournerait jamais au Nigeria quand bien même Folá s'y installerait pour de bon. « C'était pareil au Mali, dans la maison où j'habitais à Douentza, la tranquillité. On la voyait. On pouvait réfléchir.

— Ça t'a plu, là-bas ? Le Mali ? Oh, attends. Tu réfléchis ? Je parle trop ?

— J'aime te parler. » Kehinde sourit, en réponse au sourire de Sadie qu'il perçoit dans l'obscurité. « Je n'en ai jamais l'occasion.

— Tu veux dire que tu n'appelles jamais. » Mais elle rit. « À propos, merci.

— De quoi ?

— Les frais de scolarité. Maman m'a dit que tu l'avais aidée l'an dernier et que tu lui avais fait promettre de garder le secret. Sauf qu'elle me raconte tout. À part son départ au *Ghana*.

— Je t'en prie.

— Alors, tu es célèbre ?

— Pas vraiment, proteste-t-il en s'esclaffant.

— Bien sûr que si, Kehinde. Je t'ai vu sur Internet. Ma meilleure amie, sa famille s'y connaît en art. Ils ont acheté une de tes œuvres, je crois. Une des dernières.

— Ah bon ?

— Je les aime. Les bogolans.

— Vraiment ?

— Ils sont immenses. Comment tu fais ?

— J'utilise de la boue. Et de grandes toiles. »

Ils éclatent de rire ensemble. Elle lui donne un coup de pied dans le tibia. « Bon sang, je sais que je n'ai jamais mis les pieds en Afrique, mais tout de même.

— Comment est-ce possible ?

— Incroyable mais vrai. »

Kehinde sent le froncement de sourcils. « Tu n'as pas à en avoir honte. Nos parents ne nous y ont pas emmenés quand on était petits.

— Pourquoi ?

— Ils étaient blessés... Leurs pays leur ont fait du mal.

— Pourtant, vous y êtes tous venus. Sauf moi.

— Eh bien, Olu était un bébé. Quant à nous, nous avions quatorze ans. » Il s'enroue, s'éclaircit la voix. « Ce n'était pas pareil. Nous n'avions rien demandé... » Il s'interrompt. Une lumière s'allume au-dessus de la porte de la maison, petit îlot jaune où Benson pose le pied. Il se dirige à grands pas vers l'allée, un homme qui a un but. Kehinde et Sadie se taisent pour l'observer. Benson ne les voit pas. Un chauffeur surgit du côté de la maison où dînent les domestiques. Benson dit quelques mots que Kehinde n'entend pas, puis il y a le *bip-bip* de portières qui se déverrouillent, des clignotements. Le chauffeur ouvre le coffre du 4 × 4, en sort une boîte. Les deux hommes discutent dans une autre langue que l'anglais. Benson prend la boîte et rentre précipitamment à l'intérieur. La lumière de la porte s'éteint. Le chauffeur disparaît.

Kehinde, qui a trouvé un bout de bois, dessine sur le sol. Une vieille habitude. « Ça me rappelle notre première maison. » L'esquisse d'un visage. « Le fils du propriétaire vendait de la drogue, sous la fenêtre, celle de la chambre qu'Olu et moi…

— Attends. Olu et toi, vous partagiez une chambre ? »

Il s'aperçoit que ça la tracasse. « Oui, jusqu'à ta naissance.

— Évidemment, lance Sadie, un brin agressive.

— Mais encore ?

— Jusqu'à ma naissance. Vous n'arrêtez pas de le répéter. Comme si vous aviez vécu une vie entière avant ça, comme si je n'étais pas prévue. Comme si j'avais tout gâché.

— Sadie…

— Je t'interdis de dire que je suis susceptible. Que je suis plus jeune ou quelque chose dans ce goût-là. Je suis *différente*, n'importe quel imbécile s'en rend compte, merde, les inconnus s'en rendent compte, ce n'est pas dans ma tête. Je sais ce que je ressens », chuchote-t-elle, têtue.

Cela fait sourire Kehinde : « Moi aussi. »

Elle perçoit son sourire et croit qu'il se moque d'elle : « Sympa de te fiche de moi…

— Je comprends ce que tu éprouves. » Là, il rit doucement parce qu'il se souvient très bien de la sensation, distingue son visage dans les paroles de sa sœur, un petit visage, un visage de fille qui l'a perturbé des années durant, à force d'être taquiné pour sa beauté. « Notre famille me donnait la même impression. J'avais le sentiment d'être différent. De ne pas en faire partie…

— Ne pas en faire partie ? Tu avais Taiwo ! » Elle le souffle avec une passion dépourvue d'empathie, sous l'emprise de la possessivité que l'on ressent pour sa souffrance, le besoin que sa nature et sa profondeur soient uniques ainsi que le fait de l'avoir endurée au fil du temps.

« En effet, acquiesce-t-il tout en réfléchissant. À l'époque, j'avais Taiwo. Mais c'était la fille. J'étais celui qui partageait la chambre d'Olu. J'étais censé devenir un médecin, le garçon, l'autre fils. C'était le rêve, Sai et fils, une affaire de famille. Sauf que... je les détestais.

— Qui ?

— Les maths et les sciences. » Il accentue un trait de son dessin avant de murmurer, davantage pour lui que pour elle : « Tu comprends, je suis sûr qu'ils ne le faisaient pas exprès, mais je détestais la façon dont papa et Olu me regardaient, comme si j'étais le vilain petit canard, un étranger, ce que j'étais peut-être à leurs yeux, peut-être aux miens. Je m'interroge, tu sais. En voyant Olu, ici, je me demande, et s'il s'était trouvé à ma place dans la voiture ce soir-là. Est-ce que tout aurait été différent ? Si cela s'était passé avec le bon fils, tu comprends ? »

Sadie ne comprend rien. « Quelle voiture ? Si Olu s'était trouvé dans quelle voiture ?

— Je divague, s'excuse Kehinde, repassant le bout du bois sur le visage.

— Non, dis-moi. Quelle voiture ? » s'obstine-t-elle.

Kehinde hésite : « Je...

— Personne ne me dit rien, maugrée-t-elle. Tant pis. »

Il sent le silence lourd prendre forme autour de lui, cette gaine impalpable et familière de silence qui le protège, l'emmure — apparemment, sa sœur est à l'intérieur avec lui, à côté de lui, enfermée elle aussi, son souffle et son cœur. Il entend sa respiration légère, celle qui précède les larmes. Il sent la solitude de sa sœur, une brèche dans sa gorge. Une béance par où s'écoule naturellement sa propre voix faible et tremblante. Qui lui raconte très simplement : il était allé retrouver leur père à l'hôpital, avait vu les agents de sécurité et le docteur Yuki ; ils étaient rentrés à la maison dans la Volvo et étaient restés dans l'allée ; il avait signé sa peinture du cours de dessin avec un stylo qu'il avait toujours. Il le sort de sa poche et le tend à Sadie.

« Qu'est-ce que ça signifie ? » Sadie n'arrive pas à déchiffrer dans l'obscurité.

« Je crois que maman a fait graver l'inscription. C'est en yoruba. Garde-le.

— Tu es sûr ?

— Absolument.

— Merci. Et aussi de m'avoir confié ça. » Elle retourne le stylo avec précaution. « J'aurais été contente que ce soit toi et personne d'autre. Je parie qu'il était content.

— Tu crois ?

— Je le sais.

— *E se* [1] », dit-il, même si cela le fait souffrir. La musique de la langue lui rappelle le Nigeria. Sa jumelle. Il se lève. « On devrait rentrer.

— Vraiment ?

— Les moustiques !

— Mais notre famille est à l'intérieur, s'insurge-t-elle en riant.

— Je le sais. » Il l'embrasse sur le front.

1. Merci.

Folá et Benson sortent à présent de la maison, suivis par Amina, qui porte un Tupperware.

« Tu es adorable, déclare Benson.

— Accepte, je t'en prie. Ce n'est que de l'*egusi* et du riz *joloff* pour plus tard.

— J'ai quelques domestiques…

— Mais ton cuisinier est un Ashanti, incapable de faire de l'*egusi*. Aussi bon que le mien en tout cas. »

Ils sourient, fixant le sol, lorsque Folá sent des picotements (en bas, à gauche, la perplexité) et fouille le jardin du regard. Devant l'arbre, elle distingue la chaise longue, une silhouette dressée à côté. « K, c'est toi ? »

V

Taiwo entre : Olu bouquine, l'autre lit est vide. « Ça t'ennuie qu'on change ? » demande-t-elle.

Olu lève les yeux de son livre, s'aperçoit qu'elle pleure : « Tu es… ? » commence-t-il. Non, manifestement pas. Il se lève, un peu mal à l'aise, ne sachant trop que faire, la prendre dans ses bras ? Il s'avance. Taiwo recule, un réflexe rotulien dont il ne s'offusque pas.

« De chambre. On peut changer ? »

Troublé par les larmes, il sort sans poser de questions. Elle ferme la porte et il s'engage dans le couloir.

VI

La chambre est plus grande, un lit double, une petite fenêtre, des effluves de la lotion de Ling, de faibles bruits en provenance du jardin. Il songe à les rejoindre, entend Folá : « Où est Olu ? » Son frère : « Ravi d'avoir fait votre connaissance. » Il renonce. Même si se méfier de ce Benson, l'éviter, n'a aucun sens. À en juger par la conversation, il reviendra : une virée au village dans sa voiture, les préparatifs, le choix d'un cercueil, la rencontre avec la famille, l'organisation d'un enterrement — une logistique dont le côté clinique rappelle celle d'un hôpital, une histoire de procédures, de gestion, *que faire du corps*, la question récurrente, un enchaînement d'actions vidées d'émotion — mais cela lui paraît toujours étrange de se soucier des réponses, de concrétiser les choses alors que la personne est morte. S'il ne craint pas vraiment que Benson vende la mèche, il ne comprend pas ce qui l'empêche, lui, de le leur dire.

Il n'aurait pas dû attendre. Il aurait dû le leur dire, au moins à sa mère, à l'époque où il recevait un billet pour le Ghana, le même chaque printemps. À Yale. La mauvaise adresse : tous les étudiants avaient une boîte postale au bureau de poste de New Haven, mais son père, à Accra, ne pouvait trouver que celle de Timothy Dwight College, Temple Street. C'était juste avant l'usage massif du courrier électronique. Tous les ans, le 26 mai, jour de son anniversaire, une enveloppe destinée à Folá arrivait (il la renvoyait sans l'ouvrir), ainsi qu'une lettre pour lui et un billet pour le Ghana. Un billet à l'ancienne, en papier, à l'encre rouge délavée, avec trois carbones, portant la date du 26 mai, quatre ans d'affilée jusqu'au 26 mai 1997, quand il avait fait le voyage.

Pourquoi, ou pourquoi cette année-là ? Une question qu'il n'avait jamais approfondie. Il avait séché la remise des diplômes, n'avait pas eu envie d'y aller. L'idée que Kweku se pointe à l'improviste à New Haven, sans être invité, un jour où il les savait réunis, l'avait toujours effrayé. Cela n'effleurait manifestement pas son père, ou il ne réfléchissait pas. Connaissant le système éducatif américain, il aurait dû savoir que les remises de diplômes avaient lieu tous les quatre ans et qu'il y en aurait deux (les jumeaux au lycée, lui à l'université) au printemps 1997 ; il n'en avait pas moins envoyé les lettres et le billet comme à l'ordinaire, la même supplique désespérée qu'Olu vienne pour son anniversaire, reste une semaine, écoute Kweku jusqu'au bout, sans la moindre allusion au chevauchement des dates.

Même si c'était une coïncidence que les deux remises de diplômes et son anniversaire tombent le même jour, Olu, se retrouvant à la tête de trois billets — celui de la cérémonie de Milton, celui de Yale, celui de Ghana Airways — avait fondu en larmes pour la première fois depuis des années. L'oubli de son père — trois sur quatre de ses enfants étaient diplômés — prouvait qu'il était en marge de leurs vies, de leurs emplois du temps, de leur évolution, de leur univers ; il ne s'y intéressait plus. Non qu'Olu n'y ait jamais réfléchi (il le faisait une fois par jour depuis le départ de la Volvo), mais le choc avait d'abord anesthésié la détresse, laquelle, au fil du temps, s'était muée en déni, puis en espoir.

Il ne lui vient à l'esprit que maintenant, ici, devant la fenêtre moustiquaire par où entre le rire grave de Folá, un roulement de tonnerre avant l'averse, qu'il était peut-être allé chercher une ultime trahison. Sur le moment, la raison de son voyage semblait évidente ; il inventa une mission bénévole improbable pour Médecins sans frontières, montra la brochure à Ling, tout en affirmant que la place de Folá était auprès des jumeaux ; quant à lui, ça lui était égal : une façon de ne pas être confronté à l'indifférence de son père. Sa plus grande réussite, et Kweku avait oublié. Il sanglota dans sa chambre de la résidence universitaire, seul, pendant une demi-heure, avant de taper une lettre pour annoncer son arrivée à son père, de s'essuyer le visage, de se flanquer une gifle, de serrer les dents devant le miroir et de se jurer en silence *de ne plus pleurer*. Il partit une semaine après. Le train Metro-North jusqu'à New York, un métro bondé jusqu'à l'aéroport, une navette jusqu'à l'emplacement réservé à Ghana Airways (à présent défunte), un coin infect au fin fond du terminal où le cirque de l'enregistrement était en cours. Des passagers munis de billets qu'on refusait arbitrairement d'embarquer protestaient à cor et à cri, des agents de la compagnie braillaient plus fort : « Ce n'est pas la peine de crier. » Des familles entières imploraient la clémence pour leur excédent de bagages et, l'air contrit et grinçant des dents, défaisaient et refaisaient leurs valises (cadeaux, victuailles, boîtes de conserve, vêtements, jouets éparpillés aux pieds d'Olu). Il monta dans l'avion et, dix heures plus tard, en descendit à Accra.

Pour oublier la cérémonie.

Cependant, à part l'image glauque de lui sur une estrade, au soleil, sans famille pour le féliciter, ni parents ni fratrie, il y avait autre chose. Une cautérisation parfaite exigeait davantage. Pour calciner l'espoir — son intention sûrement, pense-t-il, sa volonté —, il avait eu *besoin* de ce qui était arrivé : une douleur plus fulgurante que d'être oublié, la brûlure cuisante de la trahison.

Son père paraissait plus jeune ou plus petit que dans son souvenir. Il l'avait toujours été, « pas grand » pour reprendre le qualificatif de Benson, environ un mètre soixante-quinze, la taille de Folá, et robuste, bras vigoureux, épaules carrées, jambes fines de coureur — mais il avait l'air *petit* dans la foule qui attendait, une débauche de couleurs primaires, une cacophonie, des hommes et des femmes, les premiers plutôt petits, remarqua Olu, aux bras vigoureux, à la peau lisse et incroyablement foncée.

Auparavant, quand il cherchait son père du regard, s'efforçait de repérer le visage de Kweku dans des gradins à des matchs ou dans des fauteuils à des récitals, il cherchait le contraste, le marron avant tout. Un marron bleuté comparé à juste titre au chocolat et au café, son propre teint, qu'aucun autre père à Boston n'avait. Grâce à la couleur, il lui suffisait d'un instant pour trouver Kweku. Ici, à l'aéroport, ses yeux conditionnés parcoururent la foule en quête du contraste et il les cligna sous l'effet du choc : les pères étaient *tous* plus ou moins de la même couleur, formant un ensemble indivisible où le sien se fondait. Lorsque son regard se dirigea enfin à l'extérieur et se posa sur un homme en tenue de toile bien repassée, une chemise blanche impeccable, des lunettes à monture carrée, des chaussures marron, les mains dans les poches, les pieds écartés, nettement moins grand que dans son souvenir, Olu s'aperçut, non sans une certaine admiration, que son père se distinguait des autres hommes, tel le pouce proverbial. Malgré la parenté de couleur, de taille, de stature.

Olu s'arrêta devant la porte, entre le tapis à bagages et la zone des arrivées (l'ancienne d'avant la restauration), et regarda par la vitre la foule des hommes au teint marron foncé ; il cala son sac sur ses épaules mais ne sortit pas. Il ne reconnaissait pas son père ou était bouleversé de le reconnaître, comme s'il le voyait pour la première fois, sans le contraste, sans la toile de fond (blanche), se détachant pourtant (du marron.) C'était l'apparence de Kweku qui le tétanisait : un homme seul, petit, costaud et à l'écart qui ne ressemblait à personne, dont les singularités ressortaient en quelque sorte davantage : le pli du pantalon, la taille cintrée, les manchettes retroussées une fois, les cheveux clairsemés bien coupés, les mêmes lunettes à monture métallique, celles des scientifiques immigrés, celles que portaient ses professeurs de Yale (comme si, dans les années soixante-dix, tous les étudiants de troisième cycle qui n'étaient pas blancs recevaient la même paire à leur arrivée en Amérique). Kweku. Pas le père, le chirurgien, le Ghanéen, le héros, le monstre, juste Kweku Sai, juste un homme à l'allure bizarre dans une foule, un étranger à Accra comme à Boston. Seul. Il ne voyait pas Olu, dissimulé par le montant de la porte, et patientait tel un enfant à qui on a ordonné de se tenir tranquille, les mains dans les poches, les yeux rivés sur la sortie, les épaules relâchées comme si tout allait bien, le balancement machinal de son pied sur le sol étant l'unique signe visible de sa détresse croissante.

Le chariot à bagages d'un passager — on aurait dit le chanteur Luther Vandross — rentra dans mollet d'Olu. « Pardon », s'excusa-t-il. Olu se retourna et vit Benson (un inconnu). « Je ne m'étais pas rendu compte que vous vous étiez arrêté là…

— Désolé. Vous avez raison. » Olu s'écarta pour laisser l'inconnu pousser son chariot dans la porte. Au lieu d'avancer, celui-ci lui sourit.

« Vous étiez dans l'avion de New York ?

— Oui, absolument.

— C'est bien ce que je pensais. Je vous ai aperçu. Vous allez trouver cela étrange, simplement — vous ressemblez à une femme que j'ai connue. L'épouse d'un ami. » Olu esquissa un mouvement de dénégation. L'inconnu eut l'air gêné. « En tout cas, bienvenue au Ghana. » Il partit et se fondit dans la foule.

En proie à l'impression d'être démasqué — sinon en tant que fils de Folá Savage, du moins comme le lâche derrière la porte —, Olu observa Kweku. *Qu'est-ce qu'un homme incapable d'affronter son père ?* pensa-t-il. Comme une honte, une menace, une mascarade, quelque chose d'insignifiant dans sa singularité, ou de trop imposant comparé aux ombres qu'il projetait : l'angoisse originelle ne comptait pas, l'important c'était la confrontation, et Olu se cachait, pétrifié. « Vas-y ! » s'enjoignit-il tout bas, réajustant son sac à dos (celui avec lequel il voyageait toujours, dont Taiwo se moquait, une preuve supplémentaire du Blanc lové en Olu, qui buvait de l'eau dans des bouteilles Nalgene, portait des chaussures Teva dans la neige). Il avança, s'agrippant aux courroies entrecroisées sur son torse comme s'il s'apprêtait à sauter en parachute : « Papa. »

Ils ne parlèrent pas pendant le trajet de l'aéroport à la ville, Kweku cramponné au volant, Olu à son sac, les trois ans de silence dressés entre eux à la manière d'un mur que la proximité n'entamait pas. Olu se concentrait sur ce qu'il découvrait par la vitre côté passager, s'efforçant de déterminer les couleurs : les routes étaient bordées d'arbustes et de palmiers, marron au lieu d'être verts. Cela avait beau lui rappeler Delhi (sans les tuks-tuks), coups de klaxon de petits taxis, bonne humeur, nuages de poussière, routes bien tracées en mal d'ordre, enseignes aux visages peints à la main, il y avait quelque chose de différent. *La couleur*, une fois de plus, la nouveauté de faire partie de la majorité, d'avoir l'impression, en captant par hasard son reflet dans une voiture qui les croisait, de regarder le chauffeur.

Lorsqu'ils s'arrêtèrent au carrefour entre Liberia Road et Independence Avenue, Kweku s'éclaircit la gorge. « C'est… le théâtre national », commença-t-il d'un ton hésitant, désignant l'édifice. Moderne, blanc. « Nous avons un orchestre symphonique national et une troupe de théâtre. On l'a construit il y a cinq ans. Un cadeau des Chinois.

— Intéressant, commenta poliment Olu. Il y a cinq ans. » À l'époque, son père faisait encore partie de leur univers.

Conscient de sa bévue, Kweku se frotta le front et se tut. Le feu passa au vert, il essaya une autre tactique : « La ville change, lentement mais sûrement. À mon avis, elle te plaira.

— Je n'en doute pas.

— Ton premier voyage au Ghana ne t'a laissé aucun souvenir.

— Aucun.

— Évidemment. Le pays s'est transformé d'une manière étonnante. »

Olu hocha la tête sans ouvrir la bouche, se demandant si Kweku parlait de son pays ou de lui-même.

Ils bifurquèrent dans une rue transversale perpendiculaire à Independence Avenue et, roulant lentement dans un dédale de venelles, arrivèrent devant un groupe de maisons situées en retrait, aux murs en stuc blanc effrité, enfouis sous des fleurs fanées. Une horde de chiens errants flairaient avec indifférence des petits tas d'ordures. Pelures de fruits, sacs en plastique. Presque au bout de la rue, une femme vêtue d'un *lappa* [1] et d'un tee-shirt rouge, incongru, de l'association Pop Warner Football, retournait de la viande sur un gril semblable à celui qu'ils avaient dans leur première maison de Boston, un demi-cercle. Derrière la femme, la rue cédait la place à des broussailles, un immense terrain d'herbes folles où se dressait un manguier solitaire.

Kweku freina à son niveau, sans couper le contact. « Je sais que tu es fatigué. » Il se pencha. « Je voulais te montrer ça avant qu'on rentre chez moi — là où j'habite. »

Olu scruta la femme : « Qui est-ce ?

— Le terrain. J'aimerais l'acheter. Pour nous construire une maison. » Il ôta ses lunettes et les nettoya soigneusement, tandis qu'Olu s'interrogeait sur le sens du *nous*. Son père poursuivit, non sans timidité : « C'est juste pour te donner une idée. On y va. J'avais envie qu'on y fasse un saut. Le logement que j'occupe en ce moment est plutôt modeste. Je me suis toujours méfié, tu t'en es rendu compte, des loyers. Je préfère louer un logement modeste — affreux, estimeraient certains — jusqu'à ce que je puisse acheter ce qui me convient. Mon père n'a jamais loué quoi que ce soit, il a conçu sa résidence. Superbe... » Il prit conscience qu'il pérorait et s'interrompit.

La curiosité d'Olu fut cependant piquée par l'allu-

1. Pan de tissu drapé autour de la taille et noué à la poitrine.

sion de Kweku à son père, dont il n'avait jamais parlé. Ses deux parents demeuraient bouche cousue quand il s'agissait d'évoquer les leurs. « Morts depuis longtemps », la phrase rebattue, Folá se contentant d'ajouter : « Ma mère est morte en couches. » Chez eux, aucune de ces photos d'une famille sur plusieurs générations qu'Olu voyait sur le mur longeant l'escalier des maisons de ses camarades, aux couleurs passées, sous cadre, prestigieuses, devant lesquelles il s'arrêtait jusqu'à ce qu'on lui demande : « Tu aimes nos photos de famille, hein ? » Le père à l'ordinaire qui, après lui avoir flanqué une tape sur l'omoplate, lui proposait un tour du propriétaire (les pères de ses amis adoraient sa compagnie, adoraient lui donner une bourrade, les yeux brillants d'admiration, comme si rien n'était plus extraordinaire au monde qu'Olu, un athlète prodigieusement intelligent à la peau chocolat). Il visitait leurs maisons, tenaillé par l'envie d'avoir une *lignée* et le sentiment de descendre de personnes immortalisées par des visages sous cadre. L'absence de prédécesseurs dans sa famille l'angoissait ; cela sous-entendait qu'ils jouaient à en être une. Une comédie. Une famille légitime aurait eu des photos dans l'escalier. De grands-parents, à tout le moins, dont il aurait connu le prénom. « Que faisait-il ? » s'enquit Olu, soudain plein d'espoir.

Mais Kweku resta vague : « La même chose que moi. » Il rechaussa ses lunettes et démarra. « Partons, ça suffit. Tu dois être fatigué et mourir de faim. » Il leur acheta quatre bananes plantain grillées au feu de bois, enveloppées de papier journal, accompagnées de sachets de cacahuètes fumées, puis rebroussa chemin, franchit le carrefour et se gara devant une rangée de petits immeubles beiges, en béton, dont la plupart n'avaient pas de portes.

« C'est ici que tu habites ? » lança Olu tandis qu'ils entraient, consterné par la puanteur et n'arrivant pas à le cacher : un quart de relents de poisson grillé, trois quarts d'urine et une odeur de naphtaline censée neutraliser cette dernière.

« Il faut payer un an d'avance quand on loue au Ghana, expliqua Kweku. J'économise pour le terrain que tu as vu. Ce n'est pas génial, mais le loyer est modique et personne ne me dérange ou ne sait que je vis ici. »

Olu ne lui demanda pas si c'était une bonne chose que personne ne connaisse son adresse. *On approfondira plus tard*, pensa-t-il, loin de se douter qu'il partirait dans dix minutes. Ils montèrent les trois volées de marches menant à l'appartement, lequel, bien plus grand qu'Olu ne s'y attendait, occupait la totalité du dernier étage. Propre, quasiment monastique, sans décoration : une table, deux chaises, une causeuse tendue de velours, la statue. Il se garda d'interroger son père sur la façon dont il l'avait fait expédier, refoula son envie de rire à la découverte de ce machin en pierre honni, dont ils n'avaient pas réussi à se débarrasser. Comme tout ce qu'on déteste, la statue s'incrustait.

Il s'assit devant la table et ouvrit son sac à dos. Alors qu'il cherchait sa brosse à dents, il trouva, au fond, la petite tente qu'il y avait fourrée l'été précédent pour une randonnée dans le New Hampshire avec Ling. « Ma tente.

— J'ai pensé qu'on partagerait le lit de la chambre, dit Kweku, lui jetant un coup d'œil.

— Je l'ai emportée par mégarde. » Là, Olu éclata de rire et son père se joignit à lui, un son étrange, empreint d'une tristesse plus poignante qu'un cri ou qu'un sanglot. Plongeant de nouveau le bras dans son sac, Olu dénicha un sweat-shirt gris de Yale. « C'est la cérémonie de la remise des diplômes aujourd'hui. » Il venait de s'en souvenir.

Kweku remplissait la bouilloire dans la kitchenette. « Quoi ? » Il ferma le robinet. « Je ne t'ai pas entendu. De quoi s'agit-il ?

— De la remise des diplômes à Yale. La mienne a lieu aujourd'hui. »

Le cliquetis du métal de la bouilloire tombée dans l'évier.

Kweku se retourna, le souffle court. Une prise de conscience, non une question : « J'ai oublié ta remise de diplôme.

— Oui, absolument.

— Pourquoi — comment — comment as-tu pu la rater ? »

Kweku enleva ses lunettes. « Pourquoi… pourquoi n'es-tu pas là-bas ? Pourquoi es-tu *ici* ?

— Cela n'a pas beaucoup d'importance.

— Comment peux-tu dire une chose pareille ?

— Je n'ai pas eu l'impression que ça en valait la peine.

— Qu'est-ce que tu entends par là ? s'obstina Kweku. Tu devrais être à New Haven, pas *ici*…

— Toi aussi. »

Kweku se tut. Il commença plusieurs réponses : « Je… », « toi… », « nous ne sommes pas… » avant de se décider : « Écoute, ça n'a aucun rapport et tu le sais, Olukayodé. » Olu fronça les sourcils, révulsé par l'emploi de son prénom complet. Personne ne l'appelait ainsi, hormis Folá et uniquement lorsqu'elle était en colère, donc presque jamais. « Tu ne peux pas réagir de la sorte…, reprit son père, sans assurance à présent. Renoncer quand tu souffres. Je t'en prie. Tu as hérité ça de moi. C'est ce que je fais, ce que j'ai fait. Toi, tu es *différent*. Tu ne me ressembles pas, mon fils…

— Si, *justement*…

— Tu vaux mieux que moi. »

En cet instant quelle émotion, surgie de nulle part, l'envahit ? La pitié ? La honte ? Le désir irrépressible de voir l'homme dans toute sa plénitude, au lieu de le voir dans un appartement désert, vêtu d'un pantalon repassé comme s'il se trouvait chez eux au lieu de vivre dans un bouge, une prison de son fait, en exil, coupé de sa famille et, pire encore : arborant l'expression d'un homme sans honneur, du moins d'un homme qui n'en finit pas de s'interroger : *c'est mon destin ?* Olu n'arrivait toujours pas à comprendre ce qu'il s'imaginait découvrir lors de ce périple au Ghana, mais sûrement pas ça, cet appartement suffocant à moitié terminé, cette moitié d'homme qui battait en retraite, s'asseyait, trop éperdu de honte pour rester debout. Comment son père en était-il venu à arborer l'expression d'un vaincu acceptant sa défaite, ne résistant pas, ne protestant pas, comme s'il était habité par un être à l'aise dans ce lieu — couloirs et fenêtres crasseux, ampoules nues, relents d'urine, béton, peinture écaillée — peu importait le pantalon repassé ? C'était *lui* qu'Olu haïssait, cet être à l'intérieur de Kweku, à qui il en voulait, à qui il cria : « C'est *toi* qui vaux mieux, nom de Dieu, pas moi ! Je ne suis pas différent. C'est *toi*. Tu vaux mieux que ça. »

Et Kweku, très doucement : « Ça ? C'est d'où je viens. »

Comme s'il n'y avait rien d'autre à ajouter.

Comme si les vingt-deux années, et tout le bazar, n'étaient qu'une brève halte sur le chemin du retour à ceci ; comme si on ne pouvait qu'espérer boucler la boucle, terminer dans la grisaille, la poussière.

« Ce n'est pas assez bien, Olu ! hurla Olu. Voilà ce que tu disais quand je me trompais dans mes réponses. *Ce n'est pas assez bien ! Tu manques de rigueur ! Raisonne plus intelligemment !* Ce n'est pas assez bien, Kweku... » Sans doute aurait-il continué, n'eussent été le grincement d'une porte s'ouvrant au bout du couloir et un bruit de pas. Des talons hauts. Il est difficile de savoir maintenant sur quoi ce petit discours aurait débouché, où serait son père s'il avait porté ses fruits, si Olu aurait réussi à le galvaniser, à le convaincre de rentrer à Boston. Qui le sait ? Car une silhouette se profila dans l'embrasure de la porte, une Autre Femme, mince, les cheveux tressés en longues nattes, minuscules, plutôt élégante dans son tailleur-pantalon — et ce fut vraiment cela, le terme de son deuxième voyage au Ghana.

« Bonjoouu ! » Un accent local prononcé, soigneusement tenu en bride, s'infiltrait dans le tamis d'inflexions artificielles. « Comment all*éé*-vous ? » Elle s'avança vers Olu. « *Akwaaba, bienfenue.*

— J... June, balbutia Kweku. Je ne savais pas que tu étais là. »

Olu clignait des yeux, incapable de la voir, de distinguer ses traits, de bouger ou de parler. Après avoir dit quelque chose en ga à son père, la femme leur envoya des baisers et sortit en coup de vent. Kweku commença : « Je... », « tu », « nous ne sommes pas... » avant de se décider pour : « Ne te fie pas aux apparences. Il n'empêche que j'aurais dû te prévenir.

— De quoi ? Que tu vis avec cette femme ?

— Pour l'instant, répondit Kweku. C'est provisoire. Elle m'aide à me constituer une clientèle au Ghana. C'est difficile de percer sur le marché. Tu m'écoutes ? »

Olu faisait la sourde oreille. Il ajustait le sac sur ses épaules et se dirigeait, agrippant les courroies, vers la porte toujours ouverte. Kweku tendit le bras pour le retenir. « Ne me touche pas ! » cria-t-il.

Et il descendit l'escalier.

Et il se retrouva au soleil.

Et il prit le chemin de l'aéroport, marcha jusqu'au carrefour. Comme il avait l'air, sac à dos oblige, d'un jeune qui faisait de l'auto-stop, une jeep remplie en majorité d'Allemands s'arrêta pour le prendre et le déposa gentiment sur la route poussiéreuse de l'aéroport ; au comptoir d'enregistrement, il supplia qu'on change sa réservation et qu'on le mette sur liste d'attente pour un vol le soir même. De retour à Yale. Le lendemain de la cérémonie, le campus était à moitié dévêtu comme une débutante qui, au sortir d'un bal, rentre chez elle en trébuchant.

Le souvenir de l'odeur (*Jean Naté*, plus légère : naphtaline) suscite encore le besoin d'air pur chez Olu. Il essaie de soulever la fenêtre quand on lui caresse le dos. « Ne me touche pas ! s'exclame-t-il.

— Je suis désolée. » Décontenancée, Ling recule. Il se tourne vers elle, gêné, s'essuie la figure. Elle le dévisage avec inquiétude, s'approche pour l'étreindre, et il s'écarte, oh à peine. « Pourquoi fais-tu ça quand je te touche ? demande-t-elle. Tu tressailles. » Elle croise les bras. « Si tu pleures, ce n'est pas grave...

— Je ne pleure pas.

— Évidemment. Ça ne t'arrive jamais. » Elle s'assied sur le lit.

Olu soupire. Il doit dire quelque chose pour combler le fossé qu'il a creusé entre eux. « J'ai pris la place de ma sœur. De Taiwo. Elle partage la chambre de Kehinde, du coup je reste avec toi. » Il la rejoint, effleure son épaule. Elle s'appuie contre lui, enlace sa taille. Il pose un baiser sur la tête de Ling mais ses bras, qui pèsent un poids de plomb, l'empêchent de l'étreindre comme elle le souhaiterait.

VII

Kehinde entre et aperçoit Olu endormi. Ce n'est pas son frère, il s'en rend compte l'instant d'après, la silhouette est trop petite. Il s'allonge sur le lit, à l'affût d'une brèche dans le silence.

« Je l'ai vu », lancent-ils de conserve.

Kehinde se retourne. Il s'apprêtait à confier à Taiwo ce qu'il venait de raconter à Sadie. Au lieu de quoi, il demande : « Qui ?

— L'oncle Femi, chuchote-t-elle sans bouger. Dans le magazine *Ovation*. Il y avait un numéro dans le salon. »

Le nom le transperce, un coup en plein cœur. Il expulse de l'air, étouffe à moitié. « Ici ?

— Sur une photo avec Niké…, commence-t-elle. Oublie ça.

— Je ne peux pas.

— Ouais, bon, essaie.

— J'ai essayé.

— Ouais, bon, essaie un peu plus.

— Taiwo.

— Qu'est-ce que tu veux que je dise ? »

Kehinde ne le sait pas. Ne l'a jamais su.

« Oublie ça, répète-t-elle. On devrait dormir. »

Il entend qu'elle change de position et se souvient de l'autre petite chambre qu'ils avaient partagée, de la première nuit à Lagos ; il les revoit là-bas, muets de stupeur ; il entend leur oncle pervers, « emmène les jumeaux dans leurs chambres », leur tante Niké, « celle-ci est pour Taiwo », tandis qu'elle y poussait sa sœur qui, se tournant vers lui, le suppliait du regard : *ne me laisse pas seule ici*. Mais tante Niké le força à avancer dans le couloir jusqu'à la chambre voisine, beaucoup plus petite, meublée de deux lits. « Voici la tienne », précisa-t-elle froidement. Il y avait un berceau dans un coin. Tante Niké s'aperçut qu'il le remarquait. « On va le faire enlever. » Elle s'attarda lorsqu'il entra dans la pièce. « Quelqu'un apportera tes affaires, eh ? Tu n'as qu'à attendre. Si tu as sommeil, dors. On t'appellera pour le dîner.

— Merci, marmonna-t-il.

— Merci, tantine », corrigea-t-elle avant de s'en aller.

L'espace de quelques instants, il examina la chambre, le sol en marbre veiné, les fenêtres à barreaux, le berceau. Il regarda par une fenêtre : la façade arrière de l'immeuble, un grand jardin bien entretenu et une immense piscine. Un jardinier y taillait les haies. Cela lui rappela Folá, il pivota sur ses talons. Un boy se tenait devant la porte, sa valise à la main.

« Bonsoir, m'sieu.

— Je m'appelle Kehinde.

— Kehinde, m'sieu, dit le boy, qui s'inclina légèrement. Votre valise. » Sans laisser à Kehinde le temps de réagir, il s'éloigna. Dans cet appartement, les choses se passaient ainsi : des gens apparaissaient dans l'embrasure des portes, s'inclinaient, les yeux baissés, puis disparaissaient ; une armée de domestiques, au moins une vingtaine au service de quatre personnes : cuisiniers, jardiniers, boys, gardes. Tous de sexe masculin. Tous vêtus d'un pantalon blanc et d'une chemise blanche, pieds nus ; des adolescents, minces, anonymes, indifférenciés, qui entraient pour apporter plats, boissons ou autres, puis se dépêchaient de sortir.

Kehinde s'allonge, crispé, silencieux, et pense à sa sœur, une silhouette au seuil de sa chambre lors de cette première nuit interminable, surgissant au clair de lune, sa voix comparable à un canot de sauvetage. « Je peux dormir ici ? » Il aurait dû refuser. « Il fait trop froid dans ma chambre, ajouta-t-elle. Je n'arrive pas à dormir. — Moi non plus. » Elle monta dans le lit. L'autre, près de la porte, trop éloigné de la fenêtre, où il faisait très chaud puisque la clim ne marchait pas. À son réveil une semaine plus tard, il découvrit qu'elle s'était faufilée dans son lit, les pieds sur son oreiller : une fille et un garçon en pyjama léger de Disney World, une version d'eux-mêmes qu'il n'a pas revue depuis.

VIII

Couchée dans l'obscurité, Folá contemple Sadie, qui ronfle comme si elle soupirait dans l'énorme lit, serrant les poings dans son sommeil, une habitude qui remonte à sa naissance. *Vivante à défaut d'être en forme*, pense Folá, les sourcils froncés, doutant tout à coup que cela soit suffisant. Un mort sur six, les cinq restants en piteux état ? Car elle le sent, elle le voit, elle sait qu'ils ne vont pas bien.

Une sensation inédite l'envahit, assez proche de la panique ou de l'impression de se noyer, comme si flottant dans une eau tiède, étale — le visage levé vers le ciel, ses bras et ses jambes à l'extérieur —, elle avait brusquement sombré, d'une manière inattendue, irréversible, trop lasse pour lutter, de plus en plus profondément.

Folá se redresse, anxieuse. Elle s'efforce de moduler sa respiration, de ne pas réveiller Sadie, mais elle ne parvient pas à retenir son souffle. Elle sort du lit, se précipite à pas de loup dans la salle de bains, où elle n'allume pas la lumière. Elle reste debout, le temps de recouvrer son calme. Elle ouvre le robinet, un filet d'eau pour s'asperger le visage, puis elle se tamponne les joues avec une serviette. En la reposant, elle aperçoit son reflet dans la glace au clair de lune, et s'immobilise, se penche.

Son visage.

Les traits épais, ciselés, la surprennent, ils lui sont presque étrangers après tant d'années passées sans se regarder dans un miroir — du rose à lèvres appliqué à la hâte avant de partir le matin, les cheveux tapotés, aplatis, relevés, rejetés en arrière. Depuis combien de temps n'a-t-elle pas regardé ces traits, la bouche et le nez anguleux, la peau claire, toujours lisse, les grands yeux familiers et pourtant différents. Elle se penche pour les examiner.

La couleur et la forme sont les mêmes que celles de son père (et d'Olu), quelque chose a cependant changé au fil du temps ; ils ressemblent *davantage* à ceux de son père qu'elle n'en avait conscience, ou plus qu'auparavant. Elle pense moins souvent à lui qu'elle ne se regarde dans la glace, a rarement l'occasion de se souvenir de son visage, de le comparer au sien comme en ce moment. Les yeux de son père dans son visage, à la place des siens. Voilés de tristesse, griffés aux coins par les rides du rire, d'un marron velouté adouci par le chagrin, la souffrance : ce sont ceux que Folá voit dans le miroir. Elle les fixe, incrédule. Elle touche la glace. Les yeux de son père brillent dans la lumière qui entre par la fenêtre derrière elle, pleins de larmes. L'une coule sur sa joue et elle pose le doigt sur la goutte, de la même façon qu'on en lève un au début d'une averse.

Elle retourne vers le lit sur la pointe des pieds. Elle se glisse sous les draps et s'allonge sur le dos. Elle se palpe le ventre mais ne sent aucun mouvement. Elle pleure jusqu'à l'aube sans faire de bruit.

5

Après le petit déjeuner, ils s'entassent dans le 4 × 4 de Benson, chacun emmuré dans la cage vitrée de ses pensées, sept boîtes cadenassées, insonorisées, incassables ; le huitième du groupe, le chauffeur, fredonne, présent, solitaire. Il faisait frais au lever du jour, une clémence trompeuse, le soleil masqué par les nuages, un édredon gris clair derrière lequel se tapit une blancheur éblouissante, menace ou promesse, une brise s'infiltrant entre les feuilles. Il n'est pas encore midi. Dans une trentaine de minutes, les nuages s'écarteront, les feuilles ne bruisseront plus, l'air sera immobile ; le soleil cessera de jouer au timide et apparaîtra ; une chaleur lourde, insupportable, régnera. C'est le temps qu'il fait en décembre au Ghana : un souffle en suspens jusqu'à ce que le monde tourne, un sillon de larmes dans une humidité visqueuse jusqu'au Nouvel An, la pire chaleur, puis le répit de la pluie.

II

À une heure de la ville : l'océan.

Inopinément, en toute modestie.

Soudain, *là*.

Ils ont filé sur la chaussée récemment pavée jusqu'au carrefour, où ils bifurquent et montent la pente d'une colline. Des habitations des deux côtés de la grand-rue où règne l'effervescence de la mi-journée. Femmes corpulentes portant ballots et bidons d'eau sur la tête, enfants chétifs en uniforme, marron foncé et orange, se hâtant d'attraper un *tro-tro* [1] pour rentrer déjeuner. Peu d'hommes. Quelques-uns sur des pas de porte, en pantalons amples délavés et tricots de corps, hésitent entre froncer les sourcils et plisser les yeux lorsque la Benz tout-terrain de Benson passe devant eux dans un nuage de poussière.

Benson occupe la place du mort. Son chapeau de paille et ses Ray-Ban lui donnent l'allure d'un guide de safari. Ling, entre Folá et Olu, est tendue. Derrière, Sadie est coincée entre Taiwo et Kehinde.

« Je me souviens de cette route, murmure Folá.

— Tu es venue ici ? » Benson se retourne vers Folá, et Olu se recroqueville.

« Une fois seulement. Et trop tard. » Elle effleure l'omoplate d'Olu. « Toi aussi, mon chéri. » Un tiraillement, en haut, à droite.

1. Bus.

La voiture franchit le sommet de la colline et descend vers la plage, séparée de la route par un champ. Ils contemplent tous l'océan avec la fascination renouvelée que l'on éprouve face à son ampleur lorsqu'on ne l'a pas vu depuis des mois. Même Sadie, qui, renonçant à feindre de dormir sur l'épaule de son frère, se penche pour regarder par la vitre.

Un mur de blocs de béton enduits de mortier se dresse, à moitié construit, troué de brèches à la manière du sourire d'un enfant de six ans, par lesquelles on distingue un grand troupeau de chèvres qui broutent paisiblement. La colline escarpée s'élève toujours à droite de la route, des herbes et des arbustes tapissent de vert la terre rouge ; à gauche, un enchevêtrement de massifs de fleurs et des broussailles dans un vaste terrain. Puis la végétation se raréfie, cédant la place au sable. Enfin, la plage. Moins proche qu'il n'y paraît de la voiture, d'où on imaginerait pouvoir sauter et foncer dans l'eau, comme un gosse qui se déshabille, se déchausse, hurle de joie, ivre de liberté tandis qu'il court. S'y rendre à travers les ronces exigerait en fait un certain effort de cette portion de la route ; un meilleur accès existe en lisière du village, où les pêcheurs ont dégagé un chemin.

L'eau n'en exerce pas moins son attrait, s'étirant jusqu'à l'horizon, d'une couleur aussi maussade que les nuages ; ce n'est pas la plus belle plage du monde mais elle dégage une sérénité apaisante. Des palmiers formant des angles à quarante-cinq degrés semblent secouer leurs frondes sur le sable, au-dessus de longues barques aux couleurs extraordinaires, festonnées d'algues noires, de filets blancs, bleus et verts. Trois femmes se profilent dans le lointain, marchant nu-pieds côte à côte, des bébés dans leurs *lappas*, chacun un brin patriotique, l'un doré, le deuxième rouge, le troisième vert émeraude.

Benson prend la parole. Il prononce un petit discours d'un ton plus crispé, ne s'adressant à personne en particulier : « Je suis venu ici avec Kweku quand il s'est réinstallé au Ghana, pour soigner un jeune neveu qui s'était cassé la jambe, et nous sommes tombés sur le fabricant de cercueils, par ailleurs le guérisseur du coin. Pour le peuple ga, un cercueil doit refléter la vie de la personne qu'on enterre. Ainsi, celui d'un pêcheur a la forme d'un poisson, celui d'un menuisier la forme d'un marteau ou celui d'une femme folle de chaussures la forme d'un soulier. Ils peuvent être très élaborés.

— En effet, acquiesce Folá.

— Comment s'appelle cette ville ? » demande Olu. (Benson lui répond.) « Kokrobité, répète Olu. On dirait un nom japonais. » Il est déçu.

« Ça me fait penser à la Jamaïque, murmure Ling. Ocho Rios. »

Une palette différente, constate Kehinde par-devers lui. *Moins d'azur, davantage de rouge*.

« Un village, ajoute Folá. C'est plutôt un village qu'une ville.

— Je ne savais pas qu'il avait grandi au bord de l'océan, intervient Taiwo.

— C'est la raison pour laquelle nous avons toujours eu une maison proche de l'eau. Le port, la rivière, l'étang à Brookline… » Folá ne termine pas sa phrase, remarquant les arbres dans le lointain, les bateaux échoués sur le sable.

Le silence retombe.

Une fois l'océan dépassé, ils entrent dans un village d'où on ne le voit plus — de droite et pavée, la route se transforme en une piste défoncée et jonchée de pierres qui serpente entre les maisons. Des arbres se dressent entre des groupes d'habitations d'une pièce — en bois, brique ou béton, certaines en torchis, aux toits de tôle ondulée, quelques-uns de chaume, fenêtres sans vitre, volets en bois — devant lesquelles il y a des cordes à linge, des fourneaux en plein air, des bassines. Penchées sur celles-ci, des femmes lavent du linge et leurs enfants, qui agitent la main à leur passage. Des poulets errent en picorant, de même que des chèvres, beaucoup plus maigres et crasseuses que celles près de la plage. Les anciens, assis en cercle à l'ombre des arbres, regardent la télé sur un vieux poste sous un dais de feuilles. Les échoppes de coiffeurs pour hommes se mélangent à celles où on tresse les cheveux, les enseignes affichent SANG SUR LA CROIX, COUPES & RASAGE, COURONNES D'ÉPINES & DE NATTES. Des kiosques vendent cartes d'appel, recharges pour cartes et victuailles ; les produits empilés jusqu'au plafond forment des blocs de couleur : jaune (Lipton, Maggi), vert (Milo, Wrigley), rouge (huile, concentré de tomate, corned-beef, café instantané).

La voiture cahote beaucoup à cause des ornières, ce qui semble inéluctablement être la faute du chauffeur. Lorsqu'il pile enfin devant une petite concession entourée d'un mur, un pneu dans un sillon, à l'écart de la piste, ils le foudroient du regard, nauséeux, ne comprenant pas qu'il n'a pas fait basculer la voiture dans un fossé mais s'est garé. Benson se tourne pour leur parler, et leurs expressions lui clouent le bec. Il ne parvient qu'à balbutier : « Oui. Bon. D'accord. Alors. »

L'air est lourd depuis que le véhicule est à l'arrêt, le moment qu'ils attendaient est manifestement arrivé. Folá pose la main sur le genou d'Olu, lequel cesse de tressauter. Le geste n'échappe pas à Ling, qui remarque qu'Olu ne tressaille plus. *Ça va ?* demande Kehinde à Sadie en remuant les lèvres. Elle acquiesce d'un signe de tête. Il jette un coup d'œil à Taiwo, qui regarde par l'arrière. Benson fait une nouvelle tentative, il ôte ses Ray-Ban et son chapeau et articule avec moins d'entrain : « C'est ici. »

III

« Ici » est une concession au bout du village, un carré de neuf cases sur un grand terrain poussiéreux, au milieu duquel trône un arbre comme il convient, le genre que l'on trouve toujours dans ce type d'environnement : massif, gris, tordu, un énorme tronc pareil à une petite forteresse, racines jaillissant du sol rouge durci, branches noueuses qui s'évasent d'une manière impériale, à l'horizontale, et laissent tomber des feuilles sur les toits. Un monstre. Au-dessous, trois bancs en bois sont disposés en cercle pour les palabres. Autour, six cases forment un carré à trois côtés, leurs portes ouvertes sur des pièces sans lits plongées dans la pénombre ; il y en a deux autres derrière et, encore derrière, la plus grande ou la plus haute, une case en pisé coiffée d'un gigantesque toit de chaume.

Le chauffeur s'est arrêté dans le sillon devant l'entrée délimitée par un mur de brique rouge, fissuré. Ils sortent en silence, d'abord Benson, puis

Olu, les autres suivent, la main en visière pour se protéger les yeux. Une femme vigoureuse en tenue traditionnelle noire les attend. Un turban du même tissu, noué sur son front, cache ses cheveux gris et courts. Sa peau est tellement lisse qu'elle pourrait être bien plus jeune, mais elle se tient comme une septuagénaire : le coude appuyé sur le mur, la tête sur un poing, l'autre main posée sur une hanche propulsée en avant, comme si elle tentait de se délester du poids de son passé sur ce mur de brique le temps d'une ou deux respirations.

Folá s'avance, les bras tendus, affable comme à l'ordinaire : « Shormeh.

— Moi, c'est Naa, rectifie la femme avec un soupir.

— Naa, excuse-moi. Bien sûr, se reprend Folá en riant. Mon Dieu, ça fait une éternité. »

Naa ne rit pas. « Vous êtes les bienvenus au Ghana. » Elle se redresse péniblement, détache la tête de son poing, son coude du mur et ses yeux de Folá, un mouvement qui détourne son attention vers Sadie, en marge du cercle.

IV

Sadie sent le regard sur son visage, ainsi que la moiteur, une pression ou un aimant : il s'impose au sien, même si elle rentre le menton par la force de l'habitude, tandis que ses yeux se relèvent. Elle les plonge rarement dans ceux des gens qu'elle rencontre, préférant avoir leur bouche ou ses mains en guise de public — n'importe quoi pour repousser l'observateur potentiel, se dérober à un examen trop attentif, trop long. Ce qu'elle fait en ce moment, debout derrière Taiwo dans la posture de poupée avachie qu'elle avait mise au point au lycée, épaules voûtées, tongs tournées à l'intérieur, un agencement de membres exprimant un tel malaise qu'il se communique systématiquement à l'observateur, qui détourne les yeux après un ou deux regards. Sans se démonter, indifférente ou accoutumée au malaise, Naa continue à fixer Sadie, l'obligeant à lever les yeux et à les garder ainsi : sous le choc de la ressemblance saisissante, Sadie est incapable de les baisser.

Naa, cette femme vigoureuse, pourrait être sa mère, elle a ses yeux bridés (Philae la qualifiait d'Eurasienne), sa taille, sa stature, ses sourcils insignifiants, son visage rond, son nez au bout rond comme un bouton de distributeur automatique. Un tour de la génétique. De tous les enfants de son père, il avait fallu que ce soit elle qui hérite de son apparence, celle qui avait passé le moins de temps avec lui et en était venue à haïr ses traits. Sur le visage de son père, ils étaient réguliers : il avait l'allure d'un bel homme, sans rien d'efféminé, la même peau que cette Naa ou qu'Olu, parfaite. Un visage harmonieux. Élégant.

Ce n'est pas le cas du sien.

Philae se plaît à l'appeler « beauté naturelle », tandis que Folá emploie des phrases telles que : « tu vas éclore à ta manière » (sur le même ton que « on va trouver ton talent caché »), mais Sadie n'est pas dupe. Elle n'est pas jolie. Point barre. Ses yeux sont trop petits, son nez est trop rond. Elle n'a pas de pommettes comme Taiwo ou Philae, ni de membres longs et fins, ni un contour de mâchoire ciselé, ni une taille de guêpe, ni des clavicules saillantes. Mesurant un mètre soixante, costaude, elle n'est pas vraiment grosse, plutôt trapue, un teint couleur de thé au lait, des cheveux châtains, ni grande ni menue, sans arêtes ni angles ; elle ressemble à une poupée qu'elle aurait refusée. Inutile d'essayer de l'expliquer à Philae, pas plus qu'à Folá d'ailleurs. Elles ne comprendraient pas. Elles sont *jolies*, un état qu'elles prennent pour un dû, elles n'y sont pour rien (un tour de la génétique). Cette réalité limite leur empathie, Sadie en a conscience. Elles ne s'imaginent pas être privées de beauté. C'est un peu comparable, disons, à une femme qui tenterait de s'imaginer en homme — elle aurait beau fermer les yeux pour se le représenter —, il lui serait impossible de s'extirper de la peau d'une femme, n'ayant rien sur quoi se fonder malgré ses efforts. Ainsi, faute d'expérience de l'invisibilité, l'imagination d'une jolie femme est limitée. La plupart du temps, Sadie ne se donne pas le mal de démêler les raisons pour lesquelles le monde ne la voit pas. Cela semble tenir un peu trop du cliché, du mélodrame, pour la fille sarcastique et instruite qu'elle est. Elle reconnaît que les médias sont responsables de sa boulimie, de son désir permanent de renaître sous les traits d'une petite blonde abandonnée ; elle fustige Photoshop, une menace pour la santé publique ; elle a réfléchi et condamné son amour d'enfant pour des Barbie blanches ; et ainsi de suite. Loin d'être une imbécile, elle est lucide. Mais la réalité est là : elle est transparente. Quelconque.

Qu'on la regarde, c'est une première angoissante. « B... b... bonjour », bafouille Sadie, écarlate, tendant la main.

Manifestement perplexe, Naa s'en empare, la serre avec force : « Ekua.

— Hum, je m'appelle Sadie, rectifie la jeune fille

en souriant. Mon nom, c'est Sadie. Enchantée de faire votre connaissance. »

Naa insiste : « Ekua. Ma sœur Ekua. C'est toi. »

Un rire nerveux échappe à Sadie, qui ne comprend pas. « Je suis Sadie. Ekua, c'est mon deuxième prénom. »

Naa hoche la tête : « Contente de te revoir. »

Alors que Sadie s'apprête à préciser qu'elle n'est jamais venue au Ghana, Naa s'approche d'Olu, puis des autres. Une deuxième femme corpulente, également vêtue de mousseline noire, la tête couverte, apparaît avec un plateau chargé de bouteilles de Coca, de Fanta, de Malta Tonic et de Schweppes.

Folá prend un nouveau risque : « Bonjour, Shormeh. »

Et tombe juste.

Lors de la distribution des sodas, les regards se durcissent, les plaisanteries fusent, les présentations sont faites, les condoléances échangées. « Nous avons préparé une petite fête pour vous accueillir, déclare Shormeh. Prenez place, je vous en prie. » D'un geste, elle désigne le cercle de bancs à l'ombre.

Le soleil a cessé de jouer au timide et s'impose, l'air fait pression sur leurs bras comme une main. Ils s'asseyent sur les bancs avec leurs sodas, transpirant légèrement. Un petit groupe s'est agglutiné pour observer la cérémonie. Des enfants en majorité, sortis des maisons modestes, portant des vêtements américains aux couleurs passées, un sourire circonspect et vigilant aux lèvres. *Des filles*, remarque Sadie, dès qu'elle a élucidé son impression qu'il manquait quelque chose. Uniquement.

« Où sont les garçons ? demande-t-elle à Folá, sa voisine.

— À l'école », répond sa mère, avec un petit rire sec.

En l'occurrence, une petite bande de filles en batik indigo se met soigneusement en rang dans l'emplacement entre les maisons et les bancs. Trois adolescents, vêtus de tuniques, munis de gros tambours, prennent position à côté d'elles, à l'ombre. Naa s'installe sur une chaise en plastique et boit à petites gorgées un Malta Tonic. Shormeh reste debout, une main sur le dossier de la chaise de Naa. Les filles — elles sont six, la plus jeune a peut-être huit ans, la plus âgée, grassouillette, douze — regardent docilement Shormeh, qui leur adresse un bref signe de tête. Sans transition, les adolescents commencent à jouer du tambour.

Ling a trouvé son portable dans son sac, prend une photo. Sadie se redresse ou plutôt rassemble ses forces. Mais le son des tambours, incroyablement apaisant, dégage une sérénité et une joie qu'elle ne ressent pas. Les percussions africaines ne l'ont jamais attirée, elle se demande pourquoi : une réaction viscérale, elle sent son cœur ralentir, succomber à cette nouvelle forme de pulsations, plus régulière. Elle prend conscience que son cœur cogne contre sa poitrine, bat littéralement à tout rompre depuis le départ de chez Folá, si bien qu'elle est percluse de douleurs, physiquement épuisée, comme si elle avait fait de la gymnastique, couru des kilomètres. Les battements deviennent à la fois plus forts et plus calmes au fil des percussions, tandis que son souffle se dissocie de ses pensées pour suivre l'escalade du rythme qui se complexifie. Battements de cœur de substitution. Plus forts, plus calmes, plus réguliers. *Pourquoi est-ce que je n'écoute pas cette musique ?* s'interroge-t-elle. *Et avec plaisir ?* Elle est magnifique. Elle submerge toutes les pensées, aussi rassérénante que les morceaux de sitar et de flûte que l'on passait au cours de yoga que Philae et elle prenaient. Exaltante. Saisie d'un étourdissement, elle ferme les yeux. Lorsqu'elle les ouvre, les filles se sont approchées, accélérant le mouvement.

Elles se déplacent en rond avec une remarquable précision. Pieds tournés à l'extérieur, à l'intérieur. Hanches tournées à l'extérieur, à l'intérieur. Les joueurs de tambour changent de cadence, et les filles changent de position, forment un demi-cercle. La plus jeune s'avance, danse un petit solo puis rejoint le groupe ; les autres font de même à tour de rôle. Des villageois, qui ont surgi un à un dans la concession pour admirer le spectacle, applaudissent chaque danseuse. La dernière, la plus âgée, petite, grassouillette, se dandine, radieuse, pour la plus grande joie de la foule. *Elle n'a pas l'air d'une danseuse*, songe Sadie. Son apparence est comparable à la sienne ou à celle de Naa : constituée d'une substance épaisse, à l'opposé de la fluidité liquide d'un corps de danseuse, un bloc de terre : gros bras, grosses cuisses, fesses rebondies, larges épaules, petits seins, le même corps robuste que le sien. Qu'elle déteste. Stupéfaite de la cruauté de son jugement, Sadie ne parvient pas à s'en débarrasser. *Je déteste ce corps*, pense-t-elle en regardant la danseuse. *Il est affreux. Son aspect me fait horreur*.

Voilà.

Tout simplement.

Ce corps est affreux.

Peu importe que le qualificatif plus gentil de quelconque s'applique à son visage ; à la réflexion, c'est son corps qu'elle déteste. Ce corps qui la distingue des autres. C'est bien plus facile de le constater sur cette jeune danseuse grassouillette ou de l'exprimer que de s'avouer ce qu'elle voit dans le miroir, ce qu'elle voit par rapport à ses frères et à sa sœur. C'est à cause de ce corps qu'elle est transparente. Elle considère la danseuse avec une sorte de tristesse, pour elles deux, une tristesse tempérée par l'acceptation. Se préparant à regarder le solo de cette fille, non sans empathie, elle croise les bras, un sourire apitoyé aux lèvres.

Cela arrive bizarrement.

La fille se met à bouger. Presque gauchement au début, par saccades. Avec raideur. La foule tape dans ses mains et Sadie rit tout bas, ce dont elle se doutait est confirmé. *Un corps affreux ne peut danser*. La fille est toujours radieuse, ses petits yeux pétillent, peut-être s'amuse-t-elle du sale tour de la génétique. Elle roule les hanches, une fois à droite, une fois à gauche. Regarde Sadie, agite la main et commence.

Elle se trémousse d'une façon incompréhensible, indescriptible. Avec virtuosité, sans effort, sans arêtes, sans angles : une succession d'infimes mouvements de cuisses, de pieds et du torse, en rythme avec des motifs syncopés que les joueurs de tambour et elle sont les seuls à entendre : un corps ordinaire, sphérique, électrisé, acclamé frénétiquement par la foule tandis que les hanches virevoltent, jusqu'au coup sec d'un tambour. Là, elle s'immobilise devant Sadie, la main droite tendue, un pied levé.

Sadie, qui l'observe, bouchée bée, souffle en suspens, n'enregistre pas sur-le-champ le sens du geste. Les joueurs recommencent à battre du tambour, la fille à tournoyer, les spectateurs à applaudir, puis un coup sec, et elle s'immobilise de nouveau. La main tendue vers Sadie.

« Elle v… v…veut de l'argent ? demande Sadie à Folá.

— Elle t'invite à danser.

— *Bra, bra, bra*, dit la fille, paumes tournées vers le ciel. S'il te plaît, *ma sœur*, viens. Viens et danse, s'il te plaît, je supplie. » Elle prend la main de Sadie, recule d'un petit pas, ce qui oblige Sadie à se pencher puis à se lever du banc. Un progrès qui déclenche les applaudissements de la foule. Sadie pique un fard et refuse : « Non, je ne peux pas. » À deux doigts de fondre en larmes, elle les sent se former, le nœud à l'estomac, l'accumulation de la bile. Elle recule d'un pas, mais la fille la tire et elle n'a pas le courage de se dégager. Ses frères et sa sœur l'observent d'un air à la fois inquiet et encourageant, les yeux écarquillés, avec un grand sourire, comme s'ils regardaient un bébé apprenant à marcher, prêts à bondir en cas de chute.

Elle ne tombe pas.

Lorsqu'ils décriront la scène après coup, ils raconteront qu'une fille s'était approchée de Sadie, l'avait obligée à se lever du banc et fait une petite démonstration d'un jeu de jambes élémentaire. Deux pas que Sadie avait reproduits plusieurs fois de sorte que, galvanisés, les musiciens avaient accéléré la cadence et qu'elle l'avait suivie au grand plaisir de la foule et que, l'instant d'après, elle dansait dans la clairière comme si elle connaissait la danse traditionnelle ga depuis sa naissance. Personne ne saura ce qui s'est emparé de Sadie en cet instant, même pas elle, lorsque la danseuse obstinée la prend par le coude et répète, la tirant doucement : « S'il te plaît, *ma sœur*, viens, s'il te plaît. » Elle l'entraîne loin des bancs. « Comme ça », explique-t-elle, montrant les pas : un, deux. Les yeux de Sadie sont pleins de larmes qui couleront si elle n'obtempère pas, aussi regarde-t-elle par terre, les petits pieds nus de la fille. Un deux, un deux, un deux. Battements de cœur de substitution. Plus calmes et plus réguliers. Elle esquisse quelques pas. Entend les acclamations des spectateurs. Rougit de timidité. Il est trop tard pour s'asseoir. Elle fixe le sol, ses pieds, les conjure de bouger. À sa grande surprise, ils obéissent et se déplacent de gauche à droite. Très fière de son élève, la fille s'écrie : « *Ehnhehn !* » Sadie lui jette un coup d'œil. « Oui ? Comme ça ? » D'autres mouvements. D'autres acclamations. Le battement de tambour est exaltant. Une tension dans l'estomac qui se propage aux cuisses, aux genoux, aux mollets, aux tibias et aux pieds. Trop gênée pour s'arrêter, Sadie continue à bouger. Se met à danser. D'abord lentement, les yeux rivés sur le sol, sur les pieds de la fille qu'elle n'a pas de mal à suivre — puis une étincelle, un déclic, une cohérence interne, une étrangère en elle qui sait quoi faire, connaît cette musique, ces figures, ce jeu de jambes, ce rythme ; le corps détendu, les yeux baissés, craignant de s'arrêter, de les lever sur la petite foule qui l'applaudit, elle bouge, transpire, pleure (*Je danse*, pense-t-elle, incrédule, incapable de s'arrêter), ventre crispé, cuisses en feu, paupières relâchées, hanches tournoyantes, épaules en haut en bas, pied dehors dedans, sortie de son corps ou à l'intérieur, au tréfonds, sans avoir conscience de l'extérieur, de la peau, des regards, des spectateurs, consciente des pulsations, consciente du tambour.

Un coup sec.

Le tambour s'interrompt. Sadie aussi. En nage, hors d'haleine. Le groupe de spectateurs cesse d'applaudir. Une seconde de silence. Puis Olu :

« Bravo, Sadie ! » avec toute la puissance de sa voix de baryton. Les enfants se remettent à taper dans leurs mains et à l'acclamer en ga, la danseuse grassouillette la félicite : « *Ma sœur !* » On prend des photos avec les portables. Folá se lève d'un bond pour l'embrasser comme si elle venait de gagner une course. « Mon Dieu ! » Elle rit, attrape Sadie par le front. « Ma fille est une danseuse, eh ? » Elle pose un baiser sur ses tresses. Submergée par la timidité maintenant qu'elle est immobile et sent les regards chaleureux, Sadie laisse sa mère l'étreindre, son cœur battant la chamade sous l'effet, entre autres, de la joie.

V

À la vue de Sadie, de son triomphe, dans les bras de Folá comme à l'aéroport (sourires à travers les larmes, visage enfoui dans le sein, sans compter les autres épanchements), Taiwo éprouve, aussi étrange que cela paraisse, une sorte de rage. Toute la matinée, elle a essayé de s'en tenir au scénario, l'air sombre, intéressée, épongeant la sueur sans se plaindre, une tentative de politesse que les autres prennent pour de la bouderie, habitués qu'ils sont à son silence, son humeur noire. Un rôle attribué à l'avance dans la pièce, de même que celui d'Olu est de gérer, celui de Kehinde de maintenir le calme, celui de Sadie de pleurer pour un oui pour un non, celui de sa mère de fermer les yeux : Taiwo boude. Ils comptent dessus, s'y attendent, ça leur manquerait si elle s'en abstenait. Personne ne s'inquiète, ne lui demande ce qui ne va pas, s'il est arrivé quelque chose. *C'est Taiwo, voilà tout,* se contentent-ils de dire, échangeant des regards lorsqu'ils croient qu'elle ne le voit pas, haussant les sourcils et les épaules.

De sorte qu'elle a l'impression d'avoir toujours été comme ça, elle avait été une enfant difficile, qui le restait — *si seulement j'avais été plus facile,* pense-t-elle tout à coup, observant Folá et Sadie, *moi aussi on me câlinerait*. Sa mère ne la prend jamais dans ses bras, l'idée perturbante lui traverse l'esprit. Elle ne se précipite pas à son côté au premier signe de besoin, réserve ce privilège à Sadie, plus douce, geignarde, mignonne comme une poupée, quelque chose qu'on peut serrer contre soi. Ainsi, quand elle avait fondu en larmes, la veille, à la table de la salle à manger, Folá s'était contentée de la dévisager. S'il s'était agi de Sadie, Folá l'aurait étreinte, comme maintenant, au lieu de la suivre des yeux alors qu'elle sortait de la pièce.

Une fureur surgie de nulle part. Qui s'empare de Taiwo, alors qu'elle scrute sa mère, et ce de manière surprenante, embarrassante, au moment même où les autres rient, oubliant provisoirement leur chagrin pour fêter Sadie, Sadie la petite, la douce, la parfaite, la pure, aussi adorable qu'un bébé qu'ils ne peuvent s'empêcher de câliner. Une fureur surgie de nulle part, irrésistible, irraisonnée. Saisie de tremblements convulsifs, elle se met en mouvement malgré elle : d'abord frissonnante, puis brûlante, elle se lève, marche la tête vide, silencieuse, et s'éloigne. Les autres ne le remarquent pas, ils prennent des photos ; les enfants jacassent, les femmes plus âgées sont indifférentes. Kehinde est le seul à s'inquiéter : « Où vas-tu ? murmure-t-il.
— Aux toilettes », répond-elle. Il n'insiste pas.

Où va-t-elle ? Taiwo n'en a pas la moindre idée. Elle franchit l'entrée de la concession, longe le mur, aperçoit le chauffeur devant la voiture, prend la direction opposée, loin du village, sur la piste rouge foncé. La rage la pousse à avancer, une fureur viscérale qui lui fait presser le pas, l'empêche de penser à autre chose qu'à sa mère serrant Sadie dans ses bras, *mais pas moi*. Rage et apitoiement sur soi, honte de se prendre en pitié. Un feu dans les jambes. Elle accélère, consumée, arrive à l'extrémité du village presque en courant, lève les yeux et se rend compte qu'elle se trouve dans une petite clairière. Aucun groupe d'habitations ne cache l'océan, le sable fait signe, offert, comme une réponse.

La plage est quasi déserte sous le soleil presque à son zénith, hormis quatre petits garçons qui jouent au foot sans chaussures. Ils sourient gentiment à Taiwo lorsqu'elle apparaît entre des palmiers, sans cesser de faire des passes ou de bavarder en ga. Elle ôte ses tongs et s'avance jusqu'au sable dur, d'un blanc grisâtre, brûlant à cette heure-là ; sa fureur retombe sous l'effet de l'air chargé d'humidité, de son goût salé, du vent de la mer et du bruit des vagues ; elle s'écarte des garçons, de leurs rires, sans penser à rien, toujours haletante, à présent ruisselante de sueur.

À huit cents mètres, elle aperçoit une construction coloniale, sans doute une ancienne résidence du bord de mer, dotée de terrasses et de colonnades, désormais livrée au soleil. Un autre village se profile à quelques kilomètres. L'idée de s'échapper, d'aller jusqu'au bout de la plage, est nichée dans un coin de sa tête, mais la maison l'en détourne, qui la domine et projette une ombre faisant virer le sable au marron. Elle rappelle à Taiwo celle qu'elle détestait, son aspect menaçant, les spectres d'autres familles, des étrangers, des Européens morts depuis des lustres, vautrés sur une plage avec les bateaux, les palmiers et quelques cases aux toits de chaume construites à l'écart. Elle s'arrête pour l'examiner : aussi peu à sa place dans ce tableau qu'ils l'ont toujours été, une famille africaine à Brookline ; ce qu'*elle* ressentait au cœur de la nuit dans sa chambre, les spectres chez eux plus qu'elle. Et elle rit.

C'est ridicule : une résidence de bord de mer dans un village au Ghana, le foyer d'une famille blanche, à la peinture décapée et aux orbites vides, néanmoins là, majestueuse, imposante. Elle rit en songeant à son père enfant sur cette plage, l'admirant, se promettant d'en avoir une aussi grande, aussi imposante, de posséder un terrain un jour. *Il l'a fait*, reconnaît-elle — ces hectares à Brookline et cette vieille maison sinistre, un « foyer » tel que le concevaient les Britanniques au teint rose qui avaient sans doute construit cette bâtisse solide comme un roc —, *sans l'enracinement toutefois*, le côté dominateur, l'assurance ou la permanence. Son père avait possédé un terrain dans un autre pays, fondé un foyer, mais la honte avait eu raison de lui et sa propriété avait été vendue. *Revendue*, très vraisemblablement, à une famille au teint rose qui descendait des Pères pèlerins, plus habituée à la domination. Reprise au garçon sans racines, restituée aux autochtones, les Cabot ou les Gardener, retirée aux Sai. *Le pauvre petit garçon* qui avait marché sur cette plage, rêvé de maisons majestueuses et de nouvelles patries, les pieds crevassés, la plante virant au noir, sans se douter de son erreur (s'il lui avait demandé, elle le lui aurait dit) : il ne trouverait jamais un foyer, du moins permanent. Celui qui a honte n'a jamais l'impression d'être chez lui, ne l'aura jamais. L'image du garçon sur la plage la fait rire, celle de la maison qu'il avait achetée la fait rire plus fort, celle d'elle-même dans cette maison, à douze ans, une petite fille qui croyait toujours au foyer, la faire rire encore plus fort.

Cela se passe comme à l'ordinaire :

elle rit à en pleurer, puis pleure tout court. Elle s'assied. Là où elle se trouve. Laisse tomber son sac, s'arrête, n'a nulle part où aller, étrangère ici aussi. Aurait-elle davantage d'énergie qu'elle irait n'importe où, se mettrait à courir, attendant (espérant) que quelqu'un (un homme) la suive — mais elle n'en peut plus, l'épuisement lui coupe les jambes : quelque chose suinte du plus profond de son corps, un ultime bastion intérieur s'effondre. Alors, assise au soleil, sur le sable, elle transpire et pleure. Une femme sur une plage. Il manque toutefois le cardigan de l'amant.

Elle sort le paquet d'American Spirits de son sac, en allume une, la fume très vite, en petites bouffées saccadées. Elle serre ses genoux remontés contre sa poitrine, pour se consoler d'un chagrin qui la terrasse et qu'elle a du mal à comprendre. Elle n'a rien éprouvé de semblable depuis la nuit à Boston où elle avait surpris son père affalé sur le canapé dans son pyjama de bloc : le monde était trop vaste, un océan, leur bateau sombrait lentement sous le poids de la honte. À l'époque, elle ignorait que ce serait Folá qui larguerait les amarres, enverrait le canot de sauvetage à la dérive. Ou que ce *pourrait* être Folá. Non pas un père, une mère. À l'époque, elle ignorait que les mères trahissent.

Donc.

Ce qui lui avait échappé.

Remonte enfin à la surface après des années au seuil de la conscience, une vague idée qui affleurait puis disparaissait dès qu'elle s'y appesantissait. Le docteur Hass se trompe, ce qu'elle soupçonne depuis longtemps : ce n'est pas le père. Du moins pas seulement. C'est Folá qui, cet été-là, les a envoyés chez Femi, tels deux veaux engraissés à l'autel. Pas lui. Comment est-elle passée à côté ? L'origine de sa colère. La rage indéfinissable : Folá les a expulsés, expédiés à Lagos alors qu'elle aurait dû réfléchir, pressentir ce qui arriverait, c'était son frère après tout, sa famille. Tout ça pour des frais de scolarité. La prise de conscience. Les mères trahissent. Et qu'arrive-t-il aux filles trahies par leur mère ? *Elles ne deviennent pas des Sadie qu'on câline*, conclut Taiwo. Ni des Ling adorables et rieuses. Elles se créent une carapace. Se durcissent. Ne sont plus des filles. Elles ont beau en avoir l'apparence, se comporter comme des filles, flirter comme des filles, embrasser comme des filles, en réalité, ce sont des généraux, des commandos en guerre, sortant à cheval aux premières lueurs du jour pour prévenir de nouvelles attaques. Une armée dans leur sillage, leurs talents en guise de cavaliers, leur intelligence, leur beauté et tout ce qu'elles ont à leur disposition lancés dans la bataille pour prendre d'assaut le château, pour sauver l'honneur. Sans succès, bien sûr. Chaque fois, elles réduisent le village en cendres dans leur quête de la sécurité perdue. Elles se retrouvent seules. Désirées, admirées et seules sous leur tente, où elles passent la nuit à pleurer. Le lendemain matin, elles enfourchent leur monture et les garçons qui les voient arriver pensent : ma parole, comme ces filles sont belles et géniales ! Cœurs brisés, sang versé. Elles continuent à chevaucher, à se venger. Et, par un singulier détour de l'intrigue, elles se vengent en cherchant l'amour d'un amant substitut de mère qui ne les trahira pas. À cette idée, Taiwo s'esclaffe. Elle pense à son amant, à son écharpe et à son pantalon de jogging, à son sourire maternel. À sa femme et à ses enfants. Une trahison préconditionnée. C'était joué d'avance « Merci, Marissa. » *Coupez*.

Elle contemple l'eau, le regard brouillé par sa vision lucide des choses, ne sachant trop que faire. (Si elle entend son nom une première fois, son esprit ne l'enregistre pas.) Elle allume une seconde cigarette. Celle-ci, elle la fume lentement. Le soleil qui tape dur sur ses épaules et son dos lui apporte une sorte de réconfort, lui rappelle qu'elle a une peau, lui rappelle une autre dimension de la souffrance, étrangère à son corps, étrangère à son chagrin. Elle s'allonge sur le dos, le sable est plus humide qu'elle ne s'en rendait compte assise, une bonne surprise. Elle tend les orteils vers les vagues mais, à cette heure, la marée ne monte pas aussi haut. Tandis qu'elle fume, ses dreadlocks pleines de sable, elle l'entend à nouveau.

On l'appelle par son nom.

« Taiwo. » Et une deuxième fois, au loin, avec insistance : « *Tai*-wo ! »

Elle se redresse.

Et aperçoit sa mère.

Folá, comme par magie, qui crie : « Chérie ! » Et s'avance vers sa fille. Derrière elle, les petits garçons tendent le doigt, donnent des indications. Folá, surgie de nulle part, se précipite vers sa fille, son pantalon blanc ballonne, elle fait de grands gestes. (Il manque les torches.) « D'après Kehinde, tu étais allée aux toilettes, mais je ne t'y ai pas trouvée. Le chauffeur t'a vue prendre la direction de la plage. Que s'est-il passé, ma chérie ? lance-t-elle en s'approchant. Tu t'es fait mal ? Tu peux te lever ? » Parvenue à la hauteur de Taiwo, elle s'agenouille.

Peut-être la proximité bouleverse-t-elle Taiwo, le fait que Folá soit si près d'elle au bout de toutes ces années ? Ou autre chose. Taiwo saute sur ses pieds, prenant Folá au dépourvu, qui se lève, recule. « EST-CE QUE JE ME SUIS FAIT MAL ? » hurle-t-elle. Comme si un fil se tendait ou s'accrochait quelque part, et que tout se détricotait. Elle rit, pleure, crie : « *Que s'est-il passé ?* Que croyais-tu qu'il allait nous arriver, maman ? » L'expression abasourdie de Folá pousse Taiwo à ajouter en ricanant : « Très bien, je vais te le raconter. » Malgré sa promesse de ne pas le faire tenue des années, bien qu'elle n'ait jamais imaginé un moment pareil (une plage déserte en plein jour, des petits garçons aux yeux écarquillés), elle décrit d'une traite ce qui s'est passé, comment cela a commencé :

ils partageaient la deuxième chambre, celle attribuée à Kehinde, aux deux lits grinçants, parce que la sienne était trop grande et qu'il y faisait trop froid à cause du climatiseur qu'elle ne pouvait arrêter (hors d'atteinte), en revanche celui de Kehinde était en panne. Le premier soir, elle s'était approchée de la porte en chemise de nuit : « Je peux dormir ici, Kehinde ? » Son frère avait dit oui.

D'abord, elle occupa un lit et Kehinde l'autre, mais il faisait trop chaud pour ne pas dormir près de la fenêtre, de sorte qu'ils en partagèrent un au bout d'une semaine, tête-bêche, serrés comme des sardines, les draps repoussés. Au terme de la deuxième, elle cessa de se faufiler dans la sienne avant le lever du jour, de crainte que l'oncle Femi ne les découvre et ne les gronde. Depuis leur arrivée au Nigeria, ils ne l'avaient vu que deux fois, lors des déjeuners élaborés qu'il organisait pour ses amis. Le reste du temps, il était virtuellement absent, enfermé au dernier étage de l'immeuble, accessible par un ascenseur pourvu d'un code que les jumeaux ne connaissaient pas. Un monde invisible. Ils entendaient les allées et venues des invités de leur oncle, qui montaient, descendaient, la musique à n'importe quelle heure du jour et de la nuit, les fêtes bruyantes du samedi, les rires des femmes, les verres cassés, les cris assourdis, les récriminations de Niké — mais ne s'aventuraient jamais là-haut.

Ils vivaient au premier étage, tels deux (riches) orphelins confiés aux soins de l'armée de domestiques masculins d'oncle Femi. Les boys les réveillaient et étalaient leurs uniformes. Les cuisiniers servaient leurs repas. Les chauffeurs les emmenaient à l'école où ils restaient toute la journée. Ils rentraient pour le dîner, qu'ils prenaient seuls. Ils faisaient leurs devoirs et se couchaient. Serrés comme des sardines devant la fenêtre pour avoir de l'air, ils parlaient de Boston, de la neige, comme si le souvenir du froid leur permettrait de le *sentir* réellement et atténuerait le poids de l'humidité. Tante Niké apparaissait dans la soirée, après le dîner, pour leur rappeler la règle concernant l'ascenseur, s'assurer qu'ils n'étaient pas morts au cours de la journée, se plaindre de Femi, puis elle remontait. Ils ne se firent pas d'amis à l'American International School, où leurs pairs les trouvaient arrogants à cause de leur apparence.

Aussi ne se quittaient-ils pas ; ils mangeaient, dormaient, travaillaient, regardaient la télé, écoutaient des cassettes et nageaient ensemble, sans oublier les trajets en voiture.

Lorsqu'ils parlaient au téléphone à Folá (ils avaient droit à un coup de fil le week-end, cinq minutes chacun), ils lui assuraient être « contents » pour qu'elle ne s'inquiète pas. Au début, ils n'étaient pas tristes. Ils étaient simplement seuls. Ils se doutaient que quelque chose clochait dans l'appartement — tous ces gens qui entraient et sortaient à n'importe quelle heure, s'exprimaient en yoruba, arabe, anglais et pidgin ; le week-end, ils les apercevaient de leur chambre, au bord de la piscine : filles se pavanant en robes léopard, vestes en fourrure, talons aiguilles et perruques, accompagnées d'homme adipeux, et groupes de jeunes gens, minces et beaux, aux regards sombres, avides. Ils ne posaient cependant aucune question. Cela n'en valait pas la peine. Ils obéissaient et restaient à l'écart. Trois mois, six mois, neuf mois s'écoulèrent de cette façon. Jusqu'à l'été qui arriva subitement, l'air devint plus frais, plus sec, puis la fin de l'année scolaire, une modification dans l'emploi du temps, un vide au milieu de la journée.

Comment tout changea :

ce jour-là. L'apparition inopinée de tante Niké dans la cuisine où ils prenaient leur petit déjeuner. C'était la première fois qu'ils la voyaient le matin, sans déguisement, sans maquillage ni perruque, un foulard en soie sur la tête. Levant par hasard les yeux de son assiette de céréales Weetabix, Taiwo, consternée, s'étrangla avec son lait.

On aurait dit un fantôme. Le teint grisâtre, ses petits yeux inhabités, elle tenait un drap blanc à la main. Un fantôme qui riait. « Ça vous étonne de me voir, eh ? Vous croyez qu'on ne vit pas ici ? Vous croyez pouvoir faire ce qui vous plaît dans cette maison ? » Elle riait tout doucement comme à son habitude lorsqu'elle était furieuse, et le doigt qu'elle agitait ressemblait à une langue de serpent. Ils avaient assisté à cette scène nombre de fois quand Niké réprimandait les boys dehors : l'ouverture modérée (un petit rire ou un chuchotement empreint de dérision), un doigt tendu pour ponctuer certaines remarques, la lente escalade jusqu'au plein volume, assortie de questions rhétoriques (« tu crois qu'on ne vit pas ici ? »), l'emploi de « mon ami », puis le paroxysme, les hurlements, l'invocation de la Bible, le finale mélodramatique sur un ton shakespearien. Des diatribes sur l'honneur, la justice et autres, avant de taper les boys, non sans violence. Taiwo avait l'impression que les Nigérians *adoraient* être en colère, que les conflits leur procuraient un certain plaisir, une sorte d'excitation physique ; au marché, à l'école, elle observait leur comportement, leurs yeux pétillants tandis qu'ils vociféraient ou se tiraient les cheveux. Les prendre au sérieux était difficile. Elle écoutait distraitement tante Niké, tout en écrasant ses Weetabix dans le lait et ne leva les yeux que lorsque qu'elle l'entendit brailler :

« Ce que vous avez fait est *répugnant* ! » D'un geste dramatique, Niké secoua le drap, un beau drap blanc maculé d'une petite tache rougeâtre. Désarçonnés, Kehinde et Taiwo la regardèrent. Niké continua de crier : « Je sais ce que vous avez fait ! Les boys m'ont dit que vous dormiez dans la même chambre, et maintenant on a la preuve de ce que vous faites, eh ? » Les yeux réduits à une fente, elle désigna Kehinde. « C'est ta *sœur*. Ta jumelle. Tu es un pécheur, mon ami. »

Sous le choc, clignant les yeux, Kehinde demanda : « Pardon ? »

Une question, non une excuse. Ce qui n'empêcha pas Niké de tempêter : « Ce que tu as fait est un péché, eh ? "Pardon" ne suffit pas ! Dis-moi ce qui s'est passé. Immédiatement.

— Tantine, nous ne vous comprenons pas », intervint très calmement Taiwo, même si elle entrevoyait ce qui s'était passé : à son réveil, à peine une semaine auparavant, elle saignait, oh juste un peu ; ses premières règles, elle le savait grâce au cours d'éducation sexuelle de l'année précédente. Elle avait prévenu Babatunde, le boy le plus jeune et le plus gentil, qui était revenu un peu plus tard avec un énorme sac rempli de tampons et de serviettes hygiéniques qu'il lui avait brusquement tendu. Ainsi, elle était devenue une femme. La phrase employée par son professeur. Taiwo ne se sentait pas femme. Elle était irritable et mal dans sa peau (le propre de la féminité ?). Et voilà que Niké brandissait le drap maculé d'une tache de sang que Taiwo n'avait pas remarqué sur le moment. S'il était facile d'expliquer qu'elle avait eu ses règles, il était plus difficile d'expliquer pourquoi ils dormaient dans le même lit. Jusqu'à présent cela ne semblait pas bizarre, encore moins « répugnant », mais le doute s'emparait d'elle.

Deux souvenirs lui revinrent à l'esprit, l'un aussi vague que la réminiscence d'un rêve au crépuscule : un matin, l'un des innombrables où elle s'était réveillée à côté de Kehinde, un mois auparavant ou peut-être plusieurs, elle ne savait plus.

Elle se rappelait simplement s'être réveillée d'un rêve, aux aurores, le regard vague, encore à moitié endormie, et avoir senti un truc ferme derrière sa cuisse, lorsqu'elle avait roulé sur le côté, s'écartant de Kehinde. Les paupières baissées, à peine consciente, elle avait pensé *c'est son pied,* et tendu le bras pour le repousser, marmottant : « Bouge-toi, mec. » L'érection au creux de sa main était tellement insolite — d'une extrême dureté, tiède, et pourtant charnue et douce — qu'elle n'avait pas compris sur-le-champ ce qu'elle tenait. Son frère, qui ronflait, avait bougé. Affolée, elle l'avait lâché. Couchée près de lui, les yeux ouverts, le cœur battant, elle avait été envahie par une peur indéfinissable. Un rêve sans doute, s'était-elle rassurée avant de se rendormir. Cela ne lui revenait en mémoire que maintenant.

Et l'autre. Non pas un souvenir. Une habitude. « Répugnante. » Ce qu'elle faisait depuis la fin de l'année scolaire, quand ils passaient la journée dans l'appartement, à tuer le temps, à flotter oisivement dans la piscine ou à regarder des dessins animés. Un jour, au sortir de la piscine, elle était entrée dans la chambre pour se doucher et se changer, laissant Kehinde dans l'eau. Elle avait enlevé son maillot et cherchait une serviette lorsqu'elle trouva le seul livre qu'elle avait emporté. Une énorme encyclopédie mythologique, un cadeau de Noël de leur père, l'année précédente. Les muses obsédaient Taiwo cet hiver-là ; il avait glissé un signet au chapitre sur Calliope. Un boy complice avait rangé le volume dans le dernier tiroir de la commode où ils cachaient des confiseries chapardées. À côté des trois paquets de petits gâteaux et des serviettes, elle découvrit le livre qu'elle croyait perdu ou volé. Ravie de sa trouvaille, elle s'affala sur le lit qu'elle partageait avec son frère. Allongée, nue, à plat ventre sur un oreiller, elle feuilleta l'ouvrage et tomba sur une illustration du *Rapt de Perséphone*, montrant une jeune fille, rose, bien en chair, à la poitrine opulente dans une prairie chamarrée de fleurs, accompagnée de ce texte :

> Perséphone cueillait des fleurs dans une prairie avec ses amies Artémis et Athéna. Un narcisse à cent têtes d'une beauté exceptionnelle accrocha son regard. Dès qu'elle tendit le bras, la terre s'ouvrit et Hadès surgit de ses profondeurs sur son char d'or tiré par des chevaux noirs. Il viola Perséphone et, la kidnappant, l'emmena aux enfers. Elle eut beau appeler son père Zeus au secours, il ne lui vint pas en aide.
>
> Déméter, qui entendit les cris de Perséphone, se lança à sa recherche. Tenant neuf torches embrasées, elle chercha sa fille disparue pendant neuf jours et neuf nuits, sur terre et sur mer, sans interrompre sa quête frénétique pour se nourrir, dormir ou se laver. Le dixième jour, Hélios, le dieu du Soleil, révéla à Déméter qu'Hadès avait enlevé Perséphone. Et que Zeus avait donné son consentement au rapt et au viol de Perséphone.

L'histoire habituelle. En revanche, elle fut étonnée par ses sensations au cours de la lecture, tandis qu'elle ne cessait de fixer l'image de la main d'Hadès sur le sein : des picotements et une pression entre les jambes, là où le drap était roulé en boule, qui s'intensifièrent, s'avivèrent, au point qu'elle se pissa dessus. Contrariée, inquiète, elle se leva d'un bond et ferma le livre. Elle examina le drap, d'abord honteuse, puis perturbée. L'endroit d'où elle avait uriné n'était pas mouillé ; elle se tapota les cuisses, sèches également. C'est alors qu'elle remarqua une petite tache humide sur le drap, ainsi qu'un liquide presque visqueux, analogue à une goutte de blanc d'œuf. Voilà ce qui avait jailli de son corps, non de l'urine. Sitôt qu'elle l'eut essuyé avec une serviette, elle prit une douche.

Cela devint un rituel quotidien. Après avoir nagé, avant de se doucher, elle ôtait son maillot, s'allongeait sur le lit avec l'encyclopédie, toujours à la page de la description du Rapt de Perséphone, le drap en boule entre ses jambes, les cuisses serrées, guettant les pas de Kehinde, retenant son souffle lorsque le blanc d'œuf s'écoulait. À présent, elle s'interrogeait, écrasant les Weetabix, écoutant Niké répéter « c'est répugnant ! » : pourquoi ce plaisir ? Avait-elle envie que son frère entre ? Elle savait qu'elle ne l'entendrait pas s'il montait sur la pointe des pieds dans ses babouches ninja en cuir rouge. Apparaître inopinément, c'était le style de Kehinde. Pourtant, elle restait allongée là, nue, mouillée, pendant qu'il nageait.

Taiwo posa sa cuillère, ses doigts étaient brûlants. Kehinde se tourna pour la regarder, se mordillant la lèvre. Son expression reflétait ce qu'elle ressentait. Niké ricana : « Non mais *regarde*-le ! » Ses soupçons confirmés, elle brandit à nouveau le drap. « Il y a d'autres taches. Tu penses que je ne sais pas à quoi correspondent ces giclées blanches ? »

Kehinde dévisageait Taiwo. « Qu'est-ce que c'est ? » Une question posée à sa jumelle, qui détournait les yeux.

Niké crut qu'il se moquait d'elle et, lâchant le drap, elle le gifla avec une telle violence qu'il bascula de sa chaise. Taiwo, ce fut plus fort qu'elle, bondit et poussa la femme, rien qu'une fois, s'écriant : « Laissez-le tranquille ! » Mais Niké perdit l'équilibre, recula dans ses pantoufles pelucheuses ornées de pompons et atterrit sur le dos. La robe de chambre s'écarta, montrant ses grosses cuisses au boy qui entrait avec un plateau en verre. Il le laissa tomber. Soudain consciente de leur vulnérabilité, de leur fragilité ici, Taiwo attira Kehinde. Leur coquille protectrice s'était brisée. La distance entre le troisième et le premier étage n'existait plus.

Les hurlements de Niké :

atroces. Une folle. Elle les traîna jusqu'à l'ascenseur qui les emmena au salon du jour de leur arrivée, vu pour la dernière fois fin août, ce méli-mélo de marbre, de zèbre et de velours. Leur oncle était allongé en sous-vêtements et peignoir ; Babatunde, le petit boy, préparait une ligne de coke sur la table. Oncle Femi lui caressait la nuque, d'une main paresseuse, comme on flatte le flanc d'un animal domestique. Deux garçons plus âgés se tenaient en faction devant la porte, en uniformes de marin blancs, semblables à des costumes de théâtre. Armés toutefois. De longs fusils plaqués sur leur torse. Ils ne firent pas un geste ni ne prononcèrent un mot quand Niké entra en trombe.

« Eh bien, bonjour », lança l'oncle Femi, de sa voix douce habituelle.

Sa femme poussa les jumeaux vers la méridienne où il reposait. Babatunde leva les yeux, une fraction de seconde, puis les baissa, se remit à l'ouvrage, soucieux de ne pas se faire remarquer. Taiwo et Kehinde jetèrent un regard vide à leur oncle et, derrière eux, leur tante fulminait : « Dites-le vous-mêmes.

— Que doivent-ils me dire ? » demanda l'oncle Femi, avec un réel intérêt. Il considéra les jumeaux comme s'il les voyait tous les jours, comme si, la veille, ils avaient parlé de la météo de Lagos, comme s'il n'était pas absent depuis environ un an. Sa tâche terminée, Babatunde s'éloigna de la table. Oncle Femi se pencha pour sniffer la coke. « *E se* », fit-il en gratifiant Babatunde d'un sourire. Le garçon s'inclina et se précipita hors de la pièce.

« Votre oncle a posé une question. Ils nous croient stupides. Quant à celle-ci, elle s'imagine avoir le droit de me frapper. *Odé.* » Niké força Taiwo à avancer, lui flanquant une tape entre les épaules. Taiwo trébucha, retrouva son équilibre, se redressa.

« Ne la touche pas, ordonna oncle Femi. Le garçon n'aime pas ça. » Il alluma une cigarette. « C'est bien ce que tu as dit ? » Les sourcils haussés, un grand sourire aux lèvres, il fit signe à Kehinde. « C'est bien ce que tu m'as dit ? Ne la touche pas. Je me trompe ?

— Non, monsieur, répondit Kehinde.

— Pardon ? Je ne t'ai pas entendu.

— Non, mon oncle, répéta Kehinde, d'une voix tremblante.

— Très bien. Alors, qu'est-ce qui s'est passé ? » Oncle Femi regarda tour à tour Niké et les jumeaux en pyjama et chaussettes.

Niké s'éclaircit la gorge comme si elle s'apprêtait à déclamer, mais elle ne proféra que quelques mots : « Ils ont des relations sexuelles, on les a pris sur le fait. Les boys ont découvert du sang de Taiwo sur le drap et les taches de… l'orgasme de Kehinde. Je peux te montrer le drap.

— Vous mentez ! s'écria instinctivement Taiwo.

Ce n'est pas vrai ! » Cette fois, le coup la fit tomber par terre. Niké, derrière elle, la poussait et la frappait alternativement.

« Tu me traites de menteuse ?! vociféra-t-elle. J'ai la preuve. »

Taiwo resta à genoux, trop stupéfaite pour se relever, les oreilles vrillées par des élancements. Les coups de Niké, plus choquants que douloureux, semblaient ouvrir la voie à un surcroît de violence. Leurs parents ne les frappaient jamais, ne criaient jamais, ne les menaçaient jamais ; les punitions qu'ils infligeaient étaient décidées calmement, comme au tribunal. Elle trouvait insultant qu'un adulte la tape et en tremblait de rage, les poings serrés. Kehinde devina ses intentions et s'agenouilla à côté d'elle.

« Ne la touchez pas », parodia l'oncle Femi, se penchant vers eux. Sa voix, toujours suave, s'était enténébrée ou durcie, son rire trop métallique, trop perforant. Une arme.

Taiwo leva des yeux pleins de peur et de fureur, les posa sur le nez court de son oncle. Elle attrapa Kehinde par son tee-shirt. « Viens », chuchota-t-elle non sans nervosité, se relevant. Debout, tout près l'un de l'autre, ils faisaient face à leur oncle, plus proches de lui qu'ils l'avaient été jusqu'à présent. Son odeur — sueur, eau de Cologne, tabac — était agressive, de même que son regard. Spontanément, Kehinde prit la main de Taiwo et la serra entre ses doigts tremblants.

« Tu *vois* ! Tu vois comment ils se tiennent. Comment il lui serre la main. » Niké claqua la langue, émit tout bas un interminable tsssssssst.

« Ça suffit, déclara l'oncle Femi. Je te remercie de m'avoir prévenu. Maintenant, tu peux t'en aller. Je m'en occupe. »

Prise au dépourvu et vexée, Niké pivota sur les talons et obéit. Les gardes lui adressèrent un bref signe de tête lorsqu'elle sortit en trombe. Le cœur de Taiwo se serra quand la porte à double battant se referma doucement. Aussi surprenant que cela paraisse, elle regrettait le départ de Niké. Cette femme avait beau être volatile, violente, histrionique et, selon toute vraisemblance, cinglée, ils la connaissaient. Leur oncle, lui, était un étranger redoutable, un inconnu. Trop calme, trop maître de lui, trop froid.

Comment les choses se passèrent :

« Omokehindegbegbon ! lança l'oncle Femi à Kehinde. Alors, tu es le seul à pouvoir la toucher, eh ? Une autre petite princesse. » Avec sa cigarette, il désigna le portrait. « Une belle petite princesse, eh ? » Il se leva de la méridienne. Il s'approcha de l'endroit où se tenaient les jumeaux et resta derrière eux. Il entoura le visage de Taiwo de ses mains, tourna sa tête vers le portrait. « Regarde-la. La belle Somayina », souffla-t-il, caressant les cheveux de Taiwo. Elle perçut que Kehinde, qui n'avait pas lâché sa main, se raidissait, retenait sa respiration. Figée, les yeux fermés, elle sentit l'odeur suave et étrange de l'oncle Femi, de son savon. « Ouvre les yeux », lui intima-t-il, la prenant par le menton. Il s'inclina, lui frôlant l'oreille de ses lèvres : « Regarde-la. *Regarde-la.* Elle te ressemble, non ? Une belle petite princesse que personne ne peut toucher. » Il recula d'un pas de sorte qu'il se retrouva derrière Kehinde. Il lui caressa la joue comme il avait caressé les cheveux de Taiwo. « À part toi, petit garçon. *Tu* es le seul à en avoir le droit. » Il pinça les épaules de l'un et de l'autre. « Montrez à votre oncle ce que vous faites. »

L'un des adolescents en faction devant la porte se racla la gorge. « Ferme à clé », lui ordonna oncle Femi. Les garçons firent mine de s'en aller. « De l'intérieur, imbéciles. Vous restez ici, tous les deux. » Ils obéirent. « Nous y voilà. » L'oncle Femi s'adressa à Taiwo : « Ma petite Somayina. » Un sourire chaleureux aux lèvres, il tapota la méridienne. « Viens ici. »

Taiwo se rapprocha de Kehinde : « Je vous en prie, mon oncle. Nous n'avons pas fait ce qu'elle a dit.

— Tu mens. » Sans hausser le ton. Souriant de nouveau, il se remit à tapoter la méridienne. « Viens t'allonger ici. » Taiwo serra la main de Kehinde, secoua la tête, un mouvement infime. Femi éclata de rire, ferma les yeux et hurla : « ALLONGE-TOI ICI ! » Cette voix tonitruante était tellement inattendue, tellement discordante qu'elle lâcha la main de Kehinde. À la manière d'un robot, elle s'avança vers la méridienne où elle s'assit. « Voilà, c'est mieux. Maintenant, étends-toi sur le dos. » Posant une paume froide sur son cou, il la poussa en arrière. Prise au dépourvu par sa force, par le contact physique, Taiwo s'exécuta.

Kehinde fit un pas en avant et souffla entre ses dents serrées : « S'il vous plaît, mon oncle. Ne la touchez pas.

— Ne t'inquiète pas. Je ne le ferai pas. » L'oncle Femi recula pour examiner Taiwo sur la méridienne, les bras le long de son corps raidi de peur. Encore sous le choc, tremblante à cause du contact des doigts de cet homme, de ses cris, elle plongea le regard dans ses yeux noirs bordés de rouge. Il ressemblait au dessin d'Hadès, le violeur, un mot qu'elle avait entendu mais n'avait jamais vu écrit.

Viol. Chair et fleurs. Chariot d'or. Chevaux noirs. Le rapt d'une fille. « Je ne suis pas un pédophile », précisa-t-il en ricanant.

Pédophile, pédophile, pédophile, se répéta Taiwo, se mettant à pleurer. Parce qu'elle avait mal compris. Un homme qui aimait les enfants ? Qui aimait ses enfants ? *Faux.* Qui les avait abandonnés, l'avait abandonnée, comme Zeus. Et où était Déméter ? À la recherche de sa fille ? Torches embrasées, une quête frénétique ? Avec Sadie à la maison.

La sensation de la défaite était une vague qui l'engloutissait. Elle lâchait prise, ses jambes s'amollissaient. Les larmes ruisselaient silencieusement des coins de ses yeux sur le tissu à fleurs, au-dessous de ses tresses impeccables. Sa poitrine s'affaissait, se creusait sous la chemise de nuit Minnie Mouse qu'elle avait depuis que l'homme les avait emmenés à Disney World, pour sa plus grande fierté, plus excité qu'eux de se conformer à la tradition la plus ancrée de la famille américaine. Ses poings se détendaient, ses doigts sans force se desserraient. L'espoir de s'échapper mourut en elle. Si elle tentait de s'enfuir, les soldats de carton-pâte l'arrêteraient. Si elle essayait de lui résister, son oncle la maîtriserait. Ce qui devait se passer se passerait, il n'y avait personne pour l'empêcher. Ils étaient seuls. Son frère et elle. Dans la pièce avec cet oncle.

Un pédophile.

« *Toi,* touche-la », dit celui-ci, tendant le bras vers Kehinde, muet de stupeur, puis vers Taiwo, exposée sur la méridienne, tel un gâteau dans une vitrine. « Elle est trop jolie pour moi. » Il tira une bouffée de sa cigarette. « *Eh,* maintenant, touche-la. » Il tapa dans ses mains, impatient. « *Jo, jo, jo.* Dépêche-toi. »

Pédophile, pédophile, pédophile, pensa Taiwo.

« Je ne… comprends pas, balbutia Kehinde.

— Touche la fille.

— Je ne comprends pas », répéta Kehinde, les yeux embués.

L'oncle Femi claqua la langue. « Dans ce cas, je vais te montrer. » Il fit signe aux gardes qui s'avancèrent précipitamment. « Juste l'un de vous deux. » Le plus âgé s'approcha avec son arme. « Débarrasse-toi du fusil, ordonna l'oncle. Ça va lui faire peur. » Le jeune homme posa son arme sur la table. « Touche la fille. » La cigarette fichée entre les lèvres, oncle Femi déplaça le garçon, on eût dit qu'il était une marionnette, jusqu'au bout de la méridienne, puis il s'installa dans le fauteuil en face, comme pour regarder un spectacle vivant, jambes croisées, yeux brillants.

« M'sieu ? demanda le garde.

— Touche la fille. Relève sa chemise de nuit. Le garçon refuse de le faire. Détache ta ceinture. »

Le regard du garde navigua de Taiwo à Kehinde, qui se tenait derrière lui. Taiwo ferma les yeux et continua à pleurer sans bruit. Après avoir lancé un coup d'œil à son employeur, le garde ouvrit la fermeture Éclair de son pantalon.

« Arrête, protesta Kehinde, à peine audible. S'il te plaît, arrête.

— Si tu refuses de le faire, il le fera, précisa calmement l'oncle à Kehinde avant de s'adresser au garde. Sers-toi de tes doigts.

— Je vais le faire », dit Kehinde.

L'oncle Femi applaudit en gloussant : « C'est bien ce que je pensais. » Il fit signe au garde qui retourna se poster devant la porte. Laissant le fusil sur la table, comme si c'était une tasse à café. Symbole de l'absurdité de l'univers où ils se trouvaient. Kehinde s'avança, regarda sa sœur, ses genoux effleurant les pieds de Taiwo, au bout de la méridienne. Ils avaient tous les deux les larmes aux yeux. Des yeux identiques. Et la troisième paire, celle du portrait sur le mur, qui les observait. Elle lança un regard à son frère et crut qu'il bluffait, peut-être avait-il conçu un plan d'évasion astucieux ? Elle le scruta, cherchant désespérément à déchiffrer son expression. Sans succès. Le regard plein de néant et d'ombre, il avait l'air en colère — c'était la première fois qu'elle le voyait en colère. Il s'essuya les yeux du dos de la main.

« Touche-la comme dans votre chambre en bas. » L'oncle Femi semblait ravi. « Fais comme si je n'étais pas là. » L'hésitation de Kehinde le poussa à ajouter : « Ne t'inquiète pas. Je ne dirai pas à ta mère ce que votre tante m'a raconté. »

Comment les choses se passèrent :

de son fauteuil, l'oncle, metteur en scène, donna des consignes à son frère, sous le regard des gardes. Son frère, muet, les yeux inexpressifs, enleva sa culotte des jours de semaine et la posa soigneusement par terre. Enfonça le doigt en elle. La sensation déconcertante, moins douloureuse que désagréable. Une brèche, une déchirure. « Plus profondément ! Plus profondément ! Plus profondément ! martelait l'oncle Femi. Plus vite ! Plus vite ! » De la jubilation dans sa voix. De la force dans le doigt de Kehinde.

Ce fut la première fois qu'elle apprit à se dissocier de son corps, à s'évader en esprit. Sans effort. Cela se produisit simplement : allongée en chemise de nuit sur une méridienne à Lagos, elle se sentit partir. Une invitée lasse quittant la fête. Elle flottait au-dessus d'eux, observant la scène le plus calmement du monde, Kehinde en tee-shirt et caleçon Mickey, le doigt à l'intérieur de sa sœur, l'oncle Femi dans son fauteuil, les deux jeunes devant la porte, les yeux dilatés par la honte et le plaisir, le portrait au-dessus du manteau de la cheminée, la culotte du mardi par terre, puis voguait ailleurs : vers leur petit salon de Brookline, le piano, Shoshanna en train de crier « Plus vite ! Plus vite ! Vite ! » tandis qu'elle essayait de jouer un morceau de Rachmaninov — et encore ailleurs : vers la salle de classe, le rire nerveux du professeur tandis qu'elle noircissait les O — vers sa chambre : vers la fenêtre, regardant Kehinde dans l'allée en compagnie de leur père à l'air coupable, la voiture faiblement éclairée. Cela paraissait impossible qu'elle ait parcouru de telles distances dans ce corps, de Brookline à Lagos, du piano à la salle de classe et à sa chambre, de la sécurité à ce cauchemar. Elle flottait au-dessus d'eux et se demandait qui habitait ce corps. Pas elle. En aucun cas. Ce n'était qu'un corps qu'elle avait abandonné comme on laisse tomber une serviette.

Qu'elle réintégra.

Kehinde avait terminé. Il enleva le doigt de son corps. Elle ouvrit les yeux. Distingua la tache sur son caleçon. L'oncle Femi applaudissait. « *E kuuse !* Bravo. »

De la sueur, ou quelque chose de semblable, coula timidement le long de sa cuisse.

« Vous pouvez y aller », ajouta l'oncle Femi. Kehinde se précipita hors de la pièce, les épaules secouées de spasmes, laissant Taiwo seule. Elle se redressa. Elle regarda son oncle. Elle ramassa sa culotte (sans l'enfiler, pas tout de suite, c'était trop humiliant). Elle franchit la porte sans pleurer, un trou dans le corps, un abîme à la place de son enfance. Babatunde attendait dehors ; à en juger par son expression, il savait ce qui s'était passé. Elle ne trouva pas Kehinde dans la cuisine, ni dans leur chambre. Elle se rendit dans la sienne, au bout du couloir, toujours aussi glaciale. Elle resta allongée sur le lit en fixant le plafond jusqu'à la fin de la journée. Le lendemain matin, Babatunde vint la chercher et l'emmena dans l'ascenseur. Pendant une semaine, leur oncle regarda Kehinde la toucher. Comme les pervers de séries télévisées, il les avait prévenus qu'il les dénoncerait à leur mère s'ils en touchaient un mot à qui que ce soit.

Puis il y avait eu une réception : on les avait obligés à se maquiller et à évoluer en souriant parmi les invités, des jeunes gens et des hommes, des Nigérians, des Sud-Africains, des Blancs, de tout âge. Un homosexuel ghanéen : « Je sais qui vous êtes. » Ils partirent avec lui en taxi, sans bagages. Il les mit dans un avion pour JFK et ils rentrèrent chez eux… *Coupez.*

Taiwo s'interrompt, la respiration laborieuse. Elle comptait conclure par « contente, tu sais maintenant » ou une phrase du même ordre, sauf que le souffle et les forces lui manquent, elle transpire, déshydratée. Au lieu de prendre ses jambes à son cou, son intention, elle oscille. Folá se penche, attrape sa fille en train de basculer, parvient à la saisir par les épaules alors qu'elle s'effondre sur le sable. Un geste instinctif — tenant davantage de l'intervention que de l'étreinte — pour la première fois depuis une éternité, leurs peaux se frôlent. Prise de vertige, Taiwo a un mouvement de recul. Elle essaie de dire « non » et éclate en sanglots.

VI

Folá attire Taiwo contre sa poitrine, la serre dans ses bras pour l'empêcher de s'enfuir ou de se dégager — mais sa fille se cramponne à elle, secouée de sanglots, trop faible pour se relever sans s'accrocher à quelque chose. D'une voix étranglée, entrecoupée de pleurs, elle articule à la manière d'une enfant s'efforçant de formuler son chagrin : « Comment as-tu pu nous envoyer là-bas ? Comment as-tu pu ? Tu savais ce qui se passerait. Tu le savais, maman. Tu le savais. »

Une pensée domine celles qui se bousculent dans l'esprit de Folá : la force de l'amour est inutile, car la force ne circule pas, ne défend pas ses enfants, ne les protège pas, ne les accompagne pas, ne leur sert pas de bouclier — et pourtant, comment aimer autrement ? Que peut-elle éprouver d'autre que cet amour à vif, désespéré, tandis qu'elle étreint sa fille, ne songeant qu'à la protéger, à lui servir de bouclier, que cette douleur à vif, désespérée, de lui avoir fait défaut ? « Je suis désolée », murmure-t-elle en caressant les longues dreadlocks de Taiwo, consciente de l'inanité de l'expression, ne sachant trop par où commencer.

Jamais elle n'a ressenti ce qu'elle ressent en cet instant. Trois émotions se disputent son souffle, sa vigueur : la fureur contre Femi, la haine d'une pureté de cristal envers Femi, une rage que ni la pitié ni le doute n'édulcorent ; la souffrance de Taiwo, la honte et la tristesse de Taiwo, un torrent qui déferle sous son sein droit ; enfin sa honte et sa tristesse de savoir ce qui s'était passé, de savoir qu'elle l'avait senti chez ses jumeaux depuis leur retour : *on les avait horriblement maltraités parce que leur mère n'était pas là.* Parce que leur mère était persuadée qu'ils n'avaient pas besoin d'une mère comme elle. « J'ai cru t'aider, dit-elle à Taiwo, le cœur étreint d'angoisse. J'ai cru que tu t'en sortirais mieux. Que ton oncle... » Elle reprend son souffle et continue : « J'ai cru qu'il t'apporterait ce que je n'avais pas les moyens de te donner. Je voulais que tu aies, je ne sais pas, que tu aies *plus*...

— Que *quoi* ?

— Qu'une mère célibataire. Une mère comme moi. J'ai fait n'importe quoi. Je n'ai pas eu de mère. J'improvisais au fil du temps. J'étais effrayée. Seule. Lâche. J'avais peur de te décevoir, de te couper de ce que tu méritais. Tu étais douée, brillante, même plus intelligente qu'Olu. Tous tes professeurs l'affirmaient. "Elle est très spéciale. Veillez à la pousser, la stimuler, l'encourager." Je craignais de t'empêcher de te surpasser. Je redoutais de ne pas être à la hauteur. Alors, je t'ai envoyée... chez lui... et il t'a fait du mal. À Kehinde aussi. Si bien que je n'ai pas été à la hauteur de toute façon. » Folá s'interrompt brusquement, mal à l'aise. Ce n'est pas du tout ce qu'elle voulait dire. Taiwo est silencieuse, les bras autour de Folá, qui la sent trembler contre ses seins. Elle s'écarte juste ce qu'il faut pour voir le visage de sa fille, le prendre entre ses doigts : « Je suis désolée. »

Taiwo la regarde à son tour, clignant de ses yeux injectés de sang, irrités par le sel de ses larmes et de sa transpiration. *On dirait un nourrisson*, pense Folá. Le *mien*. Mon bébé, ma fille. *Sûrement pas Somayina*. Peut-être pour la première fois depuis la naissance de Taiwo, les yeux ne lui rappellent pas ceux de sa mère. Les yeux d'ambre lui paraissent être ceux de Taiwo, des yeux d'enfant, non d'un fantôme mais d'une petite fille. Taiwo se tait, regarde sa mère, qui regarde son enfant, dont le manque la submerge. Elle veut l'apaiser, la consoler, lui apporter des réponses. Réparer ce qu'on a fait subir aux jumeaux. Aller chercher Kehinde et l'étreindre ici. Trouver Femi pour le tuer. À main nue. Très lentement. Le torturer. Elle veut cesser de pleurer et sécher les larmes de Taiwo. Impossible. Elle ne peut que sangloter avec sa fille, seules sur cette plage, dans la chaleur accablante, sachant qu'on a abîmé ses enfants d'une manière irrémédiable, incapable de réparer. Uniquement capable de les prendre dans ses bras.

Elle embrasse le front de Taiwo, dont les joues sont toujours entre ses paumes, et esquisse un mouvement pour l'étreindre de nouveau lorsque Taiwo proteste : « Non », croyant que le baiser de sa mère annonce la fin, et qu'elle va se dégager.

« Ne t'en va pas, murmure Taiwo, se cramponnant à sa mère, lui serrant la taille avec une force qui la fait sursauter. Ne m'abandonne pas déjà, ne m'abandonne pas, je t'en prie.

— Bien sûr que non », souffle Folá, qui ne bouge pas.

VII

Olu commence à s'énerver. *Où sont-elles ?* Sa mère et sa sœur se sont levées et ont disparu, laissant le reste de la famille recevoir le plat qu'on leur offre, du riz aux haricots servi dans des assiettes en fer-blanc. Ils le mangent poliment, mastiquent, hochent la tête, sourient et, après avoir avalé d'un trait du Fanta tiède, rendent leurs assiettes. Sadie s'est éloignée en toute hâte avec son nouveau professeur pour apprendre davantage de pas de danse derrière une case en pisé, tandis que Benson, qui a reçu un appel sur son portable, arpente la clairière en quête d'un réseau. « Allô, allô ? » Kehinde a joué les filles de l'air comme à son habitude, laissant Olu et Ling avec Shormeh et Naa, les sœurs en noir, auxquelles son père n'avait jamais fait allusion, plus âgées, à en juger par leur apparence, une soixantaine d'années ou davantage. Naa, la plus cordiale, sosie de Sadie, leur propose une visite de la vieille maison. « D'accord », accepte Olu, et Ling de renchérir : « Volontiers ! » On les emmène vers la case située à l'arrière.

À leur arrivée dans la concession, le toit l'avait frappé — une coupole triangulaire faite d'une sorte de roseau, dépassant les autres toits de tôle d'un bon mètre cinquante — mais la remarque de son père ne lui revient à l'esprit que maintenant. Discourant sur les avantages de la propriété par rapport à la location, Kweku avait parlé d'un père qui avait « conçu sa résidence ». Olu demande à Naa : « Qui a conçu cette habitation ? Qui l'a construite ?

— Son père, répond-elle. Ton grand-père. Venez. »

Ils se baissent pour entrer et restent immobiles, le temps de s'habituer à la pénombre et au silence. Il y règne une fraîcheur inattendue étant donné la chaleur écrasante de la cour. Olu parcourt du regard les murs circulaires en pisé, le toit de cinq mètres de haut, la petite fenêtre par où pénètre un filet de lumière. *Une construction intelligente*, songe-t-il. Ling prend des photos, le flash du portable ricoche ici et là.

« Nous étions six, à l'époque, avec ton père, déclare Naa. Et notre mère. *Eh,* sept. On dormait tous ici.

— Huit, avec ton père. Mon grand-père, rectifie Olu.

— Non, objecte-t-elle brusquement. Cet homme a disparu. Ce n'était pas notre père. Juste celui de Kweku et d'Ekua.

— Il est mort ?

— Non, il est parti.

— Pour aller où ?

— Dieu seul le sait, répond Naa. Il est mort maintenant. Ses deux enfants aussi. Et sa femme. Un homme orgueilleux. Notre mère l'a beaucoup trop aimé. Beaucoup trop. Et pour quoi, eh ? Tu es venu quand elle est morte. Elle était partie mais il t'a amené pour que tu la voies. C'est la seule fois où il est revenu. » Elle émet un rire sec. « On a toute la place maintenant. Ton père n'arrêtait pas de se plaindre. "C'est trop petit", "il fait trop chaud", il avait toujours chaud, comme un Blanc. » Elle claque la langue. « Un *Obroni*. Trop chaud à l'ombre. » Elle garde le silence, les mains agrippées à ses coudes, puis reprend d'une voix brisée : « Quel dommage ! Tellement jeune. Mon petit frère. Kweku, cet idiot. » Elle s'essuie les yeux d'un revers de bras. « On raconte qu'il a acheté une grande, grande maison. Dans un pays très, très froid.

— En effet, acquiesce Olu.

— Alors il l'a fait. » Un léger sourire. « Attends. Je reviens. » Elle se tamponne de nouveau les yeux, se dirige vers la porte d'un pas traînant, se baisse pour sortir. « Je m'en vais et reviens. »

Ling rejoint Olu devant l'unique lit en bois. « Qu'est-ce que tu observes ? »

Olu n'en sait rien. Il lui a semblé distinguer quelque chose, un oiseau ou un insecte, voletant autour de la fenêtre, près du sommet de la coupole mais, quand il tend le doigt, il ne voit qu'un flot de lumière où dansent des grains de poussière sur les nattes étalées par terre.

VIII

Kehinde s'avance d'un pas hésitant jusqu'à l'entrée de la concession et s'arrête devant le mur, regarde à gauche et à droite. L'appentis et la route sont déserts ; la voiture de Benson est abandonnée, coincée dans le sillon. Il s'approche de la vitre pour vérifier si le chauffeur dort, il n'y a personne à l'intérieur. Il lance un regard plus loin, à la rangée d'échoppes longeant la piste, et aperçoit une grande case à l'écart. Elle ressemble aux cabanes en bois où ils dormaient lors des camps scouts, la seule année où il avait essayé, à onze ans, de jouer au garçon avant de renoncer au profit de la peinture et de créations avec des perles. Il discerne du mouvement à l'intérieur, une ombre, et pense aller demander à la personne si elle a vu Taiwo, Folá ou le chauffeur de Benson au cours des vingt minutes écoulées depuis leur disparition. Il parcourt les quelques mètres et s'arrête sur le seuil avant de se baisser pour franchir la petite porte, plissant deux fois les yeux dans l'obscurité où est plongée la pièce qui se révèle être à fois l'atelier du fabricant de cercueils et un dispensaire.

L'homme est invisible. Il y a une table en métal couverte d'outils de menuisier et d'instruments pour examens médicaux, des bancs en bois le long des murs, une seule fenêtre près de la porte, un ventilateur de plafond grinçant à chaque rotation paresseuse. Sur un mur, des lampions de Noël blancs enfilés sur une guirlande clignotent, une incongruité dans ce décor de chambre de torture. La fenêtre est fermée, de même que les trois volets massifs en haut du mur du fond. L'unique éclairage est fourni par un rayon de soleil qui projette une lumière blanchâtre sur le plancher. Malgré tout, une fois ses yeux habitués, Kehinde aperçoit les cercueils suspendus à la manière de bateaux aux poutres du plafond : l'un une voiture, le deuxième un poisson, le troisième apparemment une rose ; d'un côté c'est absurde, de l'autre primitif et fabuleux. L'idée est géniale. Des cercueils aux formes semblables à celles de gâteaux d'anniversaire pour enfants, festifs, polychromes — un pied de nez à la mort. *Sangna les adorerait*. Kehinde sursaute, pris au dépourvu par cette pensée, par l'image du visage de la jeune femme :

le visage étroit et brun de Sangna aux traits irréguliers, que sa propriétaire qualifie de « trop épais ». Une image décalée. Sur la surface interne de ses paupières. Le visage de Sangna, comme une photo exposée sur l'écran intérieur où se matérialisent ce genres d'images lorsque ses pensées vagabondent, que les formes remplacent les mots. (C'est toujours ainsi que s'amorce une peinture, une révélation, une forme surgie du noir s'affichant sur cet écran, d'abord floue, puis précise, puis aussi nette qu'un souvenir, comme si créer revenait à se souvenir.) Ici, sur cet écran, apparaît Sangna, la merveilleuse Sangna, dont le visage étroit et brun est toujours en arrière-plan, s'éclaire de temps à autre, tandis qu'il travaille à Brooklyn, lui écrit un SMS ou qu'ils parlent au téléphone — mais auquel il n'a jamais vraiment réfléchi, sorti de son contexte, en tant que tel. Et il lui donne raison : ses traits ne correspondent pas à l'ossature, les dents et les sourcils sont trop grands, des yeux d'homme, un nez d'homme, un menton d'enfant. *Un déséquilibre exquis*, conclut-il, même exaltant, du fait de la tension que cela crée chaque fois qu'il la revoit au bout de plusieurs mois, saisi de la même nervosité les premières trente secondes que s'il regardait une jongleuse, à la fois effrayé et sidéré : ils sont toujours en place, ces traits énormes et splendides, en guerre avec leurs frontières, sans avoir encore fait sécession.

Ce visage.

Et son rire.

« Alors tu veux faire des cercueils ? » Il entend Sangna rire. « Tu viens de commencer les Muses ! Tu es dingue. Mais ça me plaît. *Kehinde Sai. Cercueils*. La liste des matériaux lundi. Et plus de saletés, s'il te plaît. » *Un foyer*, lui dirait-il, *pour le sans-abri*, un foyer où s'enraciner dans l'espace entre les limbes et l'au-delà. Ce qu'il a peut-être cherché prématurément, un foyer, non un cercueil. Sa prochaine grande exposition. Des cercueils de fantaisie. Une installation de musée. Dès qu'il aura terminé son travail à Brooklyn, sa sœur représentée sous la forme de chacune des muses, des immenses portraits…

L'idée déclenche une vague de chagrin. L'image passe brusquement de Sangna à Taiwo : la fille en chemise de nuit Minnie Mouse allongée sur le dos sur la méridienne rococo, dont la voix souffle *aide-*

moi s'il te plaît dans sa tête, et après, son visage. Après qu'il avait obéi à leur oncle pour éviter que les gardes aux yeux jaunes ne la touchent à sa place — après, quand son regard, suivant celui de Taiwo, s'était posé sur la tache humide de son caleçon —, l'expression de sa sœur. Incapable de la supporter, il s'était enfui comme un lâche, un imbécile, mais il voit son visage à présent, ainsi qu'il l'avait aperçu, pétrifié, immobile devant lui comme s'il était là-bas : l'horreur absolue dans les yeux de Taiwo face à la preuve de son plaisir, l'étrange tache humide qui s'étalait, l'étrange giclée honteuse.

C'était la première fois qu'il découvrait qu'il avait un corps, auquel il était ligoté, où il était piégé, une créature ailée mise en cage. Dans sa tête, il était ailleurs, loin, plus loin que la neige, flottant avec Taiwo dans un espace au-delà de l'espace : ils volaient en pyjama comme Wendy et Peter, la main de sa sœur dans la sienne, non son doigt à l'intérieur d'elle. Il entendait l'oncle Femi et, lui obéissant, avait senti la douceur, la chaleur, l'humidité des cloisons, mais son esprit n'était pas relié à son doigt, peut-être à Taiwo, au début ? Puis son corps avait réagi. Il avait commencé à avoir un corps : ce moment. La sensation du liquide, un serpent sur une de ses cuisses. L'applaudissement d'oncle Femi : « *E kuuse, o, Kehinde !* » Le retour de son esprit.

L'expression du visage de Taiwo.

Comment lui expliquer qu'il n'avait éprouvé aucun plaisir alors que la preuve s'étalait sur son caleçon ? Alors que son corps les avait trahis l'un et l'autre, mystérieusement ? Comment la convaincre ? Que pouvait-il dire ? Rien. En tout cas, il ne l'avait pas fait. Ni pendant la semaine où cela avait continué. Ni dans l'avion qu'ils avaient pris pour retrouver Folá. Ni lorsqu'ils étaient rentrés à Boston. Ni durant les quinze années suivantes. Il n'avait jamais évoqué (elle non plus) le moment, ne s'était pas une fois remémoré son expression jusqu'à maintenant : à la porte de ce dépôt de cercueils et de stéthoscopes plongé dans la pénombre où résonne une voix : « Toi, tu es malade ? »

Stupéfait, Kehinde se tourne vers le banc et discerne un homme étendu qui tient un journal. D'un certain âge, il porte un pantalon, un tee-shirt, des sandales éculées en cuir et une blouse blanche crasseuse. Petit, trapu, bedonnant, des culs de bouteille de Coca sur le nez, il ne manifeste pas la bonne humeur légendaire des Ghanéens. Il a baissé son journal pour foudroyer Kehinde du regard et, sans se lever, répète : « Tu es malade ? »

Kehinde, pris au dépourvu, secoue la tête : « Je ne vous avais pas remarqué.

— Évidemment, il n'y a pas de lumière. Il fait trop chaud. Moi, je n'aime pas la chaleur, ça non. Je vois dans le noir. Tu as l'air malade. » Il pose le journal et se met debout, non sans difficulté. « Tu viens de l'hôtel Big Milly's ? T'es un rasta, eh ?

— N... non, bégaie Kehinde. Nous sommes venus pour mon père. Il a vécu ici. Grandi, je veux dire. Il est mort.

— Ton père ? » L'homme s'approche de Kehinde. « Celui-là, le fils Sai ? J'ai entendu dire qu'il avait passé l'arme à gauche. Alors tu veux un cercueil ? Tu t'appelles comment ?

— Kehinde », répond-il, tendant la main.

L'homme la prend, la serre puis la retourne pour examiner la paume. Il se penche pour en scruter les cals. « Rugueuses. T'es un paysan ? » Kehinde fait signe que non. « Dans ce cas, pourquoi tes mains sont aussi rugueuses que les miennes ? Les Sai que j'ai connus, moi, c'étaient des *penseurs*. » Le ton est sarcastique. « Celui-là au moins, le premier, il a pu construire une maison. Mais le fils ? Un bon à rien, mais il pensait, pensait, pensait. Il se croyait malin, trop malin pour tailler du bois. *Tss*. Tes mains sont parfaites, comme les miennes. Des mains d'homme.

— Je suis un artiste », précise Kehinde.

L'homme s'esclaffe. « Un artiste. » Il prononce *ah*-teest. « Alors t'es bien un Sai. » Lâchant la main de Kehinde, il se dirige en se dandinant vers les volets. Il les pousse et laisse entrer la lumière éblouissante. La main en visière, Kehinde cligne des yeux et découvre l'atelier au fond de la case. Des cercueils à moitié terminés s'empilent près d'un établi. Quatre hommes peignent ce qui ressemble à une miche de pain. « On n'a pas le temps d'en faire un neuf pour les obsèques…

— Monsieur, qu'est-ce que ça veut dire que je *suis* bien un Sai ? »

Surpris par son ton, l'homme se retourne et le dévisage. Tout aussi surpris, Kehinde fixe ses mains. Il les croise, tient la gauche avec la droite, son pouce frotte sa paume qui le brûle. L'attitude prétentieuse, dédaigneuse de l'inconnu suscite l'agressivité ; c'est étrange d'éprouver de la colère, une simple colère, cette sensation de brûlure, cette envie de s'en prendre à ce qui n'oppose aucune résistance. Kehinde est si rarement furieux qu'il en devient nerveux, inquiet, sans compter ses mains brûlantes. Il est persuadé que l'inconnu perçoit son agressivité, or ce dernier continue de pérorer et de rigoler : « *Chalé*. Va voir celui-là, la maison dans la concession. L'aîné, il l'a dessinée. Un *ah*-teest comme toi. Puis le fils, celui-là, ton père, un *ah*-teest. Sa mère l'envoyait me regarder. Soi-disant pour apprendre à soigner, tu parles : il était exactement comme son père. Il dessinait. Il n'arrêtait pas, *tss*, toute la sainte journée. Il n'a rien appris sur les corps, ni sur le bois. C'étaient des *ah*-teest. Comme toi. » Il scrute Kehinde. « Tu piges. Ah, tu chiales maintenant. Vous les Sai, tous les mêmes. »

Leurs camarades de classe demandaient à Kehinde si les jumeaux étaient télépathes, si l'un ressentait ce que l'autre ressentait en temps réel. C'était au lycée, à l'époque où ils avaient laissé pousser leurs dreadlocks pour la première fois, où Taiwo avait cessé de se coiffer, lui de se couper les cheveux, où ils déambulaient dans le campus en pulls trop grands, chaussés de Doc Martens, tout de noir vêtus et le regard vide, où ils ne savaient toujours pas quoi se dire et encore moins quoi dire aux autres, aussi ne se quittaient-ils pas, muets tels des voleurs taraudés par la culpabilité après un casse, à l'affût du moindre signe de trahison chez l'autre, assis côte à côte, un silence tricoté par leur souffle. Kehinde, un peu plus accessible que sa jumelle, essayait d'engager la conversation pour eux deux, conscient de la curiosité de leurs camarades et de leurs professeurs, de leur envie sincère de savoir d'où venaient ces jumeaux Sai — mais ils ne le comprenaient pas, ils n'avaient pas le vocabulaire, ne parlaient pas leur *langue* dans cette banlieue des années quatre-vingt-dix. Pour leurs camarades et leurs professeurs « une année au Nigeria » était une « expérience », une année d'études à l'étranger, des vacances prolongées ; leurs références étaient « mon père a abandonné la famille », un appartement à Back Bay, une belle-mère dénommée Chris. Kehinde et Taiwo, eux, s'exprimaient toujours dans la même langue, tels des petits jumeaux babillant des mots inventés, une langue bizarre qu'ils étaient les seuls à connaître (à part leur oncle peut-être), qu'ils parlaient en silence. Une nouvelle façon d'avoir conscience de leur gémellité, ils la mettaient en scène comme jamais auparavant, avec leurs vêtements, leurs cheveux, leur prétendue androgynie et leur relation fusionnelle. Kehinde savait pourquoi ses camarades l'interrogeaient.

La question le contrariait cependant. Le ton sur lequel ils la posaient. Comme s'ils percevaient ce qui clochait chez ces Sai sans tenir compte d'où ils venaient. « Non, nous ne sommes pas télépathes, leur répondait-il en souriant. Nous sommes juste proches. » Il ne leur révélait jamais la vérité. Qu'il les priait souvent de l'excuser pour aller se réfugier dans des toilettes où il pleurait sans raison, et de découvrir après coup, en parlant à Taiwo, qu'elle avait pleuré ailleurs, exactement au même moment, pour une bonne raison.

C'est ce qui lui arrive maintenant, lorsqu'il éclate tout à coup en sanglots : un torrent violent, déchiquetant. Sans dire un mot (il en est incapable), il s'approche du banc près de la porte et s'y écroule comme une pièce de monnaie tombant en vrille. Fin du voyage. Plié en deux, le visage dans les mains, les jambes serrées, les pieds recroquevillés. Même s'il lui est impossible de savoir que Folá et Taiwo sont étroitement enlacées devant la maison de la plage, le chagrin qui le submerge est irrépressible, et il comprend l'inutilité de lutter contre la marée déferlante. Tout revient s'asseoir calmement près de lui : le visage de la femme qu'il croit peut-être aimer, le visage de la sœur qu'il a touchée alors que ça l'anéantissait, la chape de silence, le corps, la perte, le mot qui lui avait échappé ce soir-là à New York à la place de bimbo, une constatation, le visage de son père dans la Volvo en pleine nuit, « un artiste comme lui », non un inconnu. En l'espace de trois ou quatre minutes, tout est terminé — le cœur qui explose, se brise, vole en éclats —, mais lorsque Kehinde lève les yeux, après un ultime sanglot, il semble qu'une heure se soit écoulée. L'homme a disparu.

IX

Benson téléphone à son chauffeur pour lui demander où il est passé. Sur la plage, explique celui-ci, fébrile, près du chemin dégagé par les pêcheurs, là où il a emmené la jolie femme qui cherchait sa fille. Le mystère de Folá et Taiwo est résolu. Benson dit au chauffeur de revenir à la voiture. Sadie, Ling, Olu attendent, perplexes. Kehinde se profile au milieu de la piste. Le chauffeur arrive en courant de la direction opposée. *Bip-bip* de portières qui se déverrouillent, clignotements. Benson, Kehinde, Sadie, Ling, Olu montent ; cette fois, les trois derniers s'installent sur la troisième banquette comme s'ils sentaient que Kehinde devait être seul pour l'instant ; le chauffeur se remet à fredonner. Ils roulent jusqu'au chemin proche menant à l'océan où se trouvent Folá et Taiwo. Folá entoure du bras les épaules nues de Taiwo. Olu et Sadie émettent une exclamation de surprise. Folá s'assied entre les jumeaux et leur serre la main avec ce qui lui reste de force.

« On va choisir un cercueil ? s'enquiert Benson.

— On peut l'incinérer ? Ça se fait au Ghana ? veut savoir Folá.

— Bien sûr, répond Benson, l'air abasourdi. Il y a un endroit près de ma clinique.

— Aujourd'hui ?

— J'appelle tout de suite. » Benson sort son portable.

Le regard du chauffeur, en quête d'une directive, navigue de Benson à Folá. « Madame ?

— Rentrons à la maison. »

6

Plus tard, bien plus tard, la lune s'est levée, le jour a succombé dans un spectaculaire flamboiement de rouge et d'orange sanglants, de bleu et de pourpre, un coucher de soleil à couper le souffle qu'aucun d'eux ne remarque — ils s'attablent de nouveau pour dîner (riz, soupe aux aubergines du jardin), hormis Taiwo qui se repose. Puis ils se retirent dans leurs chambres et leurs souffrances, leurs vagues espoirs les suivent, se glissent sous les portes qui se referment.

II

Ling est couchée en chien de fusil quand il revient des toilettes. Il s'immobilise devant la porte et contemple ses cheveux. Cela le réconforte d'ordinaire de la regarder dormir, d'avoir l'impression que l'espoir d'un répit existe, d'observer le ralentissement de ses battements de cœur, passant du rythme de ses peurs à celui de la respiration de Ling — là, ça le perturbe. Les cheveux noirs sur l'oreiller blanc lui rappellent le dimanche à Boston, la neige, l'obscurité et le roulement de tambour, la coulée noire sur le coton est la seule chose familière parmi tant d'étrangeté. Trois jours auparavant, assis dans le fauteuil Eames, il regardait sa femme dormir, un bâillon sur la bouche, mais en y repensant à présent, il lui semble que c'est infiniment plus loin dans le temps et l'espace. À moins que ce ne soit *elle* : cette silhouette, sa hanche, sa taille et ses épaules, les courbes familières inaccessibles. À moins que ce ne soit *lui*. Il se sent distant, loin de cette silhouette à même pas trois mètres de lui, loin de lui-même.

Il veut rentrer *chez eux*, retrouver leur chambre, l'appartement qu'il avait déniché lorsqu'ils étaient entrés à l'université, à une dizaine de minutes à pied de la maison où il avait vécu, mais à l'opposé, en face du MassArt. Il l'avait aimé dès l'instant où l'agent l'avait fait entrer : la cuisine en inox, les murs d'un blanc éclatant, le parquet en bois blond et les immenses fenêtres, le soleil jouant au Narcisse, le bois blond reflétant sa lumière. Mais c'était au-dessus de ses moyens. Il commençait son deuxième cycle d'études de médecine (au retour d'Accra, l'odeur de cette femme toujours dans ses narines, le goût d'une trahison indicible sur la langue). La façon dont ça s'était passé des années plus tard tenait du miracle : il sortait de la bibliothèque de la School of Public Health lorsqu'il aperçut par hasard une annonce pour le même appartement sur un tableau en liège. La mère de Ling, morte à ce moment-là, avait légué à sa fille une petite somme. Il acheta tous les meubles IKEA sur eBay, disposa dans des cadres blancs toutes les photos en noir et blanc de Ling et de lui au cours de leurs diverses équipées ; il se plongea dans des numéros du magazine *Dwell* ; il loua des camionnettes pour aller chercher des antiquités dans le Connecticut, se chargea de la peinture, installa des bibliothèques, fabriqua des bureaux — jusqu'à ce que l'appartement soit parfait, le foyer de ses rêves, un vaccin contre le désordre, une propreté inaltérable.

Il veut retrouver cet ordre et cette propreté. Il veut retrouver leur bastion bien rangé, leur jogging avant le lever du jour, les listes de choses à faire sur le réfrigérateur, l'accueil de leurs meubles blancs et carrés, leurs vêtements aux teintes neutres pliés ou suspendus, leurs repas de viande maigre, de légumes verts et de céréales complètes, leurs baisers du matin après le jogging et ceux du soir dans leur pyjama de bloc, leurs bavardages, sans l'ombre d'une dispute, de mensonges, d'exigences de vérités. Là-bas et non ici. Où règne la tension, où Ling lui tourne le dos, éveillée, sans pour autant changer de position quand il apparaît à la porte de la chambre aux fenêtres étroites, au sol en marbre gris, aux murs à la peinture jaune écaillée et aux rideaux de velours marron (un décor hétéroclite qu'il a toujours trouvé lors de ses voyages, dans les chambres de pays où le sommeil est un don, où on n'enfonce pas le clou en conférant au lit l'aspect d'un cadeau de Noël avec des taies d'oreillers et des cache-sommiers). Et où un silence prégnant remplace leurs bavardages, un silence aussi lourd, visqueux et enveloppant que la moiteur.

Il plane comme l'humidité, tellement épais qu'Olu le sent. Il n'y a aucun endroit où le déplacer, et aucun endroit où aller. Debout devant la porte, Olu entend son cœur battre fort au bruit de la respiration de Ling. Il ferme les yeux et, dans cette obscurité profonde et miroitante qui se déploie derrière les paupières, il voit défiler, telles des diapositives sur écran : leur vol pour le Ghana lundi soir, Ling assise à côté de lui, la tête sur son torse, puis leur vol pour Las Vegas, la chapelle, octobre, la première nuit de leur mariage, le motel vulgaire. Il se souvient de lui avoir fait l'amour ; c'était déjà différent de penser *ma femme* de celle qui était sous lui, de poser sa grande paume sur la joue de Ling, de l'entendre dire « nous sommes mariés », et de murmurer « je sais ». Ce n'était pas tant l'idée du mariage qui changeait les choses — la formule, la cérémonie, il n'y accordait que peu d'importance —, c'était l'idée du commencement, la matrice de la fin, ce qu'il fuyait depuis environ quatorze ans.

Folá le taquinait parce qu'il appelait Ling « compagne », refusant la dénomination de « petite amie » (« ta compagne de labo », plaisantait-elle). Ils ne fêtaient pas d'anniversaire. Le début de leur liaison n'existait pas. « Tu n'es pas asiatique », avait-elle dit, ce qui lui avait plu. *Un fait accompli**. Il philosophait sur la puérilité des termes « petit ami/petite amie », la vacuité de « tomber amoureux », les fondements physiologiques du désir et de l'attirance, l'absurdité d'exalter l'instinct d'accouplement et ce qui l'accompagnait. En vérité, les fins le terrifiaient. La façon dont les gens s'aimaient, puis cessaient de s'aimer comme un cœur s'arrête de battre, le dépassait. (Non le comment bien sûr, le *pourquoi*.) Un jour, le docteur Soto leur avait expliqué que les aventures n'avaient d'autre raison d'être — par rapport à l'accouplement à vie — que la découverte dans ses tripes, instantanée et dénuée de lyrisme, de sa propre mort. L'un des internes, qui venait de quitter sa femme, broyait du noir dans le bloc, l'air prêt à se blesser avec son scalpel. Le docteur Soto les avait tous convoqués après l'opération :

« une relation n'a d'autre sens que la mise en scène condensée du drame de la vie et de la mort. La naissance de l'amour est analogue à la naissance d'un enfant. L'amour se développe comme un enfant. Un homme a beau savoir qu'il va rendre l'âme, il ne le croit pas puisqu'il ne connaît que la vie. Un jour, l'amour tiédit. Son cœur cesse de battre. L'amour expire. Ainsi, l'homme apprend que la mort est une réalité, qu'elle existe dans son être, lui est *consubstantielle*. Si la perte d'un animal domestique, d'une rose ou d'un parent le fait souffrir, elle ne démontre rien. La mort doit se produire au tréfonds du cœur pour qu'on y croie. Une fois l'amour éteint, l'homme croit en sa mort. »

Olu l'écoutait en riant par-devers lui. *Et si c'était le contraire ?* Si l'amour ne mourait pas ? Si l'amour ne naissait pas ? S'il existait depuis toujours, depuis qu'ils s'étaient frôlés en se servant du punch au Centre culturel américano-asiatique de Yale ? Et s'il n'y avait pas de relation, par conséquent pas de fin ? Pas de petit ami/petite amie ? Pas de « nous sommes maintenant », par conséquent pas de « nous ne sommes plus » au bout du chemin ? C'était ce qu'il avait avec Ling Wei : la vie sans drame d'un amour sans commencement.

Puis ils se marièrent sur un coup de tête à Las Vegas. Ils firent l'amour, le visage de Ling dans sa paume. Allongé avec la joue de sa femme sur son sternum cette nuit-là, il pensa à une « fin » et eut envie de pleurer — longtemps auparavant, les dents serrées devant le miroir de sa chambre à la résidence universitaire, il s'était promis de ne pas se mettre dans cette situation —, aussi demeura-t-il immobile jusqu'à l'aube, les yeux rivés sur l'énorme néon rose clignotant du plafond. Le matin, il demanda à Ling s'ils pouvaient garder leur mariage secret, n'en parler à personne, « que cela reste entre nous ». Par là, il voulait dire, « ne meurs pas, ne tiédis pas, ne cesse pas de battre », mais cela n'avait pas de sens. Devant la porte à présent, au cours de cette pause, il est traversé par les mêmes pensées qu'à Las Vegas : il ne peut supporter de la perdre, de la laisser s'éloigner davantage, ni de s'éloigner ainsi qu'il l'a fait ; il n'a le choix qu'entre « s'avancer » ou « se rapprocher », et non « reculer » comme il l'espérait. Ils ne peuvent abolir le commencement.

Alors, il commence : « J'ai quelque chose à te dire. »

Ling remarque qu'il ferme les yeux, veut se lever. L'entendant bouger, il secoue la tête. « S'il te plaît. Contente-toi de m'écouter. » (Elle obtempère, s'assied sur les talons.) « Tu vis dans ce monde, ces mondes, sans oublier un seul instant ce que les gens pensent de toi, la façon dont ils te voient. Tu dis que tu es africain et tu as envie de t'excuser, d'expliquer, *mais je suis intelligent*. Aucune valeur n'y est attachée, tu le sens. Si tu dis "Asie, Chine ancienne, Inde ancienne", tout le monde s'exclame ooh, la sagesse éternelle de l'Orient ! En revanche "l'Afrique ancienne" ne correspond à rien, si ce n'est à l'*archaïsme*. À un continent perdu. Tout le monde s'en tape. Tu aimerais qu'on te considère comme un être valable, et pas d'archaïque ou arriéré, tu comprends ? Tu ne t'en fiches pas, quelle que soit ton envie, parce que c'est trop *évident*, Ling. Tu as peur de ce que les gens pensent et ne formulent pas. Et un jour, tu entends quelqu'un l'exprimer tout haut, ton père…

— Mon père est un connard…

— Ton père avait raison. Je ne suis pas allé à Haïti pour cette mission, je suis venu voir le mien au Ghana. J'ai menti. Il n'arrêtait pas de m'écrire pour me demander de lui rendre visite, de fêter mon anniversaire avec lui, de l'écouter jusqu'au bout. Il s'était installé dans un… un appartement minable. Il m'a expliqué que c'était provisoire, le temps qu'il ait les moyens d'acheter un terrain. Je ne suis pas resté. Il y avait une femme, une autre femme, avec qui il vivait. J'ignore qui elle était. Lui, en revanche, je le sais. Le stéréotype. Le père africain qui abandonne ses gosses. J'avais toujours espéré que personne ne nous verrait de la sorte. » Olu s'interrompt, les paupières baissées. « À présent, je *sais*. Je suis entré dans la maison, la case où il a grandi. Il est parti de rien, il a lutté, j'en suis conscient. Je voudrais être fier de lui. De tout ce qu'il a accompli. C'est remarquable, je m'en rends compte. Sauf que je n'y arrive pas. Je le hais d'avoir habité cet appartement crasseux. D'avoir été cet Africain. D'avoir fait souffrir ma mère, d'être parti, d'être mort. Je le hais d'être mort seul. »

Des larmes. Contrairement à Taiwo et à Kehinde, ce n'est pas un barrage qui cède et la vague qui déferle. Elles coulent silencieusement et il les laisse ruisseler sur son visage, sans bouger, si étrange que soit la sensation. Appuyé au chambranle de la porte, trop exténué pour continuer, il entend les coassements des crapauds-buffles déchirer le silence, mais pas le grincement du lit d'où Ling se lève. Il sent ses petites mains sur ses joues. « Peut-être ne pouvait-il rien faire de mieux, commente-t-elle avec douceur.

Peut-être était-ce le mieux qu'il pouvait faire. » Il hoche la tête, bien que ce soit douloureux. Il relève les paupières. Elle lui sourit, essuie ses yeux avant ceux d'Olu. Il touche la main qu'elle a posée sur ses pommettes. Elle croit qu'il veut l'en empêcher et l'ôte. Mais il la prend dans sa paume et la presse sur sa mâchoire. « Je veux faire mieux. » Il l'embrasse sur les lèvres.

Il perçoit son étonnement tandis qu'elle lui tend sa bouche, comme elle le faisait à l'époque où il la raccompagnait chez elle, dans le campus de Yale et, profitant de la lumière, en examinait la forme. Sous son regard, les lèvres roses de Ling s'avançaient comme sous l'effet de leur propre volonté, non de celle de leur propriétaire, ni de la sienne. Il avait embrassé des filles au lycée, mais jamais ainsi, leurs lèvres jouant aux marionnettes, ses yeux en guise de ficelles. En outre, il était puceau (ce qu'il n'avait jamais avoué à Ling, l'embarras d'une part, la honte de son manque d'audace de l'autre. Il avait toujours imaginé qu'il désirerait d'autres femmes, d'autres corps, mais ça ne lui était pas arrivé au fil des mois, des années, des décennies. Ling, la première et la seule). Il caresse sa gorge. Sous ses doigts, il sent l'accélération du pouls. Son cœur bat plus vite, au rythme du souffle de Ling. « Je veux faire mieux », murmure-t-il entre les baisers — dont il couvre le menton de sa femme, le cou, la poitrine. Les mains dans le creux des reins, il fait suffisamment pression pour qu'elle se cambre, embrasse son sternum, les mamelons couverts de coton, l'un après l'autre, puis relève sa jupe. Il appuie la main sur son buste, cinq doigts, et pose un baiser dans chaque salière. Les bruits que Ling émet sont des falots sur la piste ; il lui serre la taille, puis plaque les paumes sur son entrejambe.

« Fais-moi l'amour, chuchote-t-elle. Fais-moi l'amour, fais-moi l'amour. » Elle lui prend la tête avec une telle force que, le souffle coupé, il lève les yeux sur son visage, un masque pâle, empreint de souffrance, défiguré par le désir et le manque à en être méconnaissable. Un bras lui suffit pour la soulever, il l'allonge sur le lit, ôte sa tenue légère. Elle déboutonne son pantalon avec une précipitation fébrile et, des pieds, le fait tomber sur ses genoux. Il appuie sur ses poignets d'une main, les bras de Ling sont tendus au-dessus de sa tête. « Fais-moi l'amour. S'il te plaît. »

Dans un instant : il transpercera un corps avec un corps, s'enfoncera entre les lèvres, la paume sur la bouche de Ling (même si c'est lui qui gémira au rythme de ses coups de boutoir), les tissus roses et collants s'écarteront facilement. Son propre corps lui paraîtra étranger tout d'abord, plus grand en quelque sorte, trop grand et trop fort, capable de faire mal ; pour la première fois, il se représente, lui son amant, dans les termes qu'il a employés, sous les traits d'un « Africain ». Il commencera à se retirer d'elle, de crainte de lui faire mal, effrayé par les bruits émis sous sa paume, mais Ling le lui interdira et, agrippant ses fesses, l'attirera en elle de plus en plus profondément, loin, à l'intérieur. Pour l'heure, il reste à genoux et prend le temps de le regarder : le corps de Ling dans cette chambre qui n'est pas la leur, leurs visages défigurés par la souffrance et le désir, la lumière du plafonnier, les vérités récemment révélées, mais les formes toujours familières sous le bout de ses doigts : os, seins, hanches, côtes, pubis, nombril, tache de vin, chair, cheveux, peau : le corps de la femme, un corps, sans rien de pointu ni de stérile, destructible, tout en rondeurs, un havre de douceur, un foyer.

III

Taiwo est couchée sur le côté quand il revient du jardin. Il la croit endormie et n'allume pas. Il pose son portable à côté des fleurs roses sur la table de chevet en bois, se déchausse.

« À qui parlais-tu au téléphone ? demande-t-elle, ne bougeant pas. Je t'ai entendu par la fenêtre.

— Mon assistante. On va exposer les peintures que tu as vues, celles des Muses, à Greenpoint. Dans une galerie. Elles ont beau ne pas être encore terminées, j'ai l'impression qu'elles me plairont. À toi aussi. » Il est nerveux. Il s'interrompt.

« Elles sont extraordinaires, K. »

Elle se retourne pour lui faire face, la joue sur l'oreiller, la main en dessous — mais autre chose lui parvient. Trois mots prononcés avec la voix de Taiwo, dans sa tête à lui, un fragment. Une pensée de Taiwo parmi les siennes. Son cœur se gonfle d'avoir entendu ce qu'elle pense, une transmission fugace. Une réception. Trois mots au sein du silence, dans l'espace entre les lits, la voix grave de Taiwo dans sa tête. Il lance un regard à sa sœur, s'y efforce du moins, dans l'obscurité. Elle croise son regard, un sourire triste flotte sur ses lèvres. Ils se gardent de constater l'évidence : ils ont pleuré. Ils se dévisagent avec des yeux irrités, bouffis.

« Elle est jolie, dit Taiwo. Ton assistante.

— Je crois. » Il l'entend retenir son souffle, perçoit qu'elle a la gorge nouée. Une sensation du début de leur adolescence dont il se souvient, tellement caractéristique qu'elle a une odeur : lotion pour adolescents, fraise et kiwi. Jalousie. Ou possessivité. Possessivité et gêne, ce qu'elle n'aurait pas dû éprouver (il avait ressenti la même chose car il était la propriété de Taiwo. Il lui appartenait. Il faisait partie d'elle. Un enchâssement).

« Tu l'aimes bien ? demande Taiwo.

— Je crois. »

Elle se frotte les yeux, elle a sommeil. « J'en ai toujours eu l'impression. »

La gorge desserrée, elle change de position et s'allonge sur le dos, les mains sur sa cage thoracique. Il reste assis, très droit, au bord du lit, en face d'elle, trop épuisé pour bouger. Il ferme les yeux une fraction de seconde et entend de nouveau les trois mots, la voix grave qui ressemble à la sienne. Presque *trop*. Entend-il sa sœur, les pensées de Taiwo dans sa tête, ou s'entend-il ? Il se désole, un petit plongeon de cerf-volant. Cela fait si longtemps qu'il espère entendre Taiwo. Entendre n'importe quoi, *n'importe quelle* pensée, non tant *celle* dont il rêve depuis tant d'années, ose rêver. Avait-il entendu sa voix rauque et non celle de Taiwo ? Les trois mots dans le silence, son pardon, n'étaient-ils pas ceux de Taiwo ? Alors qu'il ouvre les yeux, prêt à lui poser la question, il découvre qu'elle a fermé les siens.

Elle s'est endormie.

Il se penche pour la contempler, les coudes sur les genoux. Dans la clarté lunaire, son visage est d'une incroyable sérénité. Quand, au bout d'une heure, une pellicule de sueur se forme au-dessus de sa lèvre supérieure, il se lève et l'essuie. Fatigué, il s'assied sur le lit à côté de sa sœur. Il lisse ses dreadlocks, des serpents enchevêtrés. Il embrasse sa main et murmure : « Pardonne-moi. » La journée l'a affaibli, il s'allonge.

IV

Plus tard, un peu plus tard, une heure avant le lever du soleil, Taiwo se réveille comme au sortir d'un rêve, comme lorsqu'on s'est endormi tout habillé en pleurant. Elle découvre Kehinde sur le lit, la tête au niveau de ses pieds. Elle se redresse : il ne s'est pas déshabillé, sa main est près de sa bouche, de la barbe qu'il a laissée pousser. Elle se lève sans faire aucun bruit, se dirige vers la salle de bains et, croyant l'entendre, fait volte-face. Il ronfle. Ses lèvres remuent. Trois mots, peut-être. Elle s'approche du lit. Les yeux de Kehinde sont toujours gonflés, comme ceux d'un enfant après une crise de larmes. Elle regarde la paume retournée près de sa bouche. À peine a-t-elle effleuré la cicatrice, le T, qu'il referme la main, un réflexe, et lui serre le pouce. Elle ne bouge pas, ne voulant pas le réveiller. Dans le jardin, les oiseaux entonnent leur complainte. Elle le pense, si douloureux que ce soit, bien qu'elle ne puisse pas encore le prononcer. Il desserre son doigt, elle dégage son pouce. Elle reste là, sans détacher le regard du visage de Kehinde jusqu'à ce qu'elle le voie, quinze secondes, pas davantage. Un sourire dans son sommeil.

V

L'avènement du matin (la fin du gris blafard, etc.). Dès qu'elle ouvre les yeux, Sadie ṣent un manque. Folá est partie mais son parfum flotte. L'angoisse ne lui comprime plus la poitrine. Non sans étonnement et un rien de méfiance, elle palpe le vide de son ventre, sa chemise mouillée par la transpiration. Elle jette un coup d'œil au réveil posé à côté de la photo sous cadre, la date qu'affiche l'horloge analogique l'amuse. Noël. Ni marrons, ni haricots blancs à la sauce tomate, ni grelots de traîneau. Des fleurs roses, des palmiers, un bulbul, un chalet d'Aspen. Elle lève le cadre, tente de redresser la photo en tapotant dessus. Peine perdue. Un mauvais cliché. Sans doute le dernier des membres de la famille réunis, comprend-elle. Aucun ne regarde dans la même direction, son père fixe l'objectif, elle la tête de son père, sa mère son tutu, son frère sa mère, les jumeaux on ne sait trop quoi, tous flous, tous là.

7

M. Lamptey est assis, en silence, au fond du jardin. Ses jambes sont trempées de rosée, son joint se consume ; il est vêtu d'un tissu épais noir à la place du safran, si bien qu'il se fond encore davantage dans la pénombre. Depuis lundi, soit trois jours, il est en deuil : assis près du mur, en lisière de l'herbe, il prend congé avant le lever du soleil, sans être aperçu par la femme qui entre dans la cuisine à six heures et quart. Elle ne sort pas dans le jardin, n'y jette pas le moindre regard ; debout devant le plan de travail, elle fixe son verre, son joli visage figé par le chagrin qui précède la douleur, ses traits empreints de douceur durcis par le choc. Mardi, le chien l'avait accompagné mais, ne supportant pas la tristesse, il est resté sur la plage lorsqu'il est parti ce matin à l'aube. Lundi, il avait trouvé des oiseaux qui ne sont pas revenus, de sorte qu'il est seul.

En un sens, il est venu voir la femme douce, pour la sortir de l'hébétude avec son regard, un globe bleuté. Il a le sentiment que sa présence peut lui envoyer un message, que tout n'est pas perdu, qu'elle n'est pas abandonnée. (En fait, c'est lui qui souffre de la solitude, ce qui ne lui ressemble guère. Il regrette l'homme de la véranda construite de ses mains. Il regrette la serviette de table qu'il agitait, les lunettes, le café renversé, leur danse.) Assis au fond du jardin, il tire sur son joint avec remords, caressant distraitement l'herbe. L'homme a-t-il remarqué la plante, la marijuana luxuriante derrière les œillets ? Sans doute pas. Un rire triste lui échappe. Il ferme les yeux et exhale. Le soleil se lève. C'est l'heure de rentrer chez lui.

Au moment précis où il décide de s'attarder quelques minutes pour la revoir une dernière fois avant de partir pour de bon, il entend qu'on se gare dans l'allée, le crissement des pneus sur le gravier, le *bip-bip*. Il ouvre les yeux. *De quoi s'agit-il maintenant ?* Il attend, immobile, amusé par l'imprévu. On sonne au portail, un bruit nasillard. Il observe la maison comme s'il regardait un film. La sonnerie de nouveau, plus longtemps. La personne gratte une fois au portail d'une hauteur d'homme. Tirant sur son joint, M. Lamptey hésite. Doit-il attendre la femme ou laisser entrer le visiteur ? L'homme n'invitait jamais personne. Du moins pendant les années où il avait dormi sous la tente ou le lundi. Personne ne venait, à part Kofi et, plus tard, l'infirmière.

La voilà. Chemise de nuit et pantoufles roses en fausse fourrure. Elle ouvre les portes de la maison et sort. (L'homme avait exigé que les portes de l'entrée principale soient à double battant — du simple bambou, un *K* sur une poignée, un *F* sur l'autre —, elles s'ouvraient sur la cour grise dénuée de vert, avec le passage équipé d'un radiateur électrique autour du petit carré. M. Lamptey avait beau trouver qu'un *K* et un *S* auraient été plus adéquats, il avait ciselé les lettres sans poser de questions.) La femme franchit les portes en chemise de nuit et s'avance sur le chemin dallé menant au portail, une ligne droite de dalles grises dans un océan de graviers blancs, conforme au croquis à l'encre bleue délavée de la serviette de table.

« Bonjour ? lance-t-elle, méfiante.

— Bonjour. » Une voix féminine.

Un autre genre de voix, un autre genre de femme.

Même s'il ne l'a jamais entendue parler, la femme en rose, sa voix correspond à ce qu'il escomptait : empreinte d'une extrême douceur, d'une extrême naïveté, à l'affût de consignes, la voix d'un être habitué à obéir. Le « bonjour » fredonné par la femme devant le portail est une rivière, le fond d'une rivière, un écho, une marée. Au lieu d'attendre une directive, la voix la donne gentiment. La femme en rose acquiesce. Soulevant la barre en haut du portail, avec une certaine confiance, elle le pousse.

La femme-rivière entre, les bras chargés de fleurs. M. Lamptey rit tout bas, médusé : ce sont les mêmes que celles qu'il a choisies pour ce jardin, un mélange tapageur, des roses éclatants et des rouges profonds. La beauté plus que saisissante de cette femme produit un effet qui ne suscite ni jalousie ni admiration. Elle apaise. La femme en rose la contemple en silence. Il s'arrête de fumer pour les lorgner. Même d'ici, du mur, à cette distance, alors que sa vue baisse, il perçoit l'effet produit par l'autre. Qui a un rire gêné : « Je suis désolée de vous déranger. Il est affreusement tôt, je m'en rends compte, mais Benson, euh, le docteur Adoo m'a donné cette adresse, alors je suis venue présenter mes respects. »

La femme en rose la contemple en silence.

« Je m'appelle Folá. » Elle s'interrompt. « Je suis… j'étais la femme de Kweku Sai. » Elle tend les fleurs. « Je suis vraiment désolée. Les fleurs sont pour vous. Je… je ne connais pas votre nom.

— Ama », dit la femme en rose, d'un ton interrogateur. « Moi, c'est Ama ? » Puis elle répète les mots de Folá comme si elle cherchait la bonne réponse, à la manière d'une élève qui écrit une dictée : « J'étais la femme de Kweku Sai. » Elle marque une pause pour réfléchir à ce qu'elle vient de formuler, ses traits figés s'animent. « Le docteur Sai n'est pas là », ajoute-t-elle doucement, d'une voix tremblante, ce qui est manifestement la phrase qu'elle sort au téléphone. Ses épaules sont parcourues de soubresauts. « S'il vous plaît, je peux prendre un message ?

— Oh, ma chérie ! » s'exclame Folá, posant le bouquet. Elle entoure de ses bras les épaules dodues d'Ama. Elle est plus grande, beaucoup plus grande. *Un arbre*, pense M. Lamptey. (« C'est quelle espèce d'arbres ? » avait-il demandé en les découvrant sur la serviette. L'homme lançait des regards meurtriers au manguier. « Aucune importance. »)

L'espace de quelques instants, les deux femmes restent devant le portail. Sitôt qu'elle le peut, Ama se dégage et s'essuie le bout du nez. « Je suis désolée, s'excuse-t-elle en reniflant.

— Ce n'est pas grave, assure Folá, avec un rire bref et rauque, agitant la main. Nous avons prévu une petite cérémonie, en toute intimité, à Kokrobité. Vous voulez bien nous accompagner ? Rien de compliqué. Il n'y aura que nous. »

Elles continuent de parler, Ama recevant des instructions. M. Lamptey les observe, le sourire aux lèvres : *elle n'est pas abandonnée*. Folá affirme que ça ne l'ennuie pas d'attendre dans l'allée le temps qu'Ama s'habille, d'accord ? Ama tient à ce que Folá entre dans la maison et, récupérant les fleurs, la précède.

Folá s'arrête une seconde à l'entrée, remarque les poignées. Elle touche le *K* et le *F* soigneusement ciselés. Elle ne jette un coup d'œil à droite qu'après, découvre la fontaine et éclate de rire à la vue de la statue ornée de mauvaises herbes. Elle ne voit pas l'homme au fond du jardin. Elle pénètre dans la maison, la porte à double battant se referme. Lorsque les deux femmes ressortent, il n'y a plus personne. M. Lamptey est parti.

II

Ils retournent à la plage. Ama avec Folá, les autres avec Benson, une petite caravane. Aucun ne sait trop quoi dire à cette Ama ; ils se contentent de lui sourire poliment. Les sœurs se serrent l'une contre l'autre, méfiantes. Elles échangent quelques salutations en ga avec Ama. Benson sort l'urne d'une boîte à l'aspect officiel et la tend à Folá avec un hochement de tête protocolaire. Elle avait décidé de jeter les cendres de Kweku au vent de la mer, de le libérer, le retour à la source. En dévissant le couvercle, elle se rend compte que c'est au-dessus de ses forces. L'idée de l'éparpiller semble une erreur. *Nous avons été suffisamment éparpillés*. Pot cassé, fragments. *Laisse-le à l'intérieur, qu'il reste entier*, pense-t-elle. Elle revisse le couvercle et s'agenouille au bord de l'eau. Ayant peur de pleurer, elle ne se retourne pas vers ses enfants. « *Odabo,* au revoir. » Folá met l'urne dans l'eau. Une vague avance, mais ne l'emporte pas. L'urne oscille sur le côté, se déplace de quelques centimètres. Une autre vague approche sans qu'elle bouge. Folá se relève et regarde, un bras autour de sa taille. L'urne tournoie dans l'écume, s'éloigne un peu plus, comme en attente de quelque chose. *Je t'aime*, pense Folá sans parvenir à le dire tout haut. Une vague prometteuse apparaît. Ama émet un petit glapissement, assez semblable à celui d'un bulbul. Folá suit des yeux Kweku qui danse sur l'eau et finit par disparaître.

III

Folá est de nouveau dans sa chaise longue près du rônier. Amina prépare le dîner à l'intérieur. Olu et Ling l'aident très consciencieusement ; Benson a emmené le bébé et les jumeaux chercher un arbre. Il existe des conifères au Ghana, en revanche pas de sapins. Contrairement à son intention, Folá ne les a pas prévenus. Ils ont envie de s'occuper. De ne pas laisser le calme, le silence s'installer, ou de marquer une pause. De ne pas dire que c'est terminé. Il a fallu seize ans, à présent ils l'ont perdu. Quoi qu'il advienne, Kweku est parti.

Le soleil amorce son déclin, les moustiques ne vont pas tarder. Se renversant dans le transat, elle tire une longue bouffée. Songeant au visage rond de la grassouillette Ama, elle glousse. À peine une femme, comment pouvait-elle être une épouse ? Puis elle se moque de son gloussement. Est-elle jalouse ? Peut-être. Plutôt embarrassée de ne pas avoir tourné la page. Elle se souvient de sa rencontre avec Benson dans le hall d'entrée de Hopkins. Peau couleur terre de Sienne, savon noir, voix de velours. Est-ce qu'elle plaît à Benson ? Peut-être. Voilà qui la fait rire, aussi. Elle tire une autre longue bouffée.

Juché sur une échelle, Mustafa accroche les lampions. Elle s'est rappelé en avoir et lui a demandé de s'y atteler. M. Ghartey l'observe avec amusement tout en mâchonnant un bout de canne à sucre. La sonnette du portail les fait tous sursauter. Folá jette un regard circulaire. « C'est sûrement Benson », dit-elle, se demandant pourquoi il n'a pas plutôt klaxonné. M. Ghartey ouvre le portail en grand pour laisser entrer la voiture. Ama apparaît, visiblement nerveuse. Il y a un taxi derrière elle.

Elle aperçoit Folá dans la chaise longue et dit timidement : « Madame. »

Folá s'empresse de se lever. « Qu... quelle bonne surprise ! » Elle tente de cacher sa cigarette puis renonce. Tant pis. Elle s'approche d'Ama. « Tout va bien ? » Ils l'avaient déposée chez elle au retour de Kokrobité ; Folá l'avait invitée à dîner, mais elle avait refusé. Peut-être a-t-elle changé d'avis, pense-t-elle, contente. Il émane de cette femme quelque chose de vulnérable. Ça ne l'ennuierait pas de s'occuper d'un nouvel être, les autres ont tous pris leur essor.

Ama fait un signe de dénégation : « S'il vous plaît, je ne reste pas, répond-elle fermement, d'une voix saccadée. Je vous ai apporté ça. » Elle tend un sac en plastique, portant l'inscription *Le Ghana dehors*, avec une fierté démentie par son sourire et son haussement de sourcils. De même qu'auparavant, ses gestes reproduisent ceux de Folá : elle offre le sac à carreaux comme Folá les fleurs. Une imitation touchante, presque poignante.

« Merci, dit Folá. Vous êtes sûre de ne pas vouloir rester ? »

Ama lance un coup d'œil au taxi derrière elle. « S'il vous plaît, je ne peux pas. » L'expression peinée de Folá se reflète sur son visage. La soudaineté de son départ surprend Folá, qui esquisse un salut tandis que le taxi s'éloigne. Elle serre le sac en plastique contre elle et fume. M. Ghartey va fermer le portail.

Une fois de nouveau installée dans le transat, Folá examine le contenu du sac. Elle éclate d'un rire tellement tonitruant qu'il effraye M. Ghartey. La cigarette dans une main, elle récupère les pantoufles avec l'autre : cabossées, usées jusqu'à la semelle. Elle écrase le mégot par terre pour avoir les mains libres et ne découvre le visage dessiné sur le sol qu'à ce moment-là. Kweku, même si ce n'est qu'une esquisse (sûrement de Kehinde). Folá observe la bouche, les yeux bridés. « Te voilà. »

Me voilà.

« Bon sang, ta femme est géniale. Des pantoufles. » Elle les brandit. « Je le pense vraiment. »

Géniale. Il rit. Elle rit. *Pourquoi t'ai-je quittée ?*

« Moi aussi je t'ai quitté. » Elle respire l'odeur familière oubliée. Elle appuie les semelles sur ses joues qui s'humectent. « Nous avons fait ce que nous savions faire. Partir. »

Ah bon ?

« Nous étions des immigrants. Les immigrants partent. »

Une explication insuffisante.

« Nous étions lâches. »

Nous étions amants.

« Nous étions aussi amants. »

N'aurions-nous pas pu apprendre à ne pas partir ?

« Je ne sais pas. » Elle garde le silence. Elle se doute que les domestiques la regardent du portail, non sans perplexité et inquiétude. Tant pis. Il y a une limite à ce qu'on peut apprendre le temps d'une vie, pense-t-elle, sans le formuler. « Tu es toujours là ? »

Oui. Pour l'éternité.

Folá rigole. Oui, sans aucun doute. « Nous avons appris à aimer. Qu'ils apprennent à s'enraciner. »

Comment vont-ils ? Les enfants ?

« Ils sont ici, répond-elle, désignant la maison. Mes vœux sont exaucés. Grâce à toi. Ils sont tous venus pour Noël. Nous faisons rôtir une volaille. Ton Olu tient à la découper, évidemment. »

Mon Olu.

« Ma foi, oui. Il a toujours été ton préféré. »

Ta Sadie.

« Alors, de qui... ? »

Ils sont fusionnels. Les jumeaux.

« Les jumeaux... » Elle ne termine pas sa phrase. Entend un bruit de moteur au ralenti. Le coup de klaxon. « Ils sont rentrés. Il faudrait que j'y aille. » Mais elle reste assise, glisse les doigts dans les pantoufles comme s'il s'agissait de mitaines et se couvre le visage. « Tu devrais partir », ajoute-t-elle avec douceur. Elle ferme les yeux. Le portail grince. Les pneus crissent. « Je sais, je sais, je sais. » Le silence. Des portières de voiture qui s'ouvrent, claquent. Elle ôte ses doigts et relève les paupières.

Un coucher de soleil couleur de l'aurore.

« On en a trouvé un ! » s'écrie Sadie.

Folá les regarde extraire l'arbre du coffre. Benson sourit, lui fait signe de la main. Elle aussi avant de lancer : « J'arrive. » Elle pose un orteil sur la bouche dessinée par terre. L'esquisse, remarquable, est incontestablement de Kehinde. L'oreille aux aguets, elle la fixe. L'instant d'après, elle se moque d'être à l'affût. Il n'y a rien à attendre. Elle prend les pantoufles de Kweku et les rapporte dans la maison.

REMERCIEMENTS

Je suis infiniment reconnaissante à Dieu et (par ordre alphabétique, du fond du cœur) à Andrew Wylie, Ann Godoff, Anne Carol Edelberg, Anthony Campbell, Ashish Bhatt, Avery Willis Hoffman, tante Allison, tante Ertharin, tante Gail, tante Harriet, tante Joy, tante Judith, tante Renée, tante Simi, Catherine Coker, Charity Hobbs, Cheryl Faye, Carlos Watson, cousin Albert, Damon Darryl Hamilton, Dan Urman, Daniele Novello, David Adjaye, David Holloway, Deborah Holloway, Dela Wosornu, Derrick Ashong, le Dr Juliette Tuakli, ma mère bien-aimée, le Dr Lade Wosornu, mon père génial, le Dr Wilburn William, mon papa chéri, Edem Wosornu, Edward Williams, Elaine Markson, Elisabeth Janus, Elisabeth Shipman Lee, Eliza Bentley, Ellah Allfrey, Ernest Marshall, Eyi Williams, Fabio Berardo, Fiorhina Perez-Olive, l'église baptiste des Premiers Corinthiens, Ford Morrison, Francesco Aureli, Francesco Clemente, Gabriele Paoletti, Gabriella De Ferrari, Garry Bromson, the Geezer Gang, Genevieve Dadson, Genevieve Helleringer, Gianna d'Amore, l'atelier d'écriture Harlem Arts Alliance, Heather Charisse McGhee, Ileane Ellsworth, Ingrid Barnsley Juratowitch, Jamakeah Barker, James Connolly, Jamin Gilbert, Jeanine Pepler, Jenny Calixte, John Earl Jelks, John Freeman, John Kuhn, John Reed, John Pepper, John Simms, Joy Hooper, Joy

Sacca, Judas Hicks, Julia De Clerk-Sachsse, Kamin Mohammadi, Kate White, Kathryn Getty-Williams, Kathy Trotter, Keith Davis, Kendrick Forte, Kevin Quinn, Khadija Musa, Khameron Juttla, Kirsti Samantha Samuels, Kofi Owusu, Kristina Moore, Kurt Gutenbrunner, Kyle Juttla, Lanita Marie Tolentino, Laura Amstrong, Lauren L. Messelian, Lauren Zeifman, Lexa Marshall, Lindsay Whalen, Lord Patten of Barnes, Lou Gutenbrunner, Mai Gianni, Margaret Yee, Maria Manuela Enwerem Bromson, Mary D'Amore, Masao Meroe, Matthew Jacobson, Maureen Brady, Melanie Harris Anderson, Michael Ryan Robinson, Michaeljulius Youmanli Idani, Monte Harris, Muina Wosornu, Naima Jean Garvin, Nike Jonah, Nonking Eheh, Olukemi Morenikeji Abayomi, Omar Hakim, Pablo Mukherjee, Paola Pessot, Patricia Nelson, Patrick Marber, Paulo Perez Mouriz, Peggy Broderick, Pier Francesco Grasseli, Pierro de Mattia, Pino Scarpato, Pradip Krishen, Rachel Watanabe-Batton, Raman Nanda, Rayya Elias, Rekha Thakrar, Renee Epstein, Rita Pacitti, Robin Holloway, Roszella Turner-Murray, Sadia Shepard, Saffron Juttla, Sangna Karir, Sarah Chalfant, Saskia Juratowitch, Sékou Neblett, Sergio Taranto, Sheila McKinnon, Shelby Nicole Washington, Slice ( ) Mango, Sukari Helena Nebblet, Suketu Mehta, Tamara Juttla, Taneisha Berg, Tawan Davis, Teju Cole, Thembi Ford, le professeur Toni Morrison, oncle Abe, oncle Kojo, oncle Remi, oncle Yinka, Venetia Butterfield, Victor Magro, Vivian Kurutz, W. Watunde Omari Moore, Wilfred Finn, Yemeserach Getahun et, par-dessus tout, le premier être que j'ai aimé, Yetsa Kehinde Adebodunde Olubunmi Tuakli-Wosornu, mon exceptionnel compagnon de voyage depuis toujours.

DU MÊME AUTEUR

Aux Éditions Gallimard

LE RAVISSEMENT DES INNOCENTS, 2014 (Folio nº 6080).

COLLECTION FOLIO

Dernières parutions

5955. Cicéron	*« Le bonheur dépend de l'âme seule ». Tusculanes, livre V*
5956. Lao-tseu	*Tao-tö king*
5957. Marc Aurèle	*Pensées. Livres I-VI*
5958. Montaigne	*Sur l'oisiveté et autres essais en français moderne*
5959. Léonard de Vinci	*Prophéties* précédé de *Philosophie* et *Aphorismes*
5960. Alessandro Baricco	*Mr Gwyn*
5961. Jonathan Coe	*Expo 58*
5962. Catherine Cusset	*La blouse roumaine*
5963. Alain Jaubert	*Au bord de la mer violette*
5964. Karl Ove Knausgaard	*La mort d'un père*
5965. Marie-Renée Lavoie	*La petite et le vieux*
5966. Rosa Liksom	*Compartiment n° 6*
5967. Héléna Marienské	*Fantaisie-sarabande*
5968. Astrid Rosenfeld	*Le legs d'Adam*
5969. Sempé	*Un peu de Paris*
5970. Zadie Smith	*Ceux du Nord-Ouest*
5971. Michel Winock	*Flaubert*
5972. Jonathan Coe	*Les enfants de Longsbridge*
5973. Anonyme	*Pourquoi l'eau de mer est salée et autres contes de Corée*
5974. Honoré de Balzac	*Voyage de Paris à Java*
5975. Collectif	*Des mots et des lettres*
5976. Joseph Kessel	*Le paradis du Kilimandjaro et autres reportages*
5977. Jack London	*Une odyssée du Grand Nord*
5978. Thérèse d'Avila	*Livre de la vie*

5979. Iegor Gran *L'ambition*
5980. Sarah Quigley *La symphonie de Leningrad*
5981. Jean-Paul Didierlaurent *Le liseur du 6h27*
5982. Pascale Gautier *Mercredi*
5983. Valentine Goby *Sept jours*
5984. Hubert Haddad *Palestine*
5985. Jean Hatzfeld *Englebert des collines*
5986. Philipp Meyer *Un arrière-goût de rouille*
5987. Scholastique Mukasonga *L'Iguifou*
5988. Pef *Ma guerre de cent ans*
5989. Pierre Péju *L'état du ciel*
5990. Pierre Raufast *La fractale des raviolis*
5991. Yasmina Reza *Dans la luge d'Arthur Schopenhauer*
5992. Pef *Petit éloge de la lecture*
5993. Philippe Sollers *Médium*
5994. Thierry Bourcy *Petit éloge du petit déjeuner*
5995. Italo Calvino *L'oncle aquatique*
5996. Gérard de Nerval *Le harem*
5997. Georges Simenon *L'Étoile du Nord*
5998. William Styron *Marriott le marine*
5999. Anton Tchékhov *Les groseilliers*
6000. Yasmina Reza *Adam Haberberg*
6001. P'ou Song-ling *La femme à la veste verte*
6002. H. G. Wells *Le cambriolage d'Hammerpond Park*
6003. Dumas *Le Château d'Eppstein*
6004. Maupassant *Les Prostituées*
6005. Sophocle *Œdipe roi*
6006. Laura Alcoba *Le bleu des abeilles*
6007. Pierre Assouline *Sigmaringen*
6008. Yves Bichet *L'homme qui marche*
6009. Christian Bobin *La grande vie*
6010. Olivier Frébourg *La grande nageuse*
6011. Romain Gary *Le sens de ma vie* (à paraître)
6012. Perrine Leblanc *Malabourg*

Composition : IGS-CP à L'Isle-d'Espagnac (16)
Impression Maury Imprimeur
45330 Malesherbes
le 18 janvier 2016.
Dépôt légal : janvier 2016.
Numéro d'imprimeur : 205940.

ISBN 978-2-07-046829-4. / Imprimé en France.

294110